parmi l'ensemble
de mon cadeau de retraite
de l'EOUM (carte cadeau
Archambault).

Texte très tendre !
Deux (2) beaux personnages
(grand-père et petit fils).

LE DERNIER ÉTÉ DU SIÈCLE

FABIO GEDA

LE DERNIER ÉTÉ DU SIÈCLE

roman

Traduit de l'italien
par Dominique Vittoz

ALBIN MICHEL

« Les Grandes Traductions »

© Éditions Albin Michel, 2014
Pour la traduction française

Édition originale italienne parue sous le titre :
L'ESTATE ALLA FINE DEL SECOLO
Chez Baldini&Castoldi Srl à Milan en 2011.
© Baldini Castoldi Dalai editore S.p.A., 2011
© Baldini&Castoldi S.r.l. 2013

À Franco Debenedetti Teglio
Combattant de la mémoire

« Emmenez-moi, monsieur Scott. »

(Le capitaine James Tiberius Kirk
demandant à l'officier Montgomery Scott
de le téléporter à bord de l'*Enterprise.*)

« Sans souvenirs,
pas de compréhension. »

E.M. FORSTER

CHAPITRE 1

C'est ainsi qu'en sortant de la maison en pantalon de survêt et K-Way avec deux boîtes d'arénicoles, une pour mon père et une pour moi, l'épuisette dans une main, ma canne neuve dans l'autre, sur la pointe des pieds pour ne pas réveiller maman, je murmurai : « Bon, bon, d'accord, tu as raison. » Mon père n'insista pas. Dans ces cas-là, répétait-il, discuter avec moi, c'était partir pêcher le denté en hiver : on avait intérêt à s'armer d'une bonne dose de patience et d'une ligne de fond solide, le filet n'aurait servi à rien.

On n'échangea plus un mot jusqu'au moment où la barque fut à l'eau. Pendant que, commodément installé à la proue, il ramait sans éclaboussures dans ce style élégant qui le caractérisait, comme s'il réglait un vieux compte avec la mer, il m'enjoignit des yeux et du menton de regarder derrière moi : Capo Galilea, notre village, dévalait jusqu'à la limite des vagues, avec ses maisons sable et ses lumières entre les ruelles comme autant de feux de joie. La lune surplombait le bassin de carénage et la colline, où des feux bien réels prenaient chaque été, conséquence de l'incurie et de gestes criminels. Voici deux ans, le père d'un de mes copains était

11

mort en essayant de sauver des flammes le cabanon et les vignes de son beau-père. C'est faux que le feu purifie, comme l'affirmait notre curé, le père Luciano, le feu est injuste, il emporte des innocents. À l'est, le ciel indigo était chargé de nuages. Mon père ramait et moi, recroquevillé au fond de la barque, je me laissais porter sans me soucier de notre destination, j'aurais vogué jusqu'en Afrique, avec lui je serais allé n'importe où.

Alors ça me faisait mal qu'il doute. Quand le curé et les carabiniers avaient frappé chez nous, juste avant dîner, pour m'accuser avec Michele et Salvo d'avoir jeté les pierres qui, cet après-midi-là, avaient brisé une vitre en verre dépoli de la sacristie – « Sans compter que Mme Puglisi qui passait la serpillière a failli la recevoir en pleine tête » –, mon père ne s'était pas tourné vers moi pour chercher une confirmation ou un démenti, alors que j'étais à deux pas, dans le fauteuil. Il s'était contenté de répondre « Je suis désolé ».

Je m'étais levé d'un bond. « Désolé de quoi, papa ? Je n'ai rien fait. J'y suis pour rien. Je n'ai pas vu Michele et Salvo de toute la journée. J'étais sur les buttes avec mon vélo. » Puis, écarlate, effrayé par ma propre hardiesse, j'avais lancé aux carabiniers et au père Luciano : « D'abord, comment vous savez que c'est eux ? Vous les avez pris en photo ?

– L'employé de Celima les a reconnus.

– Le garçon boucher, celui qui est aveugle ?

– Il n'est pas aveugle.

– Attendez, vous avez vu ses lunettes ? L'épaisseur des verres ? Je le connais.

– Justement, il vous connaît aussi », avait rétorqué un des carabiniers, le plus grand, un moustachu. Sa fille, une mocheté, était au collège avec moi.

« Il ment. »

Le carabinier avait souri.

« Pourquoi mentirait-il ? »

Je haussai les épaules.

« J'en sais rien, faut lui demander. »

Papa était sorti chercher un mouchoir. Il était revenu en épongeant le sang qui coulait de son nez, ça lui arrivait souvent.

« Que disent les deux autres ?

– Michele et Salvo ? Ils nient. Vous savez où ils nous ont répondu qu'ils étaient ?

– Sur les buttes ? »

Le carabinier avait souri, l'air de dire qu'il fallait un minimum de présence d'esprit pour se couvrir de la sorte et que nous n'étions pas aussi futés.

« Non. L'un faisait ses devoirs *chez lui tout seul*. L'autre regardait la télévision *chez lui tout seul*. L'employé de Celima a reconnu deux des trois garçons qui ont lancé les pierres. Or, continua-t-il en s'adressant à moi, tout le monde sait que Michele, Salvo et toi circulez toujours en bande comme les anchois. »

Ma mère avait préparé un café qu'ils refusèrent – « Merci madame, mais la situation est grave ». Ils avaient annoncé qu'on devrait rembourser la vitre et travailler pour racheter notre faute. « Pour vous faire pardonner par toute la communauté », avait ajouté le père Luciano en dessinant en l'air un cercle avec ses deux index. « Il faudra aussi vous excuser auprès de Mme Puglisi pour la frayeur que vous lui avez occasionnée. »

Après leur départ, je n'avais pas bougé de ma chaise, ébahi. On m'accusait à tort, mais comment protester de mon innocence ? Je m'amusais tout seul aux buttes ce jour-là. Michele et Salvo n'y étaient pas. Ni Alfio, le fils adoptif du pharmacien. Ni Marinella. Mais moi, oui. J'avais passé au moins deux heures à slalomer entre les dunes à vélo. J'étais même tombé. La preuve : une écorchure irrégulière au mollet. Mais le sang est muet, il ne pouvait pas désigner la pierre qui avait entaillé ma chair, une saillie de tuf près du muret d'enceinte.

Pieds nus, en short et avec ses gants (il était occupé à vider le poisson), papa avait raccompagné au portail le curé et les carabiniers. Les mots regret, punition, faute avaient plané, couvrant l'odeur du maquereau. Quand il était rentré, maman s'était assise sur l'accoudoir du canapé et tous les deux m'avaient demandé en chœur : « Alors ? »

Je n'avais pas répondu.

« Qu'as-tu à ajouter ? »

Silence.

« Tu as raison, le mieux est peut-être que tu ne dises rien. »

Ils m'avaient expédié dans ma chambre. Privé de radio, de télé, d'*X-Men*, j'allais sombrer dans l'aphasie que déclenche l'injustice, me draper dans la douleur mêlée d'orgueil que – une fois n'est pas coutume – mon innocence secrète alimentait. J'étais innocent, mais je refusais de le prouver, parce que c'était évident, du moins ça aurait dû l'être pour eux. Cette innocence, ils auraient dû la lire dans mon regard, la voir écrite en toutes lettres sur ma peau. Le réservoir de mon aérographe était plein. Trois jours durant, à l'exception du temps pour les cours, les devoirs et les impératifs alimentaires – habiter au-dessus du restaurant familial, ça tue dans l'œuf toute velléité de grève de la faim –, j'étais resté rivé à ma table à dessin, colorant le premier personnage d'une carrière de dessinateur BD qui serait fulgurante – et croyez-moi, si je l'avais compris à ce moment-là, je me serais lancé directement sur cette voie au lieu de ramer toutes mes années de lycée. J'avais passé trois jours à dessiner *L'Innocent*, œuvre originale de Zeno Montelusa, douze ans, domicilié à Capo Galilea en Sicile.

Mon père arrêta la barque à trois cents mètres de la côte, derrière une crique qui, selon lui, était le meilleur coin de toute la région, et peut-être de l'île entière, pour la pêche à la ligne. Nous étions arrivés à la rame, alors que nous disposions d'un moteur, pour la bonne raison que mon père ne supportait pas qu'il lui ronfle aux oreilles. « Je veux entendre le clapotis de l'eau », disait-il. Avec le sirocco qui soufflait depuis plusieurs jours, tout était huileux à bord et, dans ces cas-là, on risque de tomber à la mer sans avoir le temps de dire ouf, alors je me calai au fond de la barque pour préparer ma ligne, tandis que papa debout scrutait la mer, attendant que le sirocco lui apporte, mêlés au sable du désert, des mots pour moi.

C'était une idée de maman. Elle avait suggéré : « Allez donc faire un tour en barque dimanche matin. Le père avec son fils. Le ressac vous apportera peut-être un peu de vérité. »

Mais quelle vérité ? pensais-je. On trouve la vérité si on la cherche. Si on attend la confirmation de ses certitudes, on est mal barré, parce qu'il faudra demander pardon, reconnaître que l'autre avait raison. Maman, elle, doutait. Je l'avais compris à sa façon de parler. Mais c'était une période où j'étais incapable de rien lui dire, pas même des trucs tout bêtes, comme lui expliquer que je détestais emporter au collège un goûter de la maison et que j'aurais voulu aller au bar avec les autres : d'accord notre famille tenait un restaurant où l'on ne cuisinait que des produits sains, mais pour autant devait-on me vouer aux sandwiches à base de restes ? Voilà, je n'arrivais pas à lui confier ce souci, alors je ne risquais pas d'entamer un plaidoyer pour ma défense, dont la seule idée me faisait monter les larmes aux yeux.

Je choisis dans la boîte une arénicole grasse et brune. Nous les avions ramassées Salvo et moi en ratissant le fond avec nos doigts, la veille de l'incident de la sacristie, sur une plage de Mazara où pullulaient moules et posidonies. Mon premier lancer fut raté, je ramenai la ligne et la relançai vigoureusement et, dix minutes plus tard, mes deux premiers capelans tombaient dans le seau. Après avoir accroché soigneusement son appât, mon père pêchait de l'autre côté pour ne pas me gêner. Il imprimait à sa ligne les à-coups nerveux que je l'avais vu utiliser tant de fois, une technique de famille, disait-il, qu'il m'apprendrait un jour. Il sortit un bar moucheté, pas énorme, et des capelans lui aussi. Après une heure de touches continuelles, tout s'arrêta. Le sirocco aussi. Le jour approchait en essaims de molécules lumineuses qui nimbaient la crête des vagues et leurs courbes. Nos prises diminuaient en nombre et en taille. Pendant cette accalmie, papa retrouva la parole et le fil de ses idées. Mais il aborda les choses par le petit bout de la lorgnette et je crus voir s'ouvrir un gouffre dans la mer.

« Pourquoi vous avez fait ça ? demanda-t-il.

– Quoi ?

– Tu le sais très bien.

– Ta question n'a pas de sens, répondis-je.

– Comment ça, pas de sens ? » Il avait élevé la voix et le sursaut qui affecta son corps se transmit au roulis de la barque. « Je voudrais comprendre pourquoi trois gamins qui ont tout ce qu'il leur faut, des endroits pour jouer, la confiance de leurs parents, j'insiste, la confiance de leurs parents, se mettent en tête de casser les vitres de la sacristie. La sacristie, Zeno. C'est quoi ? De l'ennui, de la hargne ? On est une famille à problèmes ? Tu nous vois peut-être ta mère et moi nous jeter des assiettes à la tête ou nous insulter ? Parce que c'est ce qui se dit, ce que disent vos profs quand vous avez de mauvais résultats : ce doit être une famille à problèmes. Mais putain, notre famille n'a pas de problèmes. Ou je me trompe ? »

C'était la première fois qu'il s'adressait à moi de cette façon, la première fois que je l'entendais dire putain. Enfin si, il le disait quand il parlait en sicilien, mais pas en italien. La barque roulait et ses vibrations remontaient dans mes os, j'étais partagé entre la fierté et la peur. La peur, parce que j'ignorais ce que mon père pourrait dire ou faire d'autre, quelle nouvelle limite inconnue de moi il allait franchir. La fierté, parce que nous quittions notre relation habituelle. Nous étions à un point de non-retour, nous avions doublé une balise, nous naviguions dans des eaux inconnues, seuls tous les deux.

Et c'est là que j'attrapai le plus gros bar de ma vie.

Alors que j'avais la tête ailleurs, à la fois absorbé dans l'écoute d'une voix que je connaissais mieux que la mienne, mais dont l'écho ne m'avait jamais paru aussi étranger, et pris de stupeur devant un rite de passage imprévu – le baptême de la parole, quand le vocabulaire change entre père et fils – donc, à un moment où je ne tenais ma canne que du bout des doigts, je sentis une traction. Forte. Une brusque secousse. Je crus un instant que ma canne allait filer droit à l'eau. Je serrai

le manche de toutes mes forces, m'agrippai au moulinet
et criai, j'ignore quoi, peut-être « Oups, il est énorme,
aide-moi » ou bien « Putain », oui, j'aurais aimé avoir
le courage de dire « Putain, c'est une baleine ce truc,
papa, un cachalot ou un thon, le roi des profondeurs ».
J'en serais fier. Mais je ne crois pas. Ce que je sais – car
j'en garde des souvenirs physiques : l'odeur d'iode et
celle de l'après-rasage de mon père, l'humidité glissante
de mes mains, les embruns –, c'est que dans la seconde
qui a suivi, il était debout à côté de moi, moulinant puis
redonnant du fil, ramenant puis relâchant, et qu'à force
d'à force, un bar dont on aurait réveillonné à Noël et
au Jour de l'An réunis avait jailli hors de l'eau tel un
missile, aspirant la moitié de la Méditerranée dans son
sillage, pour atterrir, vaincu, dans notre barque, où il se
débattait encore, à croire qu'il voulait défoncer la coque
et nous envoyer visiter ces fameuses profondeurs.

On resta pliés en deux plusieurs secondes, vaincus
par l'effort et l'excitation. Au moment où j'allais me
relever et me jeter dans ses bras, si content que je me
sentais le courage de lui dire que sa question n'avait pas
de sens parce que je n'avais rien à voir là-dedans, qu'il
devait me croire, je lui en donnerais la preuve – je ne
savais pas laquelle, mais je trouverais –, qu'elle n'avait
pas de sens parce qu'elle était au pluriel, un pluriel qui
tenait pour acquis le lien entre le geste de mes copains
et moi sur la base de notre amitié, au moment exact où
j'allais me relever et me jeter dans ses bras, il s'évanouit
à mes pieds.

Je n'avais jamais vu s'évanouir personne. Mais c'était
ainsi que je l'avais toujours imaginé. Ses yeux se révul-
sèrent, il s'affaissa sur le côté, donna violemment de la
tempe sur le rebord de la barque et ne bougea plus.

Pour moi, cet été 1999 avait commencé en mars, mais je l'ignorais, il m'aurait fallu disposer d'un autre regard pour le reconnaître.

Pouvais-je l'avoir ? Mon père se plaignait du sang qui tachait les poils de sa brosse à dents et l'émail blanc du lavabo quand il occupait la salle de bains le soir pour se débarrasser de l'odeur du restaurant, un mélange de friture et de poisson, ou le matin après le petit déjeuner, avant d'enfiler un pantalon confortable à poches latérales, pour aller au bar de la place, puis au marché. Pouvais-je lire un signal d'alarme dans les saignements de gencive de mon père ? Il transpirait tellement la nuit que ma mère devait changer les draps comme quand j'étais petit et que je faisais pipi au lit. Quand elle ne voulait pas les laver, elle se contentait de les étendre pour qu'ils s'imprègnent de vent et de soleil. « Comme ça, le soir on a l'impression de dormir à la belle étoile », disait-elle pour donner un sens à ce surcroît de travail, car notre cour n'était déjà qu'un vaste étendage de nappes, torchons et serviettes et elle se serait bien passée de ces draps qui prenaient de la place sur les fils. Cet étalage en plein air constituait-il un message codé pour moi ?

Mes horizons à l'époque, c'était me tirer honorablement des contrôles surprise et des interrogations au tableau de Tosi ou Frasca, mes profs, la première de maths, le second d'anglais ; être retenu dans la sélection du Capo Galilea Football Club au moment du douloureux passage de benjamins à minimes, quand vous redevenez le plus petit de votre catégorie face à des garçons de quatorze ans, dont les poils de jambe vous râpent la main ; boucler à vélo en moins de quatorze minutes le parcours des buttes, un terrain en friche bosselé au nord du village ; dessiner des B.D. à l'encre de chine et les colorer à l'aérographe ; c'était aussi Michele et Salvo, la plage (les préoccupations sexuelles n'étaient pas encore à l'ordre du jour) : voilà l'univers dont les signaux étaient perceptibles pour moi pendant cette explosion de vie que fut l'été 1999.

Mon père et ma mère – Vittorio Montelusa, trente-sept ans, né à Capo Galilea, à la maison parce que l'hôpital le plus proche se trouve à vingt-sept kilomètres, et Agata Coifmann, trente-trois ans, née à Turin – tenaient le *Mare Montelusa*, le restaurant que mon grand-père avait ouvert en 1954 et dont, avec le temps, il avait assis la réputation de bonne cuisine traditionnelle sicilienne. Beaucoup de guides, dont le *Lonely Planet* et le *Guide du routard,* signalaient le *Mare Montelusa* pour les sardines *a beccafico* de ma grand-mère Giovanna, pour son exceptionnel rapport qualité-prix et pour son accueil familial. Avant que mes grands-parents transmettent le restaurant à leur fils et à sa femme, l'organisation en était plutôt tayloriste. Je ne veux pas dire qu'on y travaillait à la chaîne, mais que tous – seconds de cuisine, serveurs, plongeurs, fournisseurs – y étaient traités avec un paternalisme que mon père avait fui à vingt ans, en montant à Turin acquérir de l'expérience loin de cette figure doublement paternelle qui régnait à la maison comme au travail.

Papa avait un frère, oncle Bruno, son aîné de dix ans. Mais celui-ci ne s'était jamais intéressé à la cuisine, et encore moins au restaurant *Montelusa*. Son diplôme d'ingénieur en poche, il était parti en Australie pour un stage et y était resté : il s'était marié, avait deux filles (dont une de mon âge) et habitait près de Melbourne. En douze ans de vie, je ne l'avais vu que trois fois et, la première, j'étais si petit que je ne m'en souviens même pas.

À Turin, papa travaillait dans un restaurant sur la colline, dont les spécialités étaient l'assortiment de beignets à la piémontaise et les anchois en *bagna càuda* et qui offrait une vue spectaculaire sur le Pô, les toits de la ville et les sommets alpins. Un matin au marché de Porta Palazzo, il s'était retrouvé nez à nez avec une jeune fille occupée à choisir les *bons* abricots pour la *bonne* confiture indispensable à la recette personnalisée de Sachertorte qui faisait la fierté de sa mère, ma grand-mère Elena que je n'ai pas connue. Il s'était arrêté, attiré par ses cheveux roux, raconta-t-il plus tard, qui ne sont pas du tout roux – ma mère est châtain –, mais qu'il avait vus ainsi sans doute à cause de la bâche orange tendue au-dessus de l'étal pour le protéger du soleil en cette chaude journée d'automne. Ces cheveux, affirmait mon père, associés aux yeux verts de ma mère – et là, c'est vrai – dégageaient des vibrations explosives qui avaient tout balayé de son champ visuel, le marché, la ville, le laissant au milieu d'une lande désolée, seul avec elle dont les doigts cherchaient dans le vide des fruits sur un étal de marché invisible.

Ils étaient sortis ensemble plusieurs années, sans rien dire, rien formaliser, désireux de vivre avec légèreté des préliminaires infinis. C'est seulement quand ils s'étaient fiancés, disons officiellement, et que mon père avait eu la sensation qu'il n'avait plus de secrets à glaner dans les cuisines des autres, qu'il lui avait demandé de partir vivre en Sicile pour reprendre avec lui le restaurant que mon grand-père laisserait tôt ou tard, non par manque d'enthousiasme, entendons-nous bien, mais parce qu'il était atteint par la limite d'âge.

Elle avait accepté. Neuf mois plus tard, je naissais.

Moi.

Voilà, aujourd'hui je dessine. Je dessine et écris aussi. Mais je dessine surtout. Certains auteurs ne peuvent réagir qu'à leur propre imaginaire, pas moi, j'adore la synergie qui transforme les mots de l'un en images chez l'autre : les alchimies sont ma passion. On se rencontre vous et moi, chacun laisse courir son imagination, vous avez des univers dans la tête, j'ai des univers sous les doigts, et à la fin nos univers séparés déteignent l'un sur l'autre. Il en sort un troisième, meilleur que le vôtre et que le mien. Et si l'un contamine l'autre, le salit, le défigure, ils n'en seront que plus réels et offriront un meilleur miroir à notre société.

J'ai commencé en encrant les crayonnés d'un dessinateur américain, un type de la Nouvelle-Orléans que j'avais rencontré dans un forum sur le web, *Ink-Life*, et qui faisait de l'illustration de manuels en Italie. Ma première B.D. signée est sortie dans un numéro spécial de *Nathan Never* qui regroupait treize histoires de treize scénaristes étrangers. Un Français que je connaissais avait donné mon nom, j'avais envoyé un essai aux éditions Bonelli, étais allé les voir à Milan et ils m'avaient retenu.

L'an dernier, par un de ces matins comme on en vit dans ce métier, où vous vous demandez quel sens a tout ce travail – alors que vous l'adorez, que c'est votre passion depuis toujours, qu'enfant vous vous seriez pissé dessus à la seule idée de pouvoir déclarer un jour : *je suis dessinateur de B.D.* – bref quand vous vous demandez si le jeu en vaut vraiment la chandelle de bosser non stop quatorze heures sur un essai qui sera refusé ou de suer du graphite pendant des mois pour l'équivalent d'un loyer et du minimum pour survivre en mangeant à la maison – le restau on oublie –, donc un de ces matins-là, je reçois un mail m'annonçant ceci :

> Salut Zeno,
> Tu trouveras en pièce jointe le premier jet de *Shukran*, synopsis et brouillon de scénario pour trois épisodes. Tout n'est pas au point, mais on y est presque. J'ai besoin d'une étude du personnage. Quand c'est prêt, on envoie le tout à Jean-Louis.

Le mail est signé Roberto Crocci, un scénariste, un des meilleurs. *Shukran*, c'est une série sur un personnage qu'on a inventé ensemble, une espèce de super-héros sans super-pouvoirs, mais fort, ingénieux, à la pointe de la technologie, dont la vocation est d'aider les émigrants à franchir les frontières en échappant aux trafiquants et aux expulsions : il les repêche en pleine mer, les guide sains et saufs à travers les déserts et les montagnes, organise leur évasion des centres de rétention. Tout comme Capitaine America menait la lutte contre les nazis et les camps de concentration, Shukran se bat contre Frontex et Cie, dans une Europe du futur (l'intrigue se situe aux alentours de 2050) où la sécurité est déléguée à l'Agence pour la Gestion des Frontières Extérieures.

On était en février.

Je le sais, je ne pourrais jamais l'oublier. Je me mets au travail et envoie, en plus des esquisses, un découpage du premier épisode. Jean-Louis – Jean-Louis Icardi, éditeur chez Dargaud – flashe sur notre projet. Le livre sort en novembre de la même année. À la fin du mois, il faut réimprimer. À l'approche de Noël, les gens font la queue devant les librairies spécialisées pour se procurer les derniers exemplaires à offrir. En avril, sur la lancée du « sensationnel succès français de deux auteurs italiens » (*Corriere della Sera*, 17 mars), *Shukran* débarque en Italie. Et dans le monde entier.

Je n'y crois toujours pas, mais c'est vrai.

La nuit, je me réveille, j'allume mon bureau. Ma table croule sous les dessins de *Shukran*, les visages désespérés (avant) et incrédules (après) des émigrants qu'il protège. L'enduit jaune des murs est tapissé de centaines de photos et de pages de reportages. Il y a même deux lettres de menaces adressées à Roberto et moi : on nous le fera payer cher, croix gammées et tout le tremblement. Je les ai affichées sur la fenêtre. Quand la fatigue ou la saturation me guettent, je lève les yeux : un simple regard, même rapide, suffit à me remettre au travail.

Mais ça, c'est moi aujourd'hui.

Au printemps 1999, quand s'amorçait l'été le plus étrange de ma vie, je ne créais pas *Shukran*, même si j'étais déjà mordu de dessin, ne recevais pas de lettres de menaces de groupes d'extrême droite et ne parcourais pas le monde pour la promotion du phénomène éditorial le plus retentissant en matière de B.D. depuis Jack Kirby. Un jour de ce printemps-là, à l'aube, j'avais douze ans et, alors que le soleil dans toute sa gloire se levait sur la Méditerranée, je tentais de démarrer le moteur de notre barque afin de ramener à terre mon père qui, pour ce que j'en savais, était peut-être mort.

Le téléphone portable a fait son apparition chez les Montelusa-Coifmann en 1998 sous la forme d'un Star-Tac Motorola, choisi par papa et moi au nom de notre passion commune pour *Star Trek* (le StarTac imitait le communicateur utilisé par le capitaine Kirk et les autres membres de l'équipage de l'*Enterprise*), mais ardemment désiré par maman qui, certaines nuits d'automne où papa était en mer par vent de nord-est, devait se relever pour cirer les meubles du salon ou étiqueter des conserves de manière à noyer son angoisse dans la fatigue. Nous avions un téléphone fixe à la maison ainsi qu'au restaurant, avec deux numéros différents, et si nous emmenions le portable (qui captait rarement) quand nous partions en voyage ou nous absentions la nuit, c'était plus à la demande de notre entourage que par nécessité.

Cette nuit-là, nous l'avions laissé à la maison. La batterie était vide et papa avait oublié de la recharger.

Je me ruai sur le moteur hors-bord avec l'énergie brouillonne de la peur et de l'inexpérience. J'actionnai la corde, mais le carburateur était obstrué par ma panique. Je tirai sur le starter, comme j'avais vu mon père le faire. J'obtins un bruit différent, peut-être l'étincelle. Puis le crachotement. Je respirais avec la bouche, le nez, les oreilles. J'avais déjà piloté notre barque, mais toujours sous le regard averti de mon père qui contrôlait la pression de mes doigts sur la barre ou la direction de la proue. Il me fallut quinze minutes pour retourner au ponton, quinze minutes pendant lesquelles plusieurs ères géologiques se bousculèrent, les périodes de glaciation cédant devant la chaleur infernale de la lave. Il y avait les mots aussi. Les mots que je ne m'entendais pas prononcer, mais sentais monter dans ma gorge : Réveille-toi, papa, réveille-toi. Pendant ces quinze minutes, je ne réfléchis pas à ce que je ferais quand j'aurais accosté. Une ambulance surgirait du néant, je verrais ses phares fouetter l'eau. Mais non, il n'y avait personne. Je sautai sur la jetée et passai l'amarre autour de la bitte. J'essayai de sortir mon père de la barque en le tirant par les bras : trop lourd. Notre maison était à huit minutes de marche, deux en courant. Une minute et demie plus tard, je m'effondrai sur le sol de notre salle de séjour. Maman qui m'avait aperçu par la fenêtre descendait l'escalier, pâle, une cascade de questions non formulées au bord des lèvres.

Je lâchai : « Évanoui. Vite. Jetée. Barque. »

Elle sortit pieds nus. Vêtue du tee-shirt Wolverine qu'une de ses amies avait rapporté de Los Angeles à mon intention, mais qu'elle utilisait comme pyjama, parce qu'il avait quatre tailles de trop pour moi. Elle courut sous un ciel zébré comme si on avait battu jusqu'au sang tous les anges du paradis.

On nous vit courir (on nous le raconta ensuite) : le père Luciano qui, à son habitude, récitait son bréviaire en arpentant les rues de Capo Galilea ; Lorenzo, le fils du marchand de primeurs, qui rentrait d'une nuit de fête et s'était arrêté vider sa vessie au bord de la nationale, parce qu'il n'aurait jamais tenu jusqu'à chez lui ; Mme Puglisi, qui souffrait d'insomnie et se réfugiait sur le balcon avec ses mots croisés pour ne pas réveiller son mari. Ils nous virent courir et tous les trois nous suivirent du regard pour deviner quelle urgence nous appelait. Mais l'urgence n'avait plus cours. Sur la jetée, papa était assis dans la barque, la tête entre les mains. Il saignait abondamment à la tempe. Nous l'aidâmes à gagner le ponton.

Le temps de rentrer à la maison, désinfecter la coupure et la panser avec une compresse, maman décida qu'ils iraient aux urgences. Ce n'était pas la blessure qui l'inquiétait – papa s'en était fait un certain nombre en cuisinant ou en pêchant sur les rochers quand il était plus jeune, et son mollet droit portait une longue cicatrice –, mais l'évanouissement. De mémoire familiale, mon père n'avait jamais perdu connaissance. (Grand-père Melo dira ensuite en plaisantant : conscience, oui, connaissance, non.)

« Je vous accompagne. »

Ma mère enfilait sa jupe, assise sur le lit. Sur sa table de nuit s'entassaient des romans de Stephen King, Grisham et Simenon. Les mères de mes copains lisaient sur leurs chaises longues des histoires de chiens ou d'amants japonais, tandis qu'elle se détendait le soir en compagnie de Stephen King : elle connaissait quasiment par cœur les nouvelles de *Différentes Saisons*.

« Non, il vaut mieux que tu restes à la maison.

– Pourquoi ?

– Parce que ça peut être long. Que les urgences ne sont pas un endroit pour les enfants. Et que d'ici une heure, tu iras expliquer à tes grands-parents ce qui s'est passé. » Elle plissa les yeux. « Mais ne les inquiète pas, d'accord ? Et puis tu as maths.

– Comment ça, j'ai maths ? » Je reculai. « Le prof n'a pas donné d'exercices. »

Elle agita son étui à mascara. « Tu dois faire des maths.

– Tu as demandé à Simona de venir ?

– Je n'aurais pas dû ?

– Aujourd'hui ?

– Pourquoi pas aujourd'hui, Zeno ? » Maman leva les

mains à la hauteur de sa poitrine comme pour recevoir une passe, mais il n'y avait pas de ballon à bloquer. Elle voulait peut-être étreindre ses pensées ou ma tête.

« Tu auras un contrôle, mardi ?

– Oui, mais…

– Et demain, tu as foot ?

– Oui.

– Quel jour sommes-nous ?

– Dimanche. »

Elle compta sur ses doigts. « Dimanche, lundi, mardi. Quel jour prévoyais-tu le cours avec Simona ? »

Je ne soupirais pas pour ne pas l'entendre dire : arrête de soupirer. J'allais me diriger vers ma chambre pour m'y enfermer, mais je n'avais pas dit au revoir à papa. Je descendis, il était assis dans la cuisine. Il pressait une poche de glaçons sur sa tête. Je l'entourai de mes bras par-derrière. Il fit tourner autour de mon poignet le bracelet de cuir qu'il m'avait offert : Zeno, en caractères chinois.

« Je suis désolé », dit-il. J'avais collé mon oreille contre son dos, et c'est par là que sa voix m'arriva.

« Désolé de quoi ?

– Je t'ai fait peur.

– Je n'ai pas eu peur, mentis-je.

– Vrai ?

– Vrai. » Il me prit les mains. Je le serrai plus fort.

« Je voulais te dire…

– On en parlera à mon retour.

– Je…

– Zeno, je t'ai dit que nous en parlerons quand je rentrerai.

– Je suis prête, on peut y aller », intervint maman.

Je l'aidai à se lever.

« Attendez. »

Je courus à la cuisine prendre le téléphone portable et son chargeur.

« Tenez.

– Il est déchargé.

– Tu le chargeras là-bas. »

Et je le fourrai dans son sac à main.

Je les regardai sortir. Il était sept heures. J'étais fatigué, je m'étais levé tôt. En repassant le film des événements, je me souvins de mon poisson. Il était resté dans la barque, je décidai de le récupérer. En chemin, je rencontrai grand-père Melo. Mon grand-père s'appelait Carmelo, mais à trois ans je l'avais baptisé Melo, et ça lui était resté. Il allait acheter son journal. Je lui racontai tout, en prenant la précaution d'entrecouper mon récit de : rien de grave, une petite coupure, très fatigué. Alors que nous le lui avions déjà donné cent fois, il me fit noter notre numéro de portable sur un ticket de caisse qui traînait au fond de sa poche.

Il n'y avait pas grand-monde dehors à part mon grand-père. Il était tôt en ce clair dimanche de printemps. On percevait autour des maisons le bourdonnement léger du repos, comme si le village ronronnait.

Nos prises attendaient dans le seau. Et parmi elles, le plus gros bar de ma carrière de pêcheur. Je les rapportai à la maison, les mis au frigo, montai dans ma chambre et tirai les rideaux. Je me glissai entre les draps et m'endormis aussitôt. Deux heures plus tard, la sonnette me réveilla. J'allai ouvrir, c'était ma grand-mère.

« Zeno, tu viens déjeuner avec nous ?

– Oui.

– Nous avons appelé votre portable, mais c'est une

femme qui a répondu, une voix métallique. On n'a peut-être pas le bon numéro.

– Non, grand-mère, il est éteint, ce n'est pas pareil. Dans ce cas, la voix le dit ou indique que la personne n'est pas joignable. C'était quoi, le message ?

– Qu'est-ce que j'en sais ? Dès que je l'entends, je raccroche. Je ne veux pas parler avec cette femme. Je veux ton père ou ta mère. »

Derrière elle, entre le basilic et le mur de la mairie, je vis arriver Simona à vélo. Élève de terminale scientifique, elle était censée convertir ma haine aveugle pour les nombres en aversion lucide. Sa stratégie était la suivante : au bout du compte, tu détesteras peut-être encore les maths, mais en connaissance de cause. Même si pour le moment ses efforts n'étaient guère couronnés de succès, sa présence insufflait au cercle familial une espèce d'euphorie face à l'avenir, comme si le pire était passé. En ce qui me concernait, c'était une raison suffisante pour me plier à ces cours particuliers : une baisse des projections négatives sur mon destin scolaire se traduisait par une hausse des réponses affirmatives à mes requêtes. C'est de l'algèbre ou je ne m'y connais pas.

La journée passa. Maman avait appelé vers treize heures pour dire qu'on faisait des analyses à papa et qu'elle était sortie se dégourdir les jambes et manger une glace. Quand j'entendis la voiture s'arrêter derrière le mur de la cour, à huit heures du soir, je me dis soudain que je n'avais pas mis la table. Le dimanche était le jour de fermeture du restaurant et les tâches en cuisine me revenaient. Je descendis l'escalier en courant et accueillis maman sur le pas de la porte.

C'est une autre femme que je vis. La lumière qu'elle

dégageait d'habitude, cette fulguration où se mêlaient l'étonnement et la confiance, avait disparu, remplacée sur son visage et dans ses gestes – la manière d'actionner la poignée de la porte ou de serrer son sac contre elle et même la façon dont ses cheveux retombaient autour de son visage – par des profondeurs inexplorées, des stalactites de glace, des chauves-souris.

J'essayai désespérément de dire quelque chose. En vain. Elle se mordit la lèvre inférieure du bout des incisives, une goutte de sang perla. Elle ne pleura pas, se retenant pour moi, j'imagine. Elle me prit la main en silence, m'entraîna vers le canapé où nous nous assîmes, dos droit et genoux serrés. La pièce se dilata, murs tendus à rompre, au cœur de la déflagration.

« Alors voilà...

– Où est papa ?

– À l'hôpital.

– Il ne va pas bien ?

– Non.

– À cause de la coupure ?

– Non, ce n'est pas la coupure.

– C'est quoi ?

– Ils lui ont fait des analyses aujourd'hui...

– Quelles analyses ?

– Papa a une leucémie. »

Elle prononça ce mot comme s'il pouvait trouver tout seul un chemin à l'intérieur de moi et se connecter avec d'autres informations, lui évitant d'en dire plus. Mais je n'avais pas la moindre idée de ce qu'était une leucémie. Elle chercha ses cigarettes dans son sac, son briquet, alluma. Maman fumait peu et jamais dans la maison.

« La leucémie est un méchant crapaud, tu sais.

– Méchant jusqu'à quel point ? »

Elle souffla la fumée vers le plafond.

« Il devra rester à l'hôpital.

– Combien de temps ?

– J'aimerais pouvoir te répondre.

– Pourquoi tu ne peux pas me répondre ?

– Parce que je ne le sais pas.

– Mais les médecins le savent.

– Non.

– Ça se peut, ça ?

– Ils ne savent pas, Zeno.

– Pourtant ils sont médecins.

– Zeno, tu te rappelles le jour où nous avons trouvé un sachet de graines au grenier ? On ne savait pas ce que c'était. »

Pendant qu'elle parlait, ses doigts cherchaient mes cheveux, ils étaient plus longs que d'habitude : elle dégagea mon front en partageant ma frange en deux.

« On les a plantées et c'étaient des soucis. Mais pendant qu'on soignait les pousses, qu'on les arrosait ou les protégeait du soleil, on ignorait ce qui sortirait. » Elle tira sur ce qui restait de sa cigarette. Elle cherchait des paroles utiles parce que s'occuper d'un enfant, c'est aussi cela : ne pas mentir, mais forger de l'espoir, même quand on n'en voit pas.

« C'est notre constance qui les a fait pousser, ajouta-t-elle. Parfois, il faut se montrer patient. »

C'est ainsi que le *méchant crapaud*, comme maman et moi appelions la maladie de papa – soudaine dans sa manifestation, mais pas dans son apparition, car les médecins dirent que son sang était malade depuis un certain temps, même s'il arrive que le patient ne reconnaisse pas les symptômes au début, qu'il ne s'alarme pas, si bien que lorsqu'il se précipite à l'hôpital, c'est parfois tard ; pas *trop* tard, mais tard – c'est ainsi donc que le méchant crapaud consuma ces mois les uns après les autres, mars avril mai, dans un brasier qui réduisit en cendres mon année scolaire (on m'accorda le passage en classe supérieure par pitié) et la gestion du restaurant (mes grands-parents durent reprendre du service puisque papa restait à l'hôpital, enchaînant transfusions et chimiothérapies, et maman avec lui, s'évertuant à parler aux médecins pour comprendre quoi décider, où se soigner et comment). La fin du mois de juin me projeta vers une perspective inattendue.

L'année scolaire finie, Michele, Salvo et moi avions reçu ordre pour expier la faute de la vitre cassée de nous présenter chaque jour à neuf heures *précises* à la sacristie et de nous mettre à la disposition du père Luciano et de Mme Puglisi pour toutes les tâches qui se présenteraient : ménage, distribution du journal paroissial, manutention. Le terme de notre peine n'avait pas été arrêté, mais nous soupçonnions tous les trois que nos matinées de juin et juillet – et peut-être, Dieu nous en garde, août aussi – fileraient de cette horrible façon. Dans mon cas surtout, la conscience de mon innocence attisait le feu de la rancœur, au point que la première fois où j'avais revu Michele et Salvo et réussi à ne pas penser au méchant crapaud, on avait failli se filer une peignée. Je leur avais crié au visage qu'ils n'étaient que des crétins doublés de salauds : crétins, parce qu'on ne lance pas une pierre contre la fenêtre de la sacristie de son propre village, surtout si ledit village compte deux mille âmes et que tout le monde se connaît ; et salauds, parce qu'ils n'avaient pas pris ma défense, qu'ils n'avaient même pas essayé de contester, alors que je n'étais pas avec eux ce jour-là et qu'eux seuls pouvaient en témoigner.

Le problème était qu'ils avaient affirmé ne rien savoir de cette histoire, car ce jour-là, à l'heure où la pierre avait été lancée, chacun était seul chez lui, l'un bouclant son exposé de sciences sur la photosynthèse (Michele), l'autre regardant un documentaire sur la vie de Maradona à la télé (Salvo). Les carabiniers et le père Luciano les avaient confrontés avec le garçon boucher, lequel avait maintenu sa version des faits : oui, il les avait vus et reconnus en compagnie d'un troisième, qui était peut-être moi. Tout le monde avait accordé foi à l'employé de Celima et, concernant mes deux ex-meilleurs copains, je le croyais moi aussi : une connerie pareille était dans leurs cordes.

« Alors c'était qui, le troisième ? » demandai-je à Salvo, un matin brûlant de fin juin, tandis qu'en short, à l'ombre des arcades, nous astiquions avec des chiffons imbibés d'huile de lin brute les bancs en bois de la chapelle San Girolamo.

« Tu ne veux donc pas me croire, dit-il en s'épongeant le front, qu'il salit d'une traînée d'huile et de poussière.

– Je voudrais au moins savoir à cause de qui j'en bave.

– À cause de ce fumier de garçon boucher, du bigleux, tiens ! T'as pas encore compris ? Il a tout inventé. C'est lui qui a lancé la pierre. Pour nous pourrir la vie et savourer le spectacle. Tout ça, parce qu'on le charrie sur ses lunettes.

– N'importe quoi, rétorquai-je. Avec ses lunettes, c'est pas lui qui risque d'atteindre la fenêtre de la sacristie en se postant derrière le muret. Il raterait plutôt le bâtiment, oui.

– Tu rigoles ? » Salvo jeta son chiffon dans la bassine,

se leva et alla chercher un objet sur l'appui de la fenêtre. Un étui, qui contenait une paire de lunettes à fine monture métallique. Il me les tendit.

« Mets-les, je vais te montrer.

– Elles sont à qui ?

– Au père Luciano.

– T'es malade ! Repose ça.

– Mets-les. J'ai essayé hier. J'y voyais quasiment rien et j'ai quand même touché l'affiche de la foire à dix mètres.

– Range-les. »

Au même moment, la voix du curé résonna dans la pièce aux fenêtres ouvertes.

« Rentrez les bancs, les jeunes, dépêchez-vous.

– Mais on n'a pas fini, mon père, criai-je.

– Faites ce que je vous dis. »

Salvo secoua la tête. Il reposa les lunettes dans leur étui, et l'étui sur l'appui de la fenêtre, entre les géraniums. « T'es vraiment casse-couilles », marmonna-t-il en revenant vers moi.

« Zeno. » Mme Puglisi était sortie sur le balcon du premier étage, du côté de l'orgue. « Ta mère vient de téléphoner. Elle te demande de rentrer. Tu as l'autorisation du père Luciano.

– Et moi alors, tu me laisses tomber ? râla Salvo.

– T'as qu'à appeler Michele, répliquai-je en m'essuyant les mains sur mon pantalon. Ou ton bigleux. »

J'enfourchai mon vélo et pris la route qui longe la voie ferrée, le dépôt de bois et le lotissement neuf avec ses maisons à deux étages et entresol, certaines agrémentées d'arcades en béton et toutes flanquées d'un jardinet clôturé de haies jaunies par la chaleur torride des dernières semaines. Stores baissés, rideaux tirés pour l'ombre. Un ciel limpide, sans un nuage, des abeilles dans les fleurs d'agrume fanées, une odeur d'orange. Rien autour de moi n'évoquait l'inconfort de la maladie, la précarité de la santé, la vulnérabilité des corps. La chaleur invitait à paresser dans un hamac sous un cèdre, écouter le bourdonnement moléculaire des insectes et attendre le souffle d'air qui remuerait les feuilles et chatouillerait mes pieds nus.

J'abandonnai mon vélo devant le portail, sans le béquiller. J'entrai dans la maison. Maman était penchée sur une valise encore vide, tandis que deux autres contenaient déjà des vêtements, dont l'une des affaires à moi. Exsangue dans un fauteuil, les mains posées sur ses cuisses, papa était spectateur.

« Où allons-nous ?

– À Gênes, pour papa. » Maman s'évertuait à caser deux paires de sandales dans le même sac plastique. « Un centre spécialisé, une clinique. Ils ont appelé ce matin, il faut partir tout de suite. »

Je n'avais jamais passé l'été loin de Capo Galilea. Capo Galilea *était* l'été : la mer, ses plages et ses touristes qui apportaient, glissées dans leurs valises entre un maillot de bain et quelques romans, nouveautés et révélations ; le temps dilaté de la nuit ; les copains de l'été venus du nord passer les vacances chez nous, avec qui chaque année on se hâtait de vérifier qui avait le plus grandi. À Capo Galilea, trois bars près de la plage qui étaient fermés les huit autres mois ouvraient pendant la saison. Notre bourgade changeait de visage et cette métamorphose était plus excitante que n'importe quel voyage.

Je lançai un regard furtif à papa. Il ne m'en fallut pas plus.

« Je vais chercher quelques B.D., dis-je.

– J'ai déjà mis dans ton sac du papier, des crayons,

ce qu'il te faut pour dessiner, précisa maman. J'ai pris aussi tes livres de classe, ton dictionnaire d'anglais, ton agenda. » Elle releva ses cheveux en soupirant. « J'espère que je n'ai rien oublié. » Pour la première fois, son regard s'arrêta sur moi, elle plongea ses yeux verts dans les miens, sombres comme ceux de papa.

« Fais le tour de la maison pour voir si nous n'avons rien oublié d'important pour toi. »

Je m'apprêtais à monter l'escalier.

« Zeno. »

Elle enjamba les sacs et me rejoignit en regardant où elle posait les pieds, comme si elle traversait des décombres fumants. Elle ouvrit ses bras, où je me jetai. J'aurais voulu y rester blotti à jamais.

Il y a mille quatre cent quatre-vingt-douze kilomètres de Capo Galilea à Gênes, dont mille quatre cent vingt et un de voie rapide. Je le sais maintenant, à l'époque je l'ignorais. Je le précise, car je me souviens de chacun de ces mille quatre cent quatre-vingt-douze kilomètres. Du nombre de fois où l'on s'est arrêtés, parce que papa avait envie de vomir : treize, dont une sur la bande d'arrêt d'urgence du périphérique de Rome, que nous n'aurions pas dû prendre, c'est clair, mais maman s'était trompée à la bretelle de San Cesareo. Des chansons qu'on a chantées pour tuer le temps : *La leva calcistica*, qui figure dans la bande-son de *Marrakech-Express*, le film préféré de mes parents, *L'anno che verrà*, pour la même raison, *Io no* et *L'una per te* de Vasco Rossi, parce que Michele et Salvo m'avaient offert le CD pour mon anniversaire. Il se trouve que 1492, c'est l'année de la découverte de l'Amérique et que Christophe Colomb était génois. Et qu'en 1421, les Visconti, seigneurs de Milan entre le Moyen Âge et la Renaissance, ont conquis Gênes et l'ont gardée jusqu'en 1435. Pour nous aussi cet été-là, conquêtes et découvertes furent au programme (vous verrez), avec l'état de santé de mon père, notre installation et la canicule.

La clinique où papa était attendu n'avait pas compris que je venais aussi.

« Vous plaisantez ? Je vous ai répété plusieurs fois que j'emmenais mon fils. Et qu'il a douze ans. » Maman tempêtait dans le couloir. « Vous pouvez me dire maintenant ce que je vais faire d'un garçon de douze ans ? L'installer à l'hôtel ? Lui acheter une tente ? Le réexpédier tout seul à la maison ?

– Nous regrettons, madame...

– Je veux bien croire que vous regrettez. Le contraire serait un comble.

– Vous n'avez personne qui puisse le garder ?

– Si, vous, ici avec moi.

– Madame, ce n'est pas possible. On n'accepte pas les enfants.

– J'avais bien pris soin de vous avertir que mon fils venait. Mais personne ne m'a parlé d'un âge minimum, dit-elle. Je veux voir un responsable.

– C'est moi le responsable.

– Eh bien, je veux un autre responsable, vous m'entendez ? Plus responsable que vous. »

La clinique Marescotti était un établissement conventionné construit sur les pentes d'une de ces collines sans lesquelles Gênes ne serait pas ce qu'elle est, à proximité du cimetière monumental de Staglieno, où Fabrizio De André avait été inhumé en février. On y accédait par une route tortueuse qui débouchait sur une cour avec fontaine, où se dressait un angle imposant du bâtiment, formé par trois arcades et un mur aveugle couvert de glycine. De là partaient deux ailes sur trois étages. Les murs porteurs étaient constitués d'éléments préfabriqués en béton. On pouvait circuler sur les toits en terrasse agrémentés de pergolas et de petits kiosques en bois et tôle.

Quand on installa papa, il nous fallut sortir.

Je ne pouvais pas rester là, point barre. Il y avait bien une chambre pour un accompagnateur, mais on ne prévoyait ni chien ni plante ni enfant. Alors qu'on déshabillait papa, qu'on l'auscultait, que les premières perfusions pénétraient ses veines, nous nous réfugiâmes à la terrasse d'un salon de thé, propre et accueillante, sur une petite place ombragée par deux pins maritimes. Hors du couvert des arbres, le soleil faisait fondre le bitume et des vagues humides de chaleur flottaient sur le trottoir. Quelque part, un groupe d'enfants se baignait dans une piscine ; nous entendions leurs cris et la chute des corps dans l'eau. Maman commanda un granité menthe citron pour moi et un café froid pour elle.

Elle était furieuse.

« C'est incroyable », dit-elle en allumant une cigarette. Sa main tremblait. Elle tira une bouffée et retint longtemps la fumée. Puis la rejeta violemment.

« Si j'avais su.

– Quoi ?

– Ma grand-mère possédait un appartement à Gênes.

– Elle ne l'a plus ?

– C'est surtout elle qui n'est plus de ce monde, Zeno.

– Je sais. Je veux dire : qu'est devenu son appartement ?

– Il est allé à mon père. Puis à moi.

– Et alors ?

39

– On l'a vendu. »

Le serveur apporta la commande. J'avalai une cuille-rée de granité trop grosse, le froid se propagea comme une décharge électrique de mes dents jusqu'à mon crâne. Je grimaçai.

« Je ne le savais pas, dis-je en me massant les tempes. Pourquoi vous ne me l'avez pas dit ?

– L'appartement au-dessus du *Montelusa* était à réno-ver. On avait besoin d'argent. Tu étais petit.

– Il était où ?

– L'appartement ?

– Oui, il était par ici ? »

Elle indiqua une vague direction, vers l'ouest.

« Il était grand ?

– Très. Il se trouvait dans un vieil immeuble doté d'un escalier monumental. Je me souviens d'une chambre avec un balcon. Ton grand-père l'appelait la volière, pour la lumière qui le baignait par deux grandes fenêtres. J'y allais quand j'étais petite, rendre visite à ma grand-mère. » Elle fit signe au serveur et commanda un autre café.

« Tu veux autre chose, tu as soif ?

– Non. Comment était ta grand-mère ?

– C'était une dame douce et distraite. Je la voyais peu, mais j'avais beaucoup d'affection pour elle. Elle m'emmenait voir les mouettes. Quand elle sortait, ses poches étaient remplies de miettes de pain. »

Maman ne m'avait jamais beaucoup parlé de sa famille. Je n'avais pas connu mes grands-parents parce qu'ils étaient morts. Enfin, je le croyais. Si l'un de vos parents ne vous parle jamais de son père ou de sa mère, si vous ne recevez jamais à Noël ou à votre anniver-saire d'enveloppe avec des sous ou de colis par la poste, vous ne pouvez pas vous empêcher de tenir pour acquis que la personne en question, dont on ne parle pas, qui n'écrit pas et n'envoie pas de cadeau, est morte. Et vu la réticence manifeste de maman à parler d'elle-même et la force granitique de ce refus, j'avais toujours évité de poser des questions. Ainsi cet après-midi-là, quand je nous sentis entraînés sur la pente des souvenirs, j'éprouvai simultanément deux sensations distinctes : la première de danger, la seconde d'excitation. Qu'est-ce qui frémissait dans l'air ? Des non-dits, des secrets. Et avec toute la fougue de la préadolescence, je m'y jetai à corps perdu.

« Où sont enterrés ces grands-parents ? Les miens, je veux dire.

– Ta grand-mère est à Turin, la ville où je suis née.

– Et mon grand-père ?

– Pourquoi veux-tu le savoir ?

– Lui aussi est à Turin ou bien ici à Gênes, avec sa mère ? »

Le serveur posa devant maman son second café froid. L'épaisse mousse beige était piquée d'un grain de café. Elle coinça le ticket sous son verre.

« Grand-père était de Gênes ?

– Oui.

– Pourquoi avait-il déménagé à Turin ? Pour grand-mère ? Comme toi pour papa, quand tu es venue à Capo Galilea ?

– Aussi, mais pas seulement. Il y avait des raisons de travail, dit-elle. Ton grand-père avait fait ses études à Ivrée. Près de Turin.

– Pourquoi pas à Gênes ?

– Il existait à Ivrée un institut professionnel privé très réputé. Les personnes qui avaient la chance de s'y former trouvaient tout de suite du travail. Souvent même dans l'entreprise qui le finançait.

– De quelles études s'agissait-il ?

– Mécanique. Électronique. Je ne sais pas trop.

– Et où a-t-il travaillé après ?

– Il était consultant.

– Et ça fait quoi, un consultant ?

– C'est quelqu'un qui va dans les entreprises et les aide à résoudre leurs problèmes.

– C'est intéressant ?

– Je n'en ai aucune idée.

– Ça lui plaisait ? »

Maman enleva ses boucles d'oreille qui lui tenaient chaud. Sa peau était luisante et ses yeux cernés, elle n'était pas bronzée comme d'habitude en cette saison. Elle joua avec sa paille, traçant des spirales dans la mousse de son café, entre le grain de café et le bord du verre. « Je n'ai jamais réussi à le savoir, dit-elle en relevant les yeux. Je n'ai jamais su s'il aimait son travail. »

De notre table, on apercevait au-dessus des pins les deux derniers étages de la clinique, le large mur couvert de lierre et de glycine surplombant les arcades. Quelque part dans ces bâtiments, mon père se battait contre la maladie qui avait réduit de façon dramatique son taux de globules rouges et de plaquettes. Je savais qu'en ce moment ma mère aurait voulu être à ses côtés, et pas dans un salon de thé à siroter un café froid. Je le savais parce que je l'aurais voulu moi aussi, et que je ne pouvais pas.

« Zeno, et si je t'emmenais chez lui ? déclara soudain maman, comme si un bouchon avait sauté et que le courant de sa pensée avait retrouvé sa force.

– Chez qui ?

42

– Chez ton grand-père », dit-elle en relevant les yeux et en lâchant sa paille sur la table.

Je ne comprenais pas.

« À Capo Galilea ?

– Non. »

Et ses paroles décapèrent dans sa gorge des années de suie et de sédiments : « Chez mon père. »

Découvrir que vous avez un grand-père dont personne ne vous a parlé, dont on vous a toujours caché l'existence, un grand-père qui ne vous a jamais donné signe de vie (du moins, pas à votre connaissance), un grand-père que vous pensiez mort et qui en réalité a un domicile, mange, parle avec les gens, écoute la radio, c'est comme s'avancer sur le seuil de votre balcon pour découvrir qu'il s'est écroulé, que dessous, il n'y a plus la cour rassurante avec ses magnolias, sa balançoire et sa piscine en plastique, mais un gouffre. Ce qui était familier devient étranger, le quotidien illisible. C'est tout ou il y a autre chose ? Qu'est-ce que j'ignore encore ? Le doute est un terrain instable. Et nous glissions dangereusement sur ses pentes. Papa et maman n'avaient accordé aucun crédit à ma proclamation d'innocence et moi maintenant je découvrais que je ne pouvais pas en accorder aux récits de ma mère sur son enfance. Non qu'elle m'ait menti : mais cacher qu'on a encore son père, n'est-ce pas mentir un peu ? Et la maladie de papa ? Elle était peut-être plus grave qu'ils ne me l'avaient dit. Maman et papa avaient-ils vraiment espéré me garder avec eux à la clinique ou avaient-ils joué la comédie ? Ils savaient peut-être qu'on ne m'accepterait pas et maman avait lâché incidemment cette histoire d'appartement dans l'intention de me mettre la puce à l'oreille, pour me pousser à poser des questions, de façon à pouvoir jouer le rôle de celle qui de but en blanc – on croit rêver – se souvient qu'elle a un père et qu'il vit à une heure et demie de Gênes, un père qu'elle ne voit plus depuis treize ans et chez qui elle pourrait me larguer pour le reste de l'été ?

J'avais le vertige.

« J'y crois pas.

– À quoi ?

– Que tu me l'aies caché tout ce temps.

– Je ne te l'ai pas caché, répliqua maman en condui-sant (nous étions dans la voiture – le temps de payer le granité et les cafés, nous avions pris la route de Colle Ferro, le village où habitait mon grand-père). Et surtout, je ne t'ai pas menti.

– Tu ne m'as jamais dit que j'avais un autre grand-père.

– Tu ne me l'as jamais demandé explicitement.

– Je ne te l'ai jamais demandé explicitement ? m'écriai-je. Il fallait que je pose la question ? Il faut peut-être que je te demande d'autres choses que je ne t'ai jamais demandées et que tu n'as pas pensé à me dire ? Je sais pas, moi. Que je suis un enfant adopté ? Ou bien que j'ai un frère en Islande et une sœur au Mexique ? Ah oui, je ne t'ai jamais demandé si je suis le fils de Vasco ou d'Eric Clapton. Serais-je le fils de Vasco ou d'Eric Clapton ? Ma date de naissance est-elle exacte ? Je ne te l'ai jamais demandé, alors je te le demande parce que je me suis toujours senti un peu plus vieux que mon âge, je pourrais avoir treize ans au lieu de douze, par exemple…

– Ça suffit. »

La voiture grimpait une route en lacets et le paysage

changeait, les maisons devenaient plus rares, les feuilles
des arbres d'un vert plus intense, et les oliviers cédaient
la place aux châtaigniers. Maman mit son clignotant,
appuya sur le frein et se gara au bord de la route. À
cent mètres de la glissière, de mon côté, je remarquai
une maison jaune avec une grande terrasse. Une femme
étendait son linge en luttant contre le vent qui voulait
lui arracher un drap blanc des mains. Dans la véranda,
immobile, un chat noir dormait près d'une dizaine de jar-
dinières de sauge et de basilic. La climatisation était mise
dans la voiture et on ne sentait pas la chaleur extérieure,
mais on la devinait à la réverbération sur l'asphalte et le
coffre. Un camion nous croisa et le déplacement d'air
nous fit tanguer. Quand l'écho du moteur se fut dissipé,
un silence s'installa, lourd et étouffant. Maman scrutait
les montagnes qui s'élevaient devant nous, moi je sentais
celle qui s'élevait à l'intérieur de moi.

« C'est comme quand tu n'as pas envie de faire
quelque chose. Tu renvoies au lendemain, puis au jour
suivant. Ce n'est pas que tu oublies, il reste un bruit de
fond. Mais tu t'habitues et tu espères que le problème
se règlera tout seul, par magie, qu'un jour tu te lèveras
et tout sera rentré dans l'ordre.

– On n'est pas en train de parler d'une corvée de
vaisselle », répliquai-je.

Elle me regarda de travers.

« Quand tu fais comme ça, je te déteste.

– Quand je fais comment ?

– Quand tu joues au plus fin. Comme si c'était toi
l'adulte.

– Pourquoi tu me l'as pas dit ? »

Elle ouvrit la fenêtre, laissant entrer un souffle chaud
qui nous brûla la peau. Elle chercha ses cigarettes dans

son sac, en glissa une entre ses lèvres après l'avoir tapotée sur le paquet, l'alluma. « Les choses les plus importantes, commença-t-elle, sont les plus difficiles à partager. On dirait un contresens, je m'en rends compte. Et avec les gens que tu aimes, c'est encore plus difficile, parce que les mots vident les choses. Ils rapetissent ce qui dans notre tête semble sans limite et le réduisent à une poignée de sable. Tu comprends, Zeno ?

– Non.

– T'est-il déjà arrivé... d'admettre une chose avec toutes les peines du monde pour découvrir ensuite que les autres n'avaient absolument pas compris l'importance qu'elle avait pour toi ? Et pourtant tu en aurais pleuré en la racontant. Ça t'est déjà arrivé ?

– Oui.

– Quand ?

– Avec papa et toi. Il y a deux ans. »

Elle se cala dos contre la portière pour me voir tout à son aise.

« Raconte.

– C'est une bêtise.

– Je t'en prie.

– Non, je t'assure...

– Zeno. »

Voilà, il s'était passé qu'un soir d'été dans la cour, à la fin du dîner, maman avait servi un ananas en tranches, tout prêt. Mon père et moi on adorait ça, l'ananas. Maintenant, je trouve que c'est trop sucré, mais quand j'étais gosse j'aurais affronté un ours à mains nues pour un ananas. Ce qui est certain, c'est que ce soir-là, pourquoi je l'ignore, il n'en restait qu'un et que je ne le savais pas, ou maman l'avait peut-être dit et je n'avais pas entendu. Je dis *qu'un* parce qu'avec des gourmands de notre espèce, il y en avait toujours un stock. Quand maman avait apporté cet ananas – six ou sept tranches disposées sur une assiette –, je m'étais jeté dessus, engloutissant tout avant que mon père remonte de la cave où il était allé chercher une bouteille du *passito* qu'il réservait pour des soirées comme celle-là. Quand papa fut de retour à table, je m'attendais à ce qu'il plaisante en me traitant de glouton criminel ou Dieu sait quoi, pendant que maman apporterait un deuxième ananas. Mais c'était le dernier. Et je ne l'avais pas compris. Papa était contrarié, rien de dramatique, bien sûr, mais ça ne passait pas. Maman surtout s'était fâchée et m'avait traité d'égoïste. J'entends encore résonner le mot dans la cour entre les feuilles d'oranger et les reliefs du dîner : *égoïste*. Égoïste avec mon père, la seule personne avec qui j'aurais tout partagé. Égoïste, comme si j'avais choisi d'accaparer par la supercherie quelque chose que nous devions partager en famille, parents et enfant. J'avais essayé de m'expliquer, m'excuser. En vain. Les mots s'étaient empêtrés dans mes cordes vocales. Je m'étais levé et avais couru me réfugier dans ma chambre. Quelques jours plus tard, quand tout cela était du passé, maman avait servi un ananas au déjeuner et je m'étais mis à pleurer en le voyant. Des larmes discrètes, mais lourdes de rancœur.

« Je vous avais expliqué pourquoi je pleurais, dis-je à maman qui, la tête contre la vitre, me regardait interloquée. Vous ne compreniez ni l'un ni l'autre. Vous ne vous souveniez pas de cet incident. »

La femme de la maison jaune avait fini d'étendre son linge, elle avait ôté ses chaussures et, assise dans un rocking-chair en osier, lisait le journal. Je vis le chat se réveiller, s'étirer et sauter d'un bond de la jardinière directement sur le fauteuil, entre les bras de sa maîtresse.

47

« Je t'avais dit que c'était une bêtise.
– Pour toi, ça ne l'était pas.
– Non.
– Et moi je ne m'en souviens même pas.
– Ça arrive.
– Ça ne devrait pas arriver, insista-t-elle. Nous devrions être plus vigilants.
– Il faut vraiment que j'aille chez mon grand-père ?
– Que faire d'autre ?
– Mais s'il ne veut pas de moi ?
– Voyons déjà ce qu'il en est. »
Elle remit le contact, jeta un coup d'œil dans le rétroviseur et s'engagea sur la route. Dix minutes plus tard, nous faisions étape pour le repas dans un restaurant pour VRP et ouvriers. Notre choix tomba sur les raviolis et la cuisinière venue nous servir nous expliqua qu'elle les moulait avec un rouleau à compartiments carrés. Nous avons mangé en silence.
« Je ne t'ai pas dit pourquoi je ne vois plus ton grand-père.
– Ça n'a pas d'importance.
– Tu ne veux pas le savoir ?
– C'est facile à raconter ?
– C'est-à-dire ? »
Je réfléchis, sans trouver comment m'expliquer.
« Je ne sais pas, répondis-je. Fais comme tu veux.
– Pourquoi tu es comme ça ?
– Comment, comme ça ? demandai-je en essuyant mes lèvres grasses de la sauce des raviolis.
– Tu n'as plus confiance en moi. Tu crois que je ne te dirai pas la vérité ?
– Maman, je ne te comprends pas.
– Parfois, je me sens inapte.

– Grand-père est inapte ?

– Ça recommence.

– Quoi ?

– Ces réflexions, répondit-elle, que tu nous sors de but en blanc. Pourquoi dis-tu *inapte* ? Personne à douze ans n'emploie le mot *inapte*.

– C'est toi qui l'as employé.

– Ça suffit. »

Je haussai les épaules, passai le tranchant de la main sur la nappe pour recueillir les miettes, les rassemblai au milieu de la table : une petite pyramide de pain et d'éclats de parmesan.

« À ton avis, que fait papa en ce moment ?

– Des analyses.

– Ça fait mal ?

– Je ne pense pas. »

La douleur était ce que je parvenais à imaginer de pire. Le mot *mort* n'avait jamais été prononcé.

« On ne pourrait pas aller à l'hôtel ?

– Pendant deux mois ? Il faudrait en avoir les moyens.

– Cherche une location.

– On verra.

– Si grand-père me garde, je resterai les deux mois chez lui ?

– Je pourrais te ramener à Capo Galilea. Chez tes autres grands-parents. Si tu crois que c'est mieux, je t'emmène. Maintenant. On peut partir tout de suite. Le temps de faire demi-tour avec la voiture. Sauf que nous ne nous verrons plus jusqu'en septembre.

– Si grand-père me garde, on pourra se voir ?

– Bien sûr.

– Et je pourrai descendre voir papa ?

– Ça, je l'ignore. Il faut que je demande.

– Tu demanderas ?
– Je demanderai. »
Elle ajouta au bout d'un moment :
« Alors ? »
– Alors en route », répondis-je.

Colle Ferro est un groupe de maisons éparses au fond de la vallée qui, sans même s'en rendre compte, s'étaient trouvées un jour réunies par deux routes de campagne et un curé. Après avoir connu une brusque envolée à la fin des années cinquante due à la construction d'un barrage et d'un lac artificiel permettant de contrôler et rationner l'eau, le nombre d'habitants avait chuté et, pour finir, il n'était resté qu'une poignée de vieux qui, par manque d'enthousiasme ou d'opportunités, avaient refusé de suivre leurs enfants en ville, sur la côte ou dans un village plus important. Il y avait une église, trois commerces, un bureau de poste, un marché – le jeudi matin sur le parking – et un bar-restaurant qui offrait le choix entre des spaghetti sauce tomate et des *trofie* au pesto.
Grand-père s'y était installé quelque temps après le départ de maman pour la Sicile. Il y avait déjà vécu entre 1943 et 1945. Sa famille s'y était réfugiée, fuyant le nazisme, car grand-père était juif, ainsi que toute sa famille, mais pas maman. Grand-père avait épousé une *goy* comme ils disent, une non-juive, or c'est par la mère qu'on est juif.
« Ton arrière-grand-mère est enterrée ici.
– Ah oui ? »
Nous longeâmes un jardin maraîcher où les poteaux métalliques d'un panneau publicitaire étaient plantés au milieu des légumes. Sous le panneau, des femmes cour-

bées sarclaient, coiffées de chapeaux de paille. Comme
on avait besoin de prendre de l'essence, maman profita
de l'occasion pour demander des renseignements sur
grand-père au pompiste, un jeune homme en bandana,
mais celui-ci ne le connaissait pas et « le patron », dit-il,
qui en aurait peut-être su davantage, n'était pas là.
    « Si vous voulez l'attendre. Il ne va pas tarder.
    – Non, merci. Nous nous informerons plus loin. »
    Nous passâmes devant deux grottes qui, à la lumière
violente du jour, me parurent sombres et profondes.
Je demandai à maman de quoi il s'agissait, mais elle
fut incapable de me répondre. Après le panneau blanc
d'entrée de Colle Ferro, nous nous arrêtâmes au bar-
restaurant du village, où quatre personnes se prodiguè-
rent aussitôt en explications sur le chemin menant chez
grand-père. Certes, maman y était déjà allée, mais il y
avait très longtemps, et elle n'en conservait qu'un vague
souvenir : une forêt, un rocher, la vue sur la retenue
d'eau, une odeur de mûres, de mousse et de résine.
    Nous nous engageâmes sur la route qui nous avait été
indiquée, nos informateurs n'ayant pas manqué d'essayer
de nous faire dire qui nous étions et pourquoi nous cherchions celui que les gens ici appelaient Coifmann tout
court. Nous dépassâmes un homme qui se poussa sur le
bas-côté pour éviter la poussière que notre voiture soulevait comme une queue de comète sale. Cinq minutes
plus tard, nous nous garions devant une maison, au pied
d'un gros rocher. C'était une construction en pierre, prévue pour résister au soleil, au vent et aux hommes qui
l'habitaient. Une partie du rez-de-chaussée adossé à la
pente suivait la courbe de niveau. Le premier étage – à
l'évidence un ajout récent – était flanqué d'une galerie
en bois qui courait sur les trois côtés du bâtiment, à

la hauteur du rocher. Les encadrements, en bois eux aussi, étaient peints en rouge et les murs à l'épaisseur respectable étaient bordés aux angles de grosses pierres apparentes, qui entouraient aussi les fenêtres. À la base, on apercevait un mélange de cailloux et de chaux, dissimulé plus haut par un crépi blanc.

Maman coupa le moteur.

« C'est ici ?

– C'est ici. »

On descendit de la voiture en laissant les portières ouvertes. Je pris mon sac de voyage d'un geste soumis et résigné. Si je devais vraiment rester ici – et *ici* était tout ce que je savais, vu que j'étais bien incapable de situer Colle Ferro sur une carte qui n'était pas au un millionième ou à une échelle encore plus petite, où mon doigt aurait indiqué la Ligurie dans son ensemble –, donc si je devais séjourner dans un endroit dont trois heures plus tôt j'ignorais jusqu'à l'existence, chez un grand-père que trois heures plus tôt je croyais mort et enterré, j'avais intérêt à ne pas tergiverser.

La main de Maman tremblait quand elle frappa à la porte d'entrée. Nous attendîmes la réponse ou des bruits à l'intérieur en retenant notre respiration. En vain. Elle frappa à nouveau et cette fois appela d'une voix que je ne lui avais jamais entendue, plus ténue et haut placée que la normale : « Papa. » Mais rien, pas un grincement ou un raclement de chaise sur le sol. Je laissai tomber mon sac dans l'herbe et m'assis sur un large banc en bois calé contre le mur. Maman recula de plusieurs pas, pour considérer la maison dans son ensemble. Elle essaya d'en faire le tour, mais il n'y avait que trois côtés accessibles : le quatrième était de la terre et du rocher.

Je vis un homme sortir du virage par où nous étions

arrivés. Il me sembla que c'était celui qui s'était enfoncé sous les arbres pour éviter de respirer notre poussière. Il avançait d'un bon pas. Je le regardai et il me regarda. Il ne s'arrêta pas, je ne me levai pas. Je ne dis rien. Maman lui tournait le dos, en quête d'indices le long des lézardes du crépi, derrière les vitres qui réfléchissaient le ciel et les arbres.

Je pensai que si mon grand-père était plus grand que je l'imaginais, plus grand que ma mère et même que mon père, s'il portait courts ses cheveux blancs prolongés par une épaisse barbe, blanche elle aussi et plus fournie que sa chevelure, s'il avait les yeux du même vert que maman, mais les pommettes plus hautes et le teint plus clair, s'il portait un pantalon en velours marron élimé au genou, retenu par des bretelles sur une chemise blanche en coton froissée, et si et si et si, eh bien cet homme incapable de me lâcher des yeux devait être mon grand-père.

Les pas se rapprochaient dans ce silence harmonieux que la vallée déversait sur nous et maman entendit le craquement du sol sous les semelles, le frottement du pantalon sur les cuisses. Elle finit par se retourner. Alors ils se virent.

J'ignorais tout d'eux. Pourquoi ils avaient coupé les ponts, pourquoi maman m'avait caché son existence, quels étaient les fautes, les rancœurs, les mots refoulés. Mais je peux imaginer aujourd'hui la masse d'informations, la quantité de données visuelles qu'en ces instants raréfiés, chacun recueillit sur le visage et le corps de l'autre avant d'entendre – de réentendre – sa voix : une silhouette qui s'est modifiée aux hanches et aux fesses, un épiderme devenu rugueux, des cheveux plus rares, un nez plus marqué, des yeux plus cernés, des joues plus creusées. Je peux imaginer l'intensité de leurs efforts pour combler à toute allure le socle poreux du temps, afin que l'échafaudage de leur rencontre ne s'écroule pas sous le poids partagé de ces années d'absence, de ruminations nocturnes et peut-être de culpabilité. Je peux supposer – mais rien de plus – que, en ces quelques instants où rien encore ne se disait ou faisait, avant que soit ébauché le premier geste qui briserait peut-être l'ultime membrane, une surcharge a tout broyé en eux : vérité, sang, cartilages.

Je me figeai sur place, cessai de respirer, n'avalai plus la salive qui s'accumulait dans ma bouche. Quant à eux, leur immobilité dura un temps que je ne saurais évaluer et ils en sortirent d'un même mouvement, selon une chorégraphie répétée en secret pendant treize ans. Grand-père contourna notre voiture aux portières encore ouvertes, la détaillant comme s'il y cherchait le maximum de détails utiles. Maman redescendit le pré, parcourant une dizaine de mètres de cailloux, touffes d'herbe et fleurs jaunes. Une table en bois. Une odeur de pain et de bruyère. Entre les chênes verts l'éclat métallique du lac ridé par une brise légère. Maman et grand-père se retrouvèrent face à face à mi-chemin, les bras ballants. Ils s'évaluèrent pour savoir qui prendrait les devants et au bout du compte :

« Bonjour, dit maman.

– Bonjour, Agata. »

Un klaxon monta de la vallée, aussitôt coupé. Traversant le ciel, un couple d'oiseaux survola la maison et se posa sur un pic rocheux.

« Voici Zeno. »

Mon grand-père acquiesça d'un signe de tête.

Résumé de ma vie pour autant qu'il est donné
de se souvenir, reconstituer ou imaginer.
À la lumière de la mémoire.
1938-1945

Je nais le 17 novembre 1938 sans en avoir le droit. Il vaudrait mieux que je reste dans le ventre de notre mère me nourrir de protéines et de sucres tant que c'est possible, tant que j'y arrive. Il faudrait que je me laisse réabsorber par le corps qui m'a engendré. Mais cela ne m'est pas accordé.

Notre mère accouche sous un soleil bas d'automne. Ses mâchoires grinçantes livrent le prénom qu'elle veut me donner, mais qui ne sera pas le mien : Yitzhak, *il rira*. C'est pour cette raison peut-être que mon rire sera toujours un feu de bois vert fumeux et sans chaleur : à cause de ce prénom manqué.

La sage-femme sort de la chambre qui, avant, était celle d'oncle Elio, enlève ses gants et entre dans le bureau. Tout le monde se tourne vers elle d'un même mouvement. Grand-père qui contemplait entre les rideaux les allées et venues des bateaux dans le port s'éloigne de la fenêtre. Grand-mère assoupie dans le silence ouaté de sa surdité attrape son cornet acoustique en métal émaillé et le fiche dans son oreille. Notre père, qui était enfoncé dans le plus petit des trois fauteuils de velours rouge, en jaillit comme un jet d'eau.

La sage-femme annonce : C'est un garçon. Elle voudrait l'appeler Yitzhak.

Notre père dit : Yitzhak ?

Grand-père répète : Yitzhak ?

Grand-mère secoue la tête : Non, non. On n'appelle pas un enfant Yitzhak par les temps qui courent.

Grand-père tapote de la pointe du pied contre la plinthe, croise les mains derrière le dos, redresse le buste : Nous l'appellerons Simone. Il se tourne vers grand-mère. Elle sent qu'on la consulte et lève son cornet acoustique vers grand-père en plissant le front. Grand-père désigne la bibliothèque couvrant le mur derrière lequel leur fille unique vient d'accoucher : Ton petit-fils. Que dirais-tu de Simone ?

Grand-mère réfléchit, marmonne, acquiesce.

Grand-père se tourne vers notre père : Enrico, qu'en penses-tu ?

Notre père relève les yeux, qu'il tenait rivés sur le parquet. Il forme sur ses lèvres le prénom proposé par son beau-père. Le prononce : Simone. Et sourit : Bien sûr, Simone, ça va.

La sage-femme sort au moment où, une marionnette à la main, entre mon frère Gabriele, quatre ans. Notre père le prend dans ses bras, le presse contre son cœur. Il lui annonce : Tu as un petit frère, ça y est. Il s'appelle Simone.

Gabriele brandit sa marionnette et demande : Alors on peut sortir ?

**

Devant Gênes, c'est la mer. Derrière, les collines et la montagne. Entre, les vieilles ruelles. Dans les hauts, la maison de nos grands-parents. Dans la maison, une cuisine, un salon, un bureau, les chambres et, dans la chambre orientée au sud, la plus chaude, une commode et son tiroir où l'on me dépose, violacé et jaunâtre, en attendant que j'aie un berceau.

Personne n'a pensé au berceau.

Le lendemain, pendant que chez nous Gabriele me flaire les pieds et les poignets, notre père, Enrico Coifmann, se présente à la mairie devant M. Fabrizio Costantino, officier de l'état civil. Il doit attester ma venue au monde, signer ma non-autorisation à exister. Mon certificat de naissance est une mince feuille jaune, qui mentionne : Simone Coifmann, *de race juive*. En bas à droite, il y a une tache. On dirait du café. Mais personne à ce moment-là dans ce bureau ne boit de café. Ni M. Fabrizio Costantino, ni notre père, ni la secrétaire qui tape vigoureusement à la machine avec deux doigts et le pouce. Après avoir de fait autorisé ma condamnation à mort, notre père quitte la mairie pour se rendre à son bureau, où il est unanimement aimé et respecté. Il achète des petits fours pour fêter l'événement.

Notre père est le chimiste peut-être le plus important de la marine nationale. Il aime son travail et son pays. Les photos qu'il emporte partout avec lui et accroche sur des murs inconnus à chaque nouvel emménagement le montrent dans des réceptions à l'occasion du lancement d'un bateau ou d'un sous-marin, au milieu d'officiers en grand uniforme et de femmes élégantes. Il voyage beaucoup, y compris à l'étranger. Il est connu en France et en Suisse. Il parle trois langues : italien, anglais et français. Quand il était en déplacement, l'armée l'hébergeait ou lui procurait un appartement de fonction. Notre mère le suivait avec Gabriele. Ils n'avaient jamais eu de véritable chez-eux et notre père n'avait jamais postulé pour une ville précise. Il était là où son devoir l'appelait. Faisait ce que son devoir exigeait.

Il a fallu que notre mère s'aperçoive qu'elle m'attendait pour réussir à le convaincre de demander cette fois une mutation pour Gênes, près de ses parents.

Elle avait déclaré : Je ne veux pas accoucher dans un logement de fonction.

***

Un soir, notre père rentre du travail plus tard que d'habitude. Les grands-parents ont déjà dîné. Gabriele est couché dans le lit à côté du berceau où, dans un demi-sommeil, j'agite mes doigts, sans qu'ils aient rien à saisir. Notre mère assise sur une chaise en paille près de la porte regarde Gabriele dormir paisiblement et moi attraper le vide. La lumière du couloir dessine un rectangle jaune par terre. Dans un panier, sous la console, une pile de quotidiens qu'elle n'a pas l'intention de lire.

Un bruit de clés. La porte qui s'ouvre, se ferme. Dans le rectangle de lumière sur le parquet apparaît l'ombre de notre père : chapeautée, serviette à la main. L'ombre reste là un instant, puis disparaît. Une chaise qu'on déplace, la porte de l'armoire, un tintement de bouteilles et de verres dans le bureau de grand-père. L'ombre de nouveau. Qui a ôté son chapeau, posé sa serviette. Elle n'entre pas dans la pièce, elle a deviné la présence de notre mère sur la chaise, son parfum de cannelle et d'anis. L'ombre annonce : Ils m'ont licencié aujourd'hui.

Notre mère dit : Ils licencient tout le monde. C'est dans les journaux.

Tu as lu les quotidiens ?

Notre mère répond : Ce n'est pas nécessaire.

Ils restent silencieux plusieurs minutes. Ils ne se voient pas, ne se touchent pas. Pendant ce temps, j'agite mes doigts en éventail devant ma bouche comme pour compter, mais j'en suis incapable.

Notre mère finit par reprendre la parole : Que vas-tu faire ?

Laisser des dossiers impeccables. Faire en sorte que mon remplaçant n'ait aucun mal à prendre la relève. Je ne déserterai pas le bureau du jour au lendemain, si tel est le sens de ta question.

Tous les jours, notre père se rase, prend sa serviette et part travailler. Tous les jours, sauf le samedi et le dimanche, pendant deux semaines. Il ne fait plus partie du personnel et ne sera pas payé, mais il s'en moque. Quand il a démêlé toutes les difficultés, quand en passant ses dossiers au peigne fin il a l'impression de lisser les cheveux fins de notre mère, il ferme son agenda, se lève, boutonne le poignet de sa chemise dont il roule la manche jusqu'au coude pour écrire et va serrer la main à tous ses collègues, puis il descend l'escalier entre deux haies d'employés, y compris ceux qu'il n'a jamais vus, y compris ceux qu'on vient d'embaucher, deux étages en serrant la main à chacun d'eux, au coursier, au gardien, il franchit le porche et marche vers l'est jusqu'à épuisement.

Il rentre à la nuit noire. Sur la table de la cuisine, une assiette plate attend, recouverte d'une assiette creuse. Dessous, du veau aux carottes, froid désormais. Notre mère s'est endormie dans le lit de Gabriele, qui lui aussi dort sereinement pelotonné contre elle, une main sur son sein. Enveloppé dans un drap brodé, je converse avec les ombres. Notre père entend, s'approche et tend un doigt dans mon berceau. Je le serre.

***

Notre père peine à trouver un autre travail. Il voudrait rester dans son domaine. Il essaie dans l'industrie pharmaceutique, les chefs du personnel s'enthousiasment devant son curriculum vitae, mais à la vue de ses papiers d'identité, leurs voix enjouées perdent aussitôt leur entrain et leurs regards se décolorent derrière les lunettes.

Un vieil ami, gros fournisseur de la marine nationale, lui rédige une lettre d'introduction. Quelques mots timides, pas plus, mais ils lui permettront d'obtenir un entretien dans une savonnerie. Il se présente, on l'écarte d'emblée. Six jours plus tard, dans un établissement de transformation du cacao près d'Alessandria, on lui répond que le poste pour lequel il candidate est déjà occupé.

Notre père observe : Ce poste s'est libéré il y a trois jours.

On lui répond : Nous regrettons.

Grand-père possède une conserverie de poissons. Il n'a pas peur de se retrouver au chômage, parce que personne ne peut le licencier. Il a déjà perdu quelques clients, mais depuis la promulgation des lois raciales, il confie les tractations à un employé. Il pourrait embaucher notre père, mais tous deux savent qu'il n'y a pas de travail pour lui, rien où il serait utile, aucune étape du cycle de production où ses connaissances trouveraient à s'employer. Un jour, grand-mère traverse le couloir en trottinant et pénètre dans le bureau de grand-père.

Elle trébuche sur le porte-parapluie, en nage, incapable de parler.

Grand-père dit : Calme-toi. L'immeuble serait-il en feu ?

Elle enfile son cornet acoustique : Plaît-il ?

Grand-père crie : Que se passe-t-il ?

Ils partent.

Grand-père crie : Qui ?

Grand-mère agite le bras qui ne tient pas le cornet : Tout le monde.

Dans la maison, il y a une chambre qui était autrefois celle d'Elio, c'est là que je suis né et où nous campons tous quand nous dormons chez les grands-parents. Elio est le frère de notre mère, notre oncle. Il vit à Parme avec sa famille. Ils ont aussi un appartement à Gênes, à deux rues de chez les grands-parents, où ils viennent peu et grand-mère se plaint qu'elle ne les voit jamais. Et puis, il y a le troisième, Marcello. Personne ne parle de lui. On le dit bizarre. Il aime piloter les avions, mais a refusé d'entrer dans l'armée de l'air. Il revient peu à la maison et quand c'est le cas, grand-père et lui ont des prises de bec.

Grand-père tourne au fond du couloir, ouvre la porte. Notre père est à genoux par terre, penché sur une valise qu'il tente de fermer. Notre mère plie avec soin un pantalon en flanelle qu'elle a étendu sur le lit. Gabriele joue avec une cloche en céramique attachée à un fil. Il la fait danser sous mon nez et j'essaie de la prendre dans ma bouche. Grand-père fronce les sourcils et demande : Où partez-vous ?

Notre mère dit : Je peux emporter l'oreiller que j'utilise pour Simone ?

Grand-père ne répond pas, il s'attache à déchiffrer les événements.

Notre mère redemande à grand-mère, qui a toujours son cornet acoustique dans l'oreille. Elle lui répond : Mais bien sûr, ma chérie. Prends ce dont tu as besoin.

Grand-père réagit : Comment ça, *mais bien sûr* ? Où veux-tu emporter cet oreiller ?

Notre père glisse des papiers dans une enveloppe marron, qu'il pose à côté de la valise : En France.

Grand-père dit : En France ? Pourquoi en France ?

Un ami ingénieur qui habite près de Bordeaux m'a encouragé à venir le rejoindre. Il dit qu'il y a beaucoup de travail là-bas. Mais qu'il faut que je me dépêche.

Et où habiterez-vous ?

Christophe met une maison à notre disposition.

Une maison ?

La sienne. Une maison de campagne.

Et qui est ce Christophe ?

Notre père prend un chapeau en feutre et un autre en lin, et répond : Mon ami. Tu vois qui je veux dire ? Celui qui habite près de Bordeaux.

***

Christophe est une montagne. Il s'allonge dans l'herbe, parmi les touffes de fenouil sauvage, bras le long du corps : je grimpe sur son ventre. Parfois j'arrache les boutons de sa chemise. Notre mère se fâche, m'ordonne d'arrêter. Il rit et dit : Non, laisse-le faire, le monde est plein de chemises. Ou à défaut, ma penderie.

Il rit, on dirait alors un avion, il me soulève et me fait voler. J'essaie de m'agripper à ses joues. Christophe et

Audrine n'ont pas d'enfant. Christophe est un homme riche et puissant.

Le soir, notre père veille tard, assis à la table de la cuisine en discutant avec Christophe. Il se confie, vide son cœur. Ils boivent de la liqueur de cerise. Dans le lit où je dors, un lit à barreaux d'où je ne peux pas tomber, je les entends rire. Le matin, même s'il s'est couché tard, il sort chercher du travail. Il est reçu grâce à Christophe. On lui demande de reprendre son ancien métier dans la chimie appliquée à la marine militaire. Il refuse. Il reste fidèle au pays qui l'a chassé et se fait un devoir de décliner toute proposition en lien avec l'armée. Ce choix l'oppose à notre mère. Gabriele et moi les entendons se disputer pendant qu'elle remue les haricots.

Elle dit : Je te déteste pour cette fidélité stupide. Nos économies tirent à leur fin et je ne peux pas continuer à demander à mes parents de nous envoyer de l'argent. Nous avons deux enfants au cas où tu ne t'en serais pas aperçu. C'est à eux que tu dois penser et à moi. Pas à l'État.

Il dit : J'ai toujours travaillé pour notre pays.

Ce pays maintenant te l'interdit et prive nos enfants d'école. Tu n'as aucun devoir envers lui.

Il répond : La fidélité n'est pas un devoir. Elle est en moi, au-dessus de moi, à l'intérieur de moi. Et tu devrais t'en réjouir, car elle t'inclut. Je te serai toujours fidèle.

Nous entendons un verre qui se brise, notre mère qui pleure.

Entre-temps, j'ai eu un an. Je ne comprends pas ce que disent les gens autour de moi, mais je perçois les émotions dans leur voix : joie, peur, déception. Un jour où j'entends de la souffrance dans la voix de mes parents, je me dissous pour la première fois. J'ignore ce que cela veut dire, mais ce n'est pas désagréable. Je suis couché dans mon lit, et soudain je me sens vaporeux, léger. Je pose mes mains sur mes yeux et découvre que je vois derrière mes paumes : ma chair est transparente. Je passe à travers les draps, le matelas, le sommier. Pendant ce temps, Gabriele assis par terre à côté de moi prononce des mots dont il ignore le sens. Lui qui a cinq ans s'est déjà lancé dans la lecture. C'est notre mère qui lui apprend. Il a reçu pour son anniversaire un livre illustré à la couverture cartonnée verte, un recueil de contes. Pendant que la dispute gronde entre nos parents, il lit à voix haute, ânonnant dans le noir et moi, pour ne pas glisser davantage, je m'agrippe à ses mots hésitants. La voix de Gabriele me confère une existence. Je me sens plus solide, plus substantiel. Et lentement, comme si je faisais la planche sur l'eau, je reviens à la surface de mon matelas.

**

Audrine, la femme de Christophe, travaille à l'hôpital comme infirmière de la Croix-Rouge. Elle est toujours habillée en gris et blanc. Elle a du sang sur ses vêtements quand elle vient nous voir, des petites taches comme de la rouille aux poignets de son chemisier ou sur sa jupe. Elle nous regarde avec des yeux froids, nous touche avec des mains froides. Quand les gens nous voient, Gabriele et moi, ils nous passent la main dans les cheveux, nous pincent la joue ou nous chatouillent l'oreille, tandis qu'Audrine ne nous caresse jamais, ne joue jamais avec nous. Elle prend parfois l'un de nous par la main pour traverser la rue, quand elle accompagne notre mère en courses ou chez le médecin. Elle nous adresse rarement la parole et, quand c'est le cas, de petits nuages blancs sortent de sa bouche. Elle est tout le contraire de son mari Christophe.

Elle dit à notre mère : Ton mari devrait être plus agressif. On ne peut pas avoir de scrupules à notre époque. Et puis, il est trop maigre. Il devrait manger davantage.

Notre mère répond : Je te remercie. Mais je ne permets à personne d'exprimer des jugements sur l'attitude d'Enrico. J'ai pleinement confiance en lui.

Audrine ferme le col de sa veste : Tu as tort.

Notre mère dit : C'est facile de parler dans ta situation. Christophe et toi ne vivez pas dans un pays étranger dont vous ne comprenez pas la langue et où vous dépendez de la générosité de vos amis jusque pour une paire de chaussettes ou une poignée de farine.

Pourquoi ne demandes-tu pas à ton père de vous aider ?

Notre mère prend deux œufs dans un panier. Elle casse la coquille d'un coup sec contre le coin de la table. Elle verse le blanc dans un verre et dépose le jaune dans un petit cratère de farine.

Elle répond : Ce serait trahir Enrico.

Elle s'essuie le front de ses poignets et ajoute : Je ne peux pas faire ça.

Elle a ramassé des poivrons, des pommes de terre et des poireaux dans le potager de Christophe. Il y a quantité de poireaux. C'est elle qui s'occupe du jardin la journée, même si elle n'y connaît pas grand-chose. Quand on lui demande comment elle se débrouille, elle explique qu'elle se laisse guider par l'instinct. Un voisin la conseille et vient une fois par mois vérifier qu'il n'y a pas de maladie ou de parasites. Ce n'est pas par altruisme, même s'il se montre poli. Il agit ainsi parce que, nos jardins étant mitoyens, ses légumes risqueraient d'être contaminés si les nôtres étaient malades. Gabriele aide notre mère à couper les poivrons et écraser les pommes de terre. Une odeur d'oignon plane dans la maison.

Notre père revient le pantalon taché, les chaussures boueuses, la chemise mouillée de sueur.

Notre mère s'inquiète : Que t'est-il arrivé ?

Je reviens d'une vigne.

Notre mère s'essuie les mains sur un torchon. Elle s'aperçoit que son doigt saigne. Elle le porte à sa bouche, le suce. Elle dit : Nous avons un jardin nous aussi. Nous avons quitté notre pays pour te permettre d'exercer ton métier. Si tu veux devenir paysan, travaille ici avec moi. Tu devrais être plus agressif. On ne peut pas avoir de scrupules à notre époque. Et tu es trop maigre. Tu devrais manger davantage.

Notre père complète : Je reviens d'une vigne où j'ai trouvé du travail.

Notre mère contrôle la cuisson des poireaux dans la casserole, elle rit : Mais tu n'y connais rien en vin. Tu n'en bois même pas.

Notre père s'assied à table, se verse de l'eau de la cruche et entame la croûte du pain. Gabriele s'approche de lui, pose son livre illustré sur ses genoux. Notre père ouvre le livre, le feuillette. Il dit : D'un point de vue chimique, le vin est une solution hydro-alcoolisée composée de substances qui se trouvent dans les pépins, telles que l'eau, le fructose et les tanins, et d'autres qui résultent de la fermentation du moût et du marc.

Il prend Gabriele sous les aisselles et l'assied sur ses genoux.

Il ajoute : « Le reste, je l'apprendrai. »

***

Nous sommes au printemps 1940. Euphoriques, nous quittons la maison de campagne de Christophe et Audrine pour emménager à Blanquefort. Nous prenons une chambre dans une pension. Elle s'appelle l'*Auberge des deux noms**[1]. Elle n'est pas loin de la gare, des vignobles et du domaine, dont le vin en effet s'appelle *Les deux noms**. Évidemment, Elle n'accueille pas que nous, il y a d'autres pensionnaires, mais nous sommes les seuls Italiens et les seuls Juifs. Mme Fleur, la patronne, est gentille. Elle nous donne des bonbons, à Gabriele et moi. Mais les clients sont sans pitié. Au début, ils nous appellent *les salauds**, nous traitent d'ordures, de fumiers, de porcs. Nous opposent aux *chrétiens**. Puis, quand notre pays trahit la France et l'envahit, on devient *les traîtres**.

Ils se plaignent à Mme Fleur : Si *les traîtres** ne dégagent pas, on sera obligé de changer d'hôtel.

Mme Fleur répond : Alors partez. Moi, je ne chasse personne.

Les clients restent parce que l'*Auberge des deux noms* est le meilleur établissement de la région. Mais nous quittons de moins en moins la chambre et prenons nos repas assis sur le lit.

Mme Fleur a des cheveux blonds qu'elle porte tressés, les joues rouges et une voix puissante qui résonne dans toute la pension. Elle est toujours vêtue d'une robe bleu marine et d'un tablier bleu clair ; elle en possède une ribambelle, tous identiques. Elle nous permet d'uti-

---

1. Les mots en italiques suivis d'un astérisque sont en français dans le texte. (*N.d.T.*)

liser sa cuisine autant que nous voulons, nous soutient de toutes les façons possibles. Elle prépare pour notre père un casse-croûte à emporter au travail : œufs durs et tomates. Sa petite-fille a mon âge. Notre mère nous regarde jouer ensemble dans le salon de la pension pendant que Gabriele lit ou dessine. Peut-être pour éviter des altercations ou des heurts avec les autres clients, Mme Fleur m'appelle Simon. Mais quand elle m'appelle Simon, je ne réponds pas.

Le soir, notre père revient joyeux et de bonne humeur. On dirait que la guerre ne se décide pas à frapper le domaine des *Deux noms*. Il s'est lié d'amitié avec le propriétaire qui nous invite souvent chez lui le dimanche. Le soir, il joue avec nous. Mon jeu préféré s'appelle « l'arbre ». Notre père est debout au milieu de la pièce, immobile, les bras tendus à angle droit dans le prolongement des épaules, ses jambes sont des racines. Je grimpe sur lui comme sur un chêne. Je me cache dans ses branches et fais semblant de ne pas exister. Je suis du houx. Je suis une orchidée. Je suis une plante qui en exploite une autre, une plante parasite.

***

Nous restons un an et demi à l'*Auberge des deux noms*. Les nouvelles dans les journaux sont effrayantes. Au café circulent des rumeurs incohérentes, dont beaucoup concernent les juifs. Nos connaissances nous conseillent de partir, de changer de nom. Avec l'aide de Christophe, Audrine et Mme Fleur, nous déménageons dans une maison qui appartient au domaine des *Deux noms*. À son travail, notre père ne se présente plus comme Coifmann, mais comme Maillard. Le propriétaire réécrit son contrat. Notre mère nous interdit de jouer dehors tout seuls, de quitter la cour. Notre horizon se borne à un muret en pierre grise entouré d'arbustes. Si nous devons sortir, pour quelque raison que ce soit, Audrine ou Mme Fleur nous accompagnent.

Gabriele passe beaucoup de temps seul : il lit et apprend à compter. Pour ma part, je m'entraîne à disparaître, parce que j'ai compris que le plus important, c'est de ne pas être vu, ne pas se faire repérer, se fondre dans le paysage. Faire semblant de ne pas exister. Debout, jambes serrées, je m'appuie dos contre le mur et prends la couleur de la tapisserie. Notre mère passe devant moi sans me voir. Je m'allonge sous le lit et laisse mon corps se déposer peu à peu sur le carrelage. Ma peau s'effrite, devient poussière. Un chat entre par la fenêtre, se glisse sous le lit et se couche en rond sur mon ventre sans me remarquer.

Nous restons un an dans cette maison, peut-être un peu plus.

Le jour de mon anniversaire, on nous emmène Gabriele et moi nous promener sur un cheval. C'est celui d'un paysan qui habite près de chez nous, du côté de l'écluse. Un ami. À la fin de la journée, il nous offre du fromage de chèvre, des œufs et un bocal de pêches au sirop.

Le lendemain après-midi, notre mère entre dans la chambre et m'avertit qu'Audrine arrive avec un cadeau.

Je demande : Pour qui ?

– Pour toi.

– Pour moi et pour Gabriele.

– Non. Pour toi tout seul.

J'ouvre de grands yeux, terrorisé. Personne ne m'a jamais fait un cadeau pour moi tout seul. J'hérite de ceux de mon frère quand il ne s'en sert plus : jouets, vêtements, livres. Si on nous donne quelque chose, on en profite tous les deux, exemple la promenade à cheval. Un cadeau qui m'est entièrement réservé, voilà une chose terrible. Et merveilleuse. Je ne tiens plus en place. Je regarde autour de moi et perçois les plus légères variations de l'obscurité et de la lumière. Je suis une chouette sur une branche de chêne. J'ai peur. Je ne suis pas autorisé à posséder quoi que ce soit. Quand on possède, on existe. La personne qui me fait un cadeau me débusque.

Notre mère dit : Audrine est arrivée, on va sortir.

J'enfile mon manteau, noue mes lacets. Gabriele ne vient pas. Il reste avec Mme Fleur et sa petite-fille. Je pense au moment où je rentrerai avec mon cadeau et où je croiserai son regard. Il voudra savoir ce que contient le paquet. Je répondrai qu'il peut l'ouvrir s'il veut. Nous marchons dans la ville en direction du centre. Je vois le clocher de la cathédrale au-dessus des toits. La fumée qui sort des cheminées. Il fait froid, il y a une bonne odeur dans l'air. Nous entrons dans un immeuble de cinq ou six étages, je n'ai jamais vu d'immeuble aussi haut. Nous prenons l'ascenseur. C'est une première pour moi. Il est en bois et en verre. Tout en montant, on voit l'escalier. Le mécanisme est très bruyant. Nous entrons dans un appartement au troisième étage. Il plane là une odeur forte et pénétrante de médicaments. On me demande de m'asseoir sur une chaise et je m'assieds, une main sur la cuisse et l'autre bien tenue par notre mère. Notre mère serre ma main dans la sienne comme lorsque nous marchons dans la rue ou que nous passons près d'un chien qui gronde, ce qui éveille mes soupçons. Mais la perspective du cadeau m'éblouit et je ne vois même pas entrer le monsieur en blouse blanche. Maman me dit de le suivre. Elle ne m'accompagne pas. Quand le monsieur en blouse me dit d'ouvrir grand la bouche, j'obéis. Quand il prend ses pinces et les introduit dans ma gorge, je n'oppose aucune résistance. Dix minutes plus tard, on m'a enlevé les amygdales, et je me penche pour cracher du sang dans une bassine.

Notre mère me caresse la nuque, elle dit : Je suis désolée, maintenant il faut rentrer. Ton père va bientôt arriver.

**

Notre père entre en courant, en heurtant la porte, le buffet, la table. Il dit : Il faut partir tout de suite. On prend nos affaires. Pas tout. Juste ce qui nous sert.

Notre mère dit : Tu crois que je dispose d'autre chose ? Je n'ai que le strict nécessaire.

Notre père lève l'index et le majeur : Deux valises. Une pour nous et une pour les enfants.

Nous courons à la gare. Sur le quai, beaucoup de gens parlent italien. Je n'avais pas entendu parler italien depuis très longtemps. Dans le wagon, il faut se tasser. Je m'assieds sur les genoux de notre mère. Gabriele sur ceux de notre père.

Nous roulons toute la journée. D'abord en direction du soleil qui se lève. Puis vers le sud. Puis quand le soleil se couche, nous lui tournons le dos. Par la fenêtre, au crépuscule, j'aperçois soudain la mer. Elle est à côté de nous. Je pourrais presque la toucher.

Le train freine brutalement. Les valises tombent des filets, les enfants des genoux de leurs parents. On nous crie de descendre. Vite. De courir.

On nous dit : Laissez vos bagages.

On court sur la plage en trébuchant dans le sable qui rentre sous les vêtements, dans les chaussures, qui se mélange à la salive. Les mouettes effrayées s'envolent en criant. On se cache derrière les rochers. Certains se jettent à l'eau. On entend grandir un vrombissement. Les bombes tombent tout près, sur une ville dont on devine vaguement les premières maisons, derrière la colline. Des incendies se déclarent. En rebroussant chemin, deux avions découvrent le train, le survolent et le mitraillent. Les vitres volent en éclats, le sol des wagons est criblé de trous, dans l'air et la poussière les éclats giclent en sifflant. Les avions disparaissent comme ils étaient venus. Ils s'éloignent dans un remous. Les poissons arrêtent de nager, les oiseaux de voler, le vent de souffler. Les uns après les autres, nous recommençons à respirer.

Notre père dit : Venez.

Les sièges sont constellés d'éclats de verre. On les nettoie. Les valises sont intactes. Une heure plus tard, le train redémarre. Nous arrivons en gare de Gênes aux premières lueurs de l'aube. Nous empruntons les ruelles en direction de la maison et rencontrons les grands-parents en chemin, de retour Dieu sait d'où. Grand-mère nous serre dans ses bras et nous pince la joue. Sans son cornet acoustique, elle n'entend rien. Ils sont émus. Ils ignoraient notre retour. À la maison, il n'y a pas grand-chose, mais nous célébrons l'événement avec du thé et des biscuits.

Grand-père demande : Où en est la situation en France ?

Notre père répond : Ceux qui ne fuient pas disparaissent. Il y a deux jours, ils ont fusillé une femme qui avait caché un groupe de juifs dans son hôtel. Ils l'ont traînée sur la place et abattue. Mme Fleur était quelqu'un de bien. Elle nous avait aidés nous aussi.

***

Nous restons enfermés chez les grands-parents pendant cinq semaines sans sortir ni voir personne. Seuls grand-père et papa s'aventurent à l'extérieur, mais quand c'est strictement nécessaire. On manque de nourriture, il n'y a plus de viande, les légumes sont rares, les fruits verts, le pain rationné. Tout ce que nous avons, c'est de la farine à mélanger avec de l'eau, des pommes de terre, un peu de fromage affiné, de la confiture et les conserves de poisson de grand-père.

Une nuit où, allongé sur le lit, je m'entraîne à prendre une consistance d'ombre, j'entends des voix à la cuisine. Mêlée à celles qui me sont les familières, il y en a une rauque et polie que je ne connais pas. Je sors sans bruit de ma chambre pour aller voir. Je lorgne par l'entrebâillement de la porte. Il y a un homme aux cheveux frisés et à la peau hâlée. Les adultes parlent de partir, de fuir. D'une ferme inoccupée au fond d'une vallée, qui serait idéale pour nous. Ils discutent de la possibilité de confier la conserverie de grand-père à ses employés. Grand-père est d'accord, il dit : Tout le personnel est digne de confiance.

Ils parlent d'oncle Elio et des cousins, dont on est sans nouvelles. Notre mère tend le bras par-dessus la table pour serrer la main de l'homme que je ne connais pas. Elle dit : Comme je suis heureuse de te voir. J'ai eu si peur.

Il demande : Pourquoi ?

Parce que tu es imprudent et déraisonnable.

Pas du tout. Prudence et raison sont mes mots d'ordre. Je suis peut-être un peu impulsif. Mais les trois ne sont pas incompatibles.

Il se retourne et me découvre, il remarque le blanc de mes yeux derrière la porte : Et celui-là, c'est qui ?

Que fais-tu debout ?

Notre mère me prend dans ses bras : Marcello, je te présente Simone. Simone, voici ton oncle Marcello.

Oncle Marcello s'approche de moi, me tend son doigt. Je le serre. Il dit : Je suis très content de faire ta connaissance.

Je cache mon visage dans le cou de ma mère. Elle dit : Si vous voulez, vous pourrez jouer ensemble demain.

Puis, s'adressant à lui : Tu restes ? Comme ça, tu pourras voir Gabriele aussi.

Oncle Marcello sourit sans répondre. On me recouche. En m'endormant, je me dilue dans le reflet de la lune sur les draps. Le lendemain matin, je me réveille joyeux, j'ai envie de jouer, mais l'oncle n'est plus là. À la maison, il n'y a que grand-mère. Personne d'autre. Tout le monde rentre tard.

La nuit suivante, c'est notre mère qui nous réveille, agitée.

Elle commande : Habillez-vous.

Nous descendons dans la rue, les paupières encore collées. Une voiture attend devant la porte. Assis sur le capot, cigarette aux lèvres, il y a oncle Marcello. Gabriele et moi nous installons sur la banquette arrière avec grand-mère, tandis que maman monte devant. Pour le moment, grand-père et notre père ne viennent pas.

La voiture quitte la ville, s'enfonce cahin-caha dans l'arrière-pays, en direction de la montagne. Les virages donnent la nausée et j'ai très envie de vomir, mais l'oncle dit qu'il vaudrait mieux ne pas s'arrêter. Maman baisse sa vitre et dit : Respire par le nez.

***

Le village s'appelle Colle Ferro. La maison est isolée, loin du centre et de la route principale, à la lisière d'une forêt de chênes verts. Derrière, dans le sous-bois, un sentier monte au point culminant de la vallée. Autour, des bois et des prés, des hameaux reliés par des routes en mauvais état, des reposoirs, des chemins bordés de fougères, de genévriers et de buissons de mûres. On accède à la maison par un étroit escalier en bois qui mène directement au premier étage. Il y a deux pièces : dans l'une nous dormons tous ensemble, l'autre sert pour cuisiner et manger. Il y a aussi une étable, mais sans animaux. Pour le petit coin, c'est sous les arbres.

Pendant trois jours, nous restons seuls avec oncle Marcello. Nous n'avons aucune nouvelle de grand-père ni de notre père. Oncle Marcello joue avec nous. Quand nous sommes seuls, Gabriele et moi, nous l'appelons l'oncle fou. Il invente des blagues, nous tend des guet-apens. Il nous enlève nos chaussures et nous chatouille sous les pieds. Il imite des bruits avec la bouche : des sabots de cheval sur les pavés ou un poisson dans l'eau, une bulle entre les lèvres. Il nous apprend l'art raffiné de la communication par gestes. Pour dire *où est le problème ?* on réunit les extrémités des cinq doigts en pyramide vers le haut, en secouant la main de haut en bas. *Tu as une cigarette ?* on approche de la bouche index et majeur droits, légèrement séparés l'un de l'autre. *J'ai faim* on frappe l'estomac du tranchant de la main. *Viens ici* on plie l'index, main tendue vers la personne qu'on veut appeler. On exprime la satisfaction en se frottant les paumes l'une contre l'autre ; de l'estime pour quelqu'un en se traçant un trait sur la joue avec le pouce ; de la colère en se mordant la jointure de l'index ; le sommeil en posant sa joue dans sa main ; la prison en joignant les poignets.

L'oncle a un pistolet. Il raconte des histoires d'embuscades et de coups de couteau. Il parle de résistants. Un soir, il part en voiture et revient le lendemain matin avec grand-père et notre père. Il nous donne de faux papiers. Notre père devient Enrico Carati, notre mère Anna Caracciolo, nos grands-parents Caracciolo et Stoppani. Gabriele et moi Carati comme notre père. Nos prénoms ne changent pas pour ne pas nous mettre en difficulté et nous trahir.

Notre oncle demande à Gabriele : Gabriele Carati, ça te plaît ?

Il répond : C'est mieux que *salaud** et *traître**. Mais ce n'est pas Coifmann.

***

Un ruisseau sépare notre maison d'un groupe de quatre autres. Trois sont abandonnées, l'une est occupée par un berger, sa femme et leurs filles. Elles ont le même âge que nous, elles s'appellent Iole et Maria. Iole est la plus jolie petite fille que j'aie jamais vue. Maria a une tache lie de vin sur l'œil. On devient copains. Avec elles, on garde les chèvres, on ramasse du bois et on se cache dans les fougères. Si on se rend utiles d'une façon ou d'une autre, par de menus services, leur mère nous paie en fromages de chèvre, œufs ou laine, avec laquelle la nôtre tricote des pulls.

Notre père se lie avec le père de Iole et Maria, un homme bourru et silencieux. Celui-ci le présente aux autres paysans et éleveurs du coin comme un travailleur fiable, qui apprend vite. Ce qui est vrai. Notre père est capable de tout faire, selon la saison : élaguer, creuser des fossés et des canaux d'irrigation, casser les cailloux, cueillir les cerises, les pommes et les orties, fabriquer des tuteurs pour les tomates et les haricots, semer la laitue, la chicorée et les radis. Pour épandre le fumier, il apprend à se servir d'une fourche à trois dents. Pour bêcher, il apprend à choisir l'outil approprié au type de sol : en forme de cœur si la terre est lourde, à lame rectangulaire si elle est moins compacte.

Notre père va vite dans sa tête, c'est son corps qui manque d'entraînement. Quand il rentre le soir, ses mains sont pleines d'ampoules. Il saigne. Quand il plonge ses mains dans l'eau salée pour les désinfecter, notre mère détourne les yeux.

Le dimanche matin, nous allons à la messe. Nous arrivons les derniers de façon à y être, mais le moins possible. Nous ne récitons pas les prières. Si quelqu'un se retourne pour nous regarder, nous remuons les lèvres ou faisons semblant de tousser. Nous nous asseyons au fond. Parfois nous ne nous asseyons même pas, nous restons debout entre le confessionnal et la tenture rouge qui délimite une chapelle privée. Gabriele et moi jouons avec la tenture, échangeons des signaux cryptés avec Iole et Maria, assises au milieu du quatrième rang.

Quand la messe est finie, nous sortons sur la place en un groupe compact, nous deux blottis entre notre père et notre mère, les grands-parents devant. Nous avons pour consigne de parler le moins possible, d'éviter les commentaires et les réflexions, de répondre par monosyllabes, mais de ne pas paraître impolis. Les hommes des environs qui le dimanche matin se rendent au village pour la messe saluent notre père d'un signe de la tête. Il soulève son chapeau et s'incline légèrement devant les femmes, avec cette façon à lui, différente, plus digne et raffinée, qui fleure le papier et l'encre. Il serre des mains qui sont de la pierre, du bois, la sienne en dépit du travail n'est que cire pâle. Les gens lui sourient.

Grand-mère dit : Cueillez des orties sur le chemin du retour, j'ai trouvé des œufs.

Nous n'évoquons jamais la messe, pas de commentaire. Comme si d'autres que nous y avaient assisté. Comme si nous étions restés à la maison et que nos corps aient agi tout seuls. Mais tous les dimanches soir sans exception, mon père s'allonge entre Gabriele et moi et nous murmure de fermer les yeux, nous obéissons même si nous étouffons dans l'obscurité de la chambre : les fenêtres sont calfeutrées avec des serviettes et pas un rai de lumière ne filtre sous la porte de la cuisine.

Notre père récite : *Chema Israel Adonaï Elohénou Adonaï E'had.* Et cette prière prononcée dans un souffle nous réchauffe.

Nous répétons : *Chema Israel Adonaï Elohénou Adonaï E'had.*

Puis il nous donne un baiser et retourne dans l'autre pièce.

Un dimanche matin, alors que nous sommes en route pour l'église, nous entendons un coup de fusil au village. Nous nous arrêtons, pétrifiés, muets. Le chemin longe un pré de marguerites qui descend jusqu'aux premières maisons. À un mètre du chemin pousse un gros noyer. Du noyer on voit la place, Gabriele y est monté plusieurs fois. Notre père, en se courbant et en baissant la tête, s'approche du noyer et grimpe à la première branche. Encore des coups de feu, cette fois suivis de cris. Notre père regarde à travers le feuillage, nous regardons notre père. Il descend d'un saut et dit : On rentre.

Nous nous barricadons dans la maison et bloquons la porte avec la table et les chaises.

Notre mère dit : Et s'ils mettent le feu ?

Nous nous élançons dehors en nous tenant par la main, prenons la direction de la forêt et marchons longtemps en évitant le sentier.

Sans cesser d'avancer, le souffle court, je demande à mon père : Qu'est-ce que tu as vu ?

Quand ?

Sur le noyer. Tu voyais quoi ?

Des hommes.

Qu'est-ce qu'ils faisaient ?

Je n'ai pas compris. C'était la pagaille.

Mais qui tirait ?

Notre père me prend par la main. En s'adressant à tout le monde, mais à voix basse, il dit : On va aller jusqu'au Monticello.

Puis, à mon intention : Marche plus vite.

***

Je construis une cabane sous les fougères. Le soleil entre les arbres s'émiette en confettis de lumière : je le reflète dans un petit miroir, j'éclaire le chemin des fourmis. Dans une maison en ruine, je trouve une planche. Je l'emporte dans ma cabane et l'utilise pour m'étendre dessus quand il a plu et que la terre est mouillée ou pour faire des pliages avec certaines feuilles d'arbre. Je l'utilise aussi pour imaginer d'autres mondes. La planche a des veines qui la transforment en carte géographique. J'y découvre des îles, des continents, des océans.

Un après-midi, je m'amuse avec une flotte de cailloux paquebots, quand un homme que je ne connais pas se glisse sous le feuillage et s'allonge à côté de moi. Il a un fusil. Un foulard rouge autour du cou. Les yeux las et bouffis.

Il dit : Comment tu t'appelles ?

Simone.

Simone comment ?

Simone Carati.

Où tu habites ?

Je montre la maison qui ne se voit pas, mais dont nous connaissons l'existence tous les deux.

L'homme aux yeux bouffis parle vite : La baraque des deux vieux ? C'est qui ? Tes grands-parents ? Il y a aussi tes parents, je ne me trompe pas ? Enfin vos parents. Parce que tu as un frère, hein ? C'est eux ?

Oui.

Il regarde à la ronde : Qu'est-ce que tu faisais ?

Je lui montre le monde que mon imagination dessine sur la planche. Il ne comprend pas.

Il dit : Au fait, tu aurais envie de voir une chose très très bizarre ?

Je ne réponds pas.

Il dit : N'aie pas peur, tu peux me faire confiance. C'est une chose incroyable, tu sais ? Mais tu dois me promettre que tu ne diras rien à personne

Je ne réponds pas.

L'homme aux yeux bouffis bascule sur le dos en serrant son fusil contre sa poitrine. Il reste dans cette position, en silence. Puis il se retourne sur le ventre et dit : Bon, tant pis.

Il s'apprête à ramper hors de ma cabane.

Je dis : D'accord.

Il s'arrête et m'adresse un sourire hésitant : Tu sais garder un secret ?

Je réponds : Je n'existe pas. Alors ce que je sais n'existe pas non plus.

L'homme aux yeux gonflés fronce les sourcils : Sauf que je te vois.

Je rétorque : Mais quand vous arrêterez de me regarder, je n'existerai plus.

Nous remontons le sentier. Nous marchons une demi-heure jusqu'au moment où nous le quittons, non loin d'un rocher moussu. Nous pénétrons dans la forêt. Soudain, une clairière s'ouvre entre les arbres. Quelque chose dépasse du sol, mais je ne comprends pas ce que c'est, on dirait des piquets en bois d'un mètre de haut, peut-être moins, en couleur, plantés par deux, côte à côte, certains légèrement écartés. Assis sur des pierres ou adossés à des troncs, il y a des hommes. Ils fument. Ils sont armés eux aussi. Nous nous approchons.

Ils disent : Et lui, tu l'as trouvé où ?

L'homme aux yeux bouffis a un gros rire, il s'essuie la bouche avec sa manche de veste. Il dit : Dans les fougères.

Je m'approche. Ce ne sont pas des piquets. Ce sont des jambes qui sortent du sol. On a enterré des hommes la tête en bas. On ne voit que leurs bottes et leur pantalon jusqu'au genou. Je m'avance seul dans cette forêt de jambes mortes, je touche les semelles des chaussures, les empeignes en cuir. Une brume légère s'insinue entre les arbres. Je sens qu'on me tire par le bras et qu'on m'entraîne.

Quelqu'un dit : T'es pas un peu fou ?

C'est une nouvelle voix, de baryton.

L'homme aux yeux bouffis répond : C'est qu'un gosse. Emmène-le, nom de Dieu. Emmène-le.

Je n'arrive pas à détacher mes yeux des jambes mortes, je continue à me retourner. Un moment arrive où elles disparaissent entre les arbres. Un homme me raccompagne. Ce n'est pas l'homme aux yeux bouffis, il est gentil, attentionné. Il me parle de son fils qui a le même âge que moi, me raconte qu'il l'emmenait à la pêche avant la guerre ou au village voir un film. Il m'offre une cartouche de cigarettes. Je la prends sans remercier. À proximité de la maison, je détale sans prévenir. L'homme gentil essaie de m'attraper par mon pull, par les cheveux, il me griffe au cou, me poursuit.

Il crie : Arrête, bon sang. Attends.

Je le sème.

Je cache la cartouche de cigarettes dans l'étable, je creuse un trou. Je ne dis rien à personne de ce que j'ai vu. Je vais au lit avant tout le monde. Notre mère dit : Tu as peut-être de la fièvre.

Au lit, je récite tout seul : *Chema Israel Adonaï Elohénou Adonaï E'had.*

***

Quand il neige, c'est le silence parmi les arbres. Car la neige accumulée sur les branches empêche le vent de les agiter. Des paquets de neige chutent avec un bruit sourd, il y a dans l'air une odeur limpide, le souffle étincelant de la glace. Tout est tranquille. Grand-père, qui croit savoir comment marche la guerre, dit : Bien. Pas de représailles avec la neige. La route est bloquée, impossible de monter.

Gabriele et moi on fait des bonshommes de neige gigantesques, plus grands que nous, plus gros que nous. Pour les cheveux, on met des brindilles. Des pommes de pin et des cailloux sont un nez et des yeux. On construit des murs pour se cacher derrière. On les bombarde de grenades de neige, puis on les détruit dans des assauts improvisés. Notre corps est une arme, un obus, un missile. On improvise des descentes à ski sur des planches courbes, qu'on attache à nos pieds avec du fil de fer. On se permet même de crier. Tomber et débarouler.

Il a neigé toute la nuit sans interruption. Je me lève le premier. Je veux profiter de la neige intacte, avant que Gabriele ne la barbouille de jaune en l'arrosant de pipi du haut du balcon. Je veux faire un bonhomme pour Iole. J'y vais tout doucement pour ne réveiller personne. Je m'habille. Je sors. Le premier fusil est pointé contre moi depuis l'escalier. Le deuxième depuis le toit. Le troisième depuis la cour. Le soldat dans l'escalier me fait signe de me taire avec l'index posé contre ses lèvres. Il est quatre marches plus bas que moi. Ses yeux sont cachés par son casque. Je ne bouge pas. Je ne dis rien. Cinq autres Allemands montent l'escalier et enfoncent la porte en aboyant.

La rafle dure toute la matinée. Les soldats pénètrent dans les fermes. Ils tuent les oies et les cochons. Ils remplissent des sacs de fromage, de saucisson, de vin. En repartant, ils traînent derrière eux une quarantaine d'hommes, dont le père de Iole et Maria et le nôtre, qui s'est interposé quand un soldat a arraché son cornet acoustique des mains de grand-mère. Ils rassemblent les prisonniers au village, devant l'église. Les autres familles et nous les observons à distance. Certains prient Dieu. D'autres prient les Allemands de ne pas leur faire de mal. Notre mère tourne sur elle-même comme un chien, se ronge la peau autour des ongles.

Sans rien dire, je cours à toutes jambes jusqu'à l'étable. Je creuse et récupère les cigarettes. Je repars en courant dans la descente, le chemin est verglacé et je tombe à deux reprises. Je m'entaille le genou. Quand je reviens sur la place, la colonne, toussant et trébuchant, descend déjà dans la vallée. Je tends à notre mère la cartouche de cigarettes. Elle la regarde sans comprendre. Les yeux écarquillés, elle demande : Où as-tu pris ça ?

Je ne réponds pas.

Elle la tourne et retourne entre ses mains comme un lingot. Elle réfléchit, regarde autour d'elle à la recherche de quelque chose qu'elle ne trouve pas. À la fin, elle me tire par la veste. Elle dit : Venez. Allons chercher votre père.

Nous suivons la colonne en coupant à travers champs. Notre mère trébuche et déchire sa jupe. Elle glisse sur le verglas. Elle nous crie de continuer, de les rattraper. Gabriele et moi on s'élance dans la pente sans se soucier des fossés, des pierres, des racines recouvertes de neige. On tombe plusieurs fois nous aussi, mais on se relève aussitôt. On rattrape enfin la troupe des prisonniers : notre père est le dernier, en queue entre deux soldats. On s'approche. Un des deux militaires nous aperçoit et de la tête nous fait signe de partir. Notre père a les yeux rivés sur les pieds de l'homme qui le précède. On ralentit et, pendant une dizaine de minutes, on suit le groupe à distance. Quand on s'approche à nouveau, le même soldat fait volte-face et se dirige vers nous.

Il dit : *Geh weg !*

J'ai peur. Je passe la cartouche de cigarettes à Gabriele.

Le soldat répète *Geh weg ! Schnell !* Et il désigne la montagne.

Gabriele aussi a peur. On recule ensemble en se tenant par la main. Le soldat s'arrête, se campe sur ses jambes et épaule le fusil qu'il portait en bandoulière. Il le pointe d'abord sur moi et avec la bouche imite une détonation. Puis il vise Gabriele et répète son jeu. Je pose le pied dans un trou et tombe. Le soldat éclate de rire. Il repart vers les autres.

Alors Gabriele lâche ma main. Il dit : Reste ici.

Je dis : N'y va pas.

Mais Gabriele est déjà parti en courant. Il dépasse les soldats et marche devant eux. Notre père le voit. Il dit : Que fais-tu ici ? Va-t'en.

Il ouvre de grands yeux. Il répète : Va-t'en, pour l'amour du ciel.

Gabriele ne l'écoute pas. D'une main, il s'accroche au pan de la veste de notre père, de l'autre il offre la cartouche de cigarettes au premier soldat, puis à l'autre. Leur casque est légèrement relevé sur leur front. Je vois leurs yeux, leurs joues rougies de froid, leur barbe clairsemée. Ils sont très jeunes. Ils n'ont plus rien d'effrayant. Un des deux a la lèvre fendue et l'air las, infiniment las. Gabriele lui offre les cigarettes comme si c'était un cadeau pour lui, exprès pour lui, pas un échange. Le soldat à la lèvre blessée jette un coup d'œil à son camarade et un autre à la tête de la colonne, vers ses supérieurs. Puis, il lui arrache les cigarettes de la main et, peu avant un virage, d'une poussée brusque envoie rouler notre père dans les fourrés. Les ronces sont gelées, la saison venue, elles seront chargées de mûres. Notre père se relève. Sans dire un mot, sans nous embrasser, nous retrouvons ensemble le chemin du village.

***

Pendant un mois, notre père ne sort plus de la maison, la nuit il tremble. Privée de son cornet acoustique, grand-mère vit retirée à l'intérieur d'elle-même. Les mots sont un carburant pour la vie, dit-elle, quand ils viennent à manquer, on ne sait pas quoi brûler pour faire aller ses os. Grand-mère s'éteint peu à peu, parce qu'elle ne trouve plus de combustible sonore ni à l'extérieur, ni à l'intérieur. Pour venir à son secours, j'essaie de tracer des mots sur la cendre et sur la neige, puisque grand-père et notre mère m'apprennent à écrire. J'écris son nom et tous les nôtres. Le nom de la ville où elle a vécu. Le nom des animaux et des plantes de la savane, que j'ai trouvés dans un livre offert par Iole. Le nom de tous les ustensiles de la maison. Mais cela ne suffit pas. Grand-mère meurt une nuit, alors que nous dormons à côté d'elle. Nous l'enterrons dans le cimetière du village, le cimetière chrétien, au-dessus de l'église. Nous ne posons pas de plaque sur sa tombe, car nous ne pourrions pas écrire son nom.

Notre père cesse de trembler au printemps. Quand il n'est pas occupé à casser des pierres, creuser des fossés ou aider la mère de Iole et Maria, il bricole un poste à galène. Il essaie de capter Radio Londres. Quand la voix jaillit de la radio, grand-père et moi nous asseyons à côté de lui.

Parfois le signal est parasité. Dans ce cas, notre père nous explique que c'est à cause des bandes de papier argenté : les avions en larguent pour brouiller les radars.

Alors quand le son de la radio s'émiette en grésillements et crépitements, je me précipite avec Iole sur le Monticello, d'où l'on voit la plaine au nord. Mais il n'y a presque jamais rien. Puis, un jour où la radio s'empêtre dans ses craquements, je sors l'appeler, je lance des gravillons contre les vitres de sa chambre. Elle sort par la fenêtre. Nous grimpons la pente, dépassons le mamelon rocheux et nous y sommes : sous la lune, la nuit s'inonde d'étincelles qui retombent comme des pans de feux d'artifice. Ce sont des méduses lumineuses. Il en pleut sur le maquis, sur les prés, sur les fermes. Sur la braise des feux, sur l'eau qui court. Sur la condition précaire qui est la nôtre.

Iole et moi nous asseyons sur le pré et restons là en silence longtemps. Puis elle se lève et dit : Il faut que je rentre, si maman s'aperçoit que je suis sortie, elle va drôlement se fâcher.

Je dis : N'en parle pas à Maria.

Et pourquoi ?

Parce que c'est notre secret.

Mais ton père le sait bien qu'il pleut du papier argenté.

Bien sûr, mais toi, ne dis pas que tu l'as vu. Que nous l'avons vu. Je ne raconterai rien à Gabriele ni toi à Maria.

Elle hausse les épaules : Si tu veux.

Je lui tends mon petit doigt pour le serment sacré et réclame : Jure-le.

Nous croisons nos petits doigts et jurons.

Elle est déjà à une certaine distance quand elle se retourne et demande : Mais on se mariera quand on sera grands ?

Je ne sais pas.

Puis je dis : Si tu veux.

Elle revient sur ses pas et tend son petit doigt. Elle réclame : Jure-le.

CHAPITRE II

« Pourquoi es-tu venue ?

– J'ai besoin que tu me gardes Zeno cet été.

– Impossible.

– Jusque début septembre. Deux mois, pas plus. Je viendrai le voir souvent. Et je l'emmènerai à Gênes de temps en temps.

– C'est hors de question.

– Papa, Vittorio a une leucémie. Il est en train de mourir.

– Je regrette.

– Tu regrettes ?

– Évidemment.

– Évidemment ? répéta maman en se retenant de crier. Tout ce que tu sais dire c'est *je regrette* et *évidemment*. Tu t'écoutes quand tu parles ? »

Grand-père mit quelques instants avant de répondre : « Ce que je sais, Agata, c'est que ce n'est pas le bon été.

– Ce n'est pas le bon été, bien sûr ! Comment n'y avais-je pas pensé ? Je le dirai à Vittorio quand je le verrai. Tu sais quoi, Vittorio ? Tu n'as pas choisi le bon été pour faire une leucémie. Si on remettait ta maladie à l'an prochain ? Ça irait ?

– Tu ne comprends pas.

– Ah, moi, je ne comprends pas ? »

J'étais resté dehors, assis sur le banc. Les fenêtres étaient fermées. Pour arriver jusqu'à moi, les voix de maman et de grand-père traversaient le bois et la pierre de la maison, s'immisçaient dans les lézardes et ressortaient lointaines. J'entendais un mot et en imaginais quatre. J'effleurais le banc de la main pour vérifier le grain de la surface, les nœuds et les veines de la planche. Dessous, les fourmis circulaient sur un sentier invisible, transportant de l'herbe, des miettes de pain – selon toute probabilité des restes du déjeuner de grand-père – ainsi qu'une fleur de laurier rose à la corolle charnue et rose. C'étaient les dernières fourmis du cortège qui s'en étaient chargées. On aurait dit une cérémonie. Ça aussi, c'était la vie. Je pris dans mon sac mon bloc à dessin et un crayon 4B, j'ai toujours préféré les mines douces. Je tâtai l'herbe de ma paume. Il n'y avait pas trace d'humidité, elle était bien sèche et engageante.

Maman avait déclaré à grand-père que papa était en train de mourir. Elle et moi, on n'avait jamais employé ces termes pour parler de sa maladie. Guérison, oui, et quand on ne parlait pas de guérison, on donnait pour acquis que l'autre possibilité était la persistance de la maladie, pas la mort. Je m'allongeai sur le dos dans l'herbe et me mis à dessiner la mort de Gwen Stacy, en commençant par le pont de Brooklyn. Gwen Stacy était la fille dont Peter Parker était amoureux, et Goblin le savait. Et un jour Goblin avait enlevé Gwen, menaçant de la laisser tomber du haut d'une des deux immenses arches du pont. Comme de juste, l'Homme araignée était arrivé à une vitesse fulgurante et avait tenté de sauver Gwen en engageant un combat acharné contre Goblin.

Mais Goblin avait lâché la fille. L'Homme araignée avait jeté son filet et rattrapé Gwen une seconde avant qu'elle ne soit happée par les eaux glacées de l'East River. Mais quand il l'avait remontée, quand il l'avait enfin prise entre ses bras, il s'était aperçu qu'elle était morte. Et ce n'était pas Goblin qui l'avait tuée. C'était lui. Le coup du lapin provoqué par l'interruption brutale de la chute lui avait brisé le cou. Peter l'aimait et avait tout fait pour la sauver, c'est vrai quoi, il s'y était employé sans réserve, de toutes ses forces. Pourtant Gwen était morte. Parfois il ne suffit pas de vouloir. Parfois il n'est pas donné d'obtenir ce qu'on désire, point barre. On échoue parce qu'il est impossible de ne pas échouer, malgré toutes les stratégies déployées contre le destin, malgré toute la force, malgré tout l'amour.

Pendant que je dessinais la trajectoire du filet, la porte s'était ouverte, maman et grand-père étaient sortis. On voyait à leurs gestes et à leurs regards que les quelques centimètres qui les séparaient dans le monde réel se mesuraient en années-lumière et galaxies. En me parlant comme si elle devait tout lui réexpliquer à lui aussi – ainsi qu'à elle-même – maman annonça : « Tu peux rester ici, Zeno. Sauf si tu veux rentrer à Capo Galilea. Si tu restes, nous nous verrons autant que je pourrai, peut-être toutes les semaines, et j'insisterai pour qu'on t'autorise à voir papa.

– On pourra se téléphoner ?

– Bien sûr, répondit-elle et, se tournant vers grand-père : Quel est ton numéro de fixe ?

– Je n'ai pas le téléphone.

– Tu n'as pas le téléphone ?

– Non. »

Maman se dirigea vers la voiture à grandes enjambées,

passa le buste dans l'habitacle, prit son sac et sortit de la poche centrale le StarTac et son chargeur. Elle me les donna.

Elle enfila son sac en bandoulière, saisit ma tête entre ses deux mains en me bouchant les oreilles et plongea le nez dans mes cheveux pour emporter mon odeur. Puis sans rien ajouter, elle monta dans la voiture et démarra. Je la regardai effectuer sa marche arrière et disparaître dans le virage d'où, deux heures plus tôt, j'avais vu surgir grand-père. Il n'était pas tard, le soleil était encore haut à l'ouest, mais les sommets qui entouraient la vallée allongeaient leur ombre sur tous les environs, rochers, pâturages, maisons, et sur le travail des hommes. Devant moi se détachaient les bois, les champs et les ravins qui, en contrebas, s'ouvraient sur la mer. Plus loin, en longeant la côte, il y avait Gênes. Et en sortant de Gênes par une jolie route au milieu des collines, on aboutissait aux arcades chargées de glycine d'une clinique où de vaillants médecins essayaient de soigner la leucémie. Et si on avait pu franchir les arcades, monter l'escalier, suivre les couloirs, on serait arrivé au seuil d'une chambre dont le numéro m'était inconnu. Derrière la porte de cette chambre, allongé sur le lit, le regard tourné vers l'ombre que les arbres projetaient sur les rideaux blancs, se trouvait mon père.

S'il avait disposé d'un téléphone portable – mais d'un autre côté je n'étais pas sûr qu'il puisse l'utiliser –, nous aurions pu communiquer par SMS.

Comment tu vas, papa ?

Pas trop mal. Et toi ?

Pas trop mal.

Quelle est ta dernière, Zeno ?

Avertissement au dos d'un paquet de hamburger de cinq cents grammes : « Attention, après avoir été réchauffé, le produit sera chaud. »

Grandiose.

À toi maintenant.

Sur un emballage de fer à repasser : « Attention, ne jamais repasser de vêtements sur vous. »

Une autre.

Un groupe d'écologistes du New Jersey a rempli le ciel de dindes volantes. Ce n'est qu'après les avoir lancées d'un avion qu'ils se sont aperçus que les dindes ne savent pas voler.

Génial !

Cruauté écolo.

Bonne nuit, papa.

See you later, alligator.

After while, crocodile.

C'était notre façon de nous dire au revoir, adoptée pendant mon année de CP, quand, pour le spectacle de Pâques inspiré du *Livre de la jungle*, je m'étais déguisé en crocodile et que j'avais sautillé sur la scène au rythme de *See you later alligator* interprétée par Bill Haley.

S'il avait disposé d'un téléphone portable, j'aurais pu lui envoyer un message chaque fois que j'avais envie de lui dire quelque chose et j'aurais aussi pu le convaincre par SMS – ce qui est plus facile que face à face, quand des yeux et une voix aux veines enflées vous privent de vos mots – que je n'étais pour rien dans l'exploit débile de Michele et Salvo. Et tous les soirs avant de m'endormir, j'aurais pu inventer une nouvelle preuve de mon innocence : qu'on avait relevé la trace des roues de mon vélo aux buttes et qu'elles remontaient au jour et à l'heure où la pierre avait été lancée ; qu'un satellite militaire orienté sur l'église de Capo Galilea avait photographié la scène ; que Michele dans un sursaut de conscience tardif avait tout avoué.

J'allumai le StarTac. Grand-père était derrière moi – je sentais son regard sur ma nuque –, debout sur le seuil. Il s'était chargé de mon sac de voyage et attendait que je le suive pour le poser dans la maison et me montrer l'endroit où j'allais dormir. Le StarTac chercha le réseau et j'attendis un instant. Qui dura. Se prolongea. Mais il n'y avait pas de réseau. J'éteignis et rallumai. Les barres étaient invisibles, muettes. Je fis quelques pas en direction de la route : rien. Je me rapprochai des arbres : rien. Tel un sourcier, je longeai toute la maison : rien.

Je revins sur mes pas, désemparé. Ce fut plus un râle qu'une exclamation. « Il n'y a pas de réseau ici », dis-je à grand-père.

C'était la première fois que je lui adressais la parole. C'étaient les premières phrases de notre vie.

« Je sais, répondit-il. Ici, les portables ne passent pas. »

La maison sentait l'humidité, la résine et la soupe. Elle était sombre, plus que je n'avais pensé, car les murs étaient épais et la lumière filtrait par les fenêtres en dessinant des diagonales poussiéreuses. Un poêle blanc à la masse encombrante occupait un coin de la pièce principale, la plus spacieuse et accueillante, dont la table, les chaises, le canapé et les meubles de différentes tailles composaient un ensemble répondant non à un goût, mais à une nécessité. Une ouverture en arc donnait sur la cuisine. À gauche, le mur était percé de deux portes : la première était celle de la salle de bains, la seconde ouvrait sur un escalier qui descendait à la cave. Dans une bibliothèque en bois, entre les deux portes, une vingtaine de classiques – *Anna Karénine*, *Madame Bovary*, *Moby Dick* –, des recueils de nouvelles – Tchekhov, Hemingway, Calvino – une série de policiers de gare et quelques livres de science-fiction. Certains volumes étaient poussiéreux. Sur une table basse était posé un cahier décoré d'une fleur, d'où dépassait un crayon coincé entre les pages. Je le pris. J'allais l'ouvrir quand la voix rauque de grand-père me saisit au collet.

« Qu'est-ce que tu fabriques ? »

Je lâchai le cahier. Le crayon roula parmi des feuilles éparses sur la table, entre deux verres, puis par terre. Je me penchai pour le ramasser et le ranger.

« Suis-moi. »

Les chambres étaient au premier étage. Il y en avait deux. L'une comme l'autre donnaient sur le pré devant la maison, et, plus loin, sur la vallée avec le lac et le barrage qu'on voyait mieux qu'en bas.

« Installe-toi, dit grand-père en posant mon sac sur le lit. Tu trouveras des draps, des taies et des couvertures dans l'armoire. » Et il sortit.

Je m'assis sur le lit. Il grinça sous mon poids. Je regardai autour de moi et vis alors les murs les plus vides et les plus désolés que mon regard ait jamais rencontrés. Je me laissai tomber sur le dos, bras écartés. Des taches d'humidité constellaient le plafond. Dans un coin près de la fenêtre, une toile d'araignée oscillait dans le courant d'air. Je fermai les yeux. Je m'endormis. Quand je les rouvris, la lumière avait changé. J'ignorais combien de temps j'avais dormi. Je n'avais pas de montre, je n'en portais pas, ça m'encombrait. Je regardai l'heure sur le StarTac inutilisable : dix-neuf heures quinze. Je me levai, ouvris la porte et sortis sur la galerie. L'eau du lac était éteinte, solide. À l'endroit où l'on accédait au rivage pour se baigner, un groupe d'adultes et d'enfants ramassaient les dernières bribes de la journée, peut-être pour rentrer sur la côte ou chez eux. Du côté du grand rocher, on apercevait les toits du village, une partie de la place, l'église, la cure, des tronçons de route. En dirigeant mon regard plus bas, j'aperçus une fillette. Elle était immobile à la limite des champs, près d'un buisson de bruyère. Elle portait une robe bleu clair serrée à la taille par une large ceinture blanche. Elle ne semblait ni sourire ni pleurer, mais plutôt regarder tranquillement dans ma direction : la montagne ou la maison de grand-père, le mur sous la galerie, la galerie elle-même. « Pourquoi regarderait-elle la galerie ? » pensai-je. Et puis : « Et si elle ne regardait pas la galerie ? Si elle me regardait, moi ? » Je levai la main, l'agitai lentement de droite à gauche. La fillette, qui pourtant regardait toujours dans ma direction, ne répondit pas.

« Ça va ? »

Je me retournai en sursaut. Sur le seuil, grand-père triturait une pipe en écume d'un geste nerveux.

« Oui. Pourquoi ?

– Tu ne redescendais pas.

– Je me suis endormi. »

95

Grand-père respira par le nez, sans expression ni émotion, fit demi-tour pour repartir, mais réapparut aussitôt. « Le dîner sera prêt dans un quart d'heure. » Il fit cette annonce en mâchonnant le tuyau de sa pipe. Puis disparut dans l'escalier.

Sur la table dressée à la va-vite avec les assiettes et les verres posés directement sur le bois et deux serviettes en papier froissées, une poêle encore chaude contenait des petits pois, des œufs et du thon. Muni d'une louche, grand-père me servit une portion.

« Tu pourras en reprendre si tu veux. »

Il portait à la bouche sa première cuillerée – il mangeait avec une cuillère et pas avec une fourchette – quand il s'aperçut qu'il n'y avait pas de pain à table. Il recula avec sa chaise, puis se leva, prit le pain dans une corbeille et coupa deux grosses tranches : il en posa une à côté de son assiette, une autre à côté de la mienne. Il apporta aussi du vin. Et empoigna de nouveau sa cuillère avant de se rendre compte, je suppose, que je ne buvais peut-être pas de vin. Il se releva, remplit un pot d'eau au robinet, revint s'asseoir et commença enfin son dîner. Il en était à sa troisième bouchée, tête baissée, quand il remarqua que je ne mangeais pas.

« Qu'est-ce que tu as ?

– Je n'aime pas les petits pois.

– Pourquoi ?

– Parce que je ne les aime pas.

– Je n'ai rien préparé d'autre.

– Ça ne fait rien. Je n'ai pas faim. » Je posai ma fourchette et l'observai pendant qu'il recommençait à manger. Quand il eut fini, après avoir saucé son assiette avec du pain et bu un demi-verre de vin, il s'essuya la bouche et les moustaches avec sa serviette et alla dans le frigo.

Il ne sembla pas y trouver ce qu'il cherchait. Il ouvrit la porte de la cave. Je l'entendis descendre l'escalier. Il revint aussitôt.

« Tu manges du fromage ? » demanda-t-il en me montrant une tomme entière à la croûte sombre et ridée.

J'acquiesçai de la tête.

Sur une planche en bois, il coupa une grosse tranche pour moi et un morceau de croûte pour lui qu'il racla méticuleusement avec la pointe de son couteau.

« Je peux te poser une question ? dis-je en mordant dans mon fromage en sandwich entre deux restes de pain.

– C'est déjà une question.

– C'est quoi ces grottes à l'entrée du village ? »

Il se frotta la barbe. « Ce sont des grottes.

– Qu'est-ce qu'elles contiennent ?

– Des pierres. De l'eau.

– On peut y aller ?

– Oui, mais c'est dangereux. Donc non.

– Ce sont des grottes ou une mine ?

– Des grottes naturelles.

– Profondes ?

– Oui, dit-il en se levant pour aller prendre une blague à tabac sur une étagère. Très profondes. Elles ont été découvertes pendant les travaux du barrage et on a essayé de les utiliser, je ne sais pas dans quel but. Puis on a fini par abandonner l'idée. Tu es déjà entré dans une grotte ?

– Oui, une fois. Avec l'école. Mais pourquoi on a abandonné l'idée ? »

Il bourra sa pipe. « Par peur, je pense.

– Peur de quoi ?

– Des éboulements. C'est ce que disaient les vieux quand je suis arrivé.

– Depuis quand habites-tu ici ?

– Plusieurs années. »

On frappa. Grand-père alla ouvrir. C'était un vieil homme à la barbe blond filasse. Ils tinrent un conciliabule. Grand-père descendit à la cave et en ressortit peu après chargé d'un sac en toile de jute qu'il remit au visiteur, resté sur le pas de la porte. Nouveau conciliabule, et la porte se referma. Grand-père revint s'asseoir.

En balayant la table de la main pour ramasser les miettes, je dis : « Tu savais pour moi ?

– C'est-à-dire ?

– Tu savais que j'étais né ? »

Grand-père montra du tuyau de sa pipe le coin de mur à ma gauche. En partie caché par le rideau de la fenêtre, il y avait un panneau en liège, où il avait punaisé un certain nombre de photos : trois étaient de maman, onze de moi, une par an, ma vie jusqu'à maintenant, un graphique de ma croissance.

J'étais éberlué. « Pourquoi tu ne m'as pas écrit ?

– Je suppose que ta mère ne t'a pas laissé lire mes lettres.

– Quelles lettres ?

– Celles que je t'ai envoyées. Oh, pas beaucoup, c'est vrai. Une par an, je dirais. Je lui demandais de me donner de tes nouvelles et de m'expédier une photo de toi. Ce qu'elle a toujours fait, je dois reconnaître. Mais dans l'enveloppe je ne trouvais que la photo, sans une ligne… Tu croyais que j'étais mort ?

– Oui. »

Il rit. Il garda longtemps la fumée avant de souffler un gros rond. « Tu n'avais pas complètement tort. » Il prit son cure-pipe et remua le tabac dans le fourneau. « Les choses sont allées ainsi, dit-il. Il n'y a pas grand-chose à ajouter. »

Nous restâmes en silence plusieurs minutes.

« Je suis désolé pour ton père.

– Il va guérir.

– J'en suis sûr.

– Il faut.

– C'est un bon père ?

– C'est-à-dire ?

– Vous passez beaucoup de temps ensemble ?

– Je crois que oui.

– Que faites-vous ?

– On va à la pêche.

– À la pêche ?

– Une fois, j'ai pris un bar énorme.

– Je ne suis jamais allé à la pêche.

– Je t'y emmènerai un jour », dis-je.

Silence.

« Tu n'aimes pas la mer ? »

Grand-père pencha la tête de côté, comme pour faire sortir du sable de ses oreilles. « Il est temps d'aller se coucher », dit-il.

Je regardai la pendule au-dessus de la bibliothèque. « Il n'est que huit heures et demie.

– Alors, lis, joue, fais ce que tu veux, dit-il d'un ton ferme. Du moment que tu restes dans ta chambre.

– Mais...

– Maintenant. »

Sa voix devenue rugueuse passait au papier de verre ce que notre conversation avait laissé poindre d'affection et de perspectives. Soudain il faisait nuit, une pompe avait aspiré tout l'oxygène : je me sentais sous vide. Et dans ce vide, la distance qui me séparait de ma mère et de mon père prenait plus d'acuité. Je fus traversé par ce frisson intime qui secoue les enfants quand ils s'aperçoivent qu'ils ne se suffisent pas à eux-mêmes. Je n'étais pas autonome et dépendrais de cet homme pour les mois à venir.

Tout à coup, je m'inquiétai de mon linge sale (qu'en faire ? où le déposer ? qui le laverait ?) et de mon mal de ventre qui ne disparaissait qu'avec la tisane de sauge et citron de ma maman (à qui la réclamer quand la douleur se manifesterait ?) Et si j'étais tombé gravement malade, si la fièvre était montée ? C'était la première fois que se profilait une aussi longue période loin de mes parents. Leurs visages s'estompaient, se déformaient, je ne me rappelais plus la distance exacte entre les yeux de mon père et son nez, la forme de son menton, la longueur de ses cheveux.

Grand-père s'était attelé à la vaisselle. Je prélevai en cachette sur le panneau en liège une photo de maman, la plus récente, et filai dans ma chambre. Je fermai la porte, me jetai sur le lit et en tremblant me blottit contre l'oreiller, enfonçant mon visage dans l'étoffe rêche jusqu'à frôler la cyanose. Alors seulement, je me calmai.

Je sortis de mon sac le dessin de la mort de Gwen Stacy. Pendant une heure, je m'employai à redéfinir les contours de son corps, modeler la ligne de son dos pour lui donner la plasticité nécessaire à une chute, calibrer l'angle entre sa nuque et sa colonne vertébrale, là où le cou avait craqué. Les muscles de Peter qui se contractent, le filet qui stoppe la chute dans une secousse brutale et le cou qui fait *CRAC*. Ce *CRAC* est le bruit d'une vie qui se brise, fini les pizzas avec les copains, les projets de vacances, la série télé dont on ne verra pas le dernier épisode.

Je me pinçai le nez et soufflai. Je sentais le besoin de me déboucher les oreilles, mais elles n'étaient pas bouchées. Ce bourdonnement était l'écho du silence. Il n'y avait aucun bruit dans la maison. J'ignorais si grand-père était dehors ou fumait encore au rez-de-chaussée. Vers onze heures, mes paupières se firent lourdes. Je sortis d'un sac plastique le bermuda et le tee-shirt de mon pyjama d'été. Je laissai mon dessin sur l'appui de la fenêtre, avec ma trousse. J'éteignis. Je repensai à la fillette et scrutai la nuit par la fenêtre, ne distinguant que des ombres et le vent sous une lune pâle, inconsistante. Au fond de mon lit, j'essayai d'allumer le StarTac. Peut-être que, dans certains endroits, le réseau des téléphones portables n'était activé que par intermittence, au passage d'un satellite au-dessus de ce point précis de la terre, exactement à sa latitude et sa longitude. Il fallait peut-être attendre une heure donnée, et à cette heure seulement les portables se réveillaient, tels des loups-garous. Je me dis alors qu'il valait mieux que je dorme avec le StarTac allumé. En pleine nuit, un message de papa me réveillerait peut-être, et je trouverais une blague ou un commentaire sur les transferts de footballeurs. Palerme cette année-là était arrivé deuxième du groupe B de la C1 et avait perdu 2-0 son match de barrage contre le Savoia, ratant la promotion d'un cheveu. C'est ainsi que je m'endormis en serrant le portable entre mes mains jointes, comme une prière dans l'attente d'un signal venu du cosmos. Quand, sa batterie vidée, le StarTac s'éteignit, peu avant l'aube, la chose m'échappa.

Le matin, je descendis petit-déjeuner vers neuf heures et demie. Grand-père n'était pas à la maison. Sur la table, je trouvai du lait, du pain et un pot de confiture de

mûres. Il y avait aussi un pot de miel, coiffé d'un billet :
le beurre est dans le frigo. Je réchauffai le lait, étalai la
confiture sur le pain et même si le silence n'était plus
ce bruit blanc, électromagnétique, qui m'avait enveloppé
la veille au soir, mais un silence saturé de respirations
naturelles et d'oxygène, je décidai qu'il fallait mettre de
la musique. En mordant ma tartine et léchant la confiture sur mes doigts, je regardai autour de moi en quête
de la télévision, sans la trouver. Je cherchai une radio,
toujours en vain. J'étais si étonné que je laissai couler
une goutte de confiture sur mes chaussures. Je remarquai dans un coin derrière le canapé un tourne-disque
et une collection de vinyles, du jazz principalement et
de la musique classique. Je parcourus les pochettes,
mais c'était à désespérer, pas un seul disque *un minimum* rock, même vieux, je sais pas, moi, Bill Haley
par exemple, les Nomadi que maman adorait ou une
compilation de tubes des années soixante. Je renonçai.
J'éteignis le feu sous le lait, trempai tout le reste de pain
– comme j'avais peu mangé la veille au dîner, je m'étais
réveillé affamé – et, mon petit déjeuner avalé, je partis
explorer le village.

En dépit du soleil, l'air était frais. Juste avant la place,
dans la cour d'une petite maison à deux étages, je vis un
garçon qui marquait des paniers de basket. Le panneau
qui était fixé dans le mur du garage était dépourvu de
filet. Le joueur de basket devait être un peu plus âgé que
moi, je lui donnais quatorze ans. Il écoutait une musique
qui déménageait sur un lecteur de CD posé devant la
porte, les Rage Against the Machine, il me semble. Il
jouait en imitant un match contre une meute de *street-
ballers* en nage qui lui collaient aux basques. Il dribblait
en zigzag et vociférait : feinte à droite, feinte à gauche,

tir, panier, puis il levait les bras au ciel pour déclencher les applaudissements d'un public invisible, massé derrière une barrière immatérielle. Je l'épiai quelques minutes, tapi derrière une pancarte qui indiquait « Site d'escalade », puis je repris ma déambulation.

Sur les deux seuls bancs de la place, à l'ombre du clocher, il y avait trois papis et un petit chien bâtard, couché aux pieds de l'un d'eux. Ils cessèrent leur conversation quand je passai près d'eux. Un 4x4 déchargeait des rouleaux de grillage. Il y avait aussi un couple avec un chien, une mamie et son panier rempli de fleurs, un enfant sur un tricycle vert. Sa petite sœur mal assurée sur ses jambes cherchait à le rattraper et leur grand-mère l'exhortait : Freine, freine tu vas te faire mal. Un groupe de touristes français en chaussures de marche et sac à dos discutaient autour d'une carte en évaluant les courbes de niveau. De la pointe de leurs bâtons de randonnée télescopiques, ils indiquaient chacun à leur tour tantôt une direction, tantôt une autre. Je trouvai un petit terrain de foot avec une unique cage rouillée. En une demi-heure, j'avais visité tous les coins et recoins de Colle Ferro, jeté un œil dans les cours, poursuivi deux chats. Que faisait-on en été ici ? Comment un ado pouvait-il éviter de sécher sur pied d'ennui ? Et moi de sombrer dans une inquiétude permanente pour mon père ? Le StarTac était en charge, l'après-midi je m'emploierais à dénicher un endroit dans le village couvert par le réseau, mais en attendant, pour tuer le temps, je décidai de chercher la fillette de la veille, celle que j'avais aperçue du haut de la galerie.

Je m'approchai des papis sur les bancs, le petit chien se réveilla.

« Bonjour. »

L'un des trois ferma le journal qu'il était en train de lire. Il me regarda.

« Vous habitez ici ? demandai-je.

– Oui, dit le papi au journal.

– Nous y sommes nés, compléta le deuxième qui, malgré le soleil, avait posé sur ses genoux un gilet en laine plié.

– Et je pense que nous y mourrons », conclut le troisième.

À cette boutade, ils rirent tous les trois de bon cœur.

« Connaissez-vous une fille plus ou moins de mon âge ? Hier elle portait une robe bleue avec une ceinture large. » Et je fis un geste enveloppant la taille.

« Une fille ? Je vois la petite de Mariella, mais elle est plus âgée que toi, répondit le papi au journal.

– Il y a aussi la nièce de la factrice, mais elle n'a que deux ans, ajouta le papi au gilet de laine sur les genoux.

– Et toi, tu es qui ? intervint le troisième.

– Je m'appelle Zeno.

– On ne t'a jamais vu.

– Je suis chez mon grand-père.

– Ton grand-père ? Qui c'est ?

– Il s'appelle Coifmann. »

Les trois vieux échangèrent des regards furtifs. Le papi au gilet me dévisagea par-dessus ses lunettes.

« Tu es vraiment son petit-fils ? J'ignorais qu'il en avait un.

– Ben si, dis-je en écartant les bras.

– Nous ne connaissons pas la fille que tu cherches, je regrette. »

Je les remerciai. J'entrai à l'épicerie. Des affiches collées sur la porte vitrée et le comptoir annonçaient diverses foires du *tortellino* et autres fêtes locales. La boutique sentait la farine et le levain. Je bavardai avec Mme Rosa, l'épicière, et successivement avec deux clients qui entrèrent pendant que j'étais là. Mon interlocuteur se montrait cordial, jusqu'au moment où il s'informait de ma famille. Quand je répondais que j'étais le petit-fils de Simone Coifmann, il gardait un silence stupéfait.

Je découvris qu'à l'entrée du sentier qui conduisait au site d'escalade se trouvaient des chambres d'hôtes. Je poussai mes repérages jusque là-bas, ainsi qu'au gîte du club alpin, mais en vain. Sur la route du retour, je vis venir à ma rencontre le joueur de basket. Il faisait tourner son ballon sur son doigt. Nous nous croisâmes en feignant l'indifférence. J'ignorais l'heure, mais je me dis que j'avais le temps d'aller au lac artificiel. Je n'y trouvai pas davantage trace de la fille. Je restai une demi-heure à faire des ricochets sur l'eau plate. Un oiseau me survola plusieurs fois en lançant un cri terrible. J'empruntai le chemin de crête du barrage et essayai d'imaginer ce qui se passerait si d'un seul coup il cédait : l'eau bondirait en écumant, arrachant arbres et maisons, se transformant en boue et moi je descendrais ces rapides en rafting pour arriver jusqu'à la mer, près de papa.

Grand-père préparait à manger. Son bonjour à peine articulé ne couvrit pas le grésillement de l'huile dans la poêle. J'allai me laver les mains. De retour, je trouvai sur la table des saucisses et un bol de salade de tomates. Nous mangeâmes dans un silence monacal. La nourriture dans nos bouches n'était pas écrasée entre nos dents. Mais plutôt sucée. Absorbée par le palais et la langue. Mâcher aurait trahi une présence. Quand il n'y eut plus rien pour occuper le corps, grand-père qui s'était levé pour préparer le café et attendait que la cafetière finisse son travail, me demanda à quoi j'avais occupé ma matinée. Je lui répondis, mais il n'eut pas l'air intéressé et ne fit aucun commentaire. Pour sa part, m'expliqua-t-il, il était sorti se promener, pour se vider la tête par les pieds. Et il livra l'information comme si c'était lui maintenant qui attendait quelque chose de moi : peut-être de la compassion ou des paroles de réconfort.

Je tendis la main vers une boîte ornée des symboles des cartes à jouer. Elle contenait deux jeux de cartes français et deux napolitains. Notre jeu préféré avec mon père était le *burraco*. Selon lui, j'étais un des dix meilleurs joueurs mondiaux de *burraco* catégorie moins de treize ans. Je battis les cartes et les distribuai sur la table, en silence. Je les contemplai sans toucher à rien. Puis je les ramassai et les rangeai. Je me demandai si grand-père savait jouer au *burraco* ou à la *pinnacola* ou s'il connaissait des réussites qu'il pourrait m'apprendre : les personnes âgées connaissent toujours des réussites. Mais au moment où j'allais le lui demander, il prit la parole.

« Je vais te montrer quelque chose. » Il but le fond de sa tasse de café, la posa dans l'évier et ouvrit la porte de la cave. « Attention, me dit-il en désignant l'escalier. Ça glisse. »

Un spot jaune logé dans une armature métallique éclairait les marches luisantes. Il en montait un courant d'air froid chargé d'une odeur de moisi et de lait caillé. L'escalier conduisait à une pièce assez grande pour contenir trois ou quatre tables de ping-pong pleines de fromages.

« C'est pour l'affinage », expliqua-t-il.

Un des murs n'était que du rocher, la paroi de la montagne. La pierre suintait en dégouttant sur la terre brune du sol, gardant constante l'humidité nécessaire à l'affinage des tommes. Le parfum était enivrant.

« Qu'en dis-tu ? »

Je me souvenais de quelque chose de semblable dans un documentaire que la prof de sciences nous avait montré en classe avant notre voyage scolaire à un salon du fromage. Je me souvenais de gens qui plantaient dans les fromages un stylet troué pour en extraire de petits cylindres à déguster.

« C'est ton travail ? Tu es fromager ?

– Non, je le stocke. Les caves de ce genre sont rares par ici.

– Tu as aussi l'ustensile pour faire les trous ?

– Quels trous ?

– Pour les goûter. Je l'ai vu faire à un salon du fromage.

– Tu es allé à un salon du fromage ?

– Avec ma classe. »

Grand-père sortit d'une boîte un tire-bouchon qui n'en était pas un. « C'est pour prélever les échantillons. » Il le tourna entre ses doigts et l'approcha tout près de mon visage.

« Tu veux essayer ?

– Oui. »

Il me montra comment percer le trou en enfonçant l'outil sans fendre la croûte. Il m'offrit l'échantillon extrait, mais au moment où j'allais le goûter, il me demanda d'attendre et remonta prestement l'escalier. La pièce d'affinage était sombre. Un gargouillis étrange sortait de la roche et du sol. L'air était mouillé. Cet endroit ne me plaisait pas, mais je ne bougeai pas. Grand-père réapparut, une tranche de pain à la main. Il racla avec son couteau un copeau de beurre sur une plaquette. Il

me dit de manger le fromage avec le pain et le beurre.
Je mordis dans la tartine. Ma bouche se remplit aussitôt
d'un goût franc et gras.

« C'est bon ?

– Oui.

– À quoi ça te fait penser ?

– C'est-à-dire ?

– Le goût. Qu'est-ce qu'il t'évoque ?

– Je ne sais pas. Le fromage.

– Il faut décomposer la saveur.

– Du lait ?

– Et puis ? »

Je ne savais pas quoi répondre. Mais j'avais en tête
les explications qu'on nous avait données au salon, alors
pour lui faire plaisir – parce que je savais que ça lui ferait
plaisir – je proposai : « Le foin, l'herbe… » J'essayai
de garder mon sérieux, car j'avais trop peur d'éclater
de rire ; en réalité, au moment de prononcer les mots
foin et herbe, je sentis soudain sur mon palais un goût
inimitable de foin et d'herbe. Étonnant, puisque je n'ai
jamais – je le jure, jamais – mâché un brin d'herbe ni
de foin. Mais j'étais certain que c'était là leur saveur.

« Ces étagères ont un nom local, *stagere*. Elles sont
en sapin, orme et cerisier. »

Ce n'était pas une cave, mais un voyage dans le temps.
Je me souvins d'illustrations du Moyen Âge dans des
manuels d'histoire.

« Si ce fromage n'est pas à toi, à qui appartient-il ?
demandai-je.

– À un éleveur du coin, répondit-il. Cesco. Il vient
parfois surveiller l'affinage. Il a les clés, il va et vient
comme il l'entend. C'est pour cette raison que je t'ai
montré la cave. Comme ça, tu es au courant.

– Cesco, c'est l'homme qui est venu hier ? Avec une barbe blonde.

– Tout à fait.

– J'ai compris.

– Maintenant, écoute-moi bien.

– Oui. »

Grand-père approcha, s'arrêtant pile sous le plafonnier. La lumière tombait à l'aplomb de sa tête éveillant des ombres menaçantes sur son visage. « C'est la première et la dernière fois que tu descends ici.

– Je ne comprends pas.

– Je ne veux plus que tu descendes à la cave. Suis-je clair ?

– Oui.

– Plus jamais.

– Plus jamais, répétai-je.

– Sous aucun prétexte, dit-il en pointant contre moi un index qui me parut démesuré. On est bien d'accord ? »

Pendant la matinée, la batterie du téléphone portable s'était rechargée. Je glissai le StarTac dans ma poche arrière de pantalon et pris le chemin du village. Au croisement pour le site d'escalade, j'entendis une voix appeler : « Hep ! » Je ne me retournai pas, ne pensant pas qu'on s'adressait à moi. La même voix insista : « Hé toi ! », et ce « Hé toi ! » traversa l'air dans ma direction pour venir frapper du doigt sur mon épaule. C'était le joueur de basket. Assis sur son ballon Spalding orange, ses écouteurs de baladeur autour du cou, il sirotait une cannette de *chinotto*.

« C'est à moi que tu parles ?

– Comment tu t'appelles ?

– Zeno.

– Je t'ai jamais vu.

– Moi non plus, je t'ai jamais vu, répondis-je. Ou plutôt si, ce matin, je t'ai vu jouer au basket.

– C'est la première fois que tu viens ici, c'est ça ?

– Oui.

– Et alors ?

– Alors quoi ?

– Alors tu es qui ? »

On ne m'avait jamais autant demandé qui j'étais en aussi peu de temps.

Je répondis que je ne pouvais pas le lui dire pour des raisons de sécurité : je bénéficiais de la protection des témoins, car j'avais assisté à un meurtre mafieux et résidais ici sous un faux nom. J'expliquai que la police m'avait implanté une puce sous la peau – je lui montrai mon poignet – pour suivre mes déplacements.

« Arrête tes conneries, trancha-t-il.

– Tu connais Coifmann ?

– Bien sûr.

– C'est mon grand-père.

– Le Taiseux ? » Il ouvrit de grands yeux. « Tu es le petit-fils du Taiseux ?

– Le Taiseux ?

– Le Taiseux, le silencieux si tu préfères. Qui ne parle à personne et vit seul dans une maison à l'orée de la forêt. Alors il a de la famille ? Je ne savais pas. Pourquoi tu n'étais jamais venu ? »

Je haussai les épaules.

« Je croyais que ce type n'avait pas sa tête. Il a sa tête, ton grand-père ? »

Il commençait à me taper sur le système.

« Non.

– Qui c'est ? Je veux dire : qui c'était avant de venir ici ?

– Je crois que ça ne te regarde pas.

– Tout ce qui arrive à Colle Ferro me regarde.

– Tu habites ici ?

– Oui.

– Pour de bon ?

– Pour de bon, répondit-il. Pourquoi ?

– Pardon, mais tu vas où au collège ?

– Qu'est-ce que tu en as à cirer ? Pourquoi tu me demandes ça ?

– Comme ça. » Je fis une pause théâtrale. « Tu y vas, au collège ?

– Évidemment. À Cortazola. C'est mon grand-père qui m'emmène.

– Toi aussi tu vis avec tes grands-parents ?

– Oui.

– Pourquoi ?

– Parce que mes parents sont morts. »

Morts ? Je me souviens que je fus soufflé d'entendre ça. Pas tant par la nouvelle en soi, qui certes était tragique, que par l'inexpressivité dont elle avait été accompagnée, y compris dans la ligne des lèvres au moment où les mots avaient quitté sa bouche pour se matérialiser, remplissant l'espace entre lui et moi. Des lèvres qui ne s'étaient pas pincées, n'avaient pas frémi.

Je le détestai pour ce naturel contre-nature. Je me dis qu'il n'y avait rien de naturel à perdre ses parents quand on était enfant. Je le détestai pour le ton présomptueux qu'il avait adopté et qui ne laissait transparaître ni douleur ni regret. Pouvait-on ne pas éprouver de colère pour un événement de ce genre ? Par quel miracle n'était-il pas secoué de décharges électriques ou terrassé par une attaque d'épilepsie ? J'aurais voulu lui répondre qu'à rester ainsi tout seul, sans personne, à s'acharner sur ses paniers de basket, eh bien, c'était lui qui allait devenir maboul, pire que mon grand-père, et qu'en attendant il avait dû perdre de sacrés gros morceaux de cœur s'il était capable de raconter un truc pareil de cette façon au premier venu. Bref, que visiblement il était à côté de ses pompes. Mais le temps que je pense tout ça, il avait vidé sa cannette de *chinotto* et, après l'avoir posée contre son front et attendu que je le regarde, l'avait écrasée d'une main, la réduisant à l'état de galette métallique. Il la lança derrière lui à plat comme un frisbee sans avoir besoin de viser et atteignit pile poil une poubelle remplie de pots de peinture vides. Il se leva. Il portait un débardeur noir d'où sortaient des biceps grossis aux protéines – sur le débardeur un guitariste sanglé dans un uniforme anthracite de lycéen enlaçait le manche incandescent d'une Gibson noire – et un jean court. Ses mollets étaient nerveux et raides. Je me dis que si on se battait, j'en sortirais plutôt mal en point.

« Tu joues au basket ? » Il faisait rebondir le ballon près du sol, en le passant entre ses jambes.

« Non, je regrette.

– Tu as bien raison. De regretter, je veux dire. Le basket est le sport des dieux. Que sais-tu faire ?

– Pardon ?

– Tu sais faire quoi, tu es bon en quoi ? »

Je haussai les épaules. « Je suis pas mauvais en foot. Je fais du dessin. Je joue au *burraco*. »

Il bloqua son ballon. Son visage se tordit en une expression de dégoût, à croire qu'il avait gobé une araignée. « Tu joues aux cartes ?

– Pas toi ?

– Si bien sûr. Enfin, bien sûr que je sais jouer aux cartes. Mais on s'en tape. C'est pas le genre de truc qu'on va mettre en avant, "je sais jouer aux cartes". On ne dit pas ça pour se présenter ou permettre aux autres de se faire une opinion sur vous, d'accord ? Je suis un dieu au skateboard. Je touche ma bille en motocross. J'ai gagné trois fois le championnat régional de taekwondo. Voilà, ça tu peux le dire. Mais le dessin, tu oublies. Les "je suis pas mauvais", tu oublies. Et surtout, tu oublies les cartes. Quant à la musique, uniquement les trois instruments indispensables : guitare, basse, batterie. Ton cas est clair. Tu as besoin de quelqu'un.

– Quelqu'un pour quoi ?

– Pour t'apprendre.

– Et m'apprendre quoi ?

– À te comporter dans le monde », répondit-il. Puis il fit tourner le ballon orange sur son doigt. « Et à jouer au basket.

– J'ai l'impression que nous habitons deux mondes différents.

– J'ai l'impression que tu gagnerais à te laisser expliquer comment on récupère un rebond.

– J'ai l'impression qu'on gagnerait à en rester là. Merci. »

Je sentais le StarTac dans ma poche arrière, je levai la paume en écartant le majeur et l'annulaire, ce bon vieux salut vulcain.

« Paix, longue vie et prospérité », déclarai-je. Et je repris ma route.

Je parcourus tout le village, téléphone à la main. J'essayai au parking, derrière l'église, sur le terrain de foot (je grimpai sur l'unique cage pour arriver plus haut). En vain. Ça ne captait nulle part. Sur la place, je rencontrai Rosa, l'épicière. Je lui demandai s'il n'y avait quand même pas un endroit, un recoin, un balcon où je pourrais trouver du réseau. Elle me demanda quel était mon opérateur et me confirma qu'en effet ça ne passait pas, que d'ailleurs ça ne passait quasiment nulle part dans la vallée, mais qu'un jour, quelqu'un – elle ne se souvenait plus qui, peut-être un touriste de passage – lui avait dit qu'il avait trouvé du réseau sur le Monticello. Le Monticello était un sommet d'où on voyait la plaine. Elle m'expliqua comment y arriver. C'était à une demi-heure de chez grand-père, peut-être un peu plus.

Je rentrai peu avant l'heure du dîner et n'eus pas envie de grimper au Monticello en risquant de me perdre dans la forêt. Je m'allongeai sur mon lit pour dessiner. Je pensai que dans les aventures des super-héros, personne ne mourait pour toujours, sauf Ben, l'oncle de Peter Parker. Quand Bucky, le second de Capitaine America, avait explosé en essayant de désamorcer une bombe dans un avion, tout le monde l'avait cru mort, alors que son corps amputé d'un bras avait été récupéré bien vivant, en dépit de l'amnésie qui le frappait, par un sous-marin soviétique aux ordres du commandant Karpov. Jason Todd aussi, le deuxième Robin, était mort – son meurtre par Joker avait été décrété par sondage téléphonique –, puis il avait réapparu. Pareil pour Gwen Stacy. Le majordome de Bruce Wayne, Alfred, était mort dans le numéro trois cent vingt-huit de *Detective Comics*. Puis un savant fou l'avait ramené à la vie sous forme de cadavre ambulant couvert de cloques, mais, quelques pages plus loin, ce dégât collatéral avait déjà disparu. Sans parler de la X-Woman Jean Grey, Phénix, qui était morte en pilotant une navette, en se suicidant sur la lune et avait été tuée successivement par Wolverine, Magneto, les Sentinelles, Havok et Thanos. Oui, voilà ce qu'il me fallait. L'astuce était là : la mort était inévitable, ce dont on avait vraiment besoin, c'était de la résurrection. Je pensai qu'il nous faudrait tous mourir, puis ressusciter.

Je dessinai une Jean Grey enveloppée dans son cocon régénérant au fond de Jamaica Bay, encore vivante malgré le crash de sa navette. Je la dessinai dans toute sa splendeur, vibrante d'énergie nouvelle.

Je donnerais ce dessin à papa dès que je le verrais.

On accédait au Monticello en prenant d'abord la direction du site d'escalade, puis un chemin de terre qu'on finissait par quitter pour suivre pendant dix minutes encore un sentier qui n'était foulé que par les chèvres et les chaussures de marche des amateurs de panoramas. Ensuite, si on voulait, il restait à gravir une butte rocheuse, sur laquelle on se hissait en s'aidant des mains.

C'est ce que répondit grand-père au petit déjeuner, quand je lui demandai des informations tout en veillant à ne pas donner l'impression que je voulais me livrer moi-même à cette ascension. Il m'en aurait empêché. J'avais compris que même s'il n'avait pas l'intention de s'occuper de moi, il entendait au moins éviter que je ne me blesse. Me restituer indemne à ma mère était son premier, et peut-être son unique, objectif. Je prétextai que je voulais apprendre les noms des sommets et des cols qui entouraient la vallée, pour un travail au collège, et il m'en nomma d'autres que j'oubliai aussitôt.

Une demi-heure plus tard, j'étais parti. Le ciel étincelant des jours précédents s'était voilé d'une brume qu'on sentait au fond de la gorge, qu'on inhalait. Des nuages montaient derrière les crêtes et s'effilochaient contre la montagne, d'autres glissaient vers le haut, portés par le vent. J'avais éteint le StarTac pour économiser la batterie et l'avais glissé dans ma poche. J'avais beau sentir son poids sur ma cuisse, je tâtais régulièrement à travers le tissu pour vérifier sa présence, en proie à cette fébrilité permanente où nous plongent les objets précieux. J'hésitai au moment de quitter le chemin de terre pour prendre le sentier et ralentis. Rien ne l'indiquait, ni cairn, ni balises, ni pancarte, et il était mal tracé. Il ne devait pas passer grand-monde dans le secteur. Je décidai de me fier à mon intuition. En dépit de quelques difficultés initiales, je m'aperçus vite que j'avais bien choisi, comme si je connaissais le chemin depuis toujours.

Quarante minutes après mon départ de chez grand-père, j'étais sur le Monticello. De là-haut, on découvrait l'enfilade des vallées au nord-ouest, le départ de la plaine au nord-est, tandis qu'au sud, on imaginait la mer. Elle était invisible, mais on la devinait. Deux nuages rebondis s'attardaient du côté de Gênes. J'imaginai la clinique à leur aplomb, et mon père qui somnolait, pendant qu'assise sur une chaise à son chevet, ma mère lui lisait un livre. Parfois le soir à la maison, ils se faisaient ainsi la lecture à voix haute dans le lit. Quand j'entendais le murmure de l'histoire à travers les murs, je courais me glisser entre eux et, nos trois corps soudés en un, nous plongions ensemble dans des mondes imaginaires. Je me dis que s'ils avaient regardé par la fenêtre à cet instant, ils auraient vu ces nuages eux aussi.

Je sortis le téléphone et l'allumai. Je le regardai se ranimer, briller en cherchant un réseau auquel se connecter. J'attendis. Et soudain voilà. Les barres se dessinèrent sur l'écran : une, deux. Deux. Ce n'était pas énorme, mais ça suffisait. Maintenant il fallait attendre que l'éther des télécommunications transmette au StarTac les tentatives de maman pour me joindre. Je m'assis sur un rocher pour attendre.

J'attendis.

Rien ne venait. Le téléphone portable se mit en veille. Je craignais qu'en veille, il marche moins bien, alors je l'ouvris pour qu'il s'éclaire : la lumière signifiait disponibilité, état d'alerte. Toujours rien. Je levai les yeux vers l'éperon rocheux. Peut-être capterait-il mieux là-haut. Deux traits, c'était peut-être insuffisant pour recevoir les messages, il fallait plus de puissance pour les récupérer. Je rempochai le StarTac et grimpai en mobilisant pieds et mains pour atteindre le bout du bout. Le rocher était parfait, il ne s'éboulait pas, mais était glissant par endroits. Je tirai sur mes épaules, m'en remis à la prise de mes doigts. Dans un dernier effort, je me retrouvai au point culminant. Il y avait de la place pour trois personnes, pas une de plus, et encore en se serrant. Le vent soufflait fort. Je sortis le portable de ma poche. Toujours deux barres, une troisième apparut, mais s'effaça aussitôt.

La première goutte s'écrasa près de mon pouce. Une autre sur le bracelet, cadeau de papa. La troisième sur le clavier du téléphone. Je n'avais pas remarqué que les nuages s'étaient accumulés au-dessus de moi, je ne m'étais pas laissé impressionner par l'obscurcissement, la chute de la température. Ce n'était pas ce genre de perturbations qui m'occupaient l'esprit. Je me rendis compte soudain que je me trouvais sur un pic rocheux en baskets et tee-shirt, cerné par un ciel apocalyptique. Il fallait que je rentre en vitesse, mais sur le rocher mouillé, je devais contrôler chaque pas, vérifier l'adhérence de la semelle, la tenue de la main. J'expérimentai ainsi que descendre, c'est beaucoup, beaucoup plus difficile que monter. Je dérapai deux ou trois fois. Mon cœur battait la chamade. La pluie devint plus violente, le vent déportait les gouttes et elles me fouettaient le visage, que pourtant je tentais de protéger derrière mon bras. J'ignore combien de temps il me fallut. Le ciel écumait, un chien enragé. La nature avait basculé en une seconde. Ça m'était déjà arrivé en bateau, mais les pêcheurs dans leur barque savent lire le vent et le reflet du ciel dans la mer. En montagne, j'étais analphabète. Sans compter que j'étais trempé jusqu'aux os. Et effrayé. Je redoutais les éclairs surtout. Je ne savais pas si je devais craindre un éboulement ou d'autres dangers, et lesquels. À quoi veiller ? Où regarder ? Quand j'eus retrouvé le chemin de terre ruisselant de mini-torrents qui s'élargissaient en flaques çà et là, je me jetai tête baissée en direction du site d'escalade. Un coup de tonnerre me fit sursauter. J'avalai ma salive. Et accélérai.

Je finis par arriver à bon port.

J'entrai en titubant, dégoulinant de pluie.

« Te voilà. »

Je levai les yeux en déviant de la main l'eau qui dégouttait de mes cheveux. Ma mère était assise à la table de la cuisine, grand-père versait le thé dans deux tasses en céramique.

« Nous nous demandions où tu étais passé », dit maman.

Je m'approchai, transi, et une multitude de pensées se bousculèrent pour trouver avant les autres le chemin de ma voix : papa téléphone portable message signal réseau nouvelles montagne pluie clinique grand-père et puis pourquoi, pourquoi la mort, pourquoi la pluie, pourquoi ici, pourquoi moi ici. À la fin de ce déluge verbal, qui s'interrompit avant de tourner au hurlement ou au cri de bête, je m'aperçus que sur mes joues les larmes se mêlaient timidement à l'averse.

Grand-père était allé chercher une serviette, il la tendit à maman qui la déplia pour m'emmitoufler dedans.

« Yeux rouges, murmura-t-elle en les inspectant du pouce. Espérons que tu ne nous fasses pas une montée de fièvre.

– Je n'ai pas vu la voiture. Peut-être parce que je courais.

– Elle est après le virage, à bonne distance des arbres, dit-elle en me frictionnant les cheveux pour les sécher. Le vent pourrait faire tomber des branches. » Puis : « Monte te changer maintenant. On va mettre de l'eau à chauffer. J'ai apporté des biscuits. »

Je revins en jean, avec ma polaire et les chaussettes les plus épaisses que j'avais trouvées dans mon sac. Le thé chaud m'enveloppa comme une couverture et dans cette tiédeur il fut plus facile de demander comment allait papa, d'observer qu'il n'y aurait pas moyen de nous parler si elle n'achetait pas un portable elle aussi, de signaler que j'avais trouvé un endroit où je pouvais au moins recevoir les messages. Je veillai à ne pas révéler où.

Elle m'apprit que papa allait comme il allait, c'est-à-dire qu'il n'allait pas bien, mais pas mal non plus, pas plus mal qu'avant, qu'il était au début de son traitement et qu'il fallait attendre pour avoir des réponses, que parfois ces maladies restent latentes longtemps, des années, et que ce serait une longue bataille, mais que papa était fort.

« Tu sais à quel point ton père est fort, n'est-ce pas ? À quel point il est têtu. Tu le sais ou pas ?

– Bien sûr que je le sais. »

Grand-père était monté à l'étage, peut-être dans sa chambre. Maman s'était tue. Elle était allée à l'évier rincer les tasses, elle avait vidé le filtre de la théière dans la poubelle et donné un coup de torchon.

« Tu restes dîner ?

– Oui.

– Et dormir ? »

Elle regarda dehors, indécise.

« S'il te plaît, dis-je. Tu peux dormir avec moi. »

Elle sourit. Cela faisait si longtemps que je ne l'avais pas vue sourire. « En attendant je passe déjà aux fourneaux. On verra après. »

Pendant qu'elle préparait à manger, je m'allongeai sur le canapé pour lire *Gon*, un manga que j'avais apporté de la maison (lire, c'est une façon de parler, puisque le truc super dans *Gon*, c'est qu'il n'y a pas de texte : tout est dans les dessins). Une heure plus tard, une bonne odeur de pain chaud, lard et œufs se répandit dans toutes les pièces, et c'est ainsi que, le soleil désormais couché, maman, grand-père et moi – j'étais allé frapper à sa porte pour lui dire que c'était prêt – nous nous sommes retrouvés ensemble autour de la même table pour la première fois de notre existence.

J'étais habité par une sensation de générosité, bourrée de contrastes. Je ne suis pas religieux au sens étroit du terme, et assurément pas pratiquant, mais j'ai eu l'impression ce soir-là – les œufs dans mon assiette, un morceau de lard dans la bouche, le pain, le vin, le fromage accompagné de miel de châtaignier, la chaleur intermittente du poêle –, eh bien, j'ai eu l'impression d'une prière silencieuse, d'un chant muet de reconnaissance pour les joies inattendues de la vie, pour les choses en lesquelles à un moment ou à un autre on cesse de croire. À tort.

Maman resta dormir. Le lendemain matin, je l'ai accompagnée au village et nous avons même trouvé quelqu'un pour nous emmener en canoë sur le lac. Pendant sa mise en eau, beaucoup d'arbres avaient été engloutis et coupés, d'autres poussaient maintenant si près du rivage qu'ils semblaient sortir directement de l'eau. C'était étrange de circuler en canoë, de passer sous les branches tordues, de s'arrêter près des troncs, de poser la main sur les écorces rugueuses ravinées par les intempéries et de se cacher sous les fins treillages de feuilles et de branches « pour observer la montagne sans qu'elle nous voie », avait dit notre accompagnateur.

On parla de Gênes.

« On pourrait aller à l'aquarium, proposa maman.

– C'est clair.

– C'est clair que oui ou c'est clair que non ?

– C'est clair que oui », répondis-je.

Elle resta une seconde nuit. Pendant tout son séjour, je n'assistai pas à une seule conversation, un seul échange entre grand-père et elle. Je les entendais parler dans la cuisine quand j'étais dans la chambre, mais ils se taisaient quand je descendais. S'ils étaient dans la cour, je ne trouvais en sortant que le bruissement des arbres. Elle repartit le matin du troisième jour. Elle promit d'acheter un téléphone portable – elle avait cherché par tous les moyens à me faire dire où j'avais trouvé du réseau, mais je n'avais pas cédé et, en y repensant, si je le lui avais révélé, elle aurait peut-être changé d'opérateur, ne serait-ce que pour éviter de s'inquiéter. Naturellement je n'ai imaginé cette solution que longtemps après les événements que je raconte –, elle promit donc d'acheter un portable et, de mon côté, je me rendrais régulièrement au « point de contact », comme nous l'appelions désormais.

Nous pourrions nous parler. Et papa m'écrire.

L'après-midi, je partis à la recherche du joueur de basket, que je continuais à appeler ainsi parce que pour finir, la fois précédente, je ne lui avais même pas demandé son nom. S'il était à Colle Ferro le seul être humain mineur et si nous étions tous deux prisonniers de cet endroit pour le reste de l'été, il valait peut-être mieux négocier une trêve et opter pour une façon plus saine et moins belliqueuse de passer du temps ensemble. Je le cherchai partout en vain, mais ne me voyais pas frapper chez lui : aller sonner à sa porte, c'était l'étape suivante.

Je rentrai. Je n'avais pas donné le dessin de Phénix à maman, parce que je le trouvais raté, et je le recommençai. Grand-père brancha son tourne-disque et écouta Miles Davis et Gil Evans assis, jusqu'à l'heure du dîner.

J'ignore ce qui me réveilla cette nuit-là. Je ne crois pas que ce soit le bruit, peut-être la soif. Parce que la nuit j'ai souvent soif, surtout si la veille j'ai mangé de la viande, or je me souviens que grand-père était arrivé avec des brochettes toutes prêtes, un assortiment de viande rouge et blanche, poivrons, oignons et cubes de fromage valdotain. Oui, la soif peut-être. Ou un de ces rêves où je perds l'équilibre. Le fait est que je me suis réveillé. Un bruit continu de gouttes de métal frappant la pierre m'arrivait à travers les fissures de la maison et les joints des carreaux, remontant les canalisations pour venir tomber dans mon oreille comme un médicament gouttant d'une pipette. C'était une vibration aiguë et liquide, issue du ventre de la terre.

Ma première réaction fut de m'asseoir dans mon lit sans sortir de sous la couverture, de manière à dégager ma tête de l'oreiller pour repérer la direction du bruit et son origine et deviner sa cause : mais autant essayer d'attraper des éclats de verre dans une flaque d'eau. Je me levai. J'allai à la porte que je ne fermais pas le soir et, dans le courant d'air qui arrivait du couloir par l'entrebâillement et traversait la chambre en direction de la fenêtre, je trouvai la trace du bruit. Il était dedans. Dans la maison. J'ouvris la porte en pesant fort sur la poignée pour contrôler les grincements, mais aux trois quarts de la manœuvre, les gonds miaulèrent et je retins ma respiration. Pendant deux ou trois secondes, je crus que le bruit s'était arrêté, mais non, c'étaient mes oreilles qui s'étaient bouchées à cause de cette brusque montée de pression. Le tambourinement métallique était toujours là, précis et monotone. Je fouillai la nuit du regard. La porte de la chambre de grand-père était fermée. Je m'approchai, collant l'oreille contre le bois. Je retins mon souffle. On n'entendait rien. Je me dis qu'il fallait peut-être que je frappe, disons par sécurité, mais cette impulsion retomba d'elle-même. Dire quoi ? Que j'avais eu peur d'un bruit dans l'air, d'un son froid inhabituel ? Je renonçai et amorçai un retour vers mon lit. Mais le bruit changea, un ou deux coups résonnèrent plus denses et mats, puis il y eut une pause et il recommença. Non, il fallait que j'aille voir, je ne pouvais pas retourner me coucher, j'aurais été incapable de m'endormir.

L'escalier comptait douze marches. Je les descendis précautionneusement une à une, les éprouvant de la

123

pointe du pied comme si elles risquaient de se transformer en nids d'araignées. À chaque pas, mes pupilles se remplissaient de la clarté plus forte du rez-de-chaussée, dont les fenêtres aux volets non fermés laissaient pénétrer la lumière. Un reflet argenté nimbait le canapé, les meubles, deux verres abandonnés sur la table basse, un trousseau de clés, une petite scie et une clé anglaise posées sur une étagère, une boîte de punaises au milieu des papiers amoncelés sur le rayonnage inférieur de la bibliothèque, et, blême, s'éparpillait sur le chrome du tourne-disque. Le tambourinement persistait et je n'eus pas de mal à reconstituer son trajet : guidé par ces miettes de pain sonores, j'arrivai à la porte de la cave. Elle était fermée. Dès que je touchai la poignée, un jet de lumière traversa la pièce, révélant le côté sombre du buffet, éclairant la moitié de mon visage et traçant au sol, à hauteur de mes chaussettes, une bande lumineuse de trente ou quarante centimètres. Le bruit grandit. On pouvait maintenant le décomposer en deux sons distincts, parfois superposés sans être tout à fait simultanés, et de provenances différentes : cause et effet. L'escalier était légèrement hélicoïdal, mais long, deux tiers de tour, et il dessinait une courbe qui soustrayait à la vue la pièce d'affinage tant qu'on n'avait pas descendu la dernière marche. C'est grand-père, pensai-je. Ce ne pouvait être personne d'autre. Grand-père qui travaille. À quoi ? Que martèle-t-il ? Du métal, à l'évidence. Alors pourquoi cette certitude ne ralentissait-elle pas les battements de mon cœur, pourquoi une sueur froide coulait dans mon dos et pourquoi ce tambourinement persistait dans mon crâne ?

En plaquant ma paume sur la courbe du mur et en guettant la métamorphose de l'ombre en lumière jaune comme si je pouvais lire dans les aspérités de la paroi un signal d'alarme, je continuai à descendre. Quand la dernière marche se confondit avec la terre battue de la cave, ce qui me frappa avant tout fut la présence d'une table et d'une chaise qui n'y étaient pas trois jours plus tôt. Grand-père était assis de dos, jambes croisées sous la chaise, buste en avant. La lumière ne tombait pas du plafonnier, mais d'une lampe de bureau fixée à la table, dont le bras articulé était replié de façon à ce que l'ampoule arrive à vingt centimètres des mains, et elle tremblait au rythme des coups de marteau que grand-père donnait sur un poinçon ou un outil approchant, de dos je ne voyais pas très bien. C'est pour cette raison que je ne remontai pas aussitôt. La curiosité. Que faisait-il ? Qu'est-ce que grand-père pouvait bien graver, sculpter ou que sais-je encore en pleine nuit, dans une cave humide imprégnée de l'odeur forte des fromages ? J'étais là à m'interroger quand il sentit ma présence et se retourna. En sursaut.

« Qu'est-ce que tu fabriques ici ? »

Son animosité se concentra entre ses yeux, dans une ride qui lui laboura le front à partir du nez et qui semblait avoir pour vocation de provoquer la terreur et la culpabilité. Je ne répondis pas. Cet endroit était sans conteste le plus humide de la maison, mais j'avais la bouche désespérément sèche.

Il posa son marteau et repoussa sa chaise, d'où il se leva avec peine. Il était épuisé, il semblait plus vieux qu'au dîner, en plus mauvaise forme et triste.

« Qu'est-ce que je t'avais dit ? »

Son intention était de crier cette phrase, mais la force lui en manquait. Il émit donc une sorte de râle, qui augmenta encore mon malaise. J'eus la sensation horrible de le voir nu. La honte m'envahit.

« Qu'est-ce que je t'avais dit ? » répéta-t-il.

Soudain, il n'était plus qu'un gamin pleurnicheur qui trépignait, contrarié et impuissant, devant une violation de son intimité. Je repensai aux paroles de maman, à ce qu'elle avait expliqué de la difficulté de partager ses vérités, des moments où il nous arrive de pleurer presque en parlant, alors que les autres nous regardent incrédules, les yeux ronds, sans avoir la moindre idée de la raison pour laquelle ce que nous disons est si important. Je repensai à moi le jour de l'ananas. Et je compris qu'il y avait chez mon grand-père un univers entier de silence et que je l'avais profané. J'ignorais comment. Mais le résultat était là.

Résumé de ma vie pour autant qu'il est donné
de se souvenir, reconstituer ou imaginer.
À la lumière de la mémoire.
1945-1951

La guerre est finie. Un matin, oncle Marcello arrive au village en voiture et nous demande de rassembler ce que nous voulons emporter : nous rentrons à Gênes. Nous entassons vêtements et couvertures et emballons dans du papier journal des œufs, du fromage, des plants de salades, toute la nourriture que nous trouvons, car nous ne savons pas ce qui nous attend en ville. Oncle Marcello nous avertit que Gênes a bien changé. Pendant cette période où nous avons simulé l'inexistence, Carati au lieu de Coifmann, les bombes l'ont labourée jusqu'au sang. Il parle de ruines, de gravats, de fumée, et au milieu des gravats et de la fumée, de chaises, de jouets, d'ustensiles de cuisine.

Il dit : Tout est recouvert de cendre.

Je traverse le pré qui sépare notre maison de la ferme de Iole et Maria. Je les appelle. Elles sont là, qui aident leur mère au ménage. Elles sortent sur le seuil les mains mouillées et les secouent pour les faire sécher. Nous nous embrassons timidement, nous ne cherchons pas nos yeux rougis, mais nos voix. Nous promettons de nous revoir, de ne pas nous oublier. Nos parents nous appellent, il faut nous dépêcher. Je glisse à l'oreille de

Iole : Un jour je reviendrai. Je lui offre une bande de papier argenté que j'ai trouvée dans la forêt.

Gabriele donne à toutes les deux une petite sculpture en bois aux contours nets et rugueux. Il dit : C'est un éléphant. Il dit : J'ai lu dans un livre qu'il porte bonheur.

Maria voudrait l'envelopper dans un torchon pour ne pas l'abîmer. Mais Iole s'en empare et le pose au milieu de l'herbe et des fourmis, attendant de le voir se promener, barrir et agiter la trompe. Elle dit : Il est magnifique.

Notre mère arrive par surprise derrière nous : Venez. Il est temps pour nous de réintégrer notre vie.

Mais *c'est* ma vie ici, dis-je en colère. Je n'en connais pas d'autre.

Tu es triste parce qu'on rentre à Gênes ?

Je ne suis pas triste. Tout va bien. Mais je regrette de quitter cet endroit.

Tu ne devrais pas dire ça. On va être mieux, tu verras.

Tu me le promets ?

Notre mère me serre contre sa jupe qui sent bon le poêle et le romarin. Je m'attends à sentir le corps de Gabriele contre le mien, il devrait être là lui aussi, avec moi. Mais non. Il aide oncle Marcello à charger la voiture. Deux vieux montent doucement saluer notre père. Ils nous souhaitent tout le bonheur possible. L'un d'eux offre une poignée de graines à Gabriele. L'autre dit : Le plus dur est à venir. Quant à nous, nous sommes entre les mains d'hommes comme vous.

Notre père bredouille : C'est-à-dire ?

Ne pas oublier. Reconstruire.

***

L'immeuble où habitaient mes grands-parents n'existe plus, une bombe l'a éventré. Alors nous allons à pied chez oncle Elio. C'est un beau bâtiment, que les bombardements ont épargné. Il est équipé d'un ascenseur, le deuxième ascenseur de ma vie, mais nous prenons l'escalier pour aller au troisième étage, parce que nous nous méfions. Pour ouvrir la porte, notre père et oncle Marcello sont obligés de forcer la serrure.

Il y a une salle à manger, un salon, trois chambres, un bureau, une cuisine, deux balcons d'où l'on voit la cour intérieure plantée d'un gros pin en plein milieu et la rue escarpée qui grimpe entre les escaliers avec un petit jardin dans un coude. Les murs de l'appartement suintent la guerre, la faim, l'abandon. Dans toutes les pièces, on trouve des photos d'oncle Elio, de sa femme Rita et de nos deux cousins, Primo et Carla, qui sont un peu plus grands que nous.

Je demande : Ils sont où ?

Notre mère répond : Partis.

Nous rassemblons leurs affaires. Nous vidons les armoires, les tiroirs et les placards. Nous entassons tout dans le bureau : vêtements, sacs, photos. Notre père ferme le bureau à clé et glisse la clé dans une petite boîte en bois, qu'il cache au fond d'un tiroir de la cuisine, au milieu des couverts.

Je dis : Quand est-ce qu'ils viendront reprendre ce qui leur appartient ?

Notre père répond : Un jour.

Gabriele et moi nous installons dans la plus petite des chambres, celle qui donne sur la rue en pente et le jardin, où nous entendons des enfants jouer. Nos parents prennent possession de la plus grande, où le pin dispense une ombre timide en milieu d'après-midi.

Ils poussent le lit deux places sous la fenêtre et l'armoire à gauche de la porte pour cacher une tache d'humidité qui a fleuri sur le mur. Grand-père, qui est seul, prend la chambre la plus lumineuse : elle dispose d'un balcon assez grand pour s'y asseoir, d'où l'on voit, entre les immeubles, briller la mer. Gabriele et moi la baptisons « la volière ».

Peu après le coude de la rue, au-dessus du petit square, il y a un café. On y chante tard dans la nuit et les voix franchissent les murs, arrivant jusqu'à nous. Mais ce n'est pas ça qui m'empêche de m'endormir le soir. C'est la ville. Je l'entends bouillonner. La nuit n'est pas noire comme à la montagne. Des inquiétudes suffocantes se faufilent dans les interstices entre les briques. Pourquoi les bombes ont-elles frappé la maison de nos grands-parents et pas celle-ci ? Où sont notre oncle et notre tante ? Où sont nos cousins ? Quelle est cette vie que notre mère veut réintégrer ? Ce lit sera-t-il à moi pour toujours ? Si notre vie précédente n'était pas la nôtre, à qui appartenait-elle ? Qui Christophe, Audrine et Mme Fleur ont-ils connu, si ces jours n'étaient pas les nôtres ? Qui marchait et étreignait, si ces pieds et ces mains n'étaient pas les nôtres ? À qui étaient les amygdales et le sang dans la cuvette ? Qui était l'enfant qui errait dans la forêt entre les arbres et les jambes mortes, qui traversait ses draps en coton à Blanquefort et qui, pour ne pas se volatiliser, se raccrochait aux mots ânonnés par son frère ?

J'apprends par cœur les chansons du bar. Parfois je les sifflote le jour, assis sur le balcon de la volière, en contemplant la mer entre les immeubles.

***

Notre mère dit : Va acheter le lait.

Je demande : Gabriele vient aussi ?

Elle sort un récipient cylindrique en métal d'un petit meuble. Elle dit : Non. Il est à la cave avec ton père. Vas-y tout seul.

Je ne suis jamais sorti dans la rue sans mon frère. Rien que d'y penser, j'en mouillerais mon pantalon et je dois contenir avec ma main mon envie de faire pipi. Je ne sais pas quoi inventer pour ne pas m'exécuter. J'emprunte l'escalier parce que l'ascenseur ferait du bruit. J'entrouvre la porte d'entrée juste assez pour me faufiler en biais, à la dérobée, mais la lame du soleil m'agresse quand même, comme s'il était resté aux aguets des journées entières. Je protège mes yeux et avance en rasant la grille. Je change de couleur. Je deviens pierre grise, crépi jaune, poussière sur le pavé. Dans le square voisin, des enfants jouent à lancer des pierres contre les pigeons qui se posent sur les branches d'un cèdre. D'autres prennent le frais à l'ombre d'un clocher. Il ne faut pas qu'ils me voient. Il ne faut pas qu'ils me parlent. S'ils me posaient des questions, je ne saurais pas répondre.

Par exemple : Comment tu t'appelles ? Qui tu es ? D'où tu viens ?

J'arrive à la crémerie sur la pointe des pieds. Je demande qu'on remplisse mon bidon à ras. Il a un couvercle à fermeture mécanique. Je compte trois louches et demie, des grosses. En revenant, j'entends donner un grand coup de pied dans un ballon, puis vois le ballon frapper le mur, trois pas devant moi. Un frisson me parcourt l'échine, il part de mes reins et se propage le long de ma colonne vertébrale jusqu'à ma nuque.

La voix dit : C'est toi qui nous espionnes de ta fenêtre ?

Elle vient de la rue, où le ballon finit de rouler et de rebondir. Je ne réponds pas.

Elle dit : Tu es sourd ?

Je ne me retourne pas.

J'entends le garçon frapper à nouveau le ballon du dessus du pied, perçois le déplacement d'air et la résistance farineuse du mur. Ma main serre fort la poignée du bidon. Ils me cernent. Ils sont nombreux. Ils me détaillent des cheveux jusqu'aux chaussures, en tournant autour de moi. Je sens leurs yeux dénouer mes lacets de chaussures, vider mes poches.

Je dis : Je dois rentrer.

Ils me demandent : Qu'est-ce que tu transportes ?

Je dis : Du lait. Pour notre mère.

Ils disent : Pourquoi tu dis notre ? On est de la même famille ?

J'attends qu'ils arrêtent de rire. Je dis : La nôtre, à mon frère et moi.

Les garçons se donnent des bourrades entre eux, l'un d'eux crache par terre. Ils disent : Et ce serait qui, ce frère ?

C'est moi.

Tout le monde se retourne. Gabriele vient de sortir de notre immeuble, il a encore la main sur la poignée de la porte. Il dit : Maman m'a demandé de venir voir où tu étais. Tu t'es fait des copains ?

Les garçons disent : On n'est pas vos copains.

Gabriele répond : Tant pis.

L'un d'eux s'approche, pousse Gabriele de toutes ses forces comme s'il essayait d'ouvrir un portail très lourd. Gabriele ne résiste pas, il plie le dos et accompagne le déplacement. Il ne tombe pas, il recule. Quand il retrouve l'équilibre, il donne de l'élan à son bras gauche par une légère rotation du buste, puis le laisse partir comme un fouet vers l'extérieur. Le dos de la main frappe l'agresseur en plein visage. Il tombe. Il saigne du nez. Deux autres, plus forts, se jettent sur Gabriele. Ils roulent au sol. Ils se bagarrent à coups de pied, déchirant leurs vêtements. Je ne suis pas là. Des passants interviennent. On les sépare. On exige des excuses réciproques, mais personne ne veut demander pardon en premier. Découragés, ces gens s'en vont. Ils disent : Petits morveux, la guerre ne vous a donc rien appris ?

Restés seuls, Gabriele et les garçons s'insultent encore.

Les garçons disent : On se reverra.

Puis ils retournent dans le square.

Gabriele saigne du nez et a une écorchure sur le front. Il dit : Ils ne t'embêteront plus.

Nous entrons dans le hall de l'immeuble. Le soleil se dissipe. Il plane une odeur de moisi. Je grimpe l'escalier en tremblant. Je sens la culpabilité monter en moi par les pieds, comme une marée. Je dis : Je regrette.

Gabriele me toise avec un petit rire : Tu deviendrais quoi si je n'étais pas là ?

Sur le palier, tandis que je frappe à la porte, trois coups, je dis : Ne fais jamais ça.

Il dit : Quoi ?

Partir.

C'est notre mère qui ouvre. Elle me regarde moi d'abord, d'un air distrait, puis Gabriele. Elle plaque son torchon sur sa bouche.

***

On se promène dans une rue du centre. Un tram nous dépasse dans un bruit de ferraille et on voit une bande de garçons agglutinés sur les tampons. Parmi eux se trouvent ceux qui jouent à côté de chez nous. Ils nous lancent des injures. Nous défient de monter si on en a le courage. On ne répond pas. Je me cache derrière Gabriele, qui continue à marcher tranquillement, les mains dans les poches. Il sifflote. Un deuxième tram passe et Gabriele dit : Viens. Il court et saute sur le tampon, comme sur un manège. Il dit : Allez, viens.

J'aimerais bien, mais je reste tétanisé. Je suis en train de m'enfoncer dans le sol. J'aimerais bien, mais je n'y arrive pas. Je ne peux pas. Je n'ai pas le droit. Le conducteur aperçoit Gabriele et l'enguirlande, mais lui s'en fiche. Je l'envie.

Gabriele est courageux.

Un jour, on sort ensemble faire une commission et, une fois dehors, je remarque qu'il porte une chaussure à un pied et une pantoufle à l'autre. Je le lui signale.

Je dis : Faisons demi-tour.

Il répond : Pour si peu ? Sûrement pas, déjà qu'on est pressés. On y va.

Je le suis, mais je meurs de honte. Je meurs de honte pour lui, alors qu'il n'en éprouve aucune. Comment fait-il ?

Au retour, dans une ruelle, on voit un pauvre demander l'aumône au milieu des ordures et des rats. Ses vêtements sont en loques. Gabriele a des pièces dans sa poche. C'est la monnaie que notre mère nous a dit de garder, en récompense du service rendu. Gabriele s'approche du pauvre et lui donne tous ses sous. Celui-ci se lève et nous remercie en ôtant son chapeau poussiéreux et en l'agitant dans une révérence maladroite. Il dit : Merci. Merci vraiment. Dieu vous le rendra. Il

LE DERNIER ÉTÉ DU SIÈCLE

vous protégera. Il vous le rendra trente fois. Vous avez
été généreux. Merci.

Mais à ces paroles, Gabriele se jette sur le mendiant,
lui arrache des mains l'argent qu'il lui a donné et le serre
contre sa poitrine. Il dit : Vous êtes un imposteur et un
menteur. Dieu n'existe pas. C'est pour ça que vous êtes
aussi pauvre.

Un jour, un monsieur important venu d'Israël arrive
chez nous. Il est basané et porte une grosse barbe, un
chapeau noir, un manteau en piteux état. Il pleut à
seaux, des torrents d'eau boueuse dévalent les rues.

Nous demandons à notre mère : Qui est-ce ?

Un parent. Il est venu parler à la communauté. Il
dînera et dormira chez nous.

Le monsieur important sort de sa valise de la vaisselle pour le lait et la viande. Il n'a pas confiance en
notre alimentation kascher. Pour être sûre de ne pas
commettre d'impair, notre mère lui prépare à dîner un
œuf à la coque qu'elle lui sert dans un petit bol. Tandis
que le monsieur important mange, l'œuf dégouline sur
sa barbe, qui se strie de jaune. Gabriele et moi le regardons, assis dans un coin : on ne dit rien, on ne rit pas.

Après le dîner, malgré la pluie, nos parents et grand-
père sortent pour l'accompagner à une réunion. Gabriele
et moi restons seuls à la maison. Les coudes posés sur
l'appui de la fenêtre, on observe les gouttes qui glissent
sur les vitres en dessinant des trajectoires capricieuses.
Perdu dans mes pensées, je me demande ce qu'est
devenu le bosquet des jambes mortes. Je voudrais en
parler à Gabriele, mais je ne sais pas par où commencer.
Je voudrais que ce soit lui qui m'interroge. Pourquoi
ne comprend-il pas que j'ai un secret important à lui
confier ? Il devrait le lire dans mes yeux. Nous sommes

frères. S'il ne me questionne pas, je ne suis pas autorisé à parler.

Gabriele souffle sur la vitre et trace un fusil sur la tache de buée. Je souffle à mon tour sur la vitre et dessine un homme, casquette sur la tête et foulard au cou. Je suis bon en dessin. Je sais que je suis meilleur que Gabriele, mais je ne le dirai jamais. Gabriele souffle sur la vitre, couvrant de buée l'espace entre son dessin et le mien. Par des traits, il symbolise un coup de fusil. L'homme à la casquette et au foulard est mortellement atteint. Gabriele l'efface. Il dit : Tu es mort.

Et il m'envoie rouler par terre. On s'empoigne. Les coups partent, contrôlés chez moi pour ne pas lui faire mal, violents chez lui et sans précaution. Au début, je pare ses coups de poing avec mes bras et mes mains, puis j'arrête. Je le laisse me frapper sur le corps sans opposer de résistance : je suis un sac de sable. Quand on entend la clé tourner dans la serrure, on se relève en rajustant nos vêtements. On a les cheveux ébouriffés et les joues écarlates.

Notre mère dit en ôtant son manteau : Que s'est-il passé ?

On jouait.

Il est tard. Il faut aller au lit.

Je demande : Il dormira où ?

Notre mère enlève ses chaussures en grimaçant : Notre invité ?

Oui.

Dans votre chambre. Vous dormirez tous les deux dans le lit de Gabriele.

Avant de s'endormir, le monsieur important réchauffe un peu de lait dans une petite casserole personnelle. Il le verse dans une tasse et l'emporte dans la chambre.

Il en boit une gorgée et s'endort. Quand il commence à ronfler, Gabriele se lève, prend un morceau de rôti, tout petit, revient dans la chambre et le laisse tomber dans la tasse du monsieur important.

Enlacés sous les couvertures, on étouffe un fou rire : moi contre sa poitrine, lui dans mes cheveux.

***

Notre père met longtemps à retrouver un travail. Personne ne sait pourquoi il lui faut autant de temps. Il est le seul parmi nos connaissances à ne pas avoir été encore réembauché. Notre mère lui en demande parfois la raison et on guette sa réponse en retenant notre respiration, pendant qu'on dessine allongés par terre dans le couloir, mais il ne répond pas, il élude.

Quand on lui offre un poste à l'Institut hydrographique, notre mère organise une sortie familiale pour fêter la nouvelle. Notre père ne veut pas, il proteste. Au moment du toast dans un bar du centre-ville, grand-père dit en levant son verre : « Il était temps. »

Notre père n'est plus le même. Notre mère en parle avec ses amies dans la cuisine en prenant le thé. Je le pense aussi, mais sans le dire. Gabriele, lui, semble ne rien remarquer. Notre père est souvent retenu par son travail, nous le voyons peu. Quand nous le croisons, il est taciturne, il répond en grommelant par des bribes de phrases qui restent en suspens comme des miettes au coin des lèvres, jusqu'à ce qu'elles tombent ou qu'il soit obligé de les enlever avec le poignet. Il ne sort jamais. Il ne fréquente pas la synagogue. Quand il est à la maison, il passe beaucoup de temps dans la cour où il soigne ses plants de basilic et de menthe ainsi qu'un rhododendron, qui allait crever et qu'il a sauvé. Le soir, j'aimerais qu'il s'asseye près de moi sur mon lit. Mais il ne vient plus. Fini *Chema Israel Adonaï Elohénou Adonaï E'had.*

Notre mère dit : Es-tu content de ton travail ?

Il répond : Oui.

Alors pourquoi fais-tu cette tête ? Qu'est-ce qui ne va pas ?

Rien.

On ne dirait pas à te voir. Tu réussis à répandre de l'ombre quand toutes les lumières sont allumées.

Je suis désolé.

Je me tapis derrière la porte de leur chambre. J'entends notre mère pleurer et notre père répéter Je suis désolé, je suis désolé, je suis désolé, à voix basse, et je sais qu'elle a posé sa tête sur ses genoux, et je sais qu'il lui masse la nuque et lui caresse les cheveux. Je perds consistance. Je rentre dans le sol. Je traverse les briques, les revêtements en bois, le crépi. Devant mes yeux défilent les clous, les canalisations, les câbles. Je glisse dans l'appartement du dessous où une dame qui a perdu ses enfants et son mari pendant la guerre se brosse les cheveux devant son miroir avant d'aller se coucher. Je tombe dans une malle, qu'elle a placée près de la porte, et qui contient des photos, des lettres et des dessins d'enfants. J'essaie d'en saisir quelques-uns, mais mes doigts sont inconsistants. Invisible, je coule au premier étage où le propriétaire, un avocat, se promène en berçant sa fille nouveau-née. Je scrute dans les yeux encore troubles du bébé le visage du papa, énorme au-dessus du sien. Le regard d'amour, d'amour infini de la petite pour cet homme qui la tient dans ses bras me redonne consistance. Telle une bulle, je remonte. De nouveau des briques, des canalisations, des dalles, et je refais surface dans le couloir, devant la porte de la chambre de nos parents. Entre-temps, leurs voix se sont tues.

***

Le personnel de grand-père a réussi à sauver son entreprise. Ses employés ont travaillé tant qu'ils en ont eu la possibilité, en tenant les comptes à jour et en conservant les rapports avec les clients qui ne les ont pas abandonnés. Quand ils ont été obligés de fermer la conserverie par manque de poisson, ils ont mis les machines en lieu sûr, les ont couvertes pour les protéger de la poussière et du temps, ont caché tous les dossiers et les papiers dans une cave et envoyé un courrier à toutes leurs relations, clients et fournisseurs, en les assurant que, la guerre finie, leur travail et leur efficacité seraient les mêmes qu'avant. Et il en est allé ainsi : les bombes ont épargné l'entrepôt et notre grand-père est revenu.

Avant de reprendre l'école, nous passons beaucoup de temps à la conserverie avec grand-père au milieu des poissons, des boîtes en métal et des ustensiles de toute sorte. Quand nous reprenons notre scolarité, pour rattraper le temps perdu, nous fréquentons un patronage où des bénévoles donnent des cours de maths, d'orthographe et de sciences. Je pense souvent à Colle Ferro. Les prés et la forêt me manquent, ma cabane sous les fougères, Iole, Maria et leurs bêtes.

Je dis à Gabriele : Je voudrais revenir en arrière.

Il dit : Pour retrouver la guerre, andouille. Qu'est-ce qui est mieux, maintenant qu'on peut aller et venir sans que personne nous tue ou nous largue une bombe sur la tête, ou bien avant, quand les avions mitraillaient notre train, hein ?

À Colle Ferro, personne ne larguait de bombes ni ne mitraillait.

Mais dans le reste du monde, oui.

Nous n'étions pas dans le reste du monde. Nous étions à Colle Ferro.

Tu ne penses qu'à toi.

Non. À toi aussi, et à notre mère, à notre père, à grand-père.

En discutant, on fabrique des avions en papier avec des pages de magazine. On plie une feuille pour obtenir la pointe, on la replie pour obtenir une pointe double, plus solide, puis on passe aux ailes. Chacun de nous possède sa technique. Quand on a fini, on procède au lancement du haut de la volière, en direction de la cour. On a tracé une marque au sol : c'est là qu'on doit atterrir. On fabrique trois avions chacun, on les lance tous les trois, puis on court vérifier qui est tombé le plus près.

Gabriele dit : Il faut que tu arrêtes de dire *notre* père, *notre* mère. Les autres vont finir par se moquer de toi.

Mais c'est vrai, ce sont les nôtres.

Oui. Mais c'est vrai que ce sont aussi les tiens.

Mais ce ne sont pas que les miens.

Notre conversation a lieu pendant qu'on descend l'escalier. Gabriele soupire et me pousse, je ne m'attendais pas à une bourrade, je trébuche et je tombe. Mon coude frappe une marche en pierre. La douleur est atroce, ma vue se voile, mais je lutte pour ne pas pleurer. Je serre les dents à m'en faire saigner les lèvres.

Gabriele s'agenouille à côté de moi. Il dit : Je suis désolé. Je ne voulais pas. Écoute, tu as raison. Ça va ? Ce sont les nôtres. À nous deux.

***

Pendant l'été 1947, on nous envoie Gabriele et moi nous remplumer dans une colonie de vacances de la Croix-Rouge en Suisse. Camping estival pour enfants souffrant de dénutrition. Interdiction de visite pour les parents.

La responsable de la colonie est une femme, Mme Maike. Tous les bâtiments lui appartiennent, qu'ils soient en dur ou de fortune, ainsi que les terrains où ils sont construits et la forêt environnante. Son bras droit s'appelle Barthold. Il est autrichien, il a vingt ans. À notre arrivée, les plus grands nous racontent qu'il est le seul survivant d'une famille de onze frères et sœurs, tous morts sous les bombardements. Ce qui explique qu'il soit aussi sévère et hargneux, affirment-ils. Nous ne savons pas si c'est une invention. Mais Barthold est effectivement très rigoureux, voire violent dans certaines occasions.

Mme Maike travaille dans l'entresol du bâtiment principal. Nos fiches de renseignements sont envoyées et retournées par passe-plat. Nous voyons souvent arriver des délégations, des voitures d'où descendent les bienfaitrices qui rendent ces séjours possibles. C'est leur argent, leurs dons qui nous font manger. Elles viennent contrôler que tout se déroule dans les règles, que leur argent est dépensé à bon escient.

On est une centaine d'enfants. On vient de plusieurs pays. On se comprend par gestes, mais on apprend vite les mots essentiels dans les autres langues : comment insulter, menacer, dire bonjour ou au revoir. Les disputes et les bagarres sont incessantes, y compris pour les motifs les plus futiles. Gabriele me protège.

Les dortoirs sont immenses, avec des lits superposés par trois. Ce ne sont pas vraiment des lits, mais des sommiers sans matelas, couverts d'un tissu tendu avec des crochets. Tout le monde veut dormir en haut, alors Barthold a institué des tours. On dort une nuit en bas, une au milieu et une en haut.

Manlio vient de Toscane. La nuit, il fait pipi au lit, mais il veut dormir en haut lui aussi, malgré son pipi qui imprègne le tissu et dégouline. Alors les soirs où Manlio dort en haut, on tire au sort dans une boîte de conserve vide le nom de celui qui dormira en dessous de lui.

Manlio et moi, on devient copains. C'est le seul enfant auprès de qui je ne me sens pas en danger. Un jour où on regarde les autres jouer dans le pré, assis sur les racines d'un arbre, il me demande : Tu as déjà fait pipi sur toi ?

Peut-être quand j'étais petit. Comme tout le monde.

Je ne m'étais jamais fait pipi dessus jusqu'au jour des bombes.

Quelles bombes ?

Les bombes sur ma ville. J'étais à la messe avec ma mère. Les avions sont venus et ont tout bombardé. Il y avait les sirènes, l'alarme. En sortant, maman et moi on s'est perdus, parce qu'il y avait plein de gens et que tout le monde se bousculait. Je ne savais pas quoi faire. Alors je suis resté dans l'église. Je me suis caché dans les fonds baptismaux. Les bombes ont détruit les maisons, dont la mienne, où était ma sœur. Une partie de l'église aussi s'est écroulée. Mais moi, je m'en suis sorti. C'est depuis ce jour-là que je me fais pipi dessus.

Et ta mère ?

Manlio sourit : Elle s'en est sortie, elle aussi. Elle était allée au refuge. Quand on s'est enfin retrouvés, elle a commencé par me filer deux claques, qui m'ont fait des

joues comme des pivoines, en criant Où étais-tu fourré ?
Puis elle a fondu en larmes et m'a serré contre elle.

***

La cuisinière de la colonie est Mme Recha. Elle s'habille en homme sans se soucier de son allure et porte ses cheveux courts et raides plaqués en arrière avec de la brillantine. Fumeuse invétérée, elle a la cigarette au bec jusque devant ses fourneaux. Si sa cendre tombe dans la soupe, elle continue à remuer comme si de rien n'était pour mélanger le tout. Mme Recha rouspète à tout propos et quand elle se fâche, elle distribue des gifles nerveuses derrière les oreilles. Mais quand elle croise l'un de nous dans l'escalier, elle fouille dans ses poches à la recherche d'un bonbon.

Au petit déjeuner, Mme Recha sert à chaque enfant une énorme portion de porridge, une bouillie d'avoine arrosée d'un sirop préparé par ses soins avec les framboises et les myrtilles que nous cueillons dans la forêt le matin et l'après-midi. La règle est sans appel : personne ne peut quitter la table avant d'avoir avalé son porridge jusqu'à la dernière cuillerée. Le réfectoire occupe le premier étage du bâtiment principal, celui dont l'entresol sert de bureau à Mme Maike. Pendant les repas, les deux portes de la salle sont fermées et pour sortir on doit passer par celle que garde Barthold, à qui on remet son bol vide.

Un matin, je n'arrive pas à finir mon porridge. Absolument impossible. Chaque fois que j'essaie d'en porter une cuillerée à ma bouche, j'ai envie de vomir. Il n'y a plus personne. Je suis le dernier. J'entends les cris des autres qui jouent dans la cour. Barthold m'attend bras croisés, adossé à la porte. Puis je ne sais pas ce qui se passe, mais je sais que Barthold sort et que la porte reste sans surveillance. Gabriele entre. Il se précipite vers moi. Avale à toute vitesse deux ou trois cuillerées de porridge. Puis jette ce qui reste par la fenêtre, dans un coin où nous savons qu'il n'y a que des buissons.

Il dit : Attends que Barthold revienne.

Et il sort.

Quand Barthold revient, je lui tends mon bol vide. Il le récupère, me dévisage, puis me fait signe de sortir. Mais au même moment entre Mme Maike avec Manlio. Manlio a du porridge sur la tête, dans les oreilles, sur sa chemise. Il désigne la fenêtre par où, dit-il, quelqu'un a lancé la mixture.

Dix minutes plus tard, Mme Recha émerge de sa cuisine avec un nouveau bol de porridge, réchauffé. Elle dit : C'est pour toi.

Barthold m'ordonne de m'asseoir.

Je fonds silencieusement en larmes.

***

Un après-midi, je sors chercher du bois avec Manlio et un autre garçon. Tout le monde à la colonie doit assurer la corvée de bois à tour de rôle. Plusieurs enfants s'en plaignent. Pas moi. Ça me rappelle l'époque de la cabane sous les fougères. J'aime la solitude et le silence de la forêt, la lumière humide qui tombe de l'enchevêtrement des branches et des feuilles. Quand Barthold nous réunit pour trouver un volontaire, je lève toujours la main.

Ce jour-là, sur le chemin du retour, j'aperçois un nid en haut d'un chêne. Je dis : Attendez.

Je pose à terre les fagots attachés par une ficelle. J'escalade le tronc. Non sans peine, je réussis à regarder dans le nid. Il contient trois œufs, striés de noir.

Mes camarades me demandent : C'est quel oiseau ?

Je ne sais pas. Il n'y a que les œufs.

Prends-les. On les donnera à Mme Recha. Elle les cuisinera.

Je ne veux pas. En plus, ils sont tout petits.

Prends-en un pour nous montrer.

J'en prélève un à contrecœur et le glisse dans la poche de ma chemise. Je pense qu'après, il me faudra remonter, le remettre à sa place. Au même moment, la branche où je suis assis casse et je tombe. Je heurte deux branches sous moi et, après un délai qui me semble très long, percute le sol. Sur le moment, je n'ai pas l'impression de m'être fait mal : l'herbe a amorti le choc. Mais l'œuf est en capilotade. Il englue ma chemise, au niveau du cœur. Mes camarades s'approchent, me demandent comment je me sens. Je dis : Bien.

Mais lentement, comme si elle arrivait de loin, une douleur lancinante se déclare dans ma jambe. Mon pantalon est déchiré. Manlio s'agenouille, soulève un morceau de tissu, écarquille les yeux, puis se les couvre de la main. Dans ma chute, une branche s'est piquée dans la partie inférieure de la cheville et m'a déchiré le mollet jusqu'au genou.

Les autres courent chercher Barthold. Quand il arrive, il me prend dans ses bras comme si je ne pesais rien et m'emmène à l'infirmerie. Je demande qu'on avertisse Gabriele et le médecin répond : Après.

Il me désinfecte, rapproche les bords de la plaie avec des pinces, me panse. Je dors dans le lit de camp de l'infirmerie et Mme Recha m'apporte mon dîner ; je mange tout seul. Le lendemain, en accord avec Mme Maike, nous décidons que c'est moi qui écrirai à la maison pour raconter ce qui s'est passé. Barthold m'apporte du papier et un stylo. Je réécris ma lettre quatre fois et donne la dernière mouture. Celle qui suit est la deuxième. Je l'ai gardée. Je garde toujours tout ce que j'écris.

Très chère maman, le je je dois t'envoyer une mauvaise nouvelle, un jour où je jouais dans la forêt, je suis tombé sur un rocher et je me suis fait mal à une grosse coupure, on m'a tout de suite emmené chez le médecin qui m'a mis des agrafes pour refermer la blessure, elles m'ont j'ai eu un peu mal, mais maintenant tout est fini, ici il fait beau mais le temps s'est rafraîchi, alors on met des vêtements plus chauds, gros bisous simone. Simone.

Gabriele dit : Tu n'es pas tombé sur un rocher. Tu n'as pas eu un peu mal, mais très mal. Et c'est faux que maintenant tout est fini.

Je dis : Ils s'inquiéteraient pour rien.

Je reste huit jours à l'infirmerie. Apprenant mon accident, la délégation de bienfaitrices en visite chez Mme Maike vient me voir. Ces dames m'apportent en cadeau des pantoufles neuves que je trouve superbes. Elles remarquent mes vêtements posés sur la chaise.

L'une d'elles dit : Ils sont retournés.

Et une autre : Tu aurais besoin d'une garde-robe neuve.

Vexé, je réponds : Ça va très bien avec ce que j'ai. Notre mère et notre père nous donnent tout ce qu'il nous faut.

Puis j'ajoute : Mais vos pantoufles sont très jolies. Je vous remercie.

***

Fin septembre, nous retournons en classe. Les notes de Gabriele sont excellentes. Moi je suis distrait, je renverse mon encrier, j'accumule les maladresses. Mes enseignants en parlent à ma mère, ils disent : Il manque d'aisance. Il n'est jamais là où il devrait être.

Notre mère demande : Et où est-il ?

Voyez-vous, il est assis au premier rang. Mais c'est comme s'il n'était pas là. Il se confond avec les murs, les bureaux, le tableau. Vous l'interrogez et il n'est pas là, il ne répond pas, puis vous plissez les yeux, et le voilà.

Je ne comprends pas.

Le professeur s'humecte les lèvres : C'est préoccupant.

À la maison Gabriele passe de plus en plus de temps seul, plongé dans ses bouquins. Il invente une revue qu'il écrit avec des camarades et vend aux amis de nos parents et à nos voisins. La revue contient des articles de littérature, des poèmes et des nouvelles. Il lit tout ce qui lui tombe sous la main, surtout s'il s'agit de romans. Un jour, il demande à notre père la permission de quitter la chambre qu'il partage avec moi. Il veut déménager dans le bureau où, depuis deux ans, nous gardons tous les objets personnels d'oncle Elio, de sa femme Rita et de nos deux cousins, Primo et Carla. Nos parents en parlent avec grand-père. J'espère qu'ils vont refuser, mais ils acceptent.

Notre père sort la clé de la petite boîte en bois qu'il avait cachée au fond du tiroir de la cuisine. Depuis que nous sommes arrivés dans cet appartement, personne n'a pénétré dans le bureau. Il y a de la poussière partout. Nous remplissons quatre sacs avec leurs affaires. Nous offrons tout à des œuvres de bienfaisance. Nous passons une serpillière mouillée par terre, sur les murs et les encadrements. Nous transportons le lit de Gabriele, ses livres, ses objets, ses vêtements.

Je dis : Et s'ils reviennent chercher leurs affaires ?

Notre mère répond : Ils ne reviendront pas.

Pourquoi ils ne reviendront pas ?

Notre mère dit : Que voulez-vous pour dîner ce soir ? J'ai des œufs frais et aussi des myrtilles.

Gabriele me tire par la veste, m'entraîne dans ce qui était notre chambre et n'est plus que la mienne maintenant, il dit : Imbécile, tu n'as pas encore compris ? Oncle Elio et sa famille sont morts. Tous. Les Allemands les ont pris et emmenés en camp de concentration. Ils sont morts à Birkenau.

Comment tu le sais ?

Je le sais parce que j'apprends, je lis et j'écoute.

Moi aussi j'apprends, je lis et j'écoute.

Oui. Mais toi, ça te traverse comme l'eau sur du gravier. Pas moi, je retiens tout.

***

Je découvre le dessin, la peinture et la sculpture. En classe, je suis premier dans les disciplines artistiques. Mais ce n'est pas l'art qui m'attire. Ce sont les matériaux. Leurs caractéristiques. La peinture à l'huile par exemple. On l'appelle ainsi parce qu'elle a pour liant une huile siccative. Elle absorbe l'oxygène et crée sur la toile une patine qui épaissit avec le temps. Je la prépare moi-même. J'utilise de l'huile d'œillette, de lin brut et de noix. De l'oxyde de zinc pour le blanc, du sulfure de cadmium pour le jaune et de la laque de garance pour le rouge. Je découvre que le tableau jaunit si on l'entrepose dans un endroit sombre et qu'il vaut mieux l'exposer à la lumière directe du soleil avant de l'accrocher. Je me passionne pour la préparation des toiles et des cartons. Notre mère m'accompagne choisir le chanvre et le coton.

Notre père travaille de plus en plus. Nous le voyons très peu.

Grand-père part s'installer à la campagne. Il dit qu'il n'a plus envie de vivre en ville, que la Gênes d'après-guerre est méconnaissable, qu'il a mal au cœur de voir ce qu'elle est devenue.

Notre mère est heureuse de me voir peindre, tripoter mes peintures et mes argiles, même si elle n'en comprend pas très bien la raison, puisque je jette tout ce que je produis. Quand elle me demande d'accrocher un tableau qui lui plaît dans le couloir ou au moins dans ma chambre, pour qu'elle puisse le voir quand elle entre faire le ménage, je lui réponds qu'il n'est pas encore fini. Puis je le jette.

Elle dit : Pourquoi tu ne sors pas ? Gabriele est toujours à droite et à gauche avec ses amis. Toi, personne ne vient jamais te chercher. Tu es pâle, Simone, et encore trop maigre.

Depuis ce jour-là, je fais de la gymnastique : flexions sur les bras et les jambes, abdominaux, exercices pour le dos. Je m'entraîne le matin au lever et le soir avant de me coucher. Je me muscle, mais ne grossis pas. Gabriele me défie au bras de fer et je réussis deux fois à le battre. Mais je le soupçonne de m'avoir laissé gagner.

On m'envoie de nouveau me remplumer en Suisse chez Mme Maike, Mme Recha et Barthold, d'abord l'été 1949, puis l'été 1951. Que moi, pas Gabriele. Il se porte bien.

L'été 1951, je suis un des plus âgés. Tous ceux qui

ont de l'expérience assument des responsabilités comme surveiller le dortoir, organiser l'approvisionnement de bois, animer les soirées. Je demande à aider en cuisine. Mme Recha est heureuse de m'avoir avec elle, et Mme Maike se réjouit de mon intérêt pour la nourriture. Elle dit : « C'est peut-être cette fois que nous allons grossir, Coifmann. » Mais ce n'est pas manger qui m'intéresse : je suis intrigué par la cuisson des aliments, par leur transformation. Le sucre devenant glaçage ou caramel et le lait yaourt. Les fruits qui pourrissent, les moisissures, l'huile qui frit. Avec l'excuse de mes stations prolongées aux fourneaux, je mange encore moins que d'habitude. L'odeur me suffit. Les odeurs aussi se transforment. J'apprends à repérer la cuisson d'un steak au fumet qu'il dégage. Pareil pour la sauce bolognaise.

Je consacre le peu de temps que je passe avec les autres à observer Sophie, la fille d'une collaboratrice de Mme Maike. Je l'avais déjà vue en 1949 et elle aussi s'est transformée. Ses cheveux sont plus gonflants, ses seins proéminents et sa peau dorée. Je la regarde quand je joue au volley sous les arbres, la suis quand elle part avec les autres filles cueillir des champignons et des framboises dans la forêt, l'épie par la fenêtre qui donne sur l'arrière de la cuisine. Quand Barthold organise des spectacles, elle est toujours partante pour s'inscrire dans un groupe de travail : chant, récitation, danse. Je participe aux jeux olympiques de la colonie pour qu'elle me voie lancer le disque. J'ai appris avec Barthold. Je n'aime pas ça, mais j'espère l'impressionner. Sauf que ce jour-là, elle n'assiste pas aux compétitions. Nous ne nous sommes jamais adressé la parole quand, un soir après dîner, je la vois bavarder avec ses copines. L'une d'elles me montre du doigt. Sophie fait mine de rien.

Le lendemain, alors que je m'apprête à emmener un groupe d'enfants arrivés depuis peu chercher du bois, elle s'approche et me demande, dans cette langue métissée que nous employons tous ici, si j'ai envie de faire une promenade plus tard.

Je voudrais répondre que oui. Je réponds : Je ne sais pas.

Elle attend que mon *je ne sais pas* débouche sur un choix.

Je dis : Je suis fatigué.

Elle dit : D'accord.

Et elle s'éloigne.

Le lendemain matin, Mme Maike me fait appeler : Coifmann, il faut que tu rentres immédiatement en Italie.

***

C'est oncle Marcello, que je n'ai pas vu depuis longtemps, qui vient me chercher à la gare. Dans la voiture, il y a aussi Gabriele.

Je demande : Pourquoi vous ne m'avez pas laissé finir ma colonie ?

Gabriele dit : Papa n'était pas bien.

Qu'est-ce que ça veut dire qu'il n'était pas bien ? Qu'est-ce qui lui arrive ? Il est où ?

Oncle Marcello dit : Avec votre mère.

Et où est notre mère ?

Elle vous rejoindra ce soir.

Pourquoi ? On va où ?

Gabriele dit : Chez grand-père. À la campagne.

Pourquoi on ne va pas chez nous ?

Oncle Marcello répond en se cousant la bouche avec un fil invisible. Il veut nous faire rire et c'est gagné.

Tout le reste du voyage, nous passons en revue les gestes qu'il nous avait appris à Colle Ferro. Nous ne l'avions plus côtoyé depuis cette époque. Il nous raconte ses aventures de pilote, la fois où il est arrivé en Espagne et celle où il a largué des tracts dans le sud de la France et où la DCA a failli l'abattre. Nous découvrons qu'avant-guerre, il a connu Italo Balbo et que celui-ci le considérait comme un ami.

Chez grand-père, il n'y a personne. Gabriele et moi on s'ennuie dans la cour, on jette des pierres dans la mare, on capture deux grenouilles. Grand-père et notre mère arrivent quand on est déjà au lit. On entend le moteur et les roues sur le gravier et on descend les accueillir en pyjama.

Comment va notre père ?

Grand-père nous caresse la tête et disparaît dans sa chambre. Notre mère est pâle, épuisée. Elle se met à parler, puis s'interrompt ; elle toussote. Elle dit : Il pleut, vous savez ? J'ai pris froid. J'ai besoin de dormir. Retournez vous coucher. On parlera demain matin.

Et nous : Quand est-ce qu'on pourra le voir ?

Elle ne répond pas.

Nous retournons dans la chambre, mais nous avons tous les deux du mal à nous endormir. Je raconte à Gabriele les nouvelles de la Suisse, l'informe des deux filles de Mme Maike apparues à l'improviste, des cheveux gris de Mme Recha et du nouveau dada de Barthold, le lancer de disque. Je parle encore quand je m'aperçois que Gabriele s'est endormi. Je ne ferme pas l'œil. Nuit blanche. De mon lit, en restant allongé, on voit les collines, les vignes. Je regarde naître le jour, les nuages bas changer de forme et de couleur. Je me lève aux premières lueurs de l'aube, sans bruit j'asperge d'eau mon visage et mes aisselles. Je me déplace pieds nus dans cette maison que je ne connais pas, les carreaux sont vieux et rayés. Je vois une araignée qui tisse sa toile entre le buffet et l'embrasure de la fenêtre. Sur l'appui de fenêtre, une fourmi traîne seule un cadavre de guêpe.

Je prépare la table du petit déjeuner : lait, pain, beurre. Pour tout le monde. Les bols, les couteaux, les petites assiettes. Je m'assieds et là, en silence, à la table de la cuisine, dans une lumière blanche qui vire au jaune, j'attends que le reste de la maisonnée se réveille.

Notre père est mort, nous annoncent grand-père, notre oncle et notre mère en milieu de matinée dans la salle à manger. Ils n'en disent pas plus. Quand Gabriele demande comment, ils changent de conversation. Son suicide, c'est par hasard que nous l'apprenons, le jour de l'enterrement, en surprenant des bribes de conversations entre adultes au salon ou à la cuisine, où sont réunis quelques amis et des parents que nous n'avons jamais vus. Il s'est ôté la vie avec le gaz. J'imagine la scène ; je ne peux pas m'en empêcher. Il rentre du travail tandis que Gabriele et notre mère sont absents, à la campagne chez grand-père. Il enlève ses chaussures, desserre le col de sa chemise, ouvre le gaz, s'installe en chien de fusil sur la table où le gaz arrivera plus vite, puis il ferme les yeux et pense à son bureau. Son successeur trouvera tout en ordre.

J'imagine qu'il est encore en montagne, arpentant les sentiers de Colle Ferro avec le père de Iole et Maria. J'imagine que je le rencontre dans le tram, qu'il veut payer son billet, mais que le contrôleur ne le voit pas et allume une cigarette. J'imagine qu'il nous cherche, qu'il cherche sa famille sans nous trouver. Qu'il entre dans le hall et demande à la concierge, mais qu'elle ne lui répond pas. Qu'il monte l'escalier en lisant toutes les plaques sur les portes et qu'ayant trouvé la nôtre, il sonne, mais quand nous allons ouvrir, il n'y a personne. Alors notre mère furieuse proteste : C'est incroyable, encore une plaisanterie. Elle se penche dans la cage d'escalier et crie : Je t'avertis, je finirai bien par découvrir qui tu es. Et elle rentre en claquant la porte.

J'arrête de peindre, je refuse de cuisiner.

CHAPITRE III

Sous l'herbe des prés, il y avait une couche d'argile qui s'étendait jusqu'aux frênes derrière la maison. Entre les arbres, la terre était grasse et humide. Sur la roche et les racines poussait une mousse vert sombre qui, si on y passait la main en fermant les yeux, donnait la sensation qu'on caressait un chat. Je pris l'habitude le matin d'aller marcher seul dans la forêt. Même petit, la solitude n'avait jamais été un problème pour moi, et c'était peut-être le seul point commun entre grand-père et moi qui se révélait cet été-là, la seule caractéristique qui à mes yeux dénotait une parenté. Je marchais en forêt parce qu'il n'y avait pas grand-chose d'autre à faire. Je prenais le sentier qui passait devant le site d'escalade et descendait au lac, parcourais le chemin de crête du barrage, grimpais sur les branches basses des arbres et restais là, les orteils à fleur d'eau. En général, j'inventais des histoires, des personnages, des lieux, j'esquissais au crayon 4B sur les feuilles transparentes de mon imagination et mes dessins s'animaient, autonomes et résolus, enchaînant courses-poursuites, vengeances, sauvetages de familles en danger. Oui, c'est vrai, ils ne sauvaient pas des filles ou des groupes d'écoliers, mais des familles. Le temps se dilatait jusqu'à s'évanouir. Si l'ennui se faisait sentir, je grimpais au Monticello. Attendre des messages.

Après son coup de sang de la nuit où j'avais pénétré dans la cave, grand-père et moi faisions tout pour nous croiser le moins possible. Il restait toujours les repas, bien sûr. Mais même à cette occasion, ne supportant pas le silence, nous avions trouvé une solution : mettre un disque et nous perdre dans la musique. Naturellement, c'était lui qui choisissait. Mais si j'aime maintenant le jazz et la musique classique, je le dois à ces écoutes forcées. Grand-père préparait à manger. De mon côté, ne voulant pas me sentir en dette, j'avais pris l'habitude de laver la vaisselle.

Je n'avais pas revu le joueur de basket depuis un certain temps. Je crus qu'il s'était payé ma tête, qu'en réalité il n'habitait pas à Colle Ferro. Il avait sans doute menti sur toute la ligne, y compris à propos de la mort de ses parents et en ce moment il rigolait de moi sur une plage avec ses potes, tout comme Michele et Salvo à la plage de Capo Galilea, organisaient des tournois de foot après leur corvée à l'église. La rage me prenait quand je pensais qu'ils m'avaient embarqué dans leur histoire alors que j'étais innocent, mais j'aurais tout donné pour être avec eux.

Un après-midi où je m'ennuyais, je partis en expédition aux grottes. Je voulais les voir de près. J'arrivai par un sentier pierreux qui longeait la montagne. Je les examinai un instant de l'extérieur. L'accès était large, éclairé par la lumière naturelle sur plusieurs mètres. Puis il se resserrait et tournait sur la droite, et l'obscurité devenait une pâte impénétrable. Je m'enfonçai de dix pas. J'allumai la torche que j'avais mise dans un sac à dos au départ de la maison, en même temps qu'un rouleau de corde, mais la lumière trop faible et trop directe permettait tout juste de distinguer le sol à mes pieds ou d'éviter une saillie au dernier moment. Un courant d'air froid, assez fort pour que je le sente sur ma nuque comme les doigts d'une main, m'aspirait à l'intérieur. Je soulevai de la poussière en tapant des pieds et vis le petit nuage disparaître aussitôt, sinueux, dans le ventre de la montagne comme un fantôme de serpent. Je revins sur mes pas, attachai une extrémité de la corde à une branche de buisson près de l'entrée et, gardant l'autre extrémité à la main, me laissai engloutir par la grotte. Je déroulais la corde au fur et à mesure que j'avançais, avec précaution pour ne pas trébucher. Je tâtais le terrain de mes semelles. Je pensais qu'il était dangereux d'être là tout seul. Je pensais à l'oxygène dans les grottes – combien une grotte contient-elle d'oxygène ? – et aux lampes qu'utilisent les mineurs dans les documentaires, qui s'éteignent en présence d'un gaz toxique. Je pensais qu'il me fallait peut-être un canari. Mais c'est la corde qui vint à manquer, pas l'air. J'en serrai le bout entre deux doigts et éclairai avec la torche le plus loin que je pus, mais il n'y avait encore et toujours que l'obscurité. Je dirigeai le faisceau vers le sol : dans un coin, des os d'animal. Quelque chose de petit et noir bougea entre les rochers, en rampant. Je fis demi-tour.

Il faisait encore clair. Je décidai de passer par le lac. En chemin, je rencontrai les trois papis du banc sur la place. Ils se promenaient dans le même ordre où ils s'asseyaient. Celui qui avait son journal sous le bras me salua en ouvrant la main et remuant les doigts, le deuxième souleva son chapeau, le troisième demanda :
« Où vas-tu ?

– Au barrage.

– Surveille le temps, répliqua-t-il.

– Quel temps ? demandai-je.

– Il semblerait que ça se gâte, répondit le papi au journal.

– Ils annoncent de la pluie, précisa le deuxième.

– Pire, les prévisions parlent de pluie torrentielle, dit le troisième en levant les yeux vers le ciel. Ça faisait des années qu'on n'avait pas eu un été aussi pluvieux. Si je me souviens bien, il faut remonter à 1972.

– Non, 1969, rectifia le papi au journal.

– Pas du tout, 1972.

– Je te dis que c'était en 1969.

– 72.

– 69.

– J'y vais, dis-je. Je guetterai les nuages. »

Leurs voix s'étaient dispersées et je venais de passer le virage qui amorce la descente au barrage à travers les chênes verts quand, levant le regard en direction du lac, au-delà d'une barrière de lentisques, j'aperçus la fille. La même que le premier jour, dans la même robe bleue. Elle était dans l'eau, immobile. Non, pas immobile. Avec un bâton – ou une branche, mais j'étais loin – elle traçait des lignes sur la surface grise de l'eau. On aurait dit qu'elle dessinait et pendant ce temps, avançant à petits pas, elle se laissait happer par le lac qui se refermait autour d'elle. Sa jupe toucha l'eau. Elle s'ouvrit en corolle, s'élargissant entre les ondulations causées par le vent que la fille caressait du bout des doigts.

Je me lançai à fond de train dans la pente. Mon sac à dos chargé de la torche et de la corde ballottait sur mon dos. Quand on quittait le chemin principal, on ne voyait plus le barrage, on ne voyait plus rien, sinon des troncs et des arbustes presque jusqu'à la berge. J'ignore le temps qu'il me fallut – peu, c'est certain, peut-être cinq minutes, car je courus aussi vite que le permettaient le terrain accidenté et le risque de me coincer le pied sous une racine et de me casser une cheville – mais au moment de déboucher du bois à l'endroit exact où j'avais vu la fille entrer dans le lac, au moment donc de quitter le couvert des arbres, elle s'était volatilisée. Le sourire de curiosité qui s'était plaqué sur mon visage pendant le trajet s'effrita comme un masque d'argile quand je m'aperçus qu'elle avait disparu à nouveau.

Je regardai tout autour. Où était-elle passée ? Par où était-elle partie ? À mes pieds, il restait une branche morte mouillée, peut-être celle qu'elle avait utilisée pour écrire sur l'eau. Je la ramassai, l'examinai comme on étudie une baguette magique qui scintille encore, mais presque aussitôt, mon regard accrocha quelque chose qui flottait à trois ou quatre mètres de la rive. Le ciel s'était assombri et il tombait des gouttes espacées.

Je pensai : Et si elle avait glissé dans l'eau ?

J'essayai de crier. Ne sachant pas son nom, je lançai un ohé global. Ohé, il y a quelqu'un ? Ohé, ça va ? Je décidai de récupérer la ceinture blanche : elle était réelle, c'était la preuve que je ne rêvais pas, que la fille existait vraiment. Je posai mon sac par terre, mais gardai mes chaussures, parce que j'ignorais ce que mes pieds nus allaient toucher, ainsi que mon tee-shirt, parce que j'espérais ne pas avoir à me mouiller complètement : somme toute, elle n'était pas si loin. J'entrai dans l'eau. Elle était glacée. Le froid me fit grincer des dents, bras écartés et ventre contracté. Je gagnai un à un les millimètres autorisés par la longueur de mon bras – humérus, cubitus, radius – et par chacune des phalanges de chacun de mes doigts. Je m'étirai comme l'aurait fait Reed Richards et j'y étais presque, oui, je la tenais, index et majeur pinçant le tissu. Soudain, le fond du lac disparut. Il se déroba sous mes pieds.

Froid et silence ne firent qu'un. Je fus pris dans leur étau. En perdant ma respiration, je perdis tout : volonté, sens de l'orientation, contrôle de mes muscles. La panique explosa dans un hurlement de désespoir qui, privé de voix, se cristallisa dans mes os. Je lançai mes bras en avant, sans réussir à bouger. Je raclai l'eau de mes ongles. À force de tendre vers la surface, j'émergeai, mais pour un court instant. J'essayai de flotter. Mais coulai à nouveau. Essayai encore. Ma tête était en acier, mes mains en fer et mes jambes ne répondaient plus. Je n'ai jamais autant eu l'impression de mourir qu'en cette occasion. Si je dois évoquer la peur de la mort pour un dessin de Shukran, si je dois représenter un corps dans la mer et les profondeurs qui le happent par les chevilles, si je dois peindre sur les visages des émigrants l'angoisse devant la violence des éléments, le sentiment d'impuissance et de solitude qui dérive de leur besoin d'aide extérieure – une aide indispensable et désespérée, parce qu'ils savent qu'ils n'y arriveront pas, que seuls ils sont déjà morts puisqu'il n'y a personne à des kilomètres à la ronde et que personne n'entendra leurs appels –, eh bien je repense à cet après-midi-là.

« Qu'est ce que tu fous là ? »

C'était une voix masculine, le lac me parlait. Je sentis qu'on me soulevait et m'entraînait. Puis que mes pieds retrouvaient la boue et la rive, et mes mains la terre. Impossible de bouger.

« Accroche-toi. »

À quoi ?

« Accroche-toi. »

Je m'accrochai.

Je trouvai une main, un bras, un dos. Le lac s'agrippait à mes chevilles et je le tirais derrière moi. J'entrevis le sentier. Je sentis une odeur de feu de bois. La pluie.

« Tombe pas, putain. Reste debout. Allez. »

On marcha plusieurs minutes.

« Entre. »

Je m'affalai sur un lit de camp, m'enroulai au mieux dans une couverture rêche. J'essayai d'enlever mon tee-shirt, mais il collait à mon dos. Je m'en débarrassai comme on arrache un pansement. J'essayai de me déchausser, mais je n'avais pas de chaussures. J'étais pieds nus. Quand les avais-je perdues ? Les couvertures étaient chaudes, je retrouvai lentement la conscience de mon être, de l'espace, de mes muscles. De ce qui était arrivé et de ce qui allait arriver. L'endroit où j'étais, une pièce qui tenait de l'entrepôt, se précisa avec ses couleurs : étagères et boîtes marron, un fil au milieu du plafond voûté d'où pendait une ampoule nue à la lumière jaune comme du beurre, une chute de moquette verte coincée sous les pieds de la table et des chaises, de la fumée de cigarette.

« On peut savoir ce qui t'a pris, petit con ? »

Le joueur de basket reposa le briquet. Il s'était déshabillé et se frictionnait la poitrine avec une couverture semblable à la mienne qui, je vous assure, toute vieille, piquante et miteuse qu'elle était, me semblait du pur cachemire. Sur la moquette traînaient le ballon de basket, un lecteur de CD, une dizaine de pochettes (de CD), un verre contenant un liquide ambré, une bouteille, des revues, un cendrier bourré de mégots et Dieu sait quoi d'autre encore en quantité impressionnante.

« Alors ? »

Je tirai un coin de couverture sur mes pieds.

« Alors quoi ?

– Bon Dieu, ça me donnerait presque envie de te rebalancer à la flotte.

– Où est la fille ?

– Quelle fille ?

– La fille. La fille à la ceinture.

– Écoute, on va faire comme ça : tu te calmes et tu rentres chez le Taiseux qui s'occupera de toi, d'accord ? » Il essora son tee-shirt au-dessus du sol et le suspendit à un crochet. « Un bled à la con, ça attire des psychopathes à la con.

– Il y avait une fille, je te dis. Je croyais...

– Tu croyais quoi ?

– Qu'elle était en train de se noyer. J'ai vu sa ceinture...

– C'est toi qui étais en train de te noyer. »

Je me laissai retomber en arrière. Le froid s'estompait. Si l'absence de mon père se faisait davantage sentir en certaines occasions, celle-ci en était. À coup sûr il aurait eu une explication, papa avait une explication pour tout.

« Bois. » Il y avait dans un verre deux doigts d'un liquide qui ressemblait à du thé. La voix chargée d'hormones du joueur de basket saturait la pièce.

« Comment tu t'appelles ? demandai-je.

– Isaac. »

J'ouvris de grands yeux. « Isaac ?

– Bois.

– Sérieux ?

– Bois. »

Je pris le verre. Il se retourna et se suspendit d'un bond à une barre en fer fixée entre deux murs. Il entama une série de flexions. Je portai le verre à mon nez et le humai. C'était de l'alcool. Je n'aime pas l'alcool. Mais dans l'immédiat, je n'avais pas envie de passer une fois de plus pour un imbécile aux yeux d'Isaac, dont, à dire vrai, je doutais qu'il s'appelait Isaac : comment peut-on s'appeler Isaac ? Je bus une gorgée qui, pour petite qu'elle était, ne le fut pas encore assez. Une coulée de goudron m'arracha la gorge jusqu'à l'estomac. Je me sentis ligoté à un poteau et fouetté avec du fil de fer barbelé. Je crachai sur la couverture.

« Mortel ton truc.

– Tu ne m'as pas l'air bien mort, dit-il le souffle court, en se hissant à la force des bras, menton devant la barre, puis se laissant redescendre, yeux au niveau des coudes. Tu t'en tireras cette fois aussi, va. »

Des bouffées de chaleur fusaient de mon estomac à ma tête. « Je me sens mieux maintenant.

– Je n'en doutais pas. Finis le verre.

– Le finir ?

– Je vais te faire goûter autre chose.

– Tu bois souvent ce genre de truc ?

– Ça m'arrive. »

Je regardai autour de moi. « Où on est ?

– Dans l'entrepôt de ma tante.

– Qui est ta tante ?

– Rosa, la patronne du magasin.

– Tu veux parler de l'épicerie ?

– Oui. »

Il y avait une petite fenêtre près des étagères, plus exactement entre l'étagère des biscuits et celle du riz. Je me levai et, remontant la couverture sur mes épaules,

LE DERNIER ÉTÉ DU SIÈCLE

regardai dehors. Le gros de l'orage était passé. L'entrepôt était la dernière construction du village, la plus proche du lac, au milieu des arbres. J'avais les jambes en coton et la tête ailleurs.

« C'est quelle heure ?

– Pourquoi ?

– Il faut que je rentre. Mon grand-père ne sait pas où je suis. »

Isaac trafiquait son lecteur de CD. « Où pourrais-tu être ? » demanda-t-il. Deux mini-enceintes crachèrent un solo de guitare aussi fougueux qu'interminable. « Ah c'est vrai, ne m'en parle pas. Noyé au fond du lac. »

Je me pris la tête entre les mains. « Je crois que j'ai de la fièvre.

– Écoute ça. Angus Young.

– Connais pas. »

Isaac s'était ramassé autour d'une guitare invisible, un mediator imaginaire entre les doigts de la main droite et des cordes inexistantes sous ceux de la main gauche. Il interrompit sa prestation pour me fusiller d'un regard chargé de dédain et de commisération, qui toutefois ne dura pas, car la musique le mobilisa à nouveau. J'essayai d'enfiler mon tee-shirt, mais il était trop mouillé et je décidai de m'en passer. Je m'aperçus que je n'avais pas mon sac à dos avec sa corde et sa torche. Il avait dû rester au bord du lac.

« J'y vais », dis-je à Isaac.

Il fit un signe distrait de la main, interrompant son jeu un instant.

« Et merci », ajoutai-je.

Il ne répondit pas.

Dehors, ça s'était levé. L'air était saturé de pluie, mais l'averse était finie. Je descendis récupérer mon sac à dos et, quand je fus au bord de l'eau, malgré une sensation aiguë de malaise sur la peau et dans les os, je ne pus m'empêcher d'enquêter en laissant errer mon regard à la recherche d'une trace de la fillette. Mais la ceinture avait disparu.

J'ouvris la porte avec des mouvements infinitésimaux pour rentrer en catimini et ne pas me montrer dans cet état pitoyable. La maison était immobile et silencieuse, exception faite du tambourinement métallique habituel à la cave. Par chance pour moi, grand-père était descendu travailler.

Je ne tombai pas malade. Mais pendant plusieurs jours, les forces me manquèrent. J'étais un Kryptonien et quelqu'un avait caché dans ma chambre un morceau de kryptonite verte, certes pas suffisant pour causer ma mort ou provoquer une dégénérescence de mes tissus, mais assez puissant pour que, dès le matin au lever, je traîne une lassitude infinie et une douleur diffuse dans les os.

Le temps était instable, à l'image de mon humeur. Une demi-journée de soleil et d'insouciance alternait sur un rythme syncopé avec trois ou quatre heures de pluie et de mélancolie. Grand-père me supportait difficilement. J'avais constamment la sensation cet été-là d'avoir interrompu quelque chose, de m'être immiscé dans ses projets, même si je me demandais quels pouvaient être ses projets, vu qu'il menait une existence en boucle, repassant éternellement la même compilation de bruits de la nature, habitudes sclérosées et silences soudains. Il se levait le matin toujours avant moi et je le trouvais rarement à la maison quand je descendais petit-déjeuner. Je le voyais rentrer au bout d'un moment ;

souvent il était allé faire les courses : la viande, le pain. Le lait nous était livré par Cesco, le producteur de fromage, la seule personne que j'avais vue converser avec grand-père. Personne ne montait jamais lui rendre visite. Parfois son absence se prolongeait, j'ignore où il allait, mais en général il passait le plus clair de son temps à proximité de la maison. Je le trouvais parfois assoupi sur le banc, le dos droit, avec juste une épaule inclinée d'un côté ou de l'autre, un livre coincé entre sa main et sa cuisse.

Un jour où son livre était tombé, je l'avais ramassé et en avais chassé les fourmis. C'était un recueil de nouvelles d'Hemingway. Une vieille édition sans doute lue et relue, car les pages étaient jaunes et sèches comme si elles avaient été mouillées et essuyées plusieurs fois.

Le soir, après un dîner frugal, il s'attardait devant la fenêtre, les yeux perdus dans le lointain, sa pipe d'écume entre les doigts. Alors je m'asseyais en travers, de façon à capter un éclair de lumière dans son regard, car il me semblait refléter une histoire qui en un certain sens était aussi la mienne. Je me cherchais en lui, dans ses rides, ses gestes, ses ongles, son odeur, mais sans jamais me retrouver. Alors que son regard, oui, son regard était aussi le mien : j'aurais reconnu son poids et son incidence entre mille. Seule la direction était différente. Je me perdais dans l'avenir. Lui, dans ce qui avait été.

Mes sorties exploratoires exceptées, la seule interruption dans l'écoulement fluide des semaines restantes de juillet furent deux visites de maman. Elle apportait sur la santé de papa des nouvelles floues qu'elle étayait d'espoir, même si la fatigue quotidienne – la sienne – transparaissait sur la peau de son front et de ses joues et dans la perte de poids qui altérait sa silhouette. Quand elle repartait, c'était le vide.

Alors je filais en haut du Monticello, soir après soir, téléphone portable à la main, dans l'attente de nouvelles. Papa pouvait écrire l'après-midi, le matin ou même la nuit. Il racontait des anecdotes sur les infirmières et les médecins. Il perdait ses cheveux et maman lui avait rasé le crâne à la tondeuse.

`Je ressemble à Charlie Brown.`

Les desserts de la clinique étaient infects, flans, strudel ou tiramisu ayant tous le même goût. Il envoyait le message quand il pouvait et je le trouvais qui m'attendait au crépuscule, dans l'air salubre du Monticello, parmi les senteurs de bruyère et de genêt, le cri du milan blanc, les araignées et les lézards sur les rochers. Je ne savais pas quoi répondre. Alors je laissais errer mon regard et quand il s'était imbibé d'horizon, je l'essorais en une phrase du genre « dépêche-toi de guérir, alligator », ce qui était un souhait banal, je sais, mais écrit à cet endroit et à cet instant, ce n'était pas comme un « dépêche-toi de guérir, alligator » écrit pendant qu'on regarde un film à la télévision, qu'on se coupe les peaux mortes des orteils ou qu'on cherche son portefeuille pour payer l'addition, c'était un « dépêche-toi de guérir, alligator » débordant de beauté. Un « dépêche-toi de guérir » thérapeutique. Un « alligator » universel.

Je repensais à ce jour sous la douche où inexplicablement je n'arrivais pas à me débarrasser de la mousse de mon shampoing. J'avais les yeux fermés pour qu'ils ne me piquent pas et je rinçais à n'en plus finir, mais chaque fois que je croyais avoir éliminé toute trace de mousse, de nouveau elle coulait interminablement sur mon cou et mon visage. Jusqu'au moment où, sortant de sous le jet de la douche, j'avais ouvert un œil et découvert papa debout devant moi, la bouteille de shampoing à la main. Il m'en versait en cachette sur les cheveux. Je repensais au mariage où il avait chapardé l'alliance du marié. Alors que tout le monde se désespérait, j'étais entré en disant que je l'avais trouvée par terre, dans le gravier du parvis. J'étais un héros, les gens me tapaient sur l'épaule, on porta un toast en mon honneur au repas. Le beau-père du marié me fit même un cadeau à Noël quatre ans de suite. Je repensais à la barque et au bar que j'avais pêché. Au jour où il avait construit une estrade en bois dans le garage pour que je puisse y monter la tente – une vieille canadienne déchirée – et jouer à la cabane dans les arbres, parce que notre cour n'avait pas d'arbre pour une cabane.

Je repensais à tout ça.

Puis je redescendais.

Et retrouvais grand-père à temps pour le dîner.

Un jour, j'étais allongé par terre, dessinant Magneto contre Silver Surfer, quand je vis Isaac surgir du virage ventre à terre. Il s'arrêta devant moi essoufflé et écarlate, plié en deux, mains aux genoux pour reprendre son souffle. Il faisait chaud ce jour-là, très chaud. Je me souviens que cet été avait eu ceci de particulier que le matin il faisait une chaleur torride, l'après-midi pareil, puis d'un seul coup le froid tombait et le ciel se chargeait de nuages.

Ayant retrouvé le contrôle de ses poumons, il lâcha : « Je l'ai vue, ta gamine.

– Sérieux ?

– Il me semble. En tout cas, c'est bien une fille. Et je ne l'avais jamais vue dans le coin. »

Je me relevai d'un bond. « Où ? »

Il redémarra aussitôt. Je peinais à le suivre. Il était plus grand, avait une foulée longue et aisée, un rythme régulier dont il martelait le sol en l'accompagnant du mouvement de ses bras que j'avais du mal à soutenir.

On s'arrêta devant une villa à deux étages, de construction récente, avec un portail noir et une grande baie vitrée qui occupait les deux tiers du rez-de-chaussée, des arcades en briques apparentes, des roses et des genêts dans la cour et un gros châtaigner sur l'arrière. Mon front dégoulinait de sueur et je respirais par la bouche avec un bruit de ventouse.

Isaac me fit signe de le suivre. Courbés en deux, on longea la grille derrière les rosiers et on se tapit pour lorgner entre les barreaux.

« La voilà », murmura-t-il tout excité en la montrant du doigt.

Par une porte donnant sans doute sur une cave, une fille était sortie, chargée d'un gros arrosoir en plastique. Elle s'approcha d'un robinet extérieur, posa l'arrosoir dessous et entreprit de le remplir. Ses longs cheveux lâchés dans le dos étaient d'un blond comme je n'en avais jamais vu. Le soleil s'y reflétait, créant un halo lumineux qu'il était difficile de regarder longtemps et qui brouillait tout ce qui l'entourait. Vêtue d'un pull violet et d'un short léger, elle était pieds nus. Je n'avais jamais rien vu d'aussi extraordinaire. Mais, aucun doute, ce n'était pas la fille du lac.

« Alors ?

– C'est pas elle.

– C'est pas elle ?

– La fille du lac est brune aux cheveux courts.

– Elle les a peut-être teints.

– Et fait pousser ? »

Isaac fronça la lèvre en une grimace qui semblait signi-fier : pourquoi pas ?

« Ne dis pas de conneries. » Je lui décochai une bourrade. Nos voix n'étaient qu'un filet, l'écoulement de l'eau dans l'arrosoir suffisait presque à le couvrir. Et ce fut peut-être bien ce bruit d'eau en cette journée trouble, ou alors l'éclat aveuglant du soleil sur les che-veux de la fille ou je ne sais quoi d'autre encore, qui nous empêcha de voir le chien. Le fait est que nous étions là, mains sur la grille, quand, surgi de nulle part comme s'il avait creusé un tunnel ou rampé le long du muret, un schnauzer ficha soudain son museau entre les barreaux en grondant et bavant, et si nous ne nous étions pas tous les deux rejetés en arrière avec une agilité d'artificier, l'un de nous y aurait laissé une joue ou un œil, ou en tout cas aurait été défiguré pour toujours.

Par réaction, Isaac ramassa une poignée de terre et la lança sur le museau de l'animal qui nous dévisageait d'un air mauvais.

« Putain de clébard, dit-il.

– Qu'est-ce que vous faites à Raissa ? » La fillette avait fermé le robinet et s'était précipitée vers nous.

Raissa (Raissa ?) s'était tournée vers elle en geignant, tête basse, et avait cherché refuge entre ses jambes, lui léchant les mollets.

« Qu'est-ce que vous lui avez fait ?

– Nous ? » Isaac époussetait son pantalon en se tapant sur les fesses. « Il faut supprimer cette bête. Elle est cin-glée. Elle a failli m'emporter le nez d'un coup de dents.

– Raissa n'est pas cinglée. Elle n'a jamais blessé personne. » Elle consolait sa chienne à longues caresses sur son pelage ondulé, et l'animal semblait n'attendre que ça et avoir fait tout ce cirque pour attirer l'attention de sa maîtresse.

« Moi, je te soutiens le contraire. Et plutôt deux fois qu'une, insista Isaac, qui s'était aperçu que son coude saignait. Il faut avertir la police. Ou le garde champêtre.

– Raissa, rentre, dit la fille. Maison. » Le schnauzer fit demi-tour et disparut docilement entre les pots de fleur. Sa maîtresse se tourna vers nous, les poings sur les hanches. « Si vous touchez à Raissa, je vous casse la gueule, c'est clair ?

– Sors un peu pour voir, répliqua Isaac en gonflant la poitrine et en roulant les manches de son tee-shirt sur ses épaules. Je t'attends, chiche !

– Mais c'est une fille, m'écriai-je en ouvrant de grands yeux.

– Et alors ? dit Isaac.

– Que voudrais-tu insinuer ? s'insurgea-t-elle, m'adressant la parole pour la première fois.

– Euh, c'est que…, balbutiai-je. Je voulais dire…

– Que parce que je suis une fille, je ne peux pas vous filer un bon coup de pied dans les couilles ?

– C'est pas ça.

– Alors c'est quoi ?

– Laisse tomber, dit Isaac en me tirant par le bras. Viens, on se barre. Elle dit ça juste parce que de toute façon elle ne sortira pas, et moi pas question que j'entre me faire bouffer les bonbons par sa saloperie de clebs. » Il lui fit un doigt d'honneur et la défia du regard avec des yeux en forme de grains de raisin collés sur des cercles sombres de transpiration.

Elle ne se laissa pas démonter : « Pourriez-vous

attendre un instant ? » Elle prononça cette phrase avec courtoisie, si bien que je me demandai à qui elle était destinée et que je me retournai pour voir si quelqu'un était arrivé derrière nous. Mais il n'y avait personne. Elle alla chercher l'arrosoir plein à ras bord, le souleva péniblement par le manche et le porta jusqu'à la grille. Alors oui, à ce moment-là, je me dis qu'Isaac avait raison, que sa chienne et elle étaient cinglées. Nous hurler dessus, nous insulter, s'apprêter à nous démolir le portrait puis, de but en blanc, se remettre à arroser ses roses comme si de rien n'était. Mais je n'eus pas le temps d'aller au bout de ma pensée. Parce qu'elle souleva l'arrosoir, une main tenant le manche et l'autre passée par dessous et, d'une imperceptible rotation du buste, le renversa sur nous. Son geste fut si inattendu que nous ne bougeâmes ni l'un ni l'autre. Il nous fallut plusieurs secondes pour nous rendre compte de ce qui était arrivé.

« Et là, il s'est passé quoi ? » furent les premiers mots d'Isaac.

Mais le temps de nous ressaisir, elle était déjà rentrée dans la maison. Nous l'entendîmes appeler quelqu'un d'une voix calme. La chienne aboyait.

J'allai me changer et restai enfermé dans ma chambre tout l'après-midi, fenêtre ouverte pour recevoir un courant d'air sur le corps, jusqu'au moment où grand-père vint me dire que le repas était prêt. Allongé sur mon lit, le regard rivé sur la moulure de l'armoire, je répétais les mots d'Isaac « Et là, il s'est passé quoi ? » comme un mantra, mais avec un sens complètement différent.

Je décidai d'aller m'excuser le lendemain. Je voulais lui expliquer que nous pensions qu'il s'agissait de quelqu'un d'autre, que ce n'était pas elle que nous guettions, parce que nous ignorions qu'elle n'était pas celle que nous pensions qu'elle était, bref, ce genre de choses.

Ce soir-là, le silence monacal du dîner ne me pesa aucunement. Mon esprit revenait à la fillette et à ses cheveux, à la façon dont elle avait tenu tête à Isaac, à sa façon de ne pas être une fille comme j'avais toujours pensé qu'étaient les filles. Mais elle n'était pas un garçon non plus, loin de là. Elle était différente. Elle était simplement autre.

Je dormis d'un sommeil étrange. Le matin, je fus réveillé par le ruissellement de la douche de grand-père. J'attendis qu'il sorte pour sauter du lit. Je me lavai soigneusement les aisselles et les dents, pour petit déjeuner je bus du lait et, ma tartine de compote de pommes à la main, me dirigeai vers le village. Les trois papis étaient déjà installés sur le banc de la place, ils discutaient de je ne sais quoi. Ils n'arrêtaient pas de se chamailler et de lancer des piques qui se perdaient en chemin. Ils n'auraient pas demandé mieux que de m'entraîner dans leurs controverses, mais je me défilai. Un peu plus loin, Mme Rosa, la tante d'Isaac, réglait au livreur sa commande de Chupa Chups (c'est du moins ce que suggérait l'inscription sur la fourgonnette, dont la portière était ornée d'un énorme logo des sucettes). Je passai tout près et elle insista pour m'en offrir une.

« Merci. Je pourrais en avoir deux ?

– Pour qui ? Pas pour Isaac, j'espère ? Il en a déjà plein les poches.

– Non. Ce n'est pas pour Isaac.

– Pour ta petite copine ? » Et elle eut cet air niais qui afflige les adultes quand ils abordent certains sujets avec les jeunes.

J'allais répondre non – ce qui en effet était la bonne

réponse –, mais cela me sembla de mauvais augure, alors je ne dis rien.

J'arrivai à la villa et en fis le tour pour l'étudier. Il n'y avait personne dans la cour, les murs, les vitres et les tuiles dégageaient la tranquillité d'un lieu où la vie se réveille, une odeur de draps et de café. Les haies, la tonnelle, les tuteurs des plantes grimpantes, la lampe extérieure en cuivre, le dérouleur du tuyau d'arrosage, un atomiseur oublié sur la pelouse, la pelle et le râteau appuyés contre un mur, tout suggérait une existence affairée et insouciante, tout était habité d'une énergie latente, prête à se convertir en éclats de rire. Mince alors, ce n'était pas une maison, c'était un spot publicitaire : le paradis terrestre clés en main version agence de marketing. Et à l'intérieur de la maison, il y avait elle. Il y avait ses cheveux sur elle et autour d'elle. Et moi, que voulez-vous que je vous dise, j'avais été totalement et irrémédiablement séduit. Je m'allongeai sur une pierre, au pied d'un arbre, guettant un changement de lumière derrière les fenêtres. En attendant, je roulais entre mes doigts les Chupa Chups que je tenais par le bâtonnet.

Les premières ombres sur les vitres, une fenêtre qu'on ouvrait en accrochant les battants, une voix qui se superposait au bourdonnement des insectes, tout cela se manifesta une demi-heure plus tard. Raissa fit irruption dans la cour, saisit une balle dans sa gueule, rentra dans la maison, ressortit, reposa la balle là où elle l'avait prise et se mit à remuer la queue près de la voiture, une Toyota noire. Puis le père sortit, grand, dans son pantalon kaki et son polo blanc, il s'assit au volant et la voiture franchit le portail. Puis la mère. Voilà de qui elle tient ses cheveux, pensai-je. Le portrait de sa fille des années plus tard (et ce n'est pas une façon de parler, je le dis parce que je le sais) : fière et ironique. Arrogante, dans les pires moments. Enfin elle sortit. Elle s'assit sur une chaise longue, les yeux clos tournés vers le ciel, laissant le soleil absorber la torpeur du sommeil dans ses os. Elle remuait la tête comme si elle écoutait ou chantait une chanson captive de ses cheveux depuis la veille. Sa mère lui apporta un bol plein qu'elle but sans rentrer dans la maison.

Je m'approchai du portail. Elle m'aperçut de l'autre côté de la grille et se rembrunit. Elle posa son bol par terre et vint à ma rencontre d'un pas rapide qui incendiait la pelouse.

« Il te faut aussi le savon après la douche d'hier ? dit-elle.

– Et si on effaçait tout et qu'on recommençait ?

– Je ne veux pas vous voir. Ni toi, ni ton copain. Plus jamais.

– Isaac a été stupide.

– C'est un petit con.

– Non, répliquai-je. Je crois qu'il a réagi au quart de tour, c'est tout. Ce qui est sûr c'est que Raissa nous a flanqué une sacrée trouille, alors qu'on ne faisait rien de mal.

– Ben voyons ! On se tapit derrière un mur comme ça, pour rien.

– On t'a prise pour quelqu'un d'autre. Enfin Isaac. Quand je t'ai vue, je lui ai dit que ce n'était pas toi.

– Pas moi, qui ?

– Une fille que... Bref, n'en parlons plus. Tu en veux une ? » Je lui montrai la Chupa Chups.

« C'est quoi ?

– On me les a données.

– Et toi, qui es-tu ? » Sa mère s'approcha en souriant.

Elle portait des gants de jardinage et tenait dans une main un sarcloir et un plantoir, dans l'autre un sachet de graines. Une traînée de terre lui zébrait la joue. « C'est un de tes amis, Luna ?

– Non.

– Tu t'appelles Luna ? demandai-je.

– Et toi, comment t'appelles-tu ? demanda sa mère.

– Zeno.

– Zeno. Ça vient de Zeus, tu le sais ? Tu es de Vénétie ?

– De Capo Galilea, en Sicile. »

La mère posa les mains sur ses hanches dans la même position que sa fille la veille. « Tu viens de Sicile ? Comment se fait-il que tu t'appelles Zeno ? Ce n'est pas du tout un prénom sicilien.

– C'est à cause de *La Conscience*.

– Le roman ?

– C'est mon grand-père Carmelo qui aimait ce livre.

– Ma foi, dit-elle, heureusement qu'ils ne t'ont pas appelé Italo. » Elle rit et ce fut un envol de hérons. Luna ne me lâchait pas des yeux, sur ses gardes. « Fais entrer ce garçon, dit sa mère en se tournant vers la maison. Viens, Zeno, j'ai préparé du citron pressé. »

Luna ne broncha pas, elle gardait les bras croisés, les yeux en forme de meurtrières.

« Je peux ? » demandai-je.

Sans souffler mot, elle tendit le bras et pressa un bouton. J'entrai.

Je ne savais pas encore que Luna et moi resterions ensemble le reste de notre vie. En tout cas, c'est notre intention. Évidemment il faudra voir, on mûrit, on change, et harmoniser ces transformations, ce n'est jamais simple, mais nous essaierons, c'est une certitude.

Quand je vais enfin au lit les soirs où je veille tard pour dessiner et que je trouve la lumière allumée, Luna assoupie un livre entre les bras, je pense que je ne renoncerais pour rien au monde à être celui qui récupère ce livre pour le poser sur la table de nuit, près de son étui à lunettes, qui éteint sa lampe de chevet et dans le noir cherche ses mains et ses pieds sous le drap ; celui qui la voit, première forme de vie au matin (exception faite de Hiashi, mais ce chat est-il vraiment une forme de vie ?) ; celui qui organise les vacances avec elle et planifie le temps libre ; celui qu'elle accompagne au festival d'Angoulême, et à Lucques, et au Comic-Con de San Diego, alors qu'elle n'y connaît rien en BD (Luna est chercheuse, elle étudie la dégénérescence maculaire de la rétine chez les personnes âgées qui, dans certains cas, provoque la cécité).

J'ignorais que nous ne nous reverrions pas après cet été, pour, six ans après, nous rencontrer par hasard à la gare de Florence et nous reconnaître alors que, majeurs de fraîche date, nous étions en route, moi pour Gubbio et un stage intensif de BD – avec Jiro Taniguchi comme invité d'honneur – et elle pour le Chianti, chez une de ses camarades de classe, que nous raterions tous les deux notre train, absorbés dans une conversation dont j'ai oublié le sujet mais pas l'ardeur, à une terrasse de bistrot devant la gare de Santa Maria Novella et que, mon stage fini, m'attirant les foudres de ma mère, je ne rentrerais pas à Capo Galilea comme prévu (j'ajouterai que je vécus à ses crochets et à ceux de sa copine pendant ces vingt jours, mes économies étant passées jusqu'au dernier centime dans le stage). Et j'ignorais que dans la campagne toscane, non loin de l'église de San Paolo in Rosso sur la commune de Gaiole in Chianti, nous ferions l'amour pour la première fois.

J'ignorais que je choisirais de m'inscrire aux Beaux-Arts à Brera pour me rapprocher d'elle (Luna et ses parents habitaient à Milan) et qu'un jour, nous irions dîner ensemble chez des amis à elle, au nombre desquels figurait Roberto Crocci, mon aîné de deux ans, étudiant en lettres passionné de BD et d'écriture de scénario et qu'ensemble nous inventerions *Shukran*.

Je me souviens que l'idée nous en vint sur un banc, sous les tilleuls de la place des Vosges. C'était l'automne, nous étions à Paris avec Luna et Sonia, la fiancée de Roberto, pour trois jours de visites à budget réduit. *Réduit* signifiant que nous avions si peu de sous à nous quatre que nous avions fait tout le voyage en TER et, sur une portion, sans billet. Nous nous étions accroupis par terre dans le couloir de la voiture, capuchon tiré sur la tête. À côté de nous, il y avait des Tunisiens dans la même position : nous par choix, eux par nécessité. Nous avions même échangé quelques mots grâce au français scolaire de Sonia. Puis nous les avions vus tenter de fuir la police, être rattrapés et maltraités, vraiment maltraités, ce qui ne se mesure pas à un nombre de bleus ou à du sang versé, mais en termes de dignité. Et pour blesser une dignité, un regard, un mot suffisent.

« C'est là qu'il faudrait Capitaine America.

– Mieux, Superman », avait répondu Roberto en déchirant la cellophane de son paquet de cigares (c'est la seule personne de ma connaissance qui fume le cigare).

« Pourquoi Superman ?

– C'est le prototype de l'immigré. Tu sais comment les Américains appellent les étrangers qui résident aux

États-Unis ? *Alien*. Pire que s'ils arrivaient de Krypton. Lui aussi a vu son nom américanisé : Kal-El est devenu Clark Kent. Tu sais combien de gens ont vécu la même chose à Ellis Island ? Et ce n'est pas tout, parce que Clark Kent est aussi un immigré de l'intérieur, qui a quitté sa Smallville pour une quelconque Metropolis. Et combien d'immigrés donnent le meilleur d'eux-mêmes en terre étrangère, comme c'est son cas à lui qui, kryptonien normal, devient sur Terre un surhomme ? En Sicile, Giuseppe Di Maggio serait resté Giuseppe Di Maggio, en Amérique, il est devenu Joe Di Maggio. Et à ton avis, Franco Capra serait-il devenu Frank Capra s'il n'avait pas quitté son Bisaquino natal ? »

En discutant, nous avions eu l'idée de ce personnage, Juan del Ponte, joueur de rugby en disgrâce pour des histoires de paris et de matches truqués, fils d'un industriel italo-mexicain enlevé par un narcotrafiquant à qui il doit de l'argent et enfermé dans un bunker en Somalie. Juan del Ponte réussit à s'évader du bunker, mais pour semer les mercenaires à la solde du narcotrafiquant, il se mêle à un groupe d'émigrants centrafricains qui veulent traverser le désert du Soudan pour atteindre la Méditerranée et passer en Europe. C'est en plein désert libyen, dans le camp d'internement de Sebah, où on l'a jeté après sa capture par les miliciens qui patrouillent aux frontières pour le compte de Frontex, l'armée européenne, qu'il découvre la cruauté gratuite des soldats, le désespoir sans voix des Somaliens, Soudanais, Éthiopiens et Érythréens qui fuient la faim et des dictatures grossières et féroces comme celle d'Iseyas Afewerki. C'est là que s'opère la métamorphose de Juan del Ponte. Revenu de façon rocambolesque dans son pays, il s'organise, étudie, entre au service de son père – avec qui il était brouillé depuis longtemps – et, profitant de sa position de fils prodigue, utilise le patrimoine familial pour se changer en Shukran. Shukran, c'est le mot que lui répètent comme une litanie les émigrants de langue arabe quand il vient à leur secours : *shukran*, merci. Les Sénégalais le prononcent *jerejef*, les Érythréens *yekanyelay*, les Somaliens *mahadsanid*.

J'ignorais que Luna et moi nous disputerions un soir d'hiver, que je quitterais, en claquant la porte, le petit restaurant en montagne où nous dînions avec des amis et qu'en descendant de nuit la route en lacets, furieux contre elle et contre moi-même, je déraperais sur une plaque de verglas et exploserais ma voiture contre un sapin. Je m'étais cassé un bras et la cloison nasale et on avait dû me faire huit points à l'arcade sourcilière gauche, mais je l'avais échappé belle. Je revois l'ambulance appelée par une voiture arrivée peu après et Luna qui entre dans ma chambre d'hôpital, je revois ses larmes qui se mêlent aux miennes pendant que nous nous étreignons comme si nous redoutions d'être séparés pour toujours au cas où un seul doigt de l'un perdrait le contact avec ceux de l'autre ou que nos visages ne resteraient pas collés, nez, fronts et bouches soudés. Après mon accident, nous avons décidé d'habiter ensemble : la conscience de ce que nous aurions pu perdre nous donna la force de découvrir ce que nous devions encore trouver. Et dire qu'elle est végétarienne alors que je ne peux pas survivre sans ma ration journalière de charcuterie. N'empêche.

J'ignorais qu'un jour elle me dirait de réserver une certaine semaine de juillet – quand je lui demandai pourquoi, elle me répondit « Reste disponible, c'est tout » – et qu'à l'aube nous partirions en voiture, traverserions la Côte d'Azur en direction de l'Espagne, ferions halte à

Barcelone, arriverions à Algésiras où nous nous embarquerions pour Ceuta et le Maroc, puis via Tétouan, Fès, Errachidia et Ouarzazate, irions célébrer l'anniversaire de notre rencontre – ce jour où elle avait renversé un plein arrosoir d'eau sur Isaac et moi, jour qui depuis a toujours été désigné comme « le jour de l'arrosoir » – en plein désert, sur la grande dune de Merzouga : elle, les Pléiades et moi. Je ne savais pas encore que sur le chemin du retour, entre Rabat et je ne sais quel petit bled, un groupe de gamins couteau au poing nous braquerait à visage découvert, et que nous aurions ensuite toutes les peines du monde à rallier Tanger sans l'argent nécessaire aux pleins d'essence de la vieille Toyota du père de Luna, à effectuer toutes les démarches à l'ambassade, et j'en passe.

J'ignorais que j'achèterais sans rien lui dire deux billets d'avion pour Alghero – « Prends une valise avec trois bricoles. – Mais où allons-nous ? Que dois-je emporter ? – Ne t'inquiète pas, on ne part que deux jours. Tu n'as besoin de presque rien. Oui, oui, ce truc-là ira très bien » –, qu'à la sortie de l'aéroport, je lui banderais les yeux et ne lui permettrais de les ouvrir avec stupéfaction qu'une fois entrés dans la boutique d'Antonio Marras, son couturier préféré et que là, à genoux, la prenant de court autant que les vendeuses, je lui demanderais de m'épouser et, si elle acceptait, de choisir sa robe de mariée. Je ne savais pas encore qu'elle s'agenouillerait en face de moi et me répondrait : « Oui. Mais sors maintenant. »

J'ignorais tout cela et maintenant encore, des univers entiers de possibilités me sont inconnus. Impossible de prévoir ce que chaque jour a en germe. Je ne sais quels jours de lumière l'avenir nous réserve. J'ignore combien de fois nous nous laverons les dents côte à côte au son de la radio en braillant un refrain, nos brosses à dents en guise de micros et le dentifrice postillonné à la ronde ; combien de fois nous préparerons ensemble ce tajine aux abricots, légumes et couscous, sans agneau, que nous avons mangé ensemble la première fois à une terrasse de Marrakech et qui depuis est notre plat préféré ; combien nous aurons d'enfants, si nous en aurons et comment nous réagirons au cas où ils ne viendraient pas ; où nous habiterons ; le nombre et l'ampleur des succès et des difficultés qui nous attendent dans nos vies professionnelles. J'ignore si l'un des deux finira par se mettre au yoga. Je ne connais pas les mystères du corps : comment nos cellules réagiront-elles au vieillissement ? Réussirons-nous à assister ensemble à un concert des Pearl Jam ? La première fois, Luna y est allée toute seule parce que j'étais charrette sur un chantier, la seconde moi tout seul parce qu'elle avait attrapé la varicelle. Qui mourra le premier ? Parce que l'un des deux laissera à l'autre la charge de son enterrement. C'est dans la nature des choses, à moins qu'on ne meure ensemble dans un accident ou je ne sais quoi. Mais ceci est une autre histoire.

C'est pourquoi, quand la mère de Luna m'invita à entrer chez eux, j'étais certes ému, mais pas comme j'aurais dû l'être si l'ombre seulement de cette conscience m'avait effleuré. C'est ainsi qu'à la question « Veux-tu du sucre ? », je répondis simplement : « Non merci », laissant entendre qu'il s'agissait d'un banal citron pressé et non, comme c'était le cas en réalité, du tout premier toast à notre vie. Je pris la chope en verre martelé et m'assis sur un des deux tabourets de bar, près du frigo.

Luna s'installa avec la sienne sur l'accoudoir du canapé. On but en silence, pendant que sa mère dissertait sur les variétés de fleurs qu'elle aurait plantées si la maison lui avait appartenu plutôt qu'à son beau-frère Alessandro, parti en Espagne cet été-là, et sur le basilic du jardin, pour elle un must absolu.

« Je n'en avais pas vu d'aussi beau depuis des siècles, conclut-elle.

– Tu aimes les fourmilières ? demanda Luna.

– J'adore », répondis-je. En réalité, elles m'avaient toujours dégoûté et à Capo Galilea avec Michele et Salvo, j'y collais le feu.

« Je vais t'en montrer une. »

On posa nos verres dans l'évier et on sortit.

Ben Burtt est un des ingénieurs du son les plus importants au monde.

Je le connais pour deux raisons. La première est qu'il a créé le gazouillis électronique de R2-D2, compagnon du droïde protocolaire C-3PO dans *La Guerre des Étoiles*, ainsi que les bourdonnements des sabres laser et la respiration asthmatique de Dark Vador. La seconde est que je l'ai rencontré au Comic-Con de San Diego l'an dernier et que nous avons dîné avec deux de mes amis dessinateurs, deux types bien ravagés, grands consommateurs de marijuana devant l'Éternel, à qui on ne confierait pas son gosse pour aller prendre une glace à l'eau au coin de la rue, mais attention les yeux, si vous leur mettez un crayon entre les mains et leur installez un logiciel de dessin, ils vous sortent des merveilles. À l'époque ils travaillaient à une mini-série inspirée de la saga de Lucas, un spin-off à partir de *La Guerre des Clones*.

Ben Burtt, donc, dans le deuxième épisode de *La Guerre des Étoiles*, recourt à un effet qu'il appelle *audio black hole*. Un vide. Un moment de silence total avant une déflagration qui, dans l'esprit (et les oreilles) de l'auditeur, a pour résultat d'amplifier la puissance de l'explosion. Ce fut exactement ce qui se passa à Colle Ferro avant que le ciel ne se décide à déverser sur nos têtes toute l'eau de la création dans une version miniature du déluge.

On a déjà parlé de la météo pluvieuse de cet été-là, un des sujets de conversation les plus en vogue parmi les vieux de Colle Ferro, en particulier les trois compères du banc sur la place. Mais l'été soudain s'était ressaisi et avait explosé en une chaleur torride qui envahissait les maisons, cuisait les fruits sur l'arbre et faisait manifestement le bonheur des insectes. Pas un souffle de vent, pas un bruit. Tout était immobile : les prés, les feuilles, les vêtements sur l'étendage. Si une voiture soulevait la poussière de la route, celle-ci retombait aussitôt à terre. Si on appelait quelqu'un, le son ne franchissait pas plus de quelques mètres et il fallait veiller à ne pas effrayer ses semblables : le bruit de vos pas restant collé à vos semelles, on ne vous entendait pas arriver.

« Qu'est-ce qu'elle fout là ? fut la première phrase que prononça Isaac quand il nous vit entrer, Luna et moi, dans sa cour, nos Chupa Chups au bec. Tu es passé à l'ennemi ?

– J'ai éclairci la situation, dis-je.

– Elle a tort, nous avons raison, répliqua-t-il. Ça me semble suffisamment clair.

– Attends...

– Comment ça, attends ? J'attends rien du tout. »

Luna claqua des lèvres. « Zeno m'a...

– Toi, tais-toi, dit Isaac en levant les mains au-dessus de la tête et en se bouchant les oreilles avec les pouces. Je ne veux pas t'entendre.

– Hé, tu es débile ? » Luna bondit, donnant une tape du bout des doigts sur l'épaule d'Isaac. « Tu veux que je m'excuse ? Tu veux jouer à qui est le plus adulte ? Pardon. Ça va ? Vous n'avez rien fait à Raissa et je n'aurais pas dû vous arroser, même si, vu tes tendances ordurières, tu avais bien mérité une douche. Mais je n'aurais pas dû. » Elle écarta les bras. « C'est bon, maintenant ? On peut revenir dans le monde magique des gens normaux ou on continue à jouer à Helen Keller ?

– À qui ? » demandai-je.

Elle répondit sans se retourner. « On a de la culture ou on n'en a pas.

– On comprend même pas ce qu'elle raconte, cette pimbêche, râla Isaac.

– Écoutez, me risquai-je. J'ai une idée...

– Enfin quelqu'un qui pense, intervint Luna.

– On dépose les armes, continuai-je, et on va se baigner. »

Isaac ramassa son ballon de basket. « Je t'ai déjà sauvé une fois.

– Tu ne veux tout de même pas rester ici à faire des paniers ? On crève de chaud. »

Luna alla jeter le bâtonnet de sa Chupa Chups dans un cendrier en plastique rouge posé sur l'appui de fenêtre entre les géraniums. « Je suis partante.

– Et toi Isaac ? »

Isaac fit un pas à gauche, un à droite en simulant une feinte, effectua un lancer mou et courbe, qui pénétra l'arceau sans le toucher. Il fut le premier étonné par son panier et s'immobilisa tout fier, puis il se tourna vers nous avec un sourire en coin qui lui rapetissait l'œil.

« Je vais mettre mon maillot de bain », déclara-t-il.

Pour secouer l'inertie brûlante de ces journées, nous passions les heures les plus chaudes au lac, nous jetant à l'eau parmi les odeurs de la vallée, herbe, écorce, terre, que la chaleur exacerbait, prenant le frais sous les ombrages épais et voûtés des chênes verts, concoctant des pièges de résine pour les fourmis, capturant des sauterelles et des cigales avec nos tee-shirts, nous bombardant de baies de genièvre au moyen de frondes fabriquées avec une branche fourchue et un élastique.

Luna plongeait très bien et elle nous apprit à pénétrer dans l'eau bras et jambes tendus, à rentrer les fesses, à improviser un saut carpé en pliant le buste en avant, puis en redressant la partie inférieure du corps dans l'alignement du dos, sans bouger ni la tête ni les épaules. Hors de l'eau, on séchait instantanément et la peau en gardait une sensation atténuée, douce, complètement différente de celle à laquelle m'avait habitué la mer à Capo Galilea, où le sable et le sel avaient tendance à dessécher l'épiderme. Sortir du lac et se retrouver au milieu des arbres tenait du rite de purification. Seuls nos voix et nos rires interrompaient le vol des oiseaux, seuls nos galets étalaient sur l'eau leurs ronds concentriques, seuls nos mains douces et nos muscles toniques d'enfant se confrontaient à l'enveloppe rugueuse des troncs quand nous grimpions aux branches en nous défiant à qui arriverait le plus haut.

Un après-midi, peu avant le crépuscule, des centaines de coccinelles surgies de nulle part vinrent se poser près de nous, fatiguées ou désireuses de compagnie : nos jeux avec elles se prolongèrent jusqu'à la nuit tombée. Puis les lucioles les remplacèrent.

En ces jours, je pensais moins à mon père. J'essayais peut-être de ne pas me l'avouer, mais aujourd'hui, quand je repasse le film des événements, je sais que c'était le cas. Il arriva même qu'épuisé par le temps passé à nager, plonger et me bagarrer avec Isaac et Luna, je renonce à monter au Monticello contrôler mes messages. Dans cette bulle temporelle brûlante où je me régénérais, le clivage qui vint à se créer entre mon exubérance, ma vigueur et mon désir de jouir de l'existence d'une part, et la maladie et la dégradation du corps de mon père d'autre part, fut manifeste. Mais comme cela arrive quand on est enfant, je n'en vis rien : la vie passait avant tout. À douze ans, la vie est célébration.

Puis on y eut droit. Ça commença par une pluie fine que le vent soudain réveillé dispersait en trajectoires désordonnées, qui se brisaient contre les vitres de la maison comme si quelqu'un caché dehors dans la cour fouettait l'air avec un drap mouillé. Mais ce furent encore des pointes, des aiguilles d'eau qui durèrent un jour et une nuit. Ensuite, ce fut le tour de gouttes gonflées comme des grains de raisin, qui tombaient sur le sol en projetant des giclées de terre et en laissant des trous dans l'herbe et frappaient les murs avec la violence d'un coup de fusil, tandis que le toit résonnait comme un tambour et tremblait au point qu'on doutait de sa solidité.

Il était impossible de dormir à l'étage. Je m'organisai pour passer la nuit – ou les nuits – sur le canapé du séjour. Pendant ce temps, grand-père continuait à traverser les espaces communs, descendre et monter l'escalier, comme si je n'existais que pour ce qu'il considérait être des nécessités incontournables : me nourrir, utiliser les toilettes, s'assurer que je changeais régulièrement de linge. Mais l'orage le plus long et le plus violent de mémoire d'homme dans toute la vallée de Colle Ferro – même si les chroniques parlaient d'une inondation au XIXe siècle, pendant laquelle deux hameaux avaient été emportés par la boue – ne montrait pas signe de vouloir cesser, ce qui nous plaça, grand-père et moi, dans la nécessité de partager le temps et la maison comme cela ne s'était jamais présenté jusque-là. Que faire ensemble, jour et nuit, pendant des jours et des nuits, tandis que dehors se jouait la fin du monde ?

Je relus toutes les BD que j'avais apportées, m'apercevant alors que depuis mon arrivée je n'en avais plus acheté, sans doute parce que le village n'avait pas de marchand de journaux, mais un bar-tabac-restaurant où l'on trouvait les principaux quotidiens, deux ou trois magazines féminins et les mots croisés de *La Settimana enigmatistica*. Mes BD épuisées, je me mis au dessin. Je copiai une couverture de *X-Men* où Cyclope poussait le professeur Xavier dans son fauteuil roulant et j'ajoutai derrière lui une fillette mutante douée d'invisibilité (mon dessin achevé, je constatai que je lui avais donné les traits de Luna). Je dessinai Wolverine dont j'avais toujours trouvé qu'il ressemblait vraiment beaucoup à mon père, griffes en adamantium exceptées, bien sûr. Wolverine s'emportait comme mon père et il était intrépide, comme j'ai toujours pensé que l'était mon père. Mais à la différence de Logan, mon père n'était ni hargneux ni bagarreur. Et ses emportements trouvaient leur exutoire dans l'ironie, l'inventivité culinaire et les attentions dont il nous entourait, maman et moi. Je dessinai tout ce qui pouvait l'être, jusqu'au moment où j'eus usé tous mes crayons. Je demandai alors à grand-père s'il en avait. Il était dans sa chambre, occupé à je ne sais quoi. Je m'arrêtai sur le seuil.

« Des crayons ? demanda-t-il sans se retourner.

– Oui.

– Non. J'ai des stylos.

– Le stylo, ça ne s'efface pas.

– Un stylo, ça se recycle en y remettant de l'encre, dit-il, tandis que le crayon s'use, devient copeaux et poussière de graphite. Inutilisable. »

J'allais repartir, mais, toujours le dos tourné, il me lança : « Lis un livre si tu t'ennuies.

– Je ne connais aucun des livres de ta bibliothèque. »

Grand-père se leva, prit un volume sur sa table de nuit et me le tendit. C'était le recueil d'Hemingway qu'il emportait toujours avec lui et relisait continuellement. « On me l'a offert quand j'étais à peine plus âgé que toi. Il pourrait te plaire.

– Tu n'arrêtes pas de le lire.

– Oui.

– Pourquoi tu le relis si tu le connais ? Un livre, ça ne change pas.

– Bien sûr, c'est nous qui changeons. Les livres qu'on relit sont différents, parce qu'entre-temps le lecteur est devenu quelqu'un d'autre. Tu crois que les aventures pétaradantes de tes supermachins te feront le même effet quand tu seras un homme ?

– Elles me plairont toujours, répliquai-je, agacé.

– Ce n'est pas ce que je dis, je n'ai pas dit qu'elles ne te plairont plus. Mais elles te sembleront différentes. Tu y trouveras autre chose. Ou peut-être plus rien.

– De quoi il parle ?

– Qui ?
– Le livre. »

Grand-père me le prit des mains et l'ouvrit au hasard – c'est du moins ce qu'il me sembla, mais ce n'était peut-être pas le cas. La fréquentation quotidienne de ce volume lui permettait peut-être de l'ouvrir directement à la page deux cent sept s'il voulait l'ouvrir à la page deux cent sept ou de tomber sur le début de *Collines comme des éléphants blancs* si c'était *Collines comme des éléphants blancs* qu'il cherchait.

Il se mit à lire d'une voix surannée. « Il était tard et il ne restait plus dans le café qu'un vieil homme assis à l'ombre d'un arbre. Au milieu de la journée, la rue était pleine de poussière, mais le soir, la rosée rabattait la poussière et le vieillard aimait à s'attarder car il était sourd et d'autant plus sensible au calme de la nuit. »

Il leva les yeux pour m'observer, surprendre peut-être mon étonnement ; mais bouche fermée, paupières baissées, je gardai le visage tourné vers lui sans dire un mot ni bouger un muscle. Il émit une sorte de grognement. « Il était sourd, relut-il, et d'autant plus sensible au calme de la nuit. » Il me dévisagea à nouveau par-dessus les pages jaunies. « Tu saisis ? Il est sourd. Mais en dépit de sa surdité, il entend la différence entre les bruits de fond du jour... » – il fit avec la main le geste de visser une boule sur son oreille « ... et le silence de la nuit.

– Super, dis-je du ton de voix le moins morne que je pus adopter.
– Ces nouvelles racontent la vie.
– Oui.
– Tu les veux ?
– Je vais relire mes *Gon*.

– Tu te fais du mal.

– Tu as d'autres suggestions ? »

À cet instant, un éclair brilla. Je comptai les secondes qui le séparaient du coup de tonnerre, parce qu'un pêcheur m'avait dit un jour qu'il suffisait de multiplier ces secondes par trois cent quarante pour savoir à quelle distance la foudre était tombée. Je n'eus pas le temps d'arriver à trois que le fracas sec de centaines de branches brisées roula sur nous. De peur, j'enfonçai la tête entre les épaules. Grand-père sembla ne rien avoir entendu.

« Alors ? » dis-je.

Il secoua la tête comme pour dire : Alors quoi ?

« Tu peux me conseiller autre chose ?

– On va en rester là. » Il referma le livre et le jeta sur le lit. « Descends. Regarde par la fenêtre. Dessine sur la buée. Fais ce que tu veux. »

Dessiner sur la buée en effet, ce n'était pas une mauvaise idée, mais je préférai fouiner parmi les disques, regarder les pochettes et me passer un disque de temps en temps pour voir de quoi il s'agissait. La température avait baissé, et grand-père vint allumer le poêle.

« Surveille-le, me demanda-t-il. Si tu vois qu'il s'éteint, augmente le tirage. Tu sais faire ? »

Je n'avais pas la moindre idée de ce qu'était le tirage. Je répondis : « Bien sûr. »

Mais le poêle marchait à merveille et je n'eus pas à intervenir. Installé sur le canapé, je contemplai les arabesques des flammes derrière la vitre et les ombres mouvantes dans la pièce. La nuit tomba. Je m'enroulai dans une couverture. J'avais fini par trouver parmi tous les bouquins un roman de science-fiction, dont j'avais lu quelques extraits qui m'avaient intrigué, surtout parce

191

qu'il pleuvait toujours et que le titre, *Les androïdes rêvent-ils de moutons électriques ?* me rappelait Nathan Never (je n'avais pas encore vu *Blade Runner*).

Je m'endormis.

C'était, je crois, la troisième nuit de tempête. Sans télévision ni radio, nous étions complètement isolés, et nous ignorions que la pluie avait fait des ravages un peu partout dans l'arrière-pays, qu'on déplorait même une victime dans la vallée voisine, un homme surpris par la crue du torrent alors qu'il se promenait avec son chien. Le chien s'était tiré d'affaire en grimpant sur un rocher et je découvris les jours suivants que tous les journaux avaient publié sa photo. Je dormais, mon oreiller dans les bras, quand un craquement rauque me tira brutalement de mon sommeil. C'était proche, singulier, différent du tissu sonore permanent qui remplissait mes oreilles depuis des heures. Je quittai le canapé. J'avais l'impression que ce fracas s'était produit à la cave. Mais la cave m'était interdite, et je n'y étais plus entré. Je m'approchai de la porte et l'entrouvris, me contentant d'une fente. Dans le bouquet d'odeurs qui en sortit, nouveau et inattendu – pas les effluves de fromage ou du moins pas seulement –, il y avait de la terre, de la poussière de rocher, des alluvions.

Je montai l'escalier quatre à quatre et frappai à la porte de grand-père.

« Oui, quoi ?

– La cave, criai-je. Il s'est passé quelque chose. »

J'entendis grincer son lit, puis sa main qui allumait la lampe de chevet et ses pieds qui cherchaient les pantoufles. Il apparut en pyjama. « Il se passe quoi à la cave ?

– Je ne sais pas. Je ne suis pas entré. Mais il y a eu un grand bruit et...

– Allons voir. »
Je le suivis. Il ouvrit la porte, appuya sur l'interrupteur et la seule ampoule qui s'alluma fut celle qui était devant nous, en haut de l'escalier ; plus bas, tout était noir.
« Je vais chercher la torche ? demandai-je.
– Oui. »
Je revins au bout d'une seconde.
« Éclaire devant.
– Tu sens ? demandai-je.
– Quoi ?
– Cette odeur. »
Il ne répondit pas, mais huma une fois, deux fois. Arrivé en bas, je fis glisser le faisceau de lumière sur le mur de gauche. Tout était à sa place, les étagères avec leurs fromages, une caisse en bois et des manches d'outils qui dépassaient de son couvercle soulevé, deux chaises pliantes, le tout baignant dans une nappe de brume à ras du sol. Je dirigeai le faisceau vers le fond, rien. J'allais le pointer vers la droite quand grand-père m'arracha la torche des mains. Il éclaira le sol. À cinquante centimètres devant nous, un fromage, un autre un peu plus loin sur la terre retournée, mêlée semblait-il de roche et de crépi. Il éclaira le mur de droite. Disparu. À sa place s'étalait la chair vive de la montagne. Les infiltrations avaient gangrené la terre et quelqu'un lui avait arraché la peau au passage. Nous avions sous les yeux des muscles de rocher, des tendons de racines, des veines et des nerfs : la pluie avait écorché le mur de la cave.

« Un désastre », dit grand-père, mais il avait le ton d'un homme habitué au spectacle des décombres. Sa voix exprimait déjà le travail, l'effort et aussi la résigna-

tion de celui qui va devoir se retrousser les manches.
« Va chercher des bougies.

– Où ?

– Dans la cuisine. Le placard au-dessus des conserves.
Et les allumettes aussi. »

En repartant dans l'escalier, je trébuchai sur un objet
métallique. Je le ramassai. C'était une chaîne. La lumière
était trop faible et on ne voyait pas bien, mais je sentis
au toucher que la surface extérieure des anneaux était
gravée. J'allais demander ce que c'était quand grand-
père me l'arracha des mains.

« Bougies et allumettes », répéta-t-il.

Je remontai à tâtons.

Je rassemblai une dizaine de bougies, on les alluma
toutes : deux sur la table, quatre espacées par terre, le
reste sur les étagères qui avaient résisté. Elles répan-
dirent bientôt une lueur chaude de catacombe, qui
nous permit de récupérer les fromages tombés, de les
nettoyer avec un torchon et de les ranger sur les étagères restantes. J'avais oublié que je n'avais dormi que
quelques heures. C'était étrange et excitant de travailler
la nuit dans cette lumière. Quand toutes les tommes
eurent retrouvé une place – pas toutes à vrai dire, les
plus fraîches étaient perdues sans retour – et que grand-
père déclara : « Remontons, laissons les choses en l'état
pour le moment », nous étions en nage tous les deux,
fatigués, noirs de terreau, et le jour avait commencé à
égrener les arbres de la vallée.

« Je vais prendre une douche, dis-je.

– Je nous prépare un thé.

– Bonne idée. » Puis : « Grand-père.

– Oui.

– Il y a des risques ?

– Quels risques ?

– Je ne sais pas. Pour la maison, par exemple.

– Tu as peur qu'elle s'écroule ?

– La cave, c'est les fondations, non ?

– Pas tout à fait, répondit-il. De toute façon non, il n'y a pas de risques.

– Compris. »

Mais une ombre devait traîner dans ma voix, parce que grand-père insista : « Tu es sûr ?

– Certain. » Et je me dirigeai vers la salle de bains.

« Zeno. »

Je me retournai.

Grand-père me dévisagea en silence quelques instants.

« Merci. »

Je haussai les épaules. « Y a pas de quoi », répondis-je.

La douche chassa la saleté et la sueur, laissant la place à une lassitude diffuse. Je bus mon thé et mangeai du gâteau aux noix pendant que grand-père se lavait. Dehors, il pleuvait toujours. Une épaisse couverture de nuages enrobait la cime des arbres. On aurait dit que ces vapeurs et ces fumées se dégageaient des troncs et des branches. Je m'endormis sur le canapé. Je crois que grand-père m'a bordé, mais je n'en suis pas sûr.

Le cinquième jour, la pluie devint impalpable, les rayons du soleil s'immiscèrent soudain entre les gouttes, déchirant le tissu de nuages, et l'été réapparut comme pour demander pardon de son absence temporaire. L'herbe qui avait épaissi luisait d'un vert intense, et les arbres de même. Dans la boue, on voyait des vers qui d'habitude, à la saison chaude, cherchent l'humidité en profondeur et que l'eau avait incités à remonter. Grand-père appela quelqu'un, j'ignore qui, pour remettre la cave en état et pendant trois jours, on vécut au milieu des brouettes et tout le tremblement. Je mis la main à la pâte. C'est sans doute parti de là. En effet, alors que la chaleur de retour séchait la montagne, le fond de méfiance et de tension qui nous avait tenus éloignés grand-père et moi en cet été 1999 s'effrita soudain. Les barrières tombent quand on travaille ensemble.

Je crois avoir utilisé cela aussi pour *Shukran*. Pour un auteur, la vie c'est comme le cochon : tout est bon, il n'y a rien à jeter.

Maman arriva le soir, désireuse de savoir si tout allait bien pour nous. À Gênes, il était tombé plus de pluie en ces cinq jours que pendant toute l'année, mais sans occasionner de dégâts, et elle avait passé le temps à jouer au *burraco* avec papa. Un jeu qu'elle n'avait jamais aimé.

Résumé de ma vie pour autant qu'il est donné
de se souvenir, reconstituer ou imaginer.
À la lumière de la mémoire.
1951-1960

La dernière année de collège, je peine. Au lycée, Gabriele est le premier de sa classe. Moi, je réussis à éviter la dernière place. Un soir, j'entends notre mère pleurer dans la cuisine. Je me tapis dans un coin. Je l'observe en cachette. Elle est assise à table devant les reliefs du repas et la vaisselle sale. Elle se tient le visage entre les mains, des sanglots lui secouent le dos et les épaules. Gabriele immobile au milieu du couloir me regarde épier notre mère.

Je dis : Elle pleure notre père.

Gabriele répond : Tu crois ça ? Elle pleure sur toi, sur ton avenir. Tu as encore ramené de mauvaises notes, je parie ? En rédaction peut-être. Ou en histoire.

C'est vrai, j'ai eu une mauvaise note. Mais elle ne pleure pas à cause de moi.

Tu es sûr ? Va donc le lui demander.

Je vais chercher mon courage au fond de mes chaussettes, et le tire du bout des doigts. J'entre dans la cuisine. Notre mère tourne la tête, renifle et s'essuie les joues avec un mouchoir.

Je demande : Tu pleures à cause de moi ?

Non, Simone. D'où sors-tu une idée pareille ?

Tu te tracasses pour mes mauvais résultats ?

Je pleure sur tout ce que je n'arrive pas à maîtriser.

Ce n'est pas à toi de maîtriser mes résultats scolaires.

Mais à moi. Je te demande pardon. Je te promets que je finirai l'année de mon mieux.

Notre mère sourit, ou du moins essaie, mais sans succès : Que penses-tu faire plus tard ?

Je ne réponds pas. Mais elle ne semble pas attendre de réponse. Car soudain elle s'anime : Tu sais, j'ai trouvé une école qui serait parfaite pour toi. Sur mesure, vraiment.

En disant cela, elle se voûte. Je m'aperçois qu'elle dose ses paroles comme des gouttes de somnifère. Elle tortille le mouchoir qu'elle tient à la main et continue : Cette école est financée par une entreprise qui ensuite embauche les meilleurs élèves. C'est très technique. Vous travaillez sur les objets, les matériaux, les substances, tout ce que tu aimes, Simone. Mais cette école est très liée à la ville où elle a son siège, je veux dire où l'entreprise a son siège. C'est pour cette raison que, chaque année, elle n'admet que très peu d'élèves venus de l'extérieur. Le gros des effectifs est fourni par des jeunes du secteur ou des enfants du personnel. Il faudrait que tu passes un test. J'ai quelques relations dans cette ville. Des amies. Elles m'ont assuré qu'elles pourraient glisser un mot de recommandation. Même si je suis sûre que tu n'en as pas besoin. Parce qu'il s'agit de tes matières préférées, celles où tu excelles. Au cas, mais seulement au cas...

Elle se trouve où ?

Notre mère reprend son souffle : Qui ?

L'école. La ville.

À Ivrée.

Où est Ivrée ?

Dans le Piémont. Près du Val d'Aoste et des montagnes.

C'est loin. Il faudrait que Gabriele change de lycée.

On ne viendrait pas, Simone.

Je ne sais que dire, je suis paralysé. Le silence gonfle la pièce pendant quelques secondes, puis explose dans la supplication de notre mère : Mais le voyage n'est pas très long en train. Cinq, six heures maximum. Nous nous verrons souvent. Trois ou quatre fois par an. Et tout l'été. Tu te rends compte. Toi qui as toujours aimé la montagne. Vous ferez des excursions. Tu prendras pension chez quelqu'un. On dit que les ateliers et les laboratoires de cette école sont les meilleurs d'Europe. Du monde. Et les machines aussi. Qu'en penses-tu ?

D'accord.

Notre mère se lève : Tu parles sérieusement ?

Bien sûr.

Il faudra que tu apprennes à te prendre en charge. Je ne serai plus là pour passer derrière toi.

Si tu considères que c'est le bon choix, je m'habituerai.

Notre mère me prend dans ses bras, enfouis son nez dans mes cheveux.

Pendant que j'enfile mon pyjama, Gabriele entre dans ma chambre, une balle en cuir à la main, il s'assied sur mon lit. Il lance la balle et la rattrape. La lance et la rattrape. Soudain il la lance sur moi. Je l'attrape et la lui renvoie avec violence. Gabriele l'évite, la balle tape dans le mur et rebondit par la fenêtre ouverte. Elle tombe. Dans la rue. Quand nous nous penchons à la fenêtre, nous n'arrivons pas à la voir. Il est tard désormais, pas question de sortir. Le lendemain matin, avant d'aller en cours, nous descendons la chercher. En vain. Des larmes inattendues roulent sur mes joues.

Gabriele demande : Qu'est-ce que tu as ?

Je suis désolé pour ta balle.

Ce n'était qu'une balle toute bête. Des comme ça, j'en retrouve quand je veux.

***

Je réussis mon année. Deux jours plus tard, notre mère et moi prenons un train pour Turin. Nous changeons à Turin pour un train plus petit et vieillot. Nous descendons à Ivrée. Les sommets des montagnes sont encore saupoudrés de neige, le vert des prés est luisant, l'air frais et pur : je me sens bien.

Nous descendons dans un hôtel près de la gare. Je n'étais pas entré dans un hôtel depuis l'époque de la pension de Mme Fleur, la chambre est petite, mais propre. Nous allons dîner chez des connaissances, la famille Ramella. C'est un couple âgé. Ils vivent dans un appartement sombre, dont les murs disparaissent sous une accumulation de bibelots, tableaux et statues en bois. Mme Ramella est en contact avec l'entreprise et les responsables de l'école.

Elle dit : J'interviendrai en ta faveur. Tu peux compter sur moi. Mais d'après ce que m'a dit ta maman, tu n'en auras pas besoin. C'est vrai que tu aimes travailler de tes mains ?

J'aime voir les choses se transformer.

Ici, tout se transforme. Et même trop vite.

Que va-t-on me demander ?

Vous passez des tests. Leur but, pour ce que j'en sais, bien sûr, et je ne voudrais pas jouer celle qui est dans le secret des dieux, est de vérifier votre curiosité et vos affinités.

Quelles affinités ?

Avec ce milieu. Avec ce travail. Ce que tu ne sais pas, tu l'apprendras.

Le matin à l'hôtel, nous nous réveillons à l'aube. Je mets ma plus belle chemise et ma veste d'été en coton, cire mes chaussures. Il nous faut vingt minutes pour trouver l'école et l'entreprise. Nous demandons à un facteur qui nous les indique : des bâtiments énormes.

Nous sommes une centaine de candidats. Des jeunes venus des quatre coins d'Italie. Nous passons la matinée et l'après-midi à écrire, dessiner et calculer. On nous parle. Nous visitons les ateliers. Nous posons des questions, on nous répond patiemment.

À la fin de la journée, sur le chemin de la gare, notre mère me demande : Comment ça s'est passé ?

Je ne sais pas.

Mais toi, qu'en penses-tu ? Tu seras pris ?

Nous étions très nombreux. Beaucoup étaient plus calés que moi.

Nous roulons en silence, le soleil se couche. Nous faisons halte à Turin chez des parents. Le lendemain, épuisés et tendus tous les deux, nous rentrons à Gênes et retrouvons Gabriele et grand-père à la campagne.

Gabriele demande : Quand est-ce que tu auras la réponse ?

Je ne sais pas.

Comment ça, tu ne sais pas ?

On ne nous l'a pas dit.

Et tu n'as pas demandé ?

Non.

Depuis ce jour-là, tous les matins, notre mère sort

dans la rue attendre le facteur. S'il se présente avant qu'elle soit descendue, si elle l'entend dans le hall, elle ouvre grand la porte et descend en vitesse, ses mules claquant contre ses talons. Les résultats arrivent début juillet. Sur cent candidats, ils en ont retenu deux. Je suis un des deux.

***

Nous passons l'été à la campagne. Gabriele lit toute la journée, assis dans un vieux rocking-chair. Moi je baye aux corneilles. Parfois je m'allonge sur un rocher, un gros rocher qui trône au milieu du jardin et que personne n'a jamais enlevé. Je m'y allonge et y reste des heures. Je ne pense à rien. Je regarde les nuages changer de forme. Les pigeons et les corbeaux voler. Avec Gabriele, on fabrique un arc.

Début septembre, par un jour de pluie fine, Gabriele et notre mère m'escortent à la gare. Nous nous disons au revoir devant le marchepied du wagon, puis je me penche quand le train démarre. Notre mère pleure. Pas moi. L'euphorie est plus intense et aiguë que la peur et la tristesse. Pendant tout le voyage, je regarde par la fenêtre : les routes, les villages, les champs. Je n'adresse la parole à personne. Le temps défile sur la vitre, filtré dans mon reflet. Le monde aussi.

C'est Mme Ramella qui m'accueille à l'arrivée. Elle a trouvé une femme, une veuve d'un certain âge qui loue une chambre. Elle m'explique le chemin pour aller à l'école et chez elle. Elle dit : Si tu as besoin de quoi que ce soit, n'hésite pas à me demander. J'ai promis à ta mère de veiller sur son fils et j'ai l'intention de tenir parole. D'accord ?

Merci beaucoup, madame.

La maison de la veuve est pratiquement vide : deux ou trois meubles, quelques bibelots, des traces de tableaux aux murs. Elle a tout donné à la mort de son mari, pour l'oublier. Dans ma chambre, il y a un lit sous la fenêtre, une table de nuit, une armoire avec penderie et deux étagères pour les pulls et, près de la porte, un semainier rongé par les vers pour le linge. De toute façon, je n'ai pas grand-chose. Je n'ai apporté de Gênes que des jumelles de poche qui ont appartenu à notre père, la boîte en bois où il avait caché les clés du bureau, un cahier pour prendre des notes, un stylo, des enveloppes et des timbres pour envoyer des nouvelles, des fusains. Une balle en cuir, cadeau de Gabriele. J'entasse tout ce que je peux dans la boîte, que je cache au milieu de mes chaussettes, au fond d'un tiroir du semainier. Je vais voir la veuve et je lui dis : Il n'y a pas de cintres.

Elle coud, assise dans son fauteuil. La pièce est très sombre, je me demande comment elle peut voir. Elle dit : Où ça ?

Dans l'armoire. Pour suspendre mes vêtements.

Elle acquiesce : Je t'en donnerai demain.

Il est presque l'heure du déjeuner. Les Ramella m'ont invité. Avant d'aller chez eux, je me livre à une visite rapide du bourg. Je regarde autour de moi pour prendre possession des lieux, me familiariser. Je pousse jusqu'à l'endroit où les murs s'arrêtent pour laisser la place aux montagnes. Les Ramella sont accueillants et nous mangeons du poulet et des légumes sautés, des beignets aux pommes.

Quand je reviens chez la veuve, elle n'est pas là. Je vais dans ma chambre et je m'aperçois que mes tiroirs ont été ouverts. Je le vois parce que, quand je ferme un tiroir, c'est toujours à la perfection. Je vérifie avec mon doigt qu'il ne dépasse pas. Je n'aime pas les tiroirs entrouverts. Dans ce qui est entrouvert, quelque chose peut toujours pénétrer. Et puis j'aime l'ordre, la propreté. Je regarde à l'intérieur. Tout y est, mais aucun doute on a fouillé dans mes affaires. Je m'assieds dans le séjour, sur le fauteuil, et attends le retour de la veuve.

Je l'entends ouvrir la porte et je me lève. Elle entre. Je dis : Je ne viendrai jamais fouiller dans vos tiroirs. Je vous prie de ne pas fouiller dans les miens. L'argent que je vous donne pour le loyer inclut le prix de mon intimité.

Je ne te connais pas. Les garanties que m'a données Mme Ramella sont bonnes, mais j'ignore qui tu es réellement. Je préfère vérifier tout de suite, histoire de savoir avec qui je vais devoir partager ma maison. De toute façon, dors tranquille. Je n'entrerai plus dans ta chambre que pour balayer.

La nuit, je ferme ma porte à clé.

***

La veuve ne me prépare pas mes repas, sauf le petit déjeuner : pain et lait chaud. Les premiers jours pour le repas de midi, je me contente du pain que je glisse dans ma poche le matin. Puis grâce aux bons offices de Mme Ramella, je suis admis à la cantine des ouvriers. Tous les mois, je reçois des tickets de couleur, chacun vaut un plat, et ils sont en nombre limité. Le premier mois, je m'emmêle les pinceaux et la dernière semaine je suis pris de court : je me contente de la soupe chaude qu'on sert à tout le monde en fin de repas. Ensuite j'apprends à mieux répartir mes tickets et il m'arrive deux fois d'en avoir d'avance. Je peux alors me permettre de vrais repas : une entrée, un plat de résistance et un accompagnement. Je m'habitue à la soupe chaude. J'ai l'impression de ne plus pouvoir digérer si je n'en mange pas.

Le soir, je ne peux pas utiliser la cantine, car elle est réservée aux ouvriers de l'équipe de nuit. Les premiers temps, Mme Ramella m'offre le dîner chez elle. Puis elle me présente une vieille femme seule et pauvre qui pour quelques sous accepte de me servir tous les soirs un œuf dur et un fruit. Elle est gentille, mais c'est un moulin à paroles. Elle me parle d'elle et de son village dès que je m'attable, et chaque fois elle traîne pour m'apporter le fruit afin de bavarder encore un peu. Elle ne me dérange pas, mais elle postillonne, et comme elle a pris l'habitude de s'asseoir au coin de la table, juste à côté de moi, il lui arrive de postillonner dans mon assiette. Je protège mon œuf derrière ma main, les postillons atterrissent sur mes doigts.

Un soir, avant que je parte, elle me demande :
Tu aimes lire ?
Oui.
J'ai trouvé un livre. Je ne sais pas qui l'a laissé. Tiens.
Elle me le tend. Je le prends. Le titre est *La cinquième colonne et les quarante-neuf premières histoires*, d'Ernest Hemingway.
Je dis : Je peux l'emporter ?
Bien sûr. Tu ne vas pas le lire ici.
Merci.
Au lit chez moi, je l'ouvre à la lumière tremblante d'une lampe de chevet de récupération. Je ne lis pas le recueil dans l'ordre. En le feuilletant, je remarque une nouvelle qui s'intitule *Un endroit propre et bien éclairé*.

Je commence par celle-là et quand je m'endors, je suis dans un vieux bar, assis dans l'ombre que projette un arbre sous un lampadaire électrique.

***

Ce que j'aime par-dessus tout, c'est le trajet pour l'école. J'emprunte un vieux pont en bois et le bruit sourd des planches, le grondement du ruisseau en dessous, me mettent dans de bonnes dispositions pour la journée.

Mme Scaglioni nous enseigne les lettres. C'est une femme jeune, gentille et attentionnée. Très belle aussi. Un jour à la sortie, je m'approche et je lui dis : Je suis en train de lire Hemingway. Vous connaissez ?

Son visage s'éclaire. Elle répond : Vraiment ? Que lis-tu ?

Les nouvelles.

Les *Quarante-neuf premières histoires* ?

Oui.

Elle me propose de me raccompagner chez moi et en chemin nous parlons de livres, de ses lectures, de mes goûts. Nous nous quittons devant chez la veuve. Je voudrais lui demander de monter. À la seule pensée de ce que j'aurais aimé lui demander, je tremble toute la nuit.

M. Dalla Paola, le prof d'histoire, fume toute la journée, y compris en classe, et l'air est irrespirable. Il est bourru, pas commode, mais je l'estime beaucoup. La reconstitution des grandes batailles est son morceau de bravoure. Quand il raconte, on entendrait une mouche voler.

M. Cusma est un bon spécialiste de technologie, mais il n'a pas le goût d'enseigner. Il commence une explication, s'interrompt et déclare : Bon vous verrez ça à l'atelier. Il traite le diagramme fer-carbone, s'arrête et affirme : De toute façon on vous le montrera à l'atelier. J'ai appris de lui à ne pas me prendre trop au sérieux.

M. Verzuolo, le proviseur, est un ancien militaire. Il a fait la guerre en Indochine, dans la Légion Étrangère. Il veut que nous nous levions et claquions des talons quand il entre. Il repère chaque fois ceux qui ne les ont pas claqués correctement et les fait recommencer. Il nous enseigne les maths. Il nous donne des pages entières d'exercices à la maison, à rendre au propre. Si votre copie est tachée, gribouillée ou mal présentée, il la déchire devant tout le monde et vous oblige à la refaire. Moi, j'ai une écriture horrible : j'apprends donc les maths.

Mme Bo nous enseigne les sciences naturelles. Elle entre sans dire bonjour et ne prétend pas qu'on la salue, elle s'empare d'une craie et écrit au tableau sans vérifier si on suit. En effet personne ne suit.

M. Ferrero nous enseigne la mécanique. Verzuolo nous explique les logarithmes d'un point de vue théorique, avec Ferrero nous les appliquons aux calculs de portée.

M. Rossa est le chef d'atelier. Il est insupportable. Les deux premières années, nous manions la lime. Uniquement la lime. Si on se trompe d'un centième de millimètre, il faut recommencer à zéro, même si on a travaillé trente ou quarante heures sur la pièce. Ma première réalisation me prend toute l'année. Les autres ont fini la leur en deux mois.

Mme Arengo nous enseigne l'anglais avec des chansons. C'est une belle femme elle aussi, bien qu'elle ait quelques années de plus que Mme Scaglioni. Mais je l'aime surtout parce qu'elle ne nous note pas. Elle nous écoute parler, dialoguer, chanter. Elle nous pose des questions sur les histoires qu'elle raconte. Nous sortons nous promener et pendant qu'on marche, elle décrit le paysage en anglais. Elle nous demande de jouer le rôle d'un boulanger et d'une cliente. Ce qu'on retient, c'est autant de gagné. Le reste, tant pis.

J'aime ne pas être évalué.

***

L'argent que notre mère m'envoie par la poste à la fin du mois est une petite somme, qui ne suffit pas à payer la chambre, la nourriture, les crayons et les cahiers. Mes vêtements s'usent et il m'en faut des neufs. Les semelles de mes chaussures sont trouées. Parfois nous partons en excursion en montagne : il faut payer le train et la polenta. Je sais qu'à Gênes aussi notre mère et Gabriele ont des tracas d'argent. Elle a pris un travail. Grand-père est malade. J'entends dire qu'un de ses associés l'a escroqué. Qu'il a de grosses dettes.

Je n'ose demander de prêt à personne, mais Mme Ramella ainsi que Mme Scaglioni remarquent ma gêne. Je reçois un paquet de crayons et une veste d'occasion. On m'invite à déjeuner le dimanche. Un jour, de retour de l'atelier, M. Ferrero me fait signe de le suivre. Nous franchissons une haute grille et pénétrons dans le ventre de l'entreprise, dans des cours et des entrepôts où je n'avais jamais mis les pieds et où je ne suis pas sûr d'avoir le droit de m'aventurer. Le professeur m'engage à visiter un dépôt. J'entre. Je suis ébahi. Il y a de tout : cartes perforées, composants métalliques, peintures. Des montagnes de chutes. Pour l'entreprise, c'est l'entrepôt à déchets. Pour moi, c'est la solution de mes problèmes. Je n'achète plus de cahiers et prends mes notes sur le dos des fiches cartonnées. Si j'ai besoin de colle, je trouve facilement un bidon abandonné où il en reste un fond. Si j'ai besoin de fil de fer, de clous ou d'un crochet, j'en déniche à coup sûr.

Je gagne trois sous en aidant un boulanger à nettoyer son four le dimanche matin. C'est Mme Scaglioni qui m'a trouvé ce petit boulot. Le boulanger est en bas de chez elle. Elle passe me dire bonjour pendant que je brosse les plateaux en bois pour enlever les restes de farine. Elle me demande à quoi sert ceci ou cela. Je lui réponds dans la limite de mes compétences. Elle me parle de nouveaux livres. M'en lit parfois des extraits.

Elle me demande : Que veux-tu faire plus tard ?

Je réponds que je n'en sais rien.

Tu n'as pas de rêve ?

Je ne rêve jamais.

Tout le monde rêve.

Pas moi.

Tu ne t'en souviens pas le matin, c'est tout. Mais crois-moi, tu rêves toi aussi.

Si vous le dites, c'est que c'est vrai.

Les week-ends quand il fait chaud, elle porte des robes longues et souples. Le décolleté laisse entrevoir le sillon entre ses seins. Le pendentif de son collier s'y loge. Dans la rue, elle se couvre d'un châle. Devant le four qui, ayant emmagasiné de la chaleur toute la semaine, la restitue progressivement après qu'on l'a éteint, elle le laisse tomber dans son dos. Je m'oblige à ne pas la regarder en face pour éviter de plonger les yeux dans sa poitrine. Je ne la regarde pas. Je ne la regarde pas du tout. Moite de sueur, je réponds à ses questions. Je suis poli, mais je veille toujours à choisir une tâche qui m'oblige à lui tourner le dos. Puis, quand mon patron me dit que ça va comme ça, que je peux m'en aller, je cours me baigner dans la rivière. Dans un trou, sous le pont en bois.

Je laisse l'eau éliminer fatigue et fantasmes.

***

La veuve fouille toujours dans mes affaires. J'écris des lettres que je ne poste pas : à Gabriele, à notre mère. À notre père.

Je te tendrais la main, tu me tendrais la tienne, je te relèverais, moi seul en aurais le pouvoir, allongé sur le lit, odeur de gaz, j'ai passé ainsi ~~toutes les~~ la journée et quand on m'a envoyé me coucher, dans cette belle chambre élégante, claire, pleine de très beaux livres, mais dans une maison étrangère, je ne m'en suis même pas aperçu, je rêvais toujours, je te vois papa, tu es là, tu me salues ~~avec~~ de la main, tu t'éloignes, ne pars pas ! Mais tu partais lentement, loin, j'essayais de te retenir et tu disparaissais : ma poitrine et ma gorge voulaient ~~jurer~~ pleurer, mais mes yeux restaient secs, ~~écar~~ je voulais demander, crier où est-il ? laissez-moi partir, je veux le voir, le toucher, il me verra peut-être, il rouvrira les yeux, il me tendra la main, je le relèverai, nous siffloterons et danserons ensemble, ce n'était ~~qu'un rêve~~, qu'une plaisanterie !

La veuve lit mes lettres. Je sens son odeur sur le papier, je détecte ses empreintes entre les mots. Je trouve des miettes de pain là où je n'ai jamais mangé. Des gouttes d'eau là où je n'ai jamais bu. Je le dis à Mme Ramella qui soupire, désolée.

Je dis : Je pourrais m'installer ici, chez vous.

Elle accuse le coup, redresse le dos pour répondre : Ce n'est pas possible, je regrette.

Mon deuxième hébergement est chez un carabinier et sa femme. Leur fils est parti au service militaire. Ils me louent sa chambre. On entre par une galerie extérieure. Les toilettes aussi sont sur la galerie. La femme est aimable et douce : elle coiffe ses cheveux en chignon sur la nuque. Lui est grossier et sans éducation : le matin au petit déjeuner il mange des morceaux de lard trempés dans la grappa, il mord dans ses tartines de pain noir en laissant tomber des miettes partout. Mais allez savoir pourquoi, il aime écouter de l'opéra. Il a une collection de soixante-dix-huit tours, un gramophone en bois et cuivre posé sur un guéridon, dans la cuisine. Certains après-midi, pendant que je bûche, il entre dans ma chambre et me hèle : Amène-toi, petit gars. Je vais te passer un morceau dont tu me diras des nouvelles.

Il faut que je travaille.

Il s'approche, referme mon livre : Après. Les mots ne vont pas prendre la poudre d'escampette, tu ne crois pas ?

Non, c'est le temps qui prend la poudre d'escampette.

Mais je finis par me lever et aller à la cuisine écouter son opéra. Qui ne me plaît pas. Gabriele est amateur d'opéra et de musique symphonique. Pas moi. Je préfère la variété, la chansonnette, ces airs qu'on attrape au vol à la radio, qui ne s'éternisent pas, s'évaporent sans laisser de traces et dont on ne parle pas parce qu'il n'y a rien à en dire : ils sont tous pareils.

Le carabinier et sa femme se disputent souvent, sur-

tout le soir. Quand il a trop bu, il la frappe en enveloppant sa main d'un torchon. Elle n'avoue la vérité à
personne : je suis tombée ; je n'ai pas vu une racine ; ce
maudit battant qui s'ouvre tout seul.

Une nuit, je l'entends pleurer, le lendemain matin, elle
me demande : Tu as bien dormi ?

Je me suis réveillé quand vous avez heurté votre table
de nuit.

Elle pâlit.

Je dis : Vous pleuriez.

Des maux de ventre. Les prunes. J'en avais trop
mangé.

Vous devriez porter plainte.

Elle me verse mon lait. Elle maugrée : Tu ne sais pas
ce que tu dis. Tais-toi.

Les toilettes sur la galerie sont en commun avec trois
autres appartements. En hiver, c'est une épreuve de
baisser son pantalon. Les cuisses gelées virent au violet.
Quand le froid est si mordant que l'eau de la gouttière
forme des stalactites de glace, le carabinier ne sort pas et
pisse dans l'évier. Ensuite sa femme y lave les légumes.
Il dit que personne d'autre que lui ne peut pisser dans
l'évier. Mais un matin à l'aube je me réveille avec une
envie pressante. Dehors, le froid s'est incrusté partout :
sur les vitres, sur les arbres, sur les fils d'étendage. Je
vais à la cuisine en catimini, je monte sur une chaise et
urine dans l'évier. J'entends une porte qui s'ouvre. La
terreur d'être découvert me coupe les jambes. Je perds
l'équilibre et tombe sans réussir à bloquer le flux de
liquide chaud qui dessine la trajectoire de ma chute,
arrosant le buffet, le gramophone, les soixante-dix-huit
tours, et retombe au sol en petites flaques.

Une ombre glisse contre les murs et se dessine au-dessus de moi. Je sens la main du carabinier me saisir au collet, m'empoigner par les cheveux. Mais non. C'est une main féminine, une main de mère. Elle me relève par les aisselles et intercepte les battements accélérés de mon cœur. J'entends : On va tout essuyer, ne t'inquiète pas. Vite. Avant qu'il se réveille et vienne prendre son petit déjeuner.

***

Un dimanche, chez Mme Ramella, je rencontre une famille juive qui a emménagé depuis peu dans cette ville. Ils ont trois enfants, dont un garçon de mon âge : Joël. Je leur suis sympathique et ils insistent pour m'inviter à dîner de temps en temps. J'hésite. Ce sont des gens très riches. Ils habitent une villa avec un grand jardin. Joël est toujours tiré à quatre épingles et je n'ai rien d'équivalent à me mettre.

Ils disent : Nous serions heureux que Joël et toi deveniez amis.

J'acquiesce.

Veux-tu venir dîner à la maison dimanche prochain ?

Je pense : Non. Je dis : Je vous remercie de votre invitation. J'accepte avec plaisir.

Je choisis mes meilleurs habits : le pantalon le moins rapiécé, la chemise au col le moins sale, un gilet en laine. Mais le dimanche suivant, alors que je monte l'escalier qui mène au salon, je suis mal à l'aise, je me sens vide. Je voudrais me confondre avec les miroirs ou les meubles marquetés, en réalité j'ai la sensation que tout ce que je pourrais faire avec ces meubles, ce serait d'en ronger le bois. Je suis une termite. On va me découvrir, brûler mes œufs et inonder de pétrole mes galeries.

213

La famille m'accueille comme un prince. Tout le monde est aimable. Personne ne démasque la supercherie. On me sert une double ration de gelée. J'adore la gelée. Après le dîner, Joël et moi nous enfermons dans sa chambre. Il me montre sa collection de colles. Il en possède des dizaines, qu'il a en grande partie fabriquées lui-même dans un laboratoire dissimulé derrière un rideau, un laboratoire d'alchimiste. Il affirme qu'il est le plus grand expert de colles au monde. Il insiste pour me montrer leurs différents usages : papier, fer, tissu. Celles qui collent le tissu m'intéressent beaucoup : toutes mes poches sont trouées. Joël m'apprend à étaler un peu de colle sur un bout de tissu et à l'introduire dans ma poche en appuyant fort, de façon à ce que la pièce ne fasse pas des plis. Le résultat est surprenant.

J'utilise les colles de Joël pour tout. Nous devenons effectivement amis et je vais chez lui de plus en plus souvent. Joël est aussi grand que moi, mais encore plus maigre si c'est possible, sanglé dans ses vêtements sur mesure. Il a les cheveux châtain et la peau luisante. Après son entrée à l'école, il arrive qu'un autre de ses camarades soit invité en même temps que moi. Nous jouons au jeu de construction, bâtissant en briques miniature des villages médiévaux entiers. Dans le laboratoire alchimique, nous mélangeons des liquides aux odeurs d'épices et nous plongeons des clous dans des éprouvettes pour observer le processus d'oxydation. Nous nous poursuivons à travers la maison en nous faisant peur.

Joël insiste pour que nous passions la nuit chez lui. Si nous acceptons, nous dormons tous dans son lit. Il se met toujours au milieu.

Il dit : C'est moi le maître de maison, non ?

La nuit, il me tient la main.

***

Au milieu de la deuxième année, pendant les vacances de Noël à Gênes, notre mère m'offre pour mon anniversaire un appareil photo qui a appartenu à notre père, un modèle à soufflet dans son étui en cuir. Elle dit qu'elle l'a retrouvé au fond d'une boîte. Avec l'argent qu'il gagne en écrivant pour un mensuel étudiant, Gabriele achète du papier photo et un manuel qui explique comment installer une chambre noire. Je suis heureux. Je n'ai jamais reçu d'aussi beaux cadeaux.

De retour à Ivrée, je me procure des acides, des pinces et une bassine, comme toujours dans les surplus de l'entreprise. Je demande à Mme Scaglioni la permission d'utiliser sa cave comme chambre noire. Je m'inscris à un cours d'escalade. Le week-end, je sors en montagne faire des photos. Joël m'accompagne quand il peut. Gabriele aussi vient me voir, deux ou trois fois, à la meilleure saison pour les excursions. Je l'emmène grimper. J'ai seize ans et lui vingt. Pour la première fois, c'est moi qui lui apprends quelque chose. Gabriele ne le remarque pas. J'ai peur que ce soit anormal.

Gabriele a été admis à Normale Sup, à Pise, en lettres et philosophie. Il voudrait devenir journaliste.

Nous sommes assis sur un rocher, à plus de deux mille mètres. L'air est pur. Le Mont Blanc se découpe devant nous, préhistorique et éternel. Nous suivons avec les jumelles deux chamois qui franchissent un pierrier pour aller s'abreuver dans un torrent. Un milan tournoie au-dessus de nous.

Gabriele dit : Prends-le en photo.

Il est trop loin.

215

Mais non. Essaie. Maintenant qu'il s'approche. Vas-y, maintenant.

J'essaie de le cadrer, de régler la netteté. Je m'appuie sur l'épaule de Gabriele pour bouger le moins possible. Nous restons ainsi, silencieux, une longue minute. J'appuie sur le déclencheur.

Il dit : Tu l'as eu ?

Bien sûr.

Je range l'appareil dans son étui : Si elle est réussie, je te l'enverrai.

Pourquoi tu aimes la photo ?

Je réfléchis. Je réponds : Je ne saurais pas dire.

Il faudrait, si tu veux devenir photographe dans la vie. Comment peux-tu exercer un métier si tu ignores quelle raison t'y pousse ?

Je ne veux pas devenir photographe.

J'ai cru que si, en voyant toutes les photos que tu as accrochées dans ta chambre. Surtout que beaucoup sont magnifiques. Que veux-tu faire alors ?

Je réfléchis. Je réponds : Je ne sais pas.

Oh ! Simone !

Je ne saurais pas dire. Je ne sais pas.

Gabriele fait mine de tenir un appareil photo : Il faut que tu regardes dans l'objectif. Entendu ? Il faut que tu aies un but. Que tu le vises. Il faut désirer et chercher.

Il me serre contre lui, son bras autour de mes épaules : Accueille en toi l'espoir et l'inquiétude.

Il m'ébouriffe les cheveux : D'accord ?

Les deux chamois ont bu. Ils remontent sur les rochers, se faufilent dans un couloir où ils disparaissent. On entend le cri du milan. Le soleil décline. C'est l'heure de rentrer, mais je n'en ai pas envie. Je veux encore ce silence, cette lumière. Je veux le bras de mon frère autour de mon cou.

Gabriele répète : D'accord ?

Il va retirer sa main, mais je l'en empêche. Je le retiens, me retourne et l'étreins comme je ne l'ai jamais étreint de ma vie : j'empoigne ses cheveux juste au-dessus du col de sa veste. Jailli du fin fond de moi avec une violence inattendue, mon besoin de lui s'exprime de tous ses atomes. Je tremble. Gabriele ne dit rien. Il accueille mes peurs et mon corps avec chaque centimètre du sien. Nous restons ainsi, collés l'un à l'autre, je ne sais combien de temps. Jusqu'au moment où je trouve la force de me détacher, respirer et répondre : D'accord.

***

J'apprends à aimer les odeurs qui règnent dans l'entreprise : les outils, les murs, les corps des gens. L'odeur de fer forgé et d'huile de refroidissement des machines-outils, une émulsion blanche qui ressemble à du lait et qui doit circuler en permanence. Son odeur âcre se mêle à celle de la limaille de fer. Chaque matériau a son odeur. On ne la sent pas dans les magasins, quand on achète les objets fabriqués. Mais elle existe. L'entreprise a aussi une unité de production de plastique. Une des premières au monde, affirme-t-elle. L'odeur du plastique est la seule qui me répugne.

Sous la direction de M. Rossa, j'apprends à utiliser le marteau, l'enclume, la forge. Je fabrique un cimeterre. Il se brise la première fois où je le teste contre un tronc. J'acquiers des connaissances, mais elles restent lettre morte. Je sais comment procéder en étant incapable d'appliquer mon savoir.

L'entreprise organise le soir des conférences ouvertes au public, aux ouvriers et à nous les élèves. Je suis le seul de l'école à les fréquenter. Écrivains, architectes et chercheurs de toutes spécialités viennent à Ivrée présenter leurs travaux et leurs expériences. Les exposés sur l'économie m'intéressent, en particulier ceux sur l'économie de l'entreprise. J'en parle avec Mme Scaglioni et avec les parents de Joël, ils m'encouragent. Ils disent : Il faut t'inscrire à l'université, en économie.

J'abandonne la photo. Quand je peux, je discute avec les employés. Je découvre que certains d'entre eux s'occupent de coûts de production. Ils ne s'abîment pas les mains à l'atelier sous le regard sarcastique de M. Rossa, mais effectuent des calculs assis dans un bureau. En même temps, je m'aperçois que la plupart d'entre eux ignorent tout de l'atelier. Le personnel qui sait utiliser les calculateurs ne connaît pas les processus de production, celui qui connaît les processus de production ne comprend rien à l'économie et ainsi de suite. Chacun ne connaît qu'un des facteurs en jeu. Et ça ne marche pas. Un contrôleur de gestion doit connaître tout l'ensemble, pas simplement une partie. Je réfléchis à mon propre cas. Maintenant que j'ai une excellente connaissance des matériaux et du travail en atelier, il faut que j'apprenne la comptabilité et le commerce. Il faut que je conjugue compétences techniques et savoir théorique. Que je fréquente des cadres autant que possible. Et dise à tout le monde que j'entame des études d'économie. Même si ce ne sera pas facile, car je vais devoir travailler, je n'ai pas l'argent pour m'inscrire à l'université. Notre mère n'a pas les moyens d'entretenir deux étudiants : elle a besoin que je devienne autonome le plus vite possible. Dans une lettre, elle m'écrit :

Je suis heureuse que tu aies pris confiance en toi à Ivrée. Mais nous savons tous les deux que Gabriele est plus porté que toi sur les études. Ses professeurs à Pise sont enthousiastes, ils disent qu'il est promis à un avenir brillant. Il est juste que toi et moi fassions tout pour faciliter sa carrière. Es-tu d'accord ?

Mme Scaglioni se fait prêter des manuels d'économie de l'entreprise par un cousin. Je bûche ces ouvrages la nuit au lit. Quand je suis fatigué, j'ouvre mon Hemingway.

***

Pour moins dépenser, la quatrième année je change encore de logement. Je partage une chambre avec un camarade de cours. Il vient du Val d'Aoste et rentre chez ses parents tous les week-ends. Il s'appelle Tommaso Rey. Son père est médecin, c'est un garçon étrange. Il se pose en intellectuel, ses matières de prédilection sont l'histoire et la littérature, mais il fréquente les ouvriers. Deux en particulier. Il les voit le soir, sort boire avec eux et m'invite parfois. Il fume. Rentre saoul. Il arrive que je doive l'aider à se déshabiller. Sa façon de vivre m'attire et m'effraie à la fois. Je l'accompagne, mais à ses côtés, je suis mal à l'aise. Si je refuse de sortir, il me toise des pieds à la tête, commente avec un sourire en coin : Je comprends.
Et allume une cigarette.
Il est sale. Il ne se lave pas. Il sent la transpiration.

Il se masturbe toutes les nuits dans son lit. Aux relents d'aisselle s'ajoute l'odeur chlorée du sperme. Quand notre logeuse vient balayer et refaire les lits et qu'elle ouvre celui de Tommaso, elle râle : Ça commence à bien faire ces cartes de géographie !

Tard un après-midi d'hiver, elle vient se plaindre. Nous sommes assis devant l'unique bureau, une couverture jetée sur les épaules, munis de gants et bonnet.

Elle ouvre la porte, les vitres de la fenêtre vibrent : Rey, écoutez-moi, je ne peux pas changer vos draps deux fois par semaine, avec ce froid ils ne sèchent pas. Et ceux d'hier sont tellement poisseux qu'on ne peut même plus les plier.

Tommaso se tourne vers elle, se lève et clame : Le froid, voilà ce dont je veux vous parler. Du froid. Regardez dans quelles conditions nous travaillons. Mes pensées ont la même consistance que l'haleine qui sort de ma bouche. Vous vous rendez compte ? Mesurez-vous que vous mettez si peu de bois dans ce fichu poêle que les équations gèlent dans mon cerveau ? Or, chère madame, savez-vous ce que nous sommes ?

Il nous désigne. Je le regarde ébahi.

Savez-vous ce que nous sommes ? L'avenir de ce pays, voilà ce que nous sommes. Vous vous rendez compte ? Comment pouvez-vous espérer que notre pays bâtisse son avenir si sa future classe dirigeante a les fesses et le cerveau congelés ? Hein ? Alors d'une façon ou d'une autre, il faut bien se réchauffer. Vous ne croyez pas ? Et la masturbation n'est rien d'autre qu'une façon économique de produire de la chaleur et du bien-être. Donc ne venez pas me faire la morale, vu ? Ne vous en prenez pas à nous.

Notre logeuse ouvre des yeux comme des soucoupes.

Tommaso en rajoute une couche : Tels que vous nous voyez, nous œuvrons à la reconstruction de l'Italie.

Notre logeuse tourne les talons et sort.

J'attends que le bruit de ses pas s'éteigne dans l'escalier. Je dis : Je n'arrive pas à croire que tu lui aies dit ça.

Tommaso se rassied : Quoi ?

Ce que tu viens de dire.

Il sourit : Nous sommes la réalité, mon cher Simone. C'est nous qui la créons. Avec notre regard. Rien n'existe avant nous.

Ce soir-là, après dîner, Tommaso sort boire avec ses copains ouvriers. Il m'invite. Je décline. Je m'emmitoufle dans mes couvertures, près de la fenêtre, et je passe plusieurs heures à contempler les montagnes et le brouillard qui monte. J'existe si quelqu'un me regarde. Notre père me permettait d'exister, avec sa voix et ses yeux. Et Gabriele aussi. À voix très basse, je récite : *Chema Israel Adonaï Elohénou Adonaï E'had.* Je récite sans savoir pourquoi.

Quand je sens le sommeil me gagner, je me glisse dans mon lit. J'entends grincer le bois des marches. La porte s'ouvre devant Tommaso. Il est en sang : manteau, chemise, mains, menton, bouche.

Je me relève pour l'aider : Qu'est-ce qui t'arrive ?

J'ai glissé sur le verglas. Je crois que je me suis fracturé le nez.

Il faut que tu ailles à l'hôpital.

Non. Attendons que l'hémorragie s'arrête. On décidera après.

Il va dans la salle de bains, se déshabille, se lave.

Je dis : La logeuse va s'arracher les cheveux demain. Le sang, c'est pire que le sperme.

Tommaso s'allonge sur son lit. Il dit qu'il y avait une

plaque de verglas en bas de l'escalier, entre les arcades et les halles. Il est arrivé en courant. C'est déjà bien qu'il ne se soit pas éclaté la tête contre un pilier en béton. Avant de s'endormir, il marmonne : Non. Je ne pense pas avoir de fracture.

Le lendemain, dans la rue, j'entends parler d'une bagarre au bistrot.

***

Nous passons le bac à Turin, dans un lycée public. J'ai l'impression de ne pas être à ma place, je me sens inapte, empoté. Je suis en nage. La chaleur est insupportable. Le matin de l'oral, je me réveille avec un spasme à l'œil droit qui fait trembloter ma paupière comme des ailes de colibri. Quand on m'appelle, je ne réponds pas. C'est Tommaso qui me fait signe, me secoue : « Bouge-toi, c'est ton tour. » Je ne sais pas où aller. Mes camarades me montrent le jury.

J'obtiens un excellent total, un des plus élevés parmi les élèves d'Ivrée. L'entreprise me propose un emploi au service des coûts. Ils savent que je suis passionné d'économie. Je continue à dire à tout le monde que je vais m'inscrire à l'université, même si je ne pourrai pas assister aux cours. Notre mère est fière. Gabriele aussi. Grand-père s'est éteint quelques mois plus tôt. Je suis descendu à Gênes fin février pour l'enterrement.

Mon service s'occupe des bordereaux d'approvisionnement de toutes les unités, pas seulement en Italie, mais aussi à l'étranger, dans une vingtaine de pays. Toutes les unités techniques, toutes les unités de programmation, soixante-dix bureaux délais et méthodes, un par technologie, s'en réfèrent à nous. Nous devons élaborer des prévisions financières sur la seule base des matériaux et des délais de fabrication. À partir des chiffres que nous fournissons sur le coût final de chaque pièce, la direction définit les stratégies pour l'entreprise.

Je trouve l'énergie de m'inscrire en fac d'économie, mais avec mon faible salaire, je suis obligé d'accepter sans cesse des heures supplémentaires. Je décide de passer en priorité l'examen sur la matière qui m'intéresse le plus, celle qu'aucun diplômé du technique n'aborde en premier : économie de l'entreprise.

J'essaie de bûcher, mais avec le travail et tout le reste, je n'y arrive pas. Je ne lis pas les polycopiés et n'achète pas les ouvrages du professeur, qui exploseraient mon budget. Je les emprunte à la bibliothèque. Parfois, les manuels sont différents, mais la matière est toujours la même. Je considère que j'en sais suffisamment et que je peux tenter l'examen. Je pose un jour de congé pour passer mon épreuve. À Turin, je suis hébergé par des amis de ma famille. Ils sont gentils et ont une chambre disponible qu'ils m'invitent à utiliser autant que je le souhaite. Ils ont aussi une fille. Elle s'appelle Elena. Elle a deux ans de moins que moi. Le soir, nous bavardons longtemps, assis sur le balcon devant les lumières de la ville. Elle veut faire médecine. Pédiatrie.

Le matin, je me perds dans les couloirs de l'université. Je trouve enfin la salle. Les étudiants se pressent à l'entrée. Avant d'être reçu par le professeur, il faut se soumettre à un examen préliminaire avec un de ses assistants.

Il s'étonne : Vous êtes vraiment bachelier du technique ?

Oui. Pourquoi ?

Je ne vous ai jamais vu. Vous avez suivi les cours ?

Non. Je travaille à Ivrée. Ce n'est pas possible.

Je ne vois pas le manuel. Vous n'avez pas apporté le manuel ?

Quel manuel ?

Le manuel du professeur.

Je n'ai pas étudié sur le manuel du professeur. C'était obligatoire ?

Sur quel manuel avez-vous étudié ?

Sur d'autres ouvrages d'économie de l'entreprise. Et puis je travaille...

Asseyez-vous.

Pardon ?

Il répète : Asseyez-vous.

Il m'interroge, notre échange dure une vingtaine de minutes. À la fin, il se rejette en arrière sur son dossier, joint les mains derrière la nuque et, passant du vous au tu, déclare : Tu en sais plus que moi sur certains points.

Vous parlez sérieusement ?

On ne peut plus sérieusement. Sauf qu'on va te recaler.

Je ne comprends pas.

Le professeur. Il va te recaler. Parce que tu n'as pas étudié sur son manuel et que tu ne sais pas répondre aux questions en employant son vocabulaire. Et puis, ce que tu dis est pétri de pratique, alors que le professeur s'occupe de théorie. En attendant, tiens.

Il me remet mon livret universitaire : C'est toi le prochain.

Il me montre la porte de la salle.

Mon oral dure quatre minutes et je suis recalé. Dans le wagon qui me ramène chez moi, un homme vêtu d'un manteau épais s'apprête à s'asseoir à côté de moi. Soudain, sa valise encore à la main, il se retourne pour mieux l'installer ou l'ouvrir et me heurte violemment au visage. Il me fend l'arcade sourcilière. Je saigne. Une femme vient à mon secours en tamponnant ma blessure avec un mouchoir, tandis que le voyageur se confond en excuses. Il est mortifié. Il dit : Je ne vous ai pas vu. Je vous assure. Mais comment est-ce possible ? J'étais convaincu qu'il n'y avait personne.

Ne vous inquiétez pas. Ce sont des choses qui arrivent.

Le lendemain, je décide d'arrêter la fac.

***

Le samedi matin, après le petit déjeuner, je prends l'habitude d'écrire à Elena. Je lui parle de mon travail, d'un échange de vues avec mon chef, des brillants résultats de mon frère à l'École normale de Pise. Elle vient me voir avec ses parents, je les emmène en montagne, marcher ou skier. Un jour, je reçois un courrier de l'armée. Je suis convoqué pour le service militaire.

Je n'ai jamais demandé de traitement de faveur. Je ne me suis jamais senti le droit d'en réclamer. Mais en l'occurrence, je téléphone à un ancien condisciple, camarade d'escalade, dont le père est adjudant à l'école des officiers alpins, et m'enrôle chez les chasseurs alpins. Je me présente au centre d'entraînement des recrues. À mon insu, le père de mon ami a ordonné qu'on ne m'emploie pas sur le terrain, mais au bureau de la sélection, qui traite toutes les recommandations des ecclésiastiques et des politiciens. Notre tâche consiste à satisfaire le plus de requêtes possible, éventuellement toutes.

Le premier jour, on me donne un béret trop large et je suis puni parce qu'il me glisse sur les yeux. Le lendemain, on m'en donne un trop étroit et je suis puni parce qu'il reste perché au sommet de mon crâne. C'est un univers illogique, mais je m'y habitue. J'apprécie le fait que nous soyons tous égaux, uniformes, noyés dans la masse : cela me donne un fort sentiment de protection et de sérénité.

Un soir de retour de la douche, quatre bleus et moi sommes arrêtés par un groupe d'anciens.

Ils ordonnent : À genoux.

Je dis : Pourquoi ?

La ferme, à genoux. Tous.

On s'agenouille.

Ils disent : Nous allons procéder à la communion. Toi : tu es un bon chrétien ?

C'est à moi qu'il s'adresse. Je réponds : Non.

Pourquoi non ?

Parce que je suis juif.

Juif ?

Ils éclatent de rire et le plus âgé dit : Nous allons donc assister à une conversion.

Ils prennent un récipient où clapote un liquide jaunâtre : de l'urine de mulet. Des rondelles de carotte flottent à la surface. Ils les pêchent avec des pinces, nous les présentent en débitant un charabia agrémenté d'oraisons et d'invocations à Marie, puis nous somment de tirer la langue.

La rondelle de carotte a macéré dans l'urine et s'en est imprégnée, elle fond dans la bouche. J'avale. Je pense au bosquet des jambes mortes, au processus chimique de transformation de la carotte dans l'acide urique. L'un de nous vomit. Un autre se relève et court chercher de l'eau. Les anciens s'esclaffent. Je reste à genoux.

Ils disent : Tu peux te relever maintenant.

J'obéis. Je me relève. Au garde-à-vous.

Les anciens me dévisagent sans comprendre. Ils disent : Qu'est-ce que tu fabriques ? Va te coucher. Et lave-toi donc les dents.

Ils ajoutent : N'embrasse personne, hein ?

Ça les fait rire.

Quand arrive le contingent suivant, le même groupe d'anciens vient me chercher. Ils disent : Coifmann, à toi d'officier cette fois.

Ils me prennent par le bras. Je recueille l'urine et prépare les hosties. Je ne m'oppose à rien. Je marche à l'ombre du groupe. Je dis ce que je dois dire, fais ce que je dois faire.

Trois mois plus tard, à la fin des classes, je suis affecté au commandement de l'école militaire alpine, qui forme les officiers. Mes supérieurs m'envoient travailler au bureau de l'instruction et des études, parce qu'ils savent que j'ai la passion des matériaux et l'expérience de la montagne. Je suis chargé de constituer des équipes et de tester en altitude les équipements nouveaux. Au cours de ces mois, je vois les skis passer du bois aux premiers plastiques, les cordes du chanvre au nylon, les crampons ne plus être soudés mais moulés. Je vais souvent en haute montagne et pendant mes permissions j'accompagne en escalade des gradés méridionaux qui voient la neige pour la première fois. En réalité, je ne devrais pas. Interdiction est faite aux chasseurs alpins de sortir seuls sur un glacier, mais personne ne dit rien.

Nous nous écrivons souvent avec Elena. Ses lettres sont douces et pétillantes, elles ont toute sa force et son caractère. Mais nous nous voyons très peu.

***

Je prépare mes bagages pour rentrer. Les autres appelés bourrent en douce dans leurs sacs tout ce qu'ils réussissent à chaparder : du matériel expérimental, neuf ou usagé. Ils disent : Tu sais, dans le civil, ces trucs-là, tu n'en verras plus la couleur.

Pour ma part, je ne vole rien. Je salue tout le monde. Je vais à la gare prendre le train.

À Ivrée, je me rends d'abord chez Mme Ramella pour y déposer mon sac et lui demander de m'aider à trouver une chambre. Elle n'est pas là, ni son mari. Je laisse mon sac dans leur montée d'escalier. Je prends le chemin de l'entreprise. La ville est étonnamment déserte. Je ne croise presque personne.

Je suis accueilli avec une chaleur inattendue. On me serre la main, me tape sur l'épaule. Je suis rembauché sur-le-champ. C'est comme si je n'étais jamais parti : on m'attend le lendemain à neuf heures. Je demande à téléphoner chez notre mère à Gênes. Je compose le numéro. Le téléphone sonne un certain nombre de fois en vain. Je raccroche. J'essaie le numéro de l'internat où loge Gabriele. Pas de réponse non plus. Je raccroche.

C'est une belle matinée de septembre. Le soleil cogne, mais le vent qui descend de la montagne tempère sa chaleur. Je fais le tour des locaux. Je tombe sur Mme Scaglioni. Elle m'informe aussitôt des prochains événements culturels. M'annonce une conférence par un psychothérapeute très célèbre, autrichien, et une autre par un journaliste. Je lui promets de venir. Je prends congé. Je sors. Et au même moment, je vois s'approcher un visage connu.

Je dis : Davide.

Davide est mon cousin. Il habite à Turin. C'est chez

lui que nous avons dormi, notre mère et moi, le jour du concours d'entrée à l'école de l'entreprise, il y a sept ans. Davide s'approche d'un pas hésitant. Il ne dit pas bonjour. Il dit : C'est toi que je cherchais.

Moi ?

Il faut que je te dise.

Puis il s'arrête. Ses yeux deviennent rouges.

Que tu me dises quoi ?

Il faut que je te dise.

Mais il n'arrive toujours pas à parler. Une grosse larme, une seule, coule le long de sa joue.

Je le prends par l'épaule, le secoue : Davide.

Il dit : Ton frère.

CHAPITRE IV

Je pris l'habitude de me lever en même temps que lui. L'eau de la douche et les bruits de porte devinrent mon réveil, ils me rappelaient aux devoirs de la journée et parmi ces devoirs, après l'éboulement du mur de la cave, s'imposa le partage du petit déjeuner. Sans obligation de parler. Mais avec le bonjour du matin chacun confirmait à l'autre sa présence et sa disponibilité. Puis vinrent les promenades et ce qu'il appelait les commissions : aller chercher le pain ou, à une heure dite, livrer sur la place devant l'église les fromages de Cesco à un commerçant ambulant, qui les revendait sur les marchés de pays et venait les chercher en triporteur à moteur, un Ape Piaggio de la fin des années soixante. À notre première rencontre, il me détailla minutieusement l'engin, s'arrêtant longuement sur son moteur de cent soixante-quinze centimètres cube et sur le phare avant en forme de trapèze, qui avait la particularité d'être placé sur le capot et pas sur le garde-boue.

Le problème des commissions en compagnie de grand-père était que les gens qu'il fréquentait interprétaient ses silences comme une capacité d'écoute illimitée, et qu'en allant simplement acheter le pain chez Rosa, pour donner un seul exemple, on s'exposait à un déluge verbal, où l'on passait de l'organisation du ramassage des déchets à l'augmentation du prix des tablettes de bouillon. Je m'aperçus qu'on prenait peut-être grand-père pour une espèce d'ermite toqué, mais, comme cela arrive dans ce genre de cas, chacun projetait sur lui des parties cachées de lui-même. C'était peut-être à cause de sa folie présumée (on peut toujours démentir un fou) ou par besoin d'une oreille qui ne juge pas, mais ceux qui se moquaient de lui dans son dos et roulaient les yeux sur son passage étaient les premiers à se confier furtivement, en quête de réponses que bien sûr grand-père ne possédait pas.

Je préférais ses promenades. Un matin, le voyant sortir tôt, je l'avais suivi et il ne m'avait pas chassé. Il n'avait jamais de but précis – du moins me semblait-il – mais son centre de gravitation était le lac. Nous finissions presque toujours par en faire le tour. Un jour nous nous étions assis sur un rocher, près de la rive.

« J'ai habité là pendant plus d'un an », dit-il en me montrant l'eau.

Je haussai les sourcils.

« Le lac a tout submergé quand ils ont construit le barrage.

– Tu veux dire qu'il y a une maison sous l'eau ?

– Plusieurs. Celle de Iole et Maria aussi a été engloutie.

– De qui ?

– Deux fillettes que je connaissais. J'étais plus petit que toi. »

Je me suis retourné en inclinant la tête : « Tu te moques de moi.

– C'était pendant la guerre. J'avais un oncle dans la

Résistance. Il nous avait procuré de faux papiers pour quitter Gênes et venir ici. Ce fut notre salut.
– Parce que vous étiez juifs ?
– Oui.
– Moi je ne suis pas juif ?
– Non. Ta grand-mère était une goy.
– C'est-à-dire ?
– Elle n'était pas juive. On est juif par la mère. Elle ne l'était pas. Ta mère ne l'est pas. Tu ne l'es pas. »
Pendant ce temps, je scrutais l'eau dans l'espoir de découvrir les ruines de la maison où avait vécu grand-père.
« Je ne t'ai jamais vu prier, dis-je.
– Non, tu ne m'as jamais vu prier.
– Mes autres grands-parents vont à la messe.
– Et toi ?
– Oui, avec eux. Après je reste au patronage du père Luciano.
– C'est bien.
– Ça arrive qu'on voie la maison ? » Je désignai le lac.
« Non.
– Et s'ils vident le barrage ?
– Ça n'est jamais arrivé depuis que je suis ici, répondit-il en sortant son tabac et en bourrant sa pipe. J'aimerais bien la voir. »
Il aurait aimé la voir. Pas moi. C'est-à-dire que je n'aurais pas aimé voir ma maison en ruines, rongée par l'eau, noyée dans la boue – la sienne, si, volontiers. Ma curiosité de préado se nourrissait des drames des autres. J'éprouvais une peur mêlée d'excitation à la pensée d'événements macabres auxquels je pouvais tourner le dos en riant et de fantômes devant lesquels je pouvais fermer les yeux, parce que ce n'étaient pas les miens.

Pas dur d'être courageux devant les ruines d'une vie brisée qui n'est pas la vôtre et les ombres de personnes que vous n'avez pas connues.

« Je ne me suis jamais senti autant à l'abri que dans cette maison. Je n'aurais jamais dû la quitter. »

Je ramenai un galet plat et le lançai à ras de l'eau.

« On ne fait pas toujours ce qu'on veut quand on est petit », dis-je.

Puis une habitude agréable s'instaura le soir entre grand-père et moi, qui consistait à inventer des univers. Pendant la journée, je passais des heures épiques avec Luna et Isaac à jouer et nous chamailler. Au crépuscule, assis sur le canapé ou dehors en tailleur dans l'herbe sur une couverture de laine pour me défendre de l'humidité du sol, j'écoutais cet homme inquiet tisser des mondes et, emporté par sa voix, je les complétais et les redéfinissais dans ma tête. La méfiance qui nous avait tenus à distance pendant près d'un mois s'assouplissait, laissant affleurer la fascination de la découverte.

Il arriva qu'un soir – plus fatigué qu'à l'ordinaire, je m'étais blotti dans le canapé, tandis que la lumière de la lune baignait les prés –, je le priai de bien vouloir lire à voix haute. Papa le faisait souvent. Sans dire ni oui ni non, il prit la nouvelle d'Hemingway qu'il avait commencée le soir de l'orage. Je le laissai aller jusqu'au bout, même si je ne compris pas grand-chose à ces conversations qui n'en finissaient plus sur le métier de barman, la propreté, la luminosité, etc. Mais comme nous étions dans le sujet, je lui demandai où il aurait aimé vivre s'il avait pu choisir. Y compris si c'était un lieu inventé.

Je ne pensais pas qu'il me prendrait au sérieux. J'étais persuadé qu'il s'en tirerait avec une banalité, en adulte qui accepte de jouer le jeu pour favoriser les rêveries de l'enfant, pas pour donner libre cours aux siennes. Mais il répondit : « Sur l'île de Robinson Crusoé. Tu sais où elle est ?

– Nulle part. C'est un endroit inventé.

– Elle se trouve à vingt lieues des côtes vénézuéliennes, près du delta de l'Orénoque. Les collines de l'arrière-pays sont coupées par une vallée. Fertile. Tout autour s'étendent des plages. Des plages à n'en plus finir. Sur la côte nord-est, l'embouchure d'un petit fleuve forme un port naturel. On y trouve des chèvres, et surtout une grande variété d'oiseaux. » Il sirotait un digestif aux herbes dans un verre incrusté de filets argentés. Et fumait tout en buvant. Je me perdis dans les nuages de sa voix. « Des perroquets, des faucons, des tatous. Des tortues aussi. Et des lièvres. Le climat n'est pas terrible : de la pluie de mi-février à avril et de mi-août à octobre, le reste de l'année du soleil, un soleil de plomb. Mais quand tombe le soir, à la saison sèche, on peut s'allonger dans un hamac, chercher dans le ciel les étoiles les plus lumineuses et attendre qu'elles se détachent et tombent dans la mer. C'est un endroit où l'on ne s'ennuie pas, je suppose, ajouta-t-il. Sais-tu quelle a été la chance de Robinson ?

– Non. C'était quoi ?

– Il savait faire marcher sa cervelle. Et utiliser ses mains, dit-il en me montrant les siennes. Travailler le bois, les feuilles et la pierre.

– Je ne serais même pas capable d'allumer un feu.

– Enfant, j'aimais les matériaux. Tout peut se transformer. »

Ces divagations du soir devinrent un heureux rituel. Grand-père évoquait des océans et des montagnes,

décrivant avec minutie la Terre du Milieu et la forêt
Noire, Rohan et Gondor, Narnia et Térabithia, l'île de
Mompracem et les Grottes Froides, le pays des Hou-
yhnhnm et Camelot. Je pense qu'il inventait tout, que
seuls les noms restaient attachés au souvenir de ses lectures de jeunesse. Ou peut-être pas. Peu importe. Le fait
est que la nuit m'accueillait ensuite avec une grâce sur-
prenante, mes rêves se peuplaient d'images changeantes
qui à l'aube s'évanouissaient sur les murs. Et alors, ayant
ouvert les yeux et évacué la torpeur de mes bras et de
mes épaules, je sautais du lit avec enthousiasme.

Il arrivait souvent que le lendemain, j'embarque Isaac
et Luna dans des périples imaginaires inspirés par les
lieux que grand-père avait évoqués la veille. L'exploration méticuleuse de Colle Ferro et de ses environs était
devenue une mission primordiale, qui nous emmenait
dans des excursions imprévues, des repérages de civili-
sations anciennes enfouies sous la mousse et de longues
baignades dans le lac qui, pour nous, depuis le récit des
maisons englouties, avait changé de forme, de nature
et d'importance. Ce n'était plus une banale réserve
hydrique, mais le réceptacle d'événements inexplicables.
Les rides sur l'eau révélaient la présence d'énergies mag-
matiques, son miroitement celle d'êtres obscurs. Nous
plongions à tour de rôle, le masque du père de Luna plaqué sur le visage, dans l'espoir de découvrir les ruines.
Mais on ne voyait rien.

La veille de Noël 1968, les astronautes américains
Frank Borman, Bill Anders et James Lovell planaient
dans l'espace. Les premiers hommes à quitter l'orbite
terrestre, les premiers hommes à tourner autour de la
Lune et à découvrir sa face cachée. Ils étaient concentrés

sur cet aspect : sa face cachée. Pendant trois tours en orbite, ils observèrent la superficie lunaire à travers les hublots de la capsule, pensant trouver Dieu sait quoi, mais la vraie surprise était à venir. Au quatrième tour, le magnétophone de bord enregistra cette phrase du commandant Borman : « Mon Dieu, regardez là-bas. »

Partis chercher la Lune, ils venaient de trouver la Terre. Pour la première fois, un homme la voyait se lever. Les trois astronautes eurent le temps de prendre quelques photos : l'une d'elles est le cliché historique d'aube terrestre de Bill Anders.

Il en va ainsi parfois. Comme en cette fin d'après-midi d'un des derniers jours de juillet où l'un des trois papis du banc s'affaissa, laissant tout juste aux deux autres le temps d'amortir sa chute pour qu'il n'aille pas taper de la tête contre le ciment. Mais il était déjà mort. Un infarctus. C'était celui qui soulevait son chapeau pour me dire bonjour. Il venait d'acheter son pain chez Mme Rosa. Son sac s'était renversé, les gressins et les petites miches avaient roulé dans la poussière. On appela une ambulance qui arriva aussitôt, mais il n'y avait plus rien à faire, sinon constater le décès. Il était veuf depuis dix ans. Son voisin se proposa pour avertir ses enfants. Il trouva leurs numéros sur un papier accroché dans la cuisine, au-dessus du téléphone : l'un vivait à Londres, l'autre à Brescia.

Notre trio revenait de cueillir des mûres et des framboises et arrivait sur la place. Le corps avait été évacué à l'instant, l'air résonnait encore du hurlement de la sirène. On apprit l'événement par Mme Rosa qui, nous voyant de retour, avait accouru à notre rencontre, bouleversée, sanglée dans son tablier amarante comme pour se protéger d'un vent inexistant.

Luna porta la main à sa bouche.

« Dire qu'un jour je lui avais piqué son chapeau, raconta Isaac. Il fallait le voir chercher partout, il en perdait la boule. » Il ajouta : « Je suis vraiment un petit con.

– Il sortait de mon magasin, dit Rosa. Je lui avais gardé des gressins, il en raffolait.

– Alors c'est la faute des gressins », soupira Isaac.

Luna lui flanqua un coup de coude, mais sa tante n'avait pas entendu. Elle était absorbée dans des réflexions qui voilaient son regard : « On ne s'attend pas à ce que les gens partent de cette façon. Vous voilà qui saluez votre client après une conversation ni plus bête ni plus intelligente qu'une autre, vous avez commenté un fait divers sans intérêt et pris un café que pour sa part il a trop sucré, et ce sera la dernière fois que vous le voyez. » Les yeux de Rosa, déjà grands en temps normal, étaient devenus immenses : des yeux de voyante. « Mais comment penser que chaque fois qu'on voit quelqu'un, ce pourrait aussi être la dernière ? » Elle sortit son mouchoir de sa poche, essuya ses joues, nous dévisagea. Puis elle leva les yeux au ciel. « Mais qu'est-ce que je raconte ? Et à qui ? Je ne suis qu'une vieille radoteuse. Il faut m'excuser. » Elle se hâta de partir en retenant ses larmes.

L'enterrement eut lieu deux jours plus tard. Je découvris à cette occasion que le papi s'appelait Anselmo. Tout Colle Ferro était là, grand-père compris. Mais il resta à l'écart, caché dans la pénombre de la chapelle. On l'aurait à peine vu si le col blanc de sa chemise n'avait accroché la lumière qui tombait par les vitraux du transept. La voix poussiéreuse du curé récitait la liturgie et moi, assis sur un prie-Dieu de confessionnal, j'en grappillais un mot sur cinq, jusqu'au moment où un passage de l'homélie attira mon attention.

« Il n'y a pas un début et une fin, expliquait le prêtre, mais l'agitation des molécules. Prenons l'eau. Elle s'évapore et donne les nuages, pour retourner ensuite à la terre sous forme de pluie. Avant d'arriver à la mer, elle peut se condenser et tomber des milliers de fois. Certaines molécules se volatilisent tout de suite, d'autres s'infiltrent dans le sol et s'insinuent entre les roches. L'eau est neige en hiver, brouillard le matin, pluie au printemps. Si elle devient grêle, elle abîme les fruits sur les arbres. Si elle est retenue par les feuilles, elle n'atteint pas le sol. Vous savez mieux que moi, bien chers frères, vous qui comme Anselmo avez habité ces lieux et en connaissez les légendes, que c'est à cela que pense l'esprit follet de la petite fille quand elle nage dans le lac et observe le village à fleur d'eau. Son esprit follet nage la brasse. Ses bras effectuent un mouvement latéral symétrique à la surface de l'eau, paumes tournées vers l'extérieur, tandis que ses jambes dessinent un cercle. Elle les tend et les ramène. Tendre les mains et les ramener, comme dans un geste de prière. Il n'existe pas de moment *juste* dans l'existence humaine. Sauf celui de mourir. Ainsi que la façon de le faire. »

Quand la petite foule eut quitté l'église, sur le chemin du retour, je demandai à grand-père s'il avait remarqué le sermon.

« Hérétique, déclara-t-il. J'ai apprécié.

– Il a parlé d'un esprit follet, une petite fille…

– Il s'agit d'une légende. Anselmo se passionnait pour ces histoires. On raconte qu'au moment du remplissage du bassin, une fillette qui habitait dans une des maisons s'était faufilée à l'intérieur pour récupérer une poupée oubliée pendant le déménagement et qu'elle n'avait pas eu le temps de ressortir.

– Elle s'est noyée ?

– Ce n'est qu'une histoire, Zeno. Ces vallées en regorgent.

– Grand-père Melo dit que toutes les légendes ont un fond de vérité. Sinon qui prendrait la peine d'inventer de telles absurdités ?

– Les fantômes n'existent pas, c'est sûr. Tu crois aux fantômes ?

– Moi ? Non. »

La voiture s'arrêta devant la maison sans soulever de poussière, pendant que grand-père étendait des pantalons à lui et des tee-shirts à moi sur les fils de nylon qu'il avait tendus entre deux crochets vissés à un poteau métallique fourchu. Une femme aux cheveux blancs en descendit, chargée de deux gros sacs en toile de jute. Par la vitre, elle remercia le conducteur et, après avoir jeté à la ronde un regard manifestement satisfait, en personne qui constate qu'il n'y a pas eu de dégâts en son absence, elle arrondit les lèvres en un sourire destiné à grand-père.

J'étais assis sur le banc. J'avais installé une feuille cartonnée sur une chaise dont j'avais ôté le coussin et mettais la dernière main à un geyser de gravats et de flammes en arrière-plan de Capitaine America. Je posai mon crayon. Grand-père en revanche continua à étendre la lessive. Mais il lui répondit avec un sourire qui implosait dans son regard.

« Si tu voulais bien me décharger des plats que je t'ai cuisinés, tu me rendrais service, l'ancien. » Puis elle me vit. Sa bouche s'arrondit de stupeur.

« Zeno. »

Je bondis au garde-à-vous.

Grand-père s'approcha d'elle et récupéra les sacs.
« Tu es enfin revenue.

– Note, l'ancien, que ç'a été l'affaire de quelques mois,
pas plus. » Elle lui tapota l'épaule. « Et toi ? dit-elle en
s'adressant à moi. D'où sors-tu ? Viens un peu par là… »

Sans avoir eu le temps de dire ni quoi ni qu'est-ce, je
me retrouvai pressé entre ses bras moelleux. Je réfléchis
que si elle était aussi amie avec grand-père, elle avait dû
voir mes photos exposées dans la maison. Elle passa ses
doigts dans mes cheveux pour les ramener derrière mes
oreilles, souleva mon menton pour détecter des ressem-
blances.

« Tu as les yeux de ton grand-père.

– Vous croyez ?

– Tu peux me tutoyer. Je m'appelle Iole.

– Tu crois ? »

Elle recula d'un pas, cherchant à saisir ma personne
dans son entier, comme si elle voulait faire mon portrait.

« Je veux tout savoir. »

La voix de grand-père arriva par la fenêtre ouverte.
« Entrez, comme ça on passe à table et je t'explique. »

Il lui fallut le repas pour résumer l'hospitalisation en
urgence de papa et le refus de la clinique de m'héberger,
mais entre ses mots se formaient comme des vides, des
embolies qu'il résorberait en mon absence. Des choses
qu'il ne voulait pas que j'entende.

Iole devint une présence régulière. Elle avait une maison au village, mais à l'heure du déjeuner, je la voyais
sortir du virage avec ponctualité, chargée d'un gratin de
pommes de terre, d'un feuilleté de blettes, d'une tarte
aux pommes et aux pignons. Grand-père et elle s'iso-

laient souvent pour bavarder. Après avoir débarrassé la table et lavé la vaisselle, ils s'asseyaient sur le seuil et contemplaient immobiles la vallée devant eux. Les promenades aussi étaient devenues leur affaire. Je ne les accompagnais pas. Ils partageaient une intimité où je ne voulais pas m'immiscer.

Quand Iole me rencontrait au village, elle me réquisitionnait pour des tâches domestiques, me demandant si je voulais bien monter sur l'escabeau à sa place pour attraper une boîte sur l'étagère en haut de l'armoire ou me baisser pour vérifier que la clé qu'elle cherchait n'avait pas atterri sous le canapé, car son mal de dos ne lui permettait rien de plus sophistiqué que la station debout. Un soir, elle me demanda de l'aider pour le pain. Elle disait toujours que grand-père préférait son pain complet à celui de Rosa – affirmation teintée d'une satisfaction visible – et que ce serait bien que j'apprenne à le faire. En dépit de la profession familiale, mon intérêt pour la cuisine était inexistant et jamais, je dis bien jamais, je ne me serais imaginé préparant du pain complet pour grand-père, mais je n'eus pas le courage de le lui avouer et j'acceptai.

Pendant qu'on pétrissait les petites miches, avec la radio en fond sonore, elle me raconta son enfance et la période que grand-père avait vécue à Colle Ferro, entre 1943 et 1945. Elle me raconta qu'ils jouaient dans les fougères à imaginer une maison de riches, qu'ils allaient garder les bêtes avec sa sœur aînée au-dessus de Servo et qu'elle avait appris à grand-père à traire les chèvres. Elle me raconta aussi le jour où il était venu lancer des graviers contre sa fenêtre pour l'emmener voir les avions au Monticello – je me mordis la langue pour ne pas lâcher une exclamation en entendant ce nom – et cet autre jour où, les Allemands ayant emmené son père et mon arrière-grand-père, ce dernier avait été sauvé par grand-père et son frère qui l'avaient troqué contre une cartouche de cigarettes. Son père à elle n'était jamais revenu.

Iole se tourna et s'essuya les yeux.

Je cessai de pétrir.

« Grand-père a un frère ? demandai-je.

– Il en avait un. Il n'est plus de ce monde. »

Elle prit une poignée de graines de lin qui trempaient dans un bol et les ajouta à ma pâte et à la sienne. On travailla à les incorporer.

« Tu as connu ma grand-mère ?

– Oui.

– Comment était-elle ?

– C'était une femme extraordinaire. Gaie, pleine d'esprit, intelligente.

– Iole...

– Oui.

– Non, rien.

– Dis-moi.

– Ça n'a pas d'importance.

– Zeno...

– Pourquoi ils se sont disputés ? demandai-je en me concentrant sur la répartition des graines de lin dans ma boule de pâte. Je veux dire grand-père et maman. »

Iole s'éloigna pour allumer le four, manipula les boutons. « Je ne crois pas que ce soit à moi de t'en parler. Tu devrais le leur demander.

– Certaines questions sont difficiles à poser.

– Certaines réponses sont difficiles à donner. Et parfois, Zeno, elles n'existent pas.

– Mais les adultes doivent les trouver. C'est leur responsabilité.

– Qui te l'a dit ?

– Le père Luciano.

– Le père Luciano va vite en besogne, mon petit ami.

– À grand pouvoir, grandes responsabilités.

– Pareil ?

– Quoi ?

– Toujours le père Luciano ?

– Non. Spiderman. »

Quelques jours plus tard, je remarquai sur le banc les deux papis restants. Je ne les avais pas revus depuis le jour de l'enterrement. L'un portait le chapeau d'Anselmo. Je m'approchai pour leur dire que j'étais désolé de la mort de leur ami.

« Merci, répondit le papi au journal.

– Tu es très gentil », ajouta l'autre en ôtant son chapeau.

Je restai bavarder avec eux. Ils me racontèrent qu'au printemps, avant la guerre, Anselmo et eux allaient apprendre leurs leçons dans les bois et que l'hiver ils faisaient leurs devoirs ensemble près du poêle. Ils racontèrent que sa famille et lui avaient déménagé dans une maison sans électricité et qu'il avait une passion pour les lampes à carbure ; qu'au début de la guerre, avec l'arrivée des réfugiés, les parents de l'un d'eux avaient laissé leur maison à des juifs et qu'il avait habité chez Anselmo avec ses oncles et un cousin de son père qui était architecte ; qu'ils s'étaient cachés dans la forêt par peur d'une rafle et qu'ils avaient dû leur salut au brouillard ; que les Allemands avaient capturé les hommes du village ; qu'une fois ils étaient allés à Plaisance en train sans payer leur billet, jambes pendantes à l'extérieur et qu'il y avait des guérites de garde-frein, parce qu'on freinait certains wagons à la main ; qu'Anselmo avait organisé une fête au village pour rencontrer des jeunes filles et qu'en effet il en avait rencontré une et l'avait épousée.

Plus ils parlaient, plus leurs yeux brillaient.

Luna et Isaac arrivés entre-temps s'étaient assis pour écouter.

« Va savoir où il est maintenant, soupira le papi au journal.

– Nulle part, répondit celui qui portait le chapeau d'Anselmo.

– Tu crois ? Pas moi. Ce serait trop facile de s'en tirer à si bon compte, avec tous les dégâts que nous commettons dans l'existence.

– Le mieux serait de ne pas mourir, dit Isaac.

– Le mieux serait de ressusciter, dis-je.

– Comme Notre Seigneur ? dit le papi au chapeau.

– Non, comme Phénix plutôt. Ou Jason Todd. Jésus a peut-être ressuscité, mais personne ne l'a revu. Moi, je veux voir les gens.

– C'est la Fontaine de Vie qu'il faudrait. Si cette histoire que racontait Anselmo pouvait être vraie.

– Quelle histoire ?

– Une vieille histoire. Par ici, les imaginations vont bon train. » Sa bouche se plissa en une esquisse de sourire. « Les grottes à la sortie du village recèleraient une source dont l'eau serait une panacée.

– Si c'était vrai, ils auraient installé une usine, dit le papi au chapeau.

– En attendant, observa Isaac, personne n'a jamais eu la curiosité de vérifier.

– Mon père y est allé une fois avec mon oncle Alessandro, intervint Luna qui s'était tue jusque-là, au point que nous l'avions oubliée.

– Ah oui ?

– Avec son club spéléo.

– Ils ont trouvé quoi ? »

Elle haussa les épaules.

« Les Turcs aussi ont marché un nombre incalculable de fois sur les vestiges de Troie sans le savoir, dis-je. Pour finir, c'est ce type qui les a découverts.

– Quel type ?

– Un archéologue, répondis-je. Je ne me souviens plus de son nom. »

Quand le père de Luna rentra ce soir-là, on tenta par tous les moyens de le convaincre de nous emmener dans les grottes, mais il fut intraitable.

« Non non, pas question, c'est trop dangereux. D'ailleurs on devrait en condamner l'accès. Alessandro a écrit en ce sens au préfet et au maire. Un jour ou l'autre, quelqu'un s'amusera à y pénétrer, et alors vous verrez. »

J'étais sur la place quand passa la voiture de maman.

Un homme engoncé dans une combinaison de protection et armé d'un pulvérisateur débarrassait une avancée de toit d'un nid de frelons, tandis que le papi au chapeau d'Anselmo et le papi au journal racontaient qu'après la guerre ils avaient connu un vagabond qui capturait les frelons et les attachait avec un fil et qu'après ils volaient docilement autour de lui.

Je courus derrière notre voiture. Quand j'arrivai à la maison, maman était déjà entrée, Iole lui servait le café. De son côté, grand-père réparait un gros pot en terre cuite que les racines du yucca avaient cassé en trois morceaux. Il ne jetait jamais rien : il réparait ou recyclait tout ce qui pouvait l'être.

« Alors ? » demandai-je en franchissant la porte comme une furie.

Jusque-là les visites de maman n'avaient guère apporté de nouvelles particulières, l'hospitalisation de papa était figée dans un calme plat fastidieux, dont soins et examens constituaient la routine, mais j'espérais chaque fois qu'il y aurait du neuf.

« Bonjour, dit-elle. Un bisou d'abord ? »

Je l'embrassais en hâte. « Comment va papa ?

— Tss-tss, la curiosité est un vilain défaut », commenta Iole en servant les biscuits au gingembre qu'elle venait de sortir du four.

Maman leva les mains. « Ça te dirait de venir à Gênes avec moi aujourd'hui ?

— Aujourd'hui ?

— J'ai trouvé une jolie chambre d'hôtes près de la clinique. J'ai réservé pour toute la semaine.

— Toute la semaine ?

— Je me suis dit que tu aimerais aller à l'aquarium. On pourrait aussi se baigner et...

— Je pourrai voir papa ?

— Bien sûr, tu pourras aller voir papa. »

J'écartai les bras pour contenir ma joie, mais elle débordait. « Je monte préparer mon sac », dis-je en m'élançant à l'étage.

On partit sur-le-champ.

C'étaient trois chambres d'hôtes avec salle de bains, air conditionné et balcon donnant sur une petite place, dont le centre était occupé par un grand cyprès et l'angle près de la descente par la terrasse d'un salon de thé. La propriétaire, une dame vaporeuse qui faisait beaucoup moins que son âge, avait baptisé ses chambres du titre de trois albums d'Ivano Fossati : *Discanto*, *Lindbergh* et *Macramè*. Le dépliant à l'accueil précisait qu'on était idéalement situé pour visiter Gênes, Portofino, Camogli et les villages des Cinq Terres et qu'on y trouverait un petit déjeuner à base de produits locaux : fougasse, *ciambelle*, gâteau au chocolat, biscottes du Lagaccio. Il ne mentionnait pas la clinique Marescotti où papa était hospitalisé, mais sa présence était obsédante. Même si on ne la voyait ni du balcon ni des fenêtres, je savais qu'elle était là, dehors, au-delà du cyprès, de la terrasse du salon de thé et des deux immeubles de sept étages qui bouchaient une partie de la vue sur la colline. J'aurais voulu aller voir papa tout de suite. Rien d'autre ne m'importait : ni l'aquarium, ni la plage, ni à plus forte raison les fougasses, *ciambelle* et villages des Cinq Terres ou d'ailleurs.

Mais ce n'était pas possible. La visite fut pour le lendemain. Nous entrâmes dans la cour de la clinique par un matin d'été éblouissant. Il soufflait un vent léger, mais persistant, qui semblait balayer à lui seul toutes les pollutions de l'atmosphère, fumées, poussières, bactéries et virus. Un vent purificateur. C'est pourquoi, en découvrant mon père à travers la vitre de la salle d'attente où se reflétait le vert fulgurant des arbres, j'eus l'impression d'une bavure sur un dessin. Il m'aperçut, comme moi je l'avais vu, et le sourire qui illumina son visage fut le plus heureux et le plus faible que je lui aie jamais connu. On s'embrassa au milieu des fauteuils de cuir bleu et des tables basses encombrées de magazines, puis on sortit dans la cour. Il était fatigué. Il repéra tout de

247

suite parmi les allées et les haies un banc où se reposer. Il s'informa de mon été, de grand-père.

Je lui répondis que je m'habituais. L'endroit était beau, mais étrange. Je lui parlai de Luna et Isaac. Je lui racontai le lac, le hameau submergé, le Monticello et les grottes. Je lui décrivis la maison, chaque pierre, chaque appui de fenêtre, chaque clou. Je partageai avec lui les histoires et les gens, Mme Rosa et l'esprit follet de la petite fille. Mais je passai sous silence l'épisode de ma presque noyade, ainsi que celui de la mort d'Anselmo. Je dessinai une carte du village sur le gravier de la cour : la place, le barrage, les routes. Le son de ma voix était l'antidote pour la peur. Puis vint le moment où j'avais épuisé les moindres détails. Je lui offris le dessin de Phénix que j'avais fait en pensant à lui. Il m'assura qu'il l'accrocherait dans sa chambre, au-dessus de son lit. Maman était partie acheter une barquette de glace.

« Tu as encore ton méchant crapaud ?

– Quel méchant crapaud ?

– Maman appelle ta maladie le méchant crapaud. »

Il sourit. « C'est bien trouvé.

– Tu l'as encore ?

– Oui. Mais on me soigne.

– Et ça fait mal quand on te soigne ?

– Non. Enfin, je suis souvent fatigué. Comme aujourd'hui, tu vois. Il y a des moments où j'ai la nausée. On me fait beaucoup de piqûres, mais il y a un infirmier, tu verrais : il vous pique son bonhomme sans qu'on s'aperçoive de rien. »

Son hâle avait complètement disparu, ainsi que le sel qui, pendant des années de soleil et de mer, s'était accumulé sur sa peau et sédimenté en une patine brune, sans laquelle je ne me souvenais pas l'avoir vu et dont je connaissais même le goût, car, petit, quand on jouait à la bagarre, je lui mordais les bras et les mollets. Cette peau transparente, ces cernes, ce réseau de veines étaient les traces d'une autre existence qui n'était pas la sienne, qui n'était pas lui.

Maman revint avec une glace malaga et vanille. On la mangea en piochant tous les trois dans la barquette. Papa revigoré évoqua le goutte-à-goutte sur le ton de la boutade et on causa transfusions pire qu'un trio de vampires. On fit de l'humour sur les hôpitaux siciliens, même s'il n'y avait pas de quoi rire. On discuta de foot et des joueurs que le club de Palerme aurait dû acheter. Il me semblait que la matinée passant, papa se reprenait, qu'il avait meilleure mine qu'à neuf heures trente, quand je l'avais surpris à travers la vitre de la salle d'attente. Je le lui fis remarquer. Il prit maman dans ses bras et dit : « C'est elle mon seul vrai médecin. » Et il l'embrassa sur la tempe, près de l'œil.

J'eus soudain un grand coup de tristesse. Cette affirmation me faisait d'autant plus de peine qu'elle me prenait par surprise. Sur le moment, je ne compris pas ce qui se passait. Ce fut évident après. Moi aussi je voulais être *son* médecin. Je les observais et au lieu de me réjouir de leur harmonie, de leur amour – j'en ai un souvenir physique –, je me sentais spectateur d'une bataille où j'aurais voulu être en première ligne, mais d'où on m'avait exclu. J'aurais voulu me jeter dans la mêlée avec eux. Nous trois : Mister Fantastic, la Femme Invisible et Franklin Richards, leur fils, unis dans la lutte contre le Méchant Crapaud. Surtout qu'étant Franklin Richards, fils de deux super-héros para-humains, j'étais doté a priori de super-pouvoirs, en particulier de télépathie, de télékinésie et de la capacité d'altérer la réalité.

J'aurais donc pu être du plus grand secours. Mais voilà :
le médecin de mon père, c'était elle.

Le lendemain, on alla visiter l'aquarium. J'étais distrait. Les gens se pressaient devant les requins ou les
poissons tropicaux. Je ne réussis à quitter le sentier
poussiéreux de mes pensées que devant le bassin violet
où flottaient les méduses. Elles évoluaient, translucides,
avec une extrême lenteur, comme si le monde autour
d'elles n'existait pas. Il n'y avait qu'elles. Et c'était juste
ainsi. Elles pleuvaient d'en haut, affleuraient d'en bas,
dessinant des trajectoires linéaires, paisibles. Elles ne
ressemblaient pas à celles qui infestaient la mer à Capo
Galilea. C'étaient des créatures d'une autre planète.

Maman m'entoura de ses bras par-derrière, m'étrei-
gnant la poitrine.

« Elles sont belles, hein ?

– Super ! On peut en mettre chez soi ?

– Je ne crois pas.

– Tu imagines dans notre salon ?

– J'imagine.

– Ou au restaurant. Tout le monde viendrait les voir.

– Ça se mange.

– Sans blague ?

– Si, frites. Une recette chinoise ou thaïlandaise, je
ne sais plus. »

Après un crochet par la chambre d'hôtes, l'après-midi
nous ramena à la clinique. Papa était en forme. On sortit
dans le parc pour une longue promenade. Je rencontrai
un garçon de mon âge, le fils d'un médecin, avec son
ballon. On improvisa un mini-match entre deux bancs.
De temps en temps, le ballon roulait vers papa qui nous
observait, appuyé contre une fontaine et le relançait en
le frappant du dessus du pied. Je me souviens que les

gens parlaient à voix basse. Comme si le bruit risquait d'aggraver l'état des malades. Des voix plus fortes nous attirèrent derrière les arbres. Une femme s'était évanouie. On la ranimait.

« Venez, on ne reste pas là », dit maman, qui achevait une conversation au téléphone.

On rebroussa chemin vers la salle d'attente, il était temps de prendre congé.

Maman dit : « Il y a une surprise, Zeno, demain on va à l'aéroport.

– Pourquoi ?

– Tes grands-parents arrivent demain matin. Et l'après-midi, ce sera oncle Bruno.

– Mes grands-parents ? Oncle Bruno ? Grand-mère va monter dans un avion ? »

Maman et papa éclatèrent de rire en chœur.

« Il semblerait...

– Sérieux ? Grand-mère va prendre l'avion ?

– On va demander à la clinique une chambre pour elle », proposa papa.

Il faut dire que grand-mère Giovanna n'avait jamais voyagé par les airs de sa vie. Mieux. Elle n'avait pour ainsi dire jamais franchi les limites de la commune de Capo Galilea. Son restaurant était sa vie et, comme elle disait souvent : « Le monde s'est toujours déplacé pour venir chez nous. Je ne vois pas pourquoi on inverserait les rôles. » Grand-père, lui, voyageait : foires, marchés, fêtes de village. Elle ne l'avait jamais suivi, certes parce qu'elle devait s'occuper de la maison et du restaurant – pendant des années ils n'avaient fermé que le jour de Noël et le premier janvier – mais aussi parce qu'elle redoutait les catastrophes toujours possibles. Bref, la nouvelle de son arrivée imminente à Gênes – en avion qui plus est – était le scoop du jour. Avant de se quitter, on s'amusa à imaginer les quiproquos possibles à l'enregistrement ou avec l'hôtesse, l'étonnement de grand-mère pendant le vol, sa main serrant celle de son mari dans cette chaleur intime et protectrice qui depuis cinquante ans émanait de leur amour.

Leur avion avait quarante minutes de retard. On but un cappuccino au bar, accompagné d'un croissant pour moi. Maman s'acheta un magazine et m'offrit le dernier *Nathan Never*. Installés à une table, je m'enfonçai dans les souterrains urbanisés de la Ville Est, tandis que, son journal sur les genoux, maman se perdait dans une contemplation intérieure. Notre silence dura pendant un laps de temps que je ne saurais mesurer, puis soudain elle annonça :

« Tes grands-parents et ton oncle viennent pour la greffe. »

Je relevai le nez.

« Quelle greffe ?

– La greffe de moelle pour ton père. »

Je refermai mon *Nathan Never*.

« C'est quoi la moelle ?

– C'est un tissu dans nos os, qui régule la production des cellules du sang. Mais tout le monde n'a pas la même moelle. Heureusement celle d'oncle Bruno est compatible.

– La mienne ne pourrait pas être meilleure ? Je suis son fils. »

Maman sourit. Elle me prit la main par-dessus la table.

« Sacré petit bonhomme.

– Alors ?

252

– Non. Parents et enfants ne sont presque jamais compatibles. Parce que tu es son fils, mais aussi le mien.
– Je ne comprends pas.
– Je vois, soupira-t-elle. Moi non plus. Donc mieux vaut avoir confiance. »

Se retrouver tous ensemble – mes grands-parents, mon oncle que je n'avais pas vu depuis trois ans et nous –, c'était étrange et merveilleux. Étrange, parce qu'évidemment il s'agissait bien de nous, mais que les lieux étaient étrangers. Chacun se déplaçait dans Gênes avec sa lenteur particulière, freiné par l'absence de familiarité avec les rues, les maisons et les magasins. Heureusement, il y avait la mer. Le soir, nous la cherchions des yeux et des narines. Nous savions que quelque part tout au sud se trouvait notre maison. Mes grands-parents avaient fermé le *Mare Montelusa* pour dix jours, en scotchant sur la porte d'entrée l'avertissement de rigueur rédigé à la main. Ils n'avaient fait exception que pour le buffet de noces de la fille d'un ami, qui devait se marier ce dimanche-là, et avaient donné leurs instructions aux trois employés, le second de cuisine et leurs deux serveurs de confiance, que pour cette occasion mes grands-parents avaient autorisés à embaucher des amis si nécessaire. Ils avaient accepté de déléguer, « parce qu'il s'agit d'un simple buffet », précisa grand-mère. Notre sentiment d'étrangeté venait aussi de la présence constante, mais invisible, de papa parmi nous, quand on se promenait dans les ruelles du vieux Gênes, qu'on mangeait de la fougasse serrés sur un banc ou qu'on se disait bonsoir en précisant les rendez-vous du lendemain : notre heure de départ, notre programme. En même temps, c'était merveilleux, parce que cela signifiait que certaines choses n'avaient pas changé : nos existences gardaient une continuité.

Maman avait réservé les autres chambres pour mes grands-parents et oncle Bruno. Nous occupions la chambre *Lindbergh*, eux *Macramè*, mon oncle *Discanto*.

Le lendemain de leur arrivée, on alla tous voir papa. Qui hélas n'était pas en grande forme.

En découvrant son fils, grand-mère eut les yeux brillants. Elle murmura : « Excusez-moi, je vais aux toilettes. » Grand-père informa aussitôt papa des dernières nouvelles du restaurant, du nombre de clients, d'un changement de fournisseur. Il confiait au quotidien le soin de renverser les murs de la clinique. Ses paroles créaient sous nos yeux un diaporama de Capo Galilea. Mon oncle nous montra des photos de mes cousines, de sa femme et de leur nouvelle maison, une petite villa dans la banlieue de Melbourne. Maman proposa qu'on fasse un petit tour, mais papa manquait de ressort pour sortir.

« Excusez-moi », dit-il.

La télévision était allumée sur une course cycliste. On se laissa bercer par la monotonie des images, jusqu'au moment où grand-père Melo proposa d'aller acheter des glaces pour tout le monde. Maman applaudit à l'idée et me pria de l'accompagner à notre glacier habituel, qui les faisait particulièrement bonnes.

L'asphalte des rues dégageait une chaleur humide, qui vous prenait aux jambes. Deux garçons en rollers exécutaient des figures sur une petite place, se poursuivant et sautant sur les bancs dans un fracas de plastique et de bois. Les buttes et mon vélo abandonné au garage me revinrent en mémoire. Je pensai aux manèges qui, la semaine du quinze août, s'installaient sur le terrain de foot du patronage : j'avais un record à battre au jeu de massacre avec Michele et Salvo. La démarche alourdie par la chaleur, je songeai pour la première fois avec nostalgie à Colle Ferro, dont la fraîcheur, le soir venu, séchait la transpiration.

« Alors comment est-il ? demanda grand-père Melo.

– Qui ça ?

– Ton autre grand-père.

– Tu étais au courant ?

– De quoi ? De son existence ? Tu plaisantes ! »

Je soufflai par les narines.

« Manifestement j'étais le seul à n'en rien savoir.

– Les personnes importantes sont celles avec qui tu grandis, répondit-il. Les fantômes ne comptent pas.

– Ce n'est pas un fantôme. » Je m'aperçus que j'avais élevé la voix.

« Je ne voulais pas t'offenser.

– Ce n'est pas moi que tu as offensé.

– Je ne voulais pas l'offenser non plus. Mais il reste ce qu'il est.

– À savoir ? »

Grand-père Melo réfléchit longtemps avant de parler. Il était beaucoup plus âgé que grand-père Simone. Ses yeux enfoncés dans des poches couleur prune étaient voilés et tachés comme un pare-brise après une traversée de gué. Je désignai la pâtisserie où l'on vendait les glaces maison. Sa terrasse était déserte. Balayée par des vagues de chaleur.

« Un homme en fuite, reprit-il. Pour ce que j'en sais et qui coïncide avec ce qu'Agata m'a raconté, son père n'a jamais cessé de fuir. Au point de se volatiliser, nous a-t-elle confié un jour. Ce qui fait de lui un fantôme à mes yeux. Tu es sûr de ne pas vouloir rentrer à Capo Galilea avec nous ? »

Nous y étions. Étais-je sûr de ne pas vouloir rentrer à Capo Galilea avec eux ?

« Je reste ici, répondis-je.

– Comme tu préfères.

– Il sait plein de trucs, tu sais.

– Par exemple ?

– Il connaît des centaines d'endroits fantastiques.

– Dans le coin où il habite ?

– Non. Pas là où il habite. Des îles mystérieuses, des planètes, des jungles. »

Grand-père Melo n'eut pas le temps de répliquer, parce que nous étions entrés dans la pâtisserie et que, de l'autre côté du comptoir, la vendeuse, une jeune fille dotée de trois gros piercings et d'yeux noirs comme je n'en avais jamais vu, s'approcha pour nous servir.

« Je vous écoute.

– Une glace à emporter, dit grand-père. Pour cinq personnes. Zeno ?

– Citron vert gingembre. »

Grand-père écarquilla les yeux.

« Citron vert gingembre ?

– Excellent. J'en ai déjà mangé.

– Et puis ? demanda la vendeuse.

– Pêche et fruits rouges. »

Grand-père acquiesça. « Citron vert gingembre, pêche et fruits rouges, s'il vous plaît. Et s'il y a la place pour une boule de noix de coco, vous ferez mon bonheur.

– Je suis là pour ça.

– J'imagine que vous le dites à tous vos clients. Mais permettez-moi de le prendre comme une attention personnelle. »

On ne reprit pas la conversation sur mon autre grand-père. Grand-père Melo en parla peut-être avec maman, mais il ne me posa plus de questions, ce dont je lui sus gré. Si je parlais en bien de ce grand-père, j'avais l'impression de trahir l'autre, bref de le rendre jaloux ou allez savoir quoi. Un peu comme avec votre mère, j'imagine, si vous devez évoquer devant elle la seconde épouse de votre père. Le même sentiment. Et maintenant, au fond, je le comprends. Celui qui a été présent toute sa vie – physiquement et émotionnellement – souhaite qu'on reconnaisse cette présence. Parce que si vous aimez quelqu'un, eh bien, vous devez être là, un point c'est tout. Aimer à distance, ça ne compte pas.

Ce soir-là, on dîna d'une pizza. Au retour, chacun se dirigea vers sa chambre, la *Lindbergh* pour maman et moi, la *Macramé* pour grand-père et grand-mère et la *Discanto* pour mon oncle. On se souhaita bonne nuit dans le couloir. La *Lindbergh* avait deux lits, un grand et un petit.

« Choisis », avait dit maman le premier soir.

J'avais opté pour le lit une place, coincé entre l'armoire et la fenêtre. Je préfère dormir dans un endroit où je me sens protégé, toujours sous un drap même quand il fait chaud et à plat ventre, parce que sur le dos je me sens exposé et fragile. J'ôtai jean et tee-shirt et me glissai dans mon lit. Je jouai à faire gonfler mon drap de dessus en l'agitant de haut en bas. La fraîcheur du tissu adhérait soigneusement à ma peau : cuisses, ventre, poitrine. Maman prit une douche. Elle s'essuya les cheveux sans utiliser le séchoir, juste avec sa serviette, pour ne pas faire de bruit. La pièce était plongée dans une douce pénombre. Je l'entendis se coucher.

« Maman.

– Oui ?

– Attends… »

Une ambulance remontait notre rue. J'attendis que le hurlement lancinant de la sirène envahisse la pièce, puis retombe et nous restitue le silence, pour pouvoir murmurer. C'est bien de murmurer.

« Maman.

– Dis-moi.

– Elle est dangereuse la greffe de papa ?

– Tu veux parler de l'opération ?

– Il faudra qu'ils coupent ou quoi ?

– Non. C'est une sorte de piqûre. Rien de grave.

– Alors qu'est-ce qui pourrait aller de travers ?

– Rien.

– Il y a toujours quelque chose qui peut aller de travers.

– Tout ira bien, Zeno. Dors maintenant. »

Un chien lança un bref aboiement, une voix le fit taire. Un scooter ronfla, surgi de nulle part, mais le moteur fut aussitôt coupé. J'entendis le bruit de la béquille.

« L'aiguille pourrait être infectée. »

Maman ne répondit pas tout de suite, je crois qu'elle soupesa l'éventualité de faire semblant de dormir. Puis, d'une voix étouffée par l'oreiller, elle dit :

« Non.

– Comment savent-ils que la moelle d'oncle Bruno peut aller ?

– Ils ont fait des analyses.

– Quelles analyses ?

– Zeno.

– Oncle Bruno aime boire et fumer le cigare. Et si, après la greffe, papa se met à boire et à fumer le cigare ?

– Ne dis pas de bêtises.

– Pourquoi ?

– Parce que tu ne dois pas dire de bêtises.

– Parce que c'est une bêtise ?

– Si je le savais, je te le dirais, Zeno. Mais je ne le sais pas, d'accord ? Je sais que ça ne se produira pas. Je sais que la moelle n'a rien à voir avec les habitudes de vie des gens. Pas plus qu'avec leur religion ou le sport qu'ils pratiquent. Toi aussi tu sais sûrement des choses que tu es incapable d'expliquer, j'imagine.

– Essaie, dis-je.

– Que j'essaie quoi ?

– Pose-moi une question.

– Zeno, c'est tard. J'ai sommeil.

– Juste une. »

Je l'entendis soupirer et plonger dans son oreiller. « Si tu te baignes dans l'eau froide tout de suite après manger, tu prends une...

– Congestion.

– C'est-à-dire ?

– Je meurs.

– Oui, mais comment ?

– Par congestion.

– C'est-à-dire ?

– Mon cœur s'arrête.

– Si tu meurs, il est évident que ton cœur s'arrête.

– Donc ?

– Donc quoi ?

– Donc il se passe quoi ?

– Tu ne le sais pas ?

– Non.

– Pourtant tu sais que tu meurs.

– Oui.

– Bien. Même si la moelle qu'on va lui greffer appartenait à l'homme le plus gros du monde, papa ne se transformerait pas en l'homme le plus gros du monde. Je le sais, même si j'ignore pourquoi. Ça va maintenant ? »

Je pensai au gène X qui est à la base de la mutation génétique des X-Men.

« Maman.

– Zeno, je vais compter jusqu'à dix et tu vas t'endormir. D'accord ? Un, deux, trois…

– Maman.

– … quatre, cinq, six…

– Maman.

– Qu'est-ce qu'il y a ?

– Grand-père te parlait des endroits fantastiques à toi aussi ?

– Quels endroits fantastiques ?

– Rohan, les Grottes Froides, Camelot.

– Non, pas de lieux fantastiques. Je ne me souviens que d'une histoire. Il me la racontait souvent. Elle s'appelait *Le Seigneur des Rebuts*.

– De quoi ça parlait ?

– C'était un homme qui recyclait des objets. Mais je ne m'en souviens plus.

– Qu'est-ce qu'il en faisait ?

– Je t'ai dit que je ne m'en souviens pas. Tu n'auras qu'à le lui demander.

– Je peux envoyer un message de bonne nuit à papa ?

– Il doit dormir.

– Il le trouvera demain matin. Alors il saura qu'on a pensé à lui. Nous, on est ensemble, alors que lui, il est tout seul. »

J'attendis plusieurs secondes une réponse qui n'arriva pas. Je sortis de mon lit et, dans le noir, allai fouiller la poche de mon sac à dos, où je savais avoir rangé le téléphone portable. Je l'allumai. Quand il s'éclaira, un message arriva.

« C'est lui, dis-je.

– Que dit-il ?

– Ça date d'une heure et demie. Il est peut-être encore réveillé. Il a écrit : *See you tomorrow, alligator.*

– Qu'est-ce que ça veut dire ?

– Oh, c'est un truc entre nous. »

Je composai le message. L'écran répandait une lueur douce et les touches un gazouillis aérien.

« Je lui dis de ta part aussi ? »

Silence.

« Maman ?

– Mmm ?

– Je lui dis bonne nuit de ta part aussi ?

– Oui. »

J'envoyai le message. Je gardai le StarTac sur ma poitrine quelques minutes dans l'attente d'une réponse, qui ne vint pas. Je l'éteignis, le rangeai dans la poche extérieure de mon sac à dos et retournai me coucher. Je n'arrivais pas à m'endormir et, si je battais des paupières, une poussière brillante dansait devant mes yeux. Le bourdonnement de la ville se tut. En me concentrant, je pouvais entendre le frottement des molécules d'air. Je me levai et allai m'allonger à côté de maman. Elle était couchée sur le côté et respirait profondément. Je me blottis contre son dos, adhérant à son corps dans ses pleins et ses creux, mes genoux dans le creux des siens, mon ventre contre ses fesses, le nez dans ses cheveux. Je posai une main toute molle sur son bras. Le sommeil passa par conduction et je m'endormis aussitôt.

Le dernier jour en entrant dans la chambre de papa, on le trouva en compagnie d'une infirmière blonde et pleine d'entrain qui lui racontait je ne sais quoi en prenant sa température. Oncle Bruno était allé signer la décharge.

« Bonjour », dit papa en riant.

Maman regarda l'infirmière. « Bonjour. »

L'infirmière toussota, contourna le lit et alla compléter la courbe au pied du lit. « À tout à l'heure.

– *Tusen takk*, dit papa.

– *Vær så god*, répondit-elle en sortant.

– Eh bien, dit grand-père Melo, je vois que tu ne t'ennuies pas. »

Je m'assis sur le lit et laissai papa me décoiffer, un truc que je détestais et qu'il adorait. « Vous avez dit quoi ?

– Merci et je vous en prie.

– Dans quelle langue ?

– En norvégien. »

Maman tira le rideau bleu pour faire entrer le soleil.

« Je ne crois pas qu'il soit légal d'embaucher des infirmières norvégiennes.

– Répète merci, dis-je.

– *Tusen takk*. Merci beaucoup.

– Quand est-ce qu'ils vont te greffer ? demandai-je.

– Bientôt.

– Je peux rester ?

– Non, Zeno, répondit maman. Demain matin, nous rentrons à Colle Ferro.

– Si tu veux, nous pouvons le garder », proposa grand-père Melo.

Maman sortait de son sac les tee-shirts et les pyjamas de papa qu'elle avait emportés à laver. Elle se retourna brusquement, paumes de main offertes, comme si un fluide pouvait en sortir.

« Nous en avons déjà parlé.

– Oui, tu as raison.

– Raison ? » Je descendis du lit et me laissai tomber sur la chaise en fer. « Et moi, je ne compte pas ? Pourquoi êtes-vous là tous ensemble et pas moi ? Je ne comprends pas.

– Après la greffe, papa devra rester en chambre stérile. Tu n'aurais même pas le droit de lui dire bonjour.

– Zeno, dit papa. Viens ici. » Il s'assit dans son lit, calant son oreiller. « Ce n'est pas un endroit pour toi ici. Ça reste un hôpital : des malades, des médicaments, des urgences. C'est moi qui préfère te savoir à Colle Ferro avec tes copains... » Il claqua des doigts.

« Comment ils s'appellent déjà ?

– Luna et Isaac.

– Voilà, te savoir avec eux, savoir que vous vous baignez et vous amusez.

– Mais...

– Si tu t'amuses, je vais mieux. »

Je retins mon souffle et acquiesçai. Il me serra fort dans ses bras, puis frappa dans ses mains. « Et maintenant tout le monde dehors dans le parc, qu'en pensez-vous ? »

Résumé de ma vie pour autant qu'il est donné
de se souvenir, reconstituer ou imaginer.
À la lumière de la mémoire.
1960-1966

Gabriele s'était pendu dans sa chambre d'étudiant à Pise. Je dors une nuit à Turin, chez mon cousin Davide. Puis je pars avec lui en train pour Gênes. Ma mère doit être déjà à la gare. Nous changerons pour Pise.

La lumière filtre à travers les nuages bas et rebondit. Arrivés en gare de Gênes Principe, nous cherchons ma mère dans la salle d'attente. Mais elle n'y est pas. Nous la trouvons assise bien droite sur un banc, pas à l'intérieur, mais dans le couloir. Elle est seule. Ses mains sont posées sur ses genoux et serrent un sac à main. Son regard est perdu très loin. Un gamin s'agenouille pour récupérer une balle qui a roulé sous son banc. Il l'attrape et dit : Excusez-moi, madame.

Elle ne l'entend pas, ne répond pas.

Je dis : Maman.

Elle ne répond pas.

Je m'assieds à côté d'elle : Maman.

Lentement, elle tourne la tête et, pendant quelques instants, m'observe comme si elle se demandait qui je suis. Ses yeux parcourent mon visage en quête d'indices : pores de la peau, sourcils, implantation des cheveux.

Je dis : Maman, regarde-moi. Je suis Simone.

Elle répète : Simone.

Je lui prends une main, puis l'autre, les serre.

Elle dit : Simone, Gabriele n'est plus.

Il faut y aller, maman. Le train. Il part dans quinze minutes. C'est ton sac ?

Elle me caresse la joue : Gabriele n'est plus.

Je sais, maman, je sais.

Je l'aide à se lever. Je la prends par le bras. Elle a vieilli de vingt ans depuis la dernière fois que je l'ai vue. Elle a les cheveux gris, sa peau est fripée et transparente. Elle porte un chapeau en feutre.

À Pise, nous prenons trois chambres dans un hôtel du centre. Je demande à Davide de rester avec elle pendant que je règle toutes les formalités. Nous voulons ramener Gabriele à Gênes pour l'enterrer à Staglieno. Je vais reconnaître le corps. Je ne m'attarde pas plus de quelques secondes, le temps de voir son visage. Je récupère à la pension ses effets personnels : des livres, sa montre, ses papiers. Un de ses amis m'y attend. Il se présente et dit : Je le connaissais bien. On a fait nos études ensemble, pendant quatre ans. Au début on partageait même notre chambre. Je suis le dernier à l'avoir vu.

Qu'est-ce qu'il a fait ?

C'est-à-dire ?

Le dernier jour.

Il se gratte la tête : On a déjeuné ensemble. Il a passé la matinée à la bibliothèque. Il achevait un travail de recherche. On a mangé chez Rosa, un petit restaurant où on avait nos habitudes, près de l'université.

Il a pris quoi au repas ?

C'est une question à laquelle je ne saurais pas répondre. Des pâtes il me semble. Oui, des pâtes aux sardines, j'en suis sûr. On en a discuté avec la cuisinière, je me souviens. Elle est sicilienne.

Et après ?

Il m'a demandé de l'accompagner acheter de l'encre pour son stylo et payer son loyer. Il a toujours été d'une ponctualité exemplaire sur ce point. Jamais un jour de retard. Je me souviens qu'après il a voulu aller dans une pâtisserie à côté, qui est renommée. Ils font des orangettes au chocolat dont il était fou. Puis on s'est quittés sans rien dire de particulier.

Je le remercie. Je vais prendre congé quand l'ami de Gabriele pose la main sur mon bras et me déclare : Tu sais ce qui me frappe, maintenant que j'y pense ? Le fait que Gabriele avait sa démarche habituelle. Tu vois ce que je veux dire ? Le menton en l'air, le regard au ciel. Et si courtois, si gentil. Avec tout le monde. Courtois et gentil avec tout le monde.

Il ajoute : Pourtant il appartenait déjà à la terre.

Nous lui appartenons tous.

Oui, mais par destin. Pas par choix.

Je le remercie. Je lui laisse notre numéro de téléphone au cas où il souhaiterait connaître la date et le lieu de l'enterrement.

Je reviens auprès de ma mère. Je dis : Tu ne veux vraiment pas le voir ?

Elle est assise près de la fenêtre entrouverte par où passe un léger courant d'air qui agite les rideaux, elle ne répond pas. Elle secoue la tête, effrayée. Nous partons le lendemain. Pendant le voyage, je picore un sachet d'orangettes au chocolat.

***

Je retourne à Ivrée le lendemain des funérailles. Je me jette dans le travail. Tout le monde est content de mon retour, de mon zèle.

Au cours d'une réunion avec les chefs d'unité, je propose des améliorations du processus de fabrication. Tout le monde m'écoute, certains sont sceptiques, mais au bout du compte, mes suggestions sont mises à l'essai et une partie du travail effectué par le centre mécanographique est basculé sur notre bureau. Dorénavant, c'est nous qui fixerons les cycles. Les résultats sont immédiats, fulgurants. J'espère un avancement, une augmentation de salaire. Mais non. Je ne suis pas promu et ma feuille de paie ne change pas. Des collègues moins méritants ont été gratifiés. Pas moi. Pourquoi ?

Elena dit : Tu dois demander. Fais-toi entendre. Hausse le ton.

L'entreprise veut peut-être récupérer l'investissement en formation qu'elle a consenti pour moi. Ce serait juste.

Je pense que je dois trouver un sujet sur lequel me concentrer. Je pense que je dois penser. Oublier certaines choses et en apprendre d'autres.

Je choisis l'informatique. Elle ne s'appelle pas encore ainsi, mais élaboration électronique de données. Je me familiarise avec les fiches perforées. Je vois les calculateurs à tubes se transformer en calculateurs à transistor. J'écris un article pour une revue spécialisée prestigieuse, où j'évoque les scénarios qui se profilent grâce à l'évolution de l'informatique. Puis j'oublie que je l'ai écrit. Je le retrouve longtemps après. Furieux, je le brûle dans le poêle. Un jour en ouvrant la revue en question, j'y trouve mon article publié. J'écarquille les yeux : je ne me souviens pas de l'avoir envoyé.

Le week-end, il m'arrive de descendre à Turin en train

pour aller déjeuner chez Elena et ses parents. Entre-temps, elle s'est inscrite en médecine, comme elle l'a toujours souhaité. Elena n'est pas juive, mais cela m'est égal.

Un jour, nous visitons un musée ensemble. Dans une salle bien éclairée par une enfilade de fenêtres se trouve une statue de Prométhée enchaîné au milieu des rochers du Caucase, tourmenté par l'aigle qui lui dévore le foie. Elle est en marbre blanc. Je l'effleure du doigt. Elle est lisse et froide.

Je dis : Parfois je me sens comme ça.

Elle ne comprend pas, sourit et plisse les yeux.

Je dis : La nuit, tout me semble si clair. Puis le jour, tous les jours, je perds à nouveau des morceaux. La nuit, je sais ce que je dois faire et comment. Le jour, j'oublie mes pensées et mes actes. Tu sais, la nuit, j'écris.

Ah oui ?

Je lis beaucoup et j'écris des lettres. Surtout à mon père. À mon frère. Dans ces lettres tout est tellement évident. Tel geste ? Inévitable. Tel choix ? Le seul pos-sible. Puis le matin, je relis ce que j'ai écrit et tout m'est étranger : les mots, l'écriture, la couleur de l'encre.

Elena lève le doigt avec une moue de gamine : Et tu m'écris à moi aussi ?

La lumière qui baigne la statue du Prométhée fait briller sa peau. Son visage et son cou semblent se couvrir d'une poudre d'argent.

Je dis : C'est le jour que je t'écris.

***

Sans m'accorder la moindre augmentation ni la moindre prime, l'entreprise me demande de diriger un nouveau bureau, le Centre de collecte des données. C'est une évolution du Bureau des coûts. Je dois visiter les labos et les ateliers pour recenser ce qu'on y produit et comment. Je dois recueillir des informations sur les coûts de production, le travail, les matériaux, la distribution et proposer une hypothèse de coût pour un éventuel produit final fabriqué en série.

J'entre dans les laboratoires et pose mes questions. J'entre dans les ateliers et parle avec les ouvriers. Mais personne ne me prend en considération, personne ne me répond. Les gens me heurtent sur leur route, puis regardent à la ronde, comme s'ils ne comprenaient pas ce qui s'est passé. Je demande des rendez-vous aux chercheurs, aux cadres et, quand je me présente, ils ne sont pas là. Mon rendez-vous ne figure pas dans leur agenda ou ils l'ont oublié.

Ils disent : Qui êtes-vous ?

Le responsable du Centre de collecte des données.

Ils me repoussent de la main. « Plus tard, plus tard. On n'est pas disponible maintenant. »

Mon supérieur veut savoir comment ma mission avance. Or je n'ai rien à consigner : ni données ni avis. J'aimerais lui dire que personne ne veut parler avec moi, mais je n'ose pas. Cela reviendrait à dévoiler la supercherie, à dire : Voilà, je l'admets, je fais semblant d'être quelqu'un que je ne suis pas, de penser quelque chose que je ne pense pas, d'avoir des compétences que je n'ai pas. Je suis un artifice, un expédient. Je repense à mon père, quand il jouait à être un arbre et que je grimpais sur lui.

Je réponds : Ça avance.

Je le dis en souriant : Oui, ça avance, mais je ne suffis

pas à la tâche pour recueillir les données. J'ai besoin d'aide.

L'aide de qui ?

D'ouvriers.

D'ouvriers ?

Sept ouvriers.

Pour quelle raison ?

Qui mieux qu'un ouvrier connaît les matériaux, ainsi que les mécanismes de transformation et de production ? Personne. Il me faudrait un homme dans chaque laboratoire. C'est avec eux que j'ai besoin de parler, pas avec les chercheurs. Les chercheurs ne sont pas objectifs, ils sont obsédés par les résultats de leurs analyses. Pas les ouvriers, qui voient les choses comme elles sont : coûts, délais. Sans écran. Ils voient la vérité.

Mon chef écoute attentivement. Il se verse à boire. Il dit : Je crains que nous ne dérangions beaucoup de gens, Coifmann. Mais allons-y. Trois ouvriers. Une fois par semaine. Une demi-journée. C'est tout ce que je peux pour vous.

Il pose son verre sur une table basse transparente et ajoute en pointant son doigt sur moi : Et je veux des résultats.

Je quitte le bureau, j'ai besoin d'air. Je déboutonne col et poignets, desserre ma cravate. Je m'assieds sous un arbre dans la cour. Qu'ai-je dit ? Pourquoi l'ai-je dit ? Je pense : Je n'en tirerai rien. Je n'ai pas la carrure. Pourquoi ai-je relancé la machine au lieu de renoncer ?

Le lendemain, dans mon bureau, je rencontre les ouvriers qu'on me confie. Nous parlons toute la matinée. Je leur demande de me décrire leur travail dans les moindres détails : tâches, pause, marge d'erreur. J'essaie de démonter le mécanisme pour en saisir les points faibles. Mais je ne trouve rien. Je pense que c'est peut-être un processus long, que je suis trop pressé. Il faut que je m'arme de patience. Je dois m'accorder un minimum de temps.

C'est l'un d'eux qui prononce le mot rebut. Je n'aime pas les rebuts. Je ne les ai jamais aimés. Je ne jette jamais rien.

Je dis : Des déchets ?

Non, des chutes.

Réutilisables ?

Ils haussent les épaules : Il faudrait regarder par terre.

Cette semaine-là, je reste tard au bureau. Le soir, quand tout le monde est parti et qu'il ne reste plus personne, pas même les secrétaires, peu avant l'arrivée de l'équipe de nettoyage, je fais la tournée des ateliers et des laboratoires. Le sol est jonché de matériaux de toute sorte et les balayeurs ne trient pas entre ce qui est récupérable et ce qui ne l'est pas : ils jettent tout. Pas moi. Moi je sais trier. Soir après soir, en cachette, je remplis des sacs entiers. À la fin de la semaine, j'estime la valeur des matériaux récupérés. Le lundi matin, je me présente devant mon supérieur. Je vide mes sacs par terre : diodes, transistors, câbles. Il me regarde ébahi, une main en l'air.

Je dis : Ce que vous voyez n'est qu'une partie de tout ce qui est jeté chaque semaine.

Je sors mon cahier. J'énumère les données.

Il demande : Pourquoi l'avez-vous fait ?

Fait quoi ?

Ramasser ces matériaux. Vous étiez censé enregistrer des données sur les coûts de production et proposer une hypothèse de coût pour un produit à fabriquer en série,

271

n'est-ce pas ? Pourquoi avez-vous entrepris de ramasser ces chutes ?

Je ne sais pas. C'était là, par terre.

J'ajoute : Je n'aime pas le gaspillage.

Mon chef appelle les cadres : Pourquoi n'avez-vous pas fait comme Coifmann ?

Les cadres se taisent, ils baissent les yeux et s'ils les relèvent, c'est pour les plonger dans les miens. On envoie deux employés trier les déchets. Tout ce qui est récupérable est remis en stock.

Mon chef dit : Bien vu, Coifmann.

Je suis confus, je le remercie. Je m'apprête à sortir, me fige sur le pas de la porte, la main sur la poignée, et dis : Monsieur...

Je vous écoute, Coifmann.

Je vais me marier.

Vraiment ? Félicitations. Quand ?

Je ne sais pas, je dois demander avant.

Il rit : Pas à moi quand même ?

Non. À celle que je veux épouser.

Coifmann, je ne vous comprends pas. Pourquoi me dites-vous que vous allez vous marier si vous n'avez pas encore demandé à la jeune fille ? Auriez-vous l'intention de l'enlever, par hasard ?

Voilà, il s'agit d'argent. De mon salaire.

Mon supérieur sourit et déclare : Vous serez augmenté, Coifmann.

De retour à la pension, je rencontre Joël, que je ne voyais pas depuis longtemps. Je l'invite à boire un verre. J'avais oublié le plaisir de converser avec lui. Il écoute en silence, ses rares questions sont toujours pertinentes et m'incitent à persévérer, suscitant d'autres réflexions. Pendant que je parle, il me prend la main de temps en temps, la serre comme dans le lit des années plus tôt. Lui aussi veut me dire quelque chose. Mais renonce. J'insiste.

Il se défausse : La prochaine fois.

***

Nous sommes sur un sommet d'où l'on voit le Grand Paradis, quand je demande à Elena de m'épouser. Elle fond en larmes. Elle m'embrasse. En redescendant, nous parlons des préparatifs, du restaurant, des invités. De la meilleure façon de le dire à ses parents. Nous convenons du dimanche suivant : je viendrai déjeuner chez eux, à Turin, puis on fera une promenade au parc du Valentino, on s'assiéra sur un banc devant le fleuve et on annoncera la nouvelle. Elena parle aussi de l'endroit où nous allons habiter. Elle fait ses études à Turin et ne peut pas vivre à Ivrée. Elle s'arrête au bord d'une falaise et ouvre de grands yeux : Comment on va s'organiser ?

C'est moi qui voyagerai. Quand je ne pourrai pas revenir d'Ivrée, je resterai dormir dans une chambre d'hôtel comme je l'ai toujours fait.

Elle me prend dans ses bras. Elle dit : Je t'aime.

Je voudrais aussi trouver un logement pour ma mère à Turin. Pas chez nous bien sûr. Deux appartements voisins.

Pourquoi pas chez nous ?

Elle me prend par la main, nous repartons dans la descente. Elle dit : Je trouve ta mère sympathique.

Vous ne vous êtes vues qu'une fois.

Je sais que nous nous entendrons bien.

Je transmets à ma mère, qui refuse. Elle ne veut pas quitter Gênes. Elle dit qu'elle a déjà perdu trop de choses dans sa vie : elle ne veut pas en plus s'arracher à ses souvenirs. Elle dit que je dois vivre ma vie sans m'occuper d'elle.

Je vais la voir avec Elena un week-end. Après le déjeuner, Elena va faire un tour pour nous laisser seuls. Nous sommes assis sous un soleil tiède qui joue entre les feuillages des arbres et vient éclabousser de lumière le balcon de ce que nous appelions la volière, la chambre de grand-père. L'air est aussi immobile que la maison : le porte-parapluie en forme de chat, les deux chiffonniers en marqueterie dans l'entrée, les photos encadrées au mur. Nous apportons de la cuisine deux tasses de thé et des biscuits à la noix de coco sur une petite assiette.

Je dis : Je voudrais vraiment que tu viennes à Turin.

Nous en avons déjà parlé.

Elle déguste son thé. Elle dit : Cette maison est habitée par des fantômes. Ils ont besoin de moi, et moi d'eux.

Elle prend une gorgée, le thé est bouillant, elle souffle. Puis elle me regarde. Ma mère a de très beaux yeux. Elle dit : Tu ne les vois pas ?

Quand il est l'heure de repartir, elle s'habille et sort avec nous. Elle s'arrête soudain à l'angle d'une rue qui descend vers la mer. Elle dit qu'elle n'a pas envie de nous accompagner jusqu'à la gare et demande si cela ne nous ennuie pas qu'on se dise au revoir ici. On s'embrasse. Je l'observe pendant qu'elle rebrousse chemin en rasant les murs.

Elena et moi nous arrêtons dans une boulangerie acheter de la fougasse à manger dans le train. En enfilant la main dans ma poche pour prendre mon portefeuille, je sens un objet rond et lisse. Je l'extirpe. C'est une balle en cuir.

Je dis à Elena : Il faut que j'y retourne.

Où ?

Chez ma mère.

Simone, le train part dans vingt minutes.

Je crie : On se retrouve là-bas.

Et en criant, je cours déjà. J'arrive hors d'haleine en bas de l'immeuble. Je sonne. Je grimpe l'escalier quatre à quatre.

Ma mère m'accueille sur le seuil : Tu as oublié quelque chose ?

C'est toi qui as mis cette balle dans ma poche ?

Quelle balle ?

Je la lui montre. Je dis : C'est toi qui l'as mise ?

Elle la prend et la serre entre les extrémités de ses doigts comme un objet fragile, d'un autre monde. Elle dit : Où l'as-tu trouvée ? Je croyais que je l'avais perdue.

***

Nous nous marions à la mairie. Non seulement la famille d'Elena n'est pas juive, mais elle n'a pas d'appartenance religieuse. Son père se définit agnostique et sa mère athée. Pour sa part, elle ne se prononce pas. Elle réfléchit. Et maintenant nous réfléchirons ensemble. Mes témoins sont Joël et Tommaso Rey. Quand je retrouve la trace de Tommaso au téléphone, ça fait deux ans qu'on ne s'est pas vus. Il est pris de court et demande : Tu n'as personne d'autre ?

Tu peux refuser.

Tu plaisantes ?

Je les attends dans la grande salle de la mairie. Ils arrivent en même temps. Je vais à leur rencontre : Merci d'être venus.

Tommaso regarde autour de lui : Comment ça se passe ?

Rien de plus qu'une formule et une signature sur un contrat.

Tommaso enfonce ses mains dans ses poches, acquiesce : Un contrat. C'est juste. Un mariage, ça se contracte. Comme une maladie.

Après la cérémonie, nous allons manger une friture de poissons dans un restaurant sur la colline. Ma mère sympathise avec celle d'Elena, j'en suis heureux. Notre lune de miel est une nuit dans un chalet au pied du Mont-Blanc.

Je commence mes allers et retours entre les deux villes, mais ce n'est pas une source de fatigue. Le train est un endroit qui me convient. Je peux me perdre dans le défilé de ce qui existe : maisons, lumières, champs. Suivre du doigt les veines de la pluie sur la vitre. Lire un livre. Dans le train, on n'est nulle part. On devient de l'énergie cinétique. On est du passé et du futur, jamais du présent.

Un jour, un ancien cadre de chez nous me téléphone. Il a quitté l'entreprise d'Ivrée pour une plus petite qu'il décrit comme très dynamique. Il dit : Nous produisons des roues de voitures et de tracteurs, mais nous voudrions fabriquer des véhicules entiers. Pas seulement les roues. J'ai besoin d'un responsable au service délais et méthodes. Nous sommes implantés à Turin. J'ai pensé à toi.

La nuit, je fais des cauchemars, je n'arrive pas à manger. Je rate le train deux fois. Je me confie à Joël, il dit : Accepte.

Avec Elena, nous en parlons longuement le soir, elle dit : Tu ne serais plus obligé de te déplacer. Je t'aurais à dîner tous les soirs. Le matin, on pourrait prendre le petit déjeuner ensemble. Et puis il y a l'aspect financier. Tu pourrais obtenir une augmentation. Tu dois négocier ton salaire.

Je ne réponds pas, je me penche et pose la tête sur son ventre. Elle passe ses doigts dans mes cheveux. Le lendemain, je démissionne. Tout le monde est surpris et désolé. Moi, je me sens dans la peau d'un traître, j'évite les miroirs.

Quand je vais signer mon contrat dans la nouvelle entreprise, on m'informe de mon salaire, qui est exactement le même qu'avant. On me demande : Cela vous convient-il ?

Oui, bien sûr.

Le soir quand je rentre, j'ai peur de le dire à Elena, je me sens en faute. Mais elle ne se fâche pas, elle ne me traite pas de lâche comme elle le devrait, elle dit : Ce n'est pas grave. Ils te donneront d'eux-mêmes une prime quand ils s'apercevront de ta valeur.

Je travaille avec une équipe de chronométreurs pour planifier la production. Chaque chronométreur est spécialisé : l'un connaît tous les secrets de l'emboutissage des tôles, un autre ne s'occupe que de moulage plastique, un autre encore est expert en assemblage. Les seules connaissances communes concernent les contrats de travail et les rapports avec les syndicats. Je dois coordonner leur travail. Je commence à me sentir à mon aise. J'ai fait le bon choix : Elena est heureuse, et le cadre qui m'a embauché satisfait.

Un an plus tard, on me confie le lancement de la première voiture produite. Je dois aller en Allemagne traiter avec un distributeur, le plus important du pays, un certain Schnellinger. Nous partons à deux. Mon collègue parle l'anglais couramment. Aucun de nous ne connaît l'allemand. À l'aéroport, une voiture est venue nous chercher. Le chauffeur, une montagne de muscles, nous dit en allemand de le suivre. Pendant le trajet, mon collègue évoque ce que nous devons dire et faire. Je ne réponds pas. J'écoute. J'acquiesce. Le lendemain matin, le même chauffeur vient nous chercher à notre hôtel. Les bureaux de Schnellinger sont au troisième étage d'un immeuble imposant en verre et ciment. Schnellinger fume le cigare. L'air est irrespirable. Après une demi-heure de préambules, je demande où sont les toilettes. Au bout du couloir se trouve le chauffeur. Il parle avec un livreur : il réceptionne deux cartons de pizza, le paie, lui dit au revoir. En italien. Quand je reviens des toilettes, je trouve la pizza sur la table avec de la bière allemande.

Schnellinger dit : Pour fêter le mariage entre Italie et Allemagne.

Ce soir-là à l'hôtel, je n'arrive pas à m'endormir. Je descends dans le hall regarder la télévision. Le gardien de nuit est italien lui aussi et nous lions conversation. Je l'interroge sur Schnellinger. Il répond : C'est un homme puissant. Il possède presque toute la ville.

Famille d'industriels ?

Non. C'est un ancien officier nazi. Il a fait fortune pendant la guerre.

Le lendemain, Schnellinger nous emmène sur les montagnes russes. Elles sont toutes neuves, on vient de les inaugurer. Le parc d'attractions lui appartient. Il nous fait boire beaucoup de bière et nous mangeons des würstel, de la choucroute et des glaces italiennes. Il dit : J'adore l'Italie.

Et quand il prononce ces mots, son haleine sent la viande, le tabac et le vinaigre.

Nous rentrons avec un contrat désavantageux.

***

Notre patron invite Schnellinger à Turin. Le cadre dit que je dois m'occuper de tout : accueil, repas, séjour. Je dois veiller à ce qu'il s'amuse.

J'obéis.

Je réserve hôtel et restaurant, l'emmène manger le meilleur chocolat de la ville et visiter une cave dans les Langhe, où il achète une dizaine de caisses de vin qu'il se fait expédier en Allemagne.

Schnellinger est frappé par nos ateliers, surtout par les procédés d'assemblage. Le troisième jour, mon supérieur me demande de l'accompagner au centre de design, où sont créés nos modèles. Ces locaux se trouvent en banlieue, dans un grand immeuble à trois étages. Deux sont occupés par les bureaux, le troisième est privé, c'est le patron qui l'utilise. On y accède par un ascenseur à clé. Je ne suis jamais monté au troisième étage. Le patron nous accueille en veste de tweed et nous guide en personne. Il montre à Schnellinger les dessins et les projets. Au bout d'une heure de visite, il s'approche de moi et ordonne : Dis à tout le monde de partir.

Pardon, tout le monde qui ?

Les employés, les secrétaires, les dessinateurs. Tout le monde. Je veux que les locaux soient déserts d'ici vingt minutes.

J'obéis. Je passe dans les bureaux annoncer aux salariés qu'ils peuvent prendre le reste de leur journée. Je reviens chercher le patron de l'entreprise et Schnellinger, mais je ne les trouve pas. Puis j'entends des coups de feu. Mitraillettes, pistolets, fusils. Les détonations sont toutes proches, entre les murs de l'immeuble, ça vient de l'intérieur. Je me dirige vers la source du vacarme et remarque que la clé est dans la serrure de l'ascenseur privé. J'entre, presse le bouton et monte au troisième étage.

C'est un polygone de tir. Mon patron collectionne les armes. Schnellinger et lui portent un casque anti-bruit. Ils rient, boivent et fument. Ils échangent leurs armes, parlent d'automatiques et de semi-automatiques, les comparent. Je ne sais que faire. Je les observe en silence. Il me semble soudain qu'ils ont les yeux gonflés, les joues rougies par le froid, les poils clairsemés. Ils sont très jeunes, n'ont rien d'effrayant. Je vois Gabriele qui leur offre à tous deux la cartouche de cigarettes en échange de notre père. Le patron de l'entreprise est blessé à la lèvre et a l'air infiniment las. Il jette un coup d'œil à Schnellinger, un autre vers la tête de la colonne. Il arrache les cigarettes des mains de Gabriele et, peu avant le virage, envoie d'une poussée brusque notre père rouler dans les ronces.

Il dit : Vous pouvez partir.

Le patron me parle. Je dis : Moi ?

Il montre la porte : Allez-vous-en.

Je remercie et sors. Je rentre à la maison retrouver Elena qui prépare une tarte au fromage blanc et aux framboises. La radio est réglée sur une station de musique classique. Quand j'entre, elle s'élance à ma rencontre, me serre dans ses bras en gardant les mains à distance pour ne pas me tacher de pâte. Je l'étreins moi aussi et la garde contre moi. Elle essaie de se dégager. Je ne la laisse pas partir.

Elle dit : Qu'est-ce qu'il se passe ?

Je ne réponds pas. Nous restons debout dans l'entrée je ne sais combien de temps. Elena presse mon dos entre ses avant-bras, la crème goutte de ses mains par terre. J'enlace un tronc au milieu de l'océan. Ensuite, assis sur notre lit, je lui décris Schnellinger et le patron de l'entreprise, les armes et la guerre. Je n'ai jamais beaucoup parlé de la guerre à Elena. La fuite en France et la clandestinité à Colle Ferro, rien de plus. Pas d'événements, pas de souvenirs, aucune anecdote. Ce soir-là, je lui raconte la cartouche de cigarettes, le bosquet des jambes mortes et les Allemands qui emmenaient notre père. Pendant que je raconte, je me dis que le moment est peut-être venu de mettre de l'ordre dans mes souvenirs. Je ne dîne pas. Je vais dormir. Il est nuit noire quand Elena me réveille et m'offre un morceau de gâteau. Nous buvons une tisane.

Elle demande : Que vas-tu faire ?

Je l'ignore. Je dis : Il faut que je réfléchisse.

L'aube n'est pas loin, je n'ai pas retrouvé le sommeil. Elena dort à côté de moi. Soudain je m'enfonce dans le matelas. J'entraîne avec moi draps et couvertures. Le couvre-lit est démesuré, c'est une courtepointe rouge qui m'empêche de voir les parois du puits où je tombe. En haut, dans le rectangle de lumière qui s'éloigne, j'aperçois des visages qui se penchent, lancent de la terre et des feuilles, versent du vin. Ils jettent tout cela, parce qu'il s'agit de ma tombe. On me descend dans ma fosse. Mais ça ne me dérange pas. C'est normal.

Le lendemain matin, je me réveille tard. Elena m'a laissé dormir. Je ne vais pas travailler. Je ne sors pas du lit. Je remange du gâteau. Je bois du lait. Je décide de ne pas y aller non plus le jour suivant. Le téléphone sonne, je ne réponds pas. Le deuxième jour s'écoule de la même façon, nébuleux et poreux. Elena a apporté chez nous les livres de sa bibliothèque : *Les Voyages de Gulliver, Robinson Crusoé, Vingt mille lieues sous les mers*. Je lis toute la journée. Je cherche d'autres lieux où vivre. Le troisième matin, Elena dit : Tu ne peux pas continuer comme ça, tu dois te manifester. Appelle-les et donne-leur ta démission.

Je peux ?

Oh Simone !

Elle m'attire contre elle et me caresse.

***

Je n'ai plus de travail. J'envoie des C.V. à droite et à gauche en proposant mes services comme consultant. Je me présente dans de petites entreprises, parce que je n'ose pas frapper à la porte des grandes. Mais il n'y a rien pour moi dans ces petites entreprises, elles n'ont pas besoin de mes services. Un jour, je reçois un appel de Florence : une entreprise qui produit des collants me propose un entretien. J'accepte d'aller les rencontrer. Le voyage est payé. C'est la première fois qu'on me paie le voyage pour me rendre à un entretien d'embauche.

J'arrive à Florence. Ces gens sont aimables et professionnels. Je pourrais répondre à leurs besoins, mais la rencontre se passe mal. C'est ma faute. Je suis agité. Je bégaie. On est en juin et Florence est la ville la plus chaude d'Italie, le bureau du directeur le plus chaud de tout Florence. J'ai l'impression de fondre. Je suis une bougie, dont la mèche sort par le sommet de mon crâne. Au moment de prendre congé, je comprends qu'on ne me rappellera pas pour un autre entretien.

Quand je m'assieds dans le compartiment du train qui doit me ramener chez moi, je suis un amas de cire triste, je dégage une odeur d'échec comme si je transportais un poisson pourri dans ma poche.

Un homme assis à côté de moi m'adresse la parole, il sort du néant et dit : Seriez-vous connaisseur en art ?

Je murmure : C'est à moi que vous parlez ?

Oui. J'espère que je ne vous vexe pas, mais vous avez l'air de ne rien y connaître et j'ai besoin d'un avis qui, disons, vienne des tripes. Puis-je vous montrer des dessins ?

Je réponds que oui.

Le voyageur est habillé avec élégance, mais il a un teint sanguin de paysan ou d'ouvrier, des dents très blanches, un nez d'ivrogne, de la couperose, de grosses mains abîmées de carrossier. Il ne parle pas en dialecte, mais son italien relâché en est teinté. Il me montre ses dessins en me disant qu'ils sont d'un peintre inconnu : portraits de femmes, chiens et enfants.

Il commente : On m'a dit que leur valeur devrait doubler en trois ans.

Ils sont beaux.

Vous trouvez ?

Oui.

Je les ai pris pour mon bureau. Les tableaux que vous accrochez aux murs de votre bureau en disent long sur vous. Quel est votre métier ?

Je devrais répondre : Aucun.

Mais je trouve la force de dire : Consultant en entreprise. Je suis spécialisé en délais et méthodes, je m'occupe de réorganiser la production.

C'est-à-dire ?

Je prends une profonde inspiration. Je lui explique.

Quand j'ai fini, l'homme aux tableaux m'observe perplexe et dit : Pourquoi un patron ferait-il appel à quelqu'un d'extérieur pour réorganiser des tâches que tout le monde dans l'entreprise connaît mieux que lui ?

Parce que l'habitude est mauvaise conseillère. Si on fait toujours les choses d'une certaine façon, on pense que c'est la seule possible.

Il réfléchit et dit : J'ai une entreprise.

Ah oui ?

Je produis des ampoules. Que diriez-vous de me rendre visite ?

Quand ?

Quand vous voulez.

Nous échangeons nos numéros de téléphone. De retour à la maison, j'en parle à Elena, lui explique que l'usine d'ampoules se trouve en Toscane. Il faudra que je me déplace et, si l'issue est favorable, il faudra que je sois prêt à bouger encore et à quitter la maison des semaines entières.

Elena dit : Tu as déjà décidé, je le lis dans tes yeux. Donc, c'est d'accord.

Puis elle rit et m'embrasse : On fête ça ?

***

L'entreprise de l'homme aux tableaux est une usine modèle. Cinq cents personnes : ouvriers, employés, secrétaires. Ils n'achètent rien à l'extérieur, tout est produit en interne, y compris les machines pour les moules. On me charge de contrôler l'efficacité d'une chaîne de montage.

L'homme aux tableaux dit : Je vous donne deux jours.

Je parle avec le personnel. J'étudie le processus. Je

regarde autour de moi. Pour la nuit, j'ai pris une chambre à l'hôtel voisin. En principe, j'ai droit à la demi-pension, mais quand je quitte l'usine, il est presque minuit et la cuisine est fermée. On me donne du pain et trois tranches de jambon, un verre de vin. Le soir du second jour, je vais trouver l'homme aux tableaux et lui explique comment améliorer sa chaîne. Il m'écoute sans remuer un muscle. Je suis en nage, je ne comprends pas s'il trouve ce que je dis intelligent ou juste bon à passer à la trappe. J'achève mon exposé, m'appuie contre le dossier de ma chaise, les mains sur les genoux et attends. Nous nous regardons en silence, longtemps.

Puis il dit : Vous m'avez convaincu.

Il abat la main sur son bureau et l'impact résonne comme un gong qui se propage dans les couloirs. Il se lève, fait le tour du bureau. Il déclare : Si vous êtes d'accord, je voudrais que vous fassiez le même travail sur mes autres chaînes de production. Combien de temps vous faut-il ?

Je n'en ai pas la moindre idée. Je donne un nombre de jours au hasard.

Il demande : Combien voulez-vous ?

Je n'en ai pas la moindre idée. Je donne un chiffre au hasard.

Il calcule le coût global de mon intervention. Il m'annonce que c'est trop, qu'il ne peut pas se le permettre et réduit d'un quart.

Je dis : J'accepte.

À la maison, je prends Elena dans mes bras, elle dit : Mais tu trembles.

Je tremble de bonheur. J'ai un travail. Un emploi de consultant.

J'appelle ma mère à Gênes. Je lui donne les nouvelles,

lui explique qu'un consultant a un rôle important, que c'est une profession estimée et qu'avec le temps, on peut gagner beaucoup d'argent.

Mais il ne faut pas être diplômé de l'université pour exercer ce métier ?

Si. En économie, d'habitude. Et alors ? Ce qui intéresse l'entreprise, c'est que je sache faire ce que j'affirme savoir faire.

Mais si on te demande de prouver ton titre de *dottore* ?

Ma mère soupire : Que t'arrivera-t-il ?

Rien, maman. Que veux-tu qui m'arrive ?

Mais je ne crois pas ce que je dis. Tous les employés de l'homme aux tableaux m'ont donné du *dottore* et je n'ai pas démenti. Ce n'est pas moi qui les ai trompés. Je n'ai jamais dit que je l'étais, mais je n'ai pas démenti. Je glisse par terre à côté du téléphone, dans le couloir.

Je dis : Je te rappelle, maman.

Il me reste à tout faire pour ne pas être démasqué.

***

Elena et moi nous inscrivons au Club Alpin Italien. Marcher en montagne est la seule façon que je connaisse de me sentir à ma place. Je sais escalader, je me sens autorisé à le faire. Si je veux, je peux aussi sortir seul, sans rendre de comptes à personne. Il m'arrive souvent de me réveiller le dimanche matin quand la ville dort encore et qu'Elena est blottie, immobile, contre son oreiller. Elle ne se retourne pas dans le lit. Les rêves, dont elle dit qu'ils la visitent plutôt avant le réveil, ne l'agitent pas encore. Des rêves minéraux, poussiéreux. C'est ainsi qu'elle m'explique les rêves, à moi qui ne rêve jamais. Parfois je laisse un mot : Je reviens pour déjeuner.

J'ajoute une gourde d'eau dans mon sac à dos tout prêt derrière la porte de la chambre. Je sors et, moins d'une heure après, je suis accroché à une paroi. Ou simplement sur un sentier.

C'est pour cette raison que nous nous inscrivons au Club Alpin Italien, Elena et moi. Parce qu'elle n'aime pas que j'aille seul en montagne. Nous nous lions avec deux autres couples de Turin. Nous participons aux sorties du groupe dans les Dolomites et dans toutes les Alpes. Puis le lundi matin, après le petit déjeuner, en même temps que j'enfile ma veste et ma cravate, je remets mon masque. Je saute dans un train, puis dans un autre, cours d'une biscuiterie à une usine textile, d'un producteur de riz à un distributeur de livres, d'un éleveur de porcs à une banque. J'accepte tout ce qu'on me propose et chaque fois, après avoir accepté, je file aux toilettes me passer de l'eau sur le visage pour ne pas m'évanouir.

La mission acceptée, tous mes efforts ne tendent qu'à en venir à bout. Sans me faire remarquer. Il faut que je sois efficace et invisible. On ne doit pas me voir dans les couloirs, on ne doit pas se souvenir de mon visage. Mon nom, oui, mon nom est nécessaire, il attire d'autres contrats. Mais je ne veux pas qu'on me reconnaisse si on me croise dans la rue. En revanche, les clients doivent être satisfaits : la satisfaction est un anesthésique. Dans l'ascenseur, on ne me demande pas à quel étage je descends, on s'assied à ma table sans mon autorisation, quand on paie pour tout le monde, on a tendance à m'oublier. Parfois, la personne s'excuse et je dis : Je vous en prie, laissez donc.

Les chauffeurs ne sont jamais là quand je descends d'avion. S'ils se souviennent de venir me chercher, ils ne me trouvent pas et repartent alors que je suis debout à l'entrée du parking, exactement à l'endroit convenu pour notre rendez-vous. Je travaille la nuit pour boucler le rapport à présenter le matin au directeur d'une grosse entreprise et, le moment venu, je prie quelqu'un d'autre de l'exposer à ma place, je suis aphone. Je choisis un siège à l'écart, m'assieds la tête appuyée contre le mur et écoute mon travail. À la fin, tout le monde applaudit, se lève et félicite l'orateur. Je sors. J'allume une cigarette.

***

Je me suis mis à fumer. Le matin en me levant, dans la queue à la gare pour acheter mon billet, après le déjeuner, après le dîner, après le café. À la maison, je sors sur le balcon, je laisse courir mon regard sur les immeubles et jusqu'aux montagnes. Je n'aime pas fumer : je déteste le goût de goudron qui reste sur le palais et entre les dents quand on passe la langue. Je n'avale pas la fumée, je la garde dans la bouche, puis la rejette. Mais je fume. Quand il fait froid, je fume à l'intérieur.

Un jour, Elena me dit que je ne dois plus fumer chez nous, elle dit qu'il vaut mieux que je sorte, même s'il fait froid : Mets ton manteau s'il faut.

Je suis désolé. Je ne savais pas que la fumée te dérangeait.

Ce n'est pas moi qu'elle dérange.

Ta mère s'est plainte ?

Elena achève un puzzle, une reproduction d'un tableau d'Alfons Mucha. Assise en tailleur devant la table, elle la survole, un morceau entre les doigts comme un avion en reconnaissance, elle dit : J'attends un bébé.

Elle me dévisage avec un sourire moqueur au coin des lèvres : Enfin, nous attendons un bébé.

Tu es enceinte ?

Je ne crois pas qu'il y ait une autre façon d'attendre un bébé.

Je reste assis dans mon fauteuil, les jambes coupées : un bébé. Je pense aux yeux, à la bouche, aux oreilles, aux mains, aux poumons, au foie et aux reins qui grandissent à l'intérieur d'Elena pendant que, devant moi, elle essaie de placer un fragment de carton en s'aidant du dessin étalé sur la table. De faire coïncider un morceau avec le tout. Je pense à l'embryon qui grandit. Qui à partir d'un certain moment reconnaît la voix de sa mère et de son père, entend la musique et distingue la lumière de l'obscurité, qui peut avoir le hoquet et commence à sucer son doigt pour se préparer à téter. Qui rêve.

Je m'élance vers Elena, l'embrasse. Je déplace sa chaise de force. Elle dit : Attention.

Elle pose une main sur son ventre. Je m'agenouille et approche mon oreille. Je dis : Allô, tu m'entends ?

Puis à Elena : Il mange ? Il a peut-être déjà des goûts précis. Tu as des envies ?

Je sais qu'ils perçoivent les goûts à travers le sang.

Tu as trouvé ça bon ? Oui, merci, j'en reprendrais volontiers.

Elena dégage ses cheveux de son visage : Nous avons devant nous neuf mois riches de surprises.

Neuf mois. Pourquoi leur faut-il si longtemps ?

La vie, c'est long à fabriquer. Je crois aussi que ces neuf mois servent davantage à former le père et la mère que le bébé. Certaines espèces ont une grossesse courte. Une trentaine de jours chez les chiens et les chats. Une centaine chez les lions et les tigres. C'est plus facile pour eux.

Nous le serons.

Nous serons quoi ?

De bons parents.

J'aperçois une pièce du puzzle sous la table. Je la ramasse.

Elena s'écrie : Voilà où elle était. C'est celle que je cherchais.

Elle la prend et la place au bon endroit.

Elle dit : Maintenant tout fonctionne.

***

Quitter la maison le matin devient plus difficile. Elena et notre enfant sont l'énergie, le sens, la réponse aux questions. Près d'eux mon sang circule dans mes veines avec une vigueur renouvelée, mes cheveux sont plus brillants et drus, et cette douleur persistante qui me vrillait le dos s'évanouit du jour au lendemain.

À la maison, tout me réussit, je construis une bibliothèque, j'accroche des tableaux aux murs. Au travail, tout me glisse des mains : mon stylo, la chemise qui contient mes rapports, ma tasse de café. Certains jours, rien ne m'échappe des mains, parce que je suis incapable de rien attraper. Mes doigts ratent l'agrafeuse comme s'ils n'étaient que de l'air. Je m'assieds et tombe par terre comme si j'avais traversé mon siège.

Je travaille mal. Mes jambes tremblent. Je consulte un médecin, qui ne me trouve rien et dit que je vais bien, très bien même. Elena et moi allons à Gênes pour mon-

trer à ma mère l'avancement de la grossesse, Elena avec
son gros ventre. Après le déjeuner, je les laisse bavarder
au salon, un plaid sur les jambes. Je sors, direction le
cimetière de Staglieno. Les tombes de mon frère et de
mon père sont un jardin fleuri : maman vient s'en occuper tous les jours et, quand elle a un empêchement, elle
en charge une voisine. Je reste debout quelques minutes
sans penser à rien, sans prier, puis je repars.

Je marche longtemps. Je monte un escalier qui longe
la voie ferrée. Il y a un vieux pont en pierre. Je fais
halte sur le pont. Je reviens sur mes pas, enjambe une
barrière métallique et me voici sur les rails. Il y en a
quatre. Un chien, un petit bâtard sale et souffreteux, me
regarde. Je me penche, pose ma paume sur la traverse
en bois, puis sur le rail. Il est chaud. Un convoi a dû
passer récemment. Le petit bâtard s'approche, museau
au sol, il se dandine, hésitant à venir vers moi. J'ai des
bonbons dans ma poche. J'en prends un, enlève le
papier, le lui lance. Il le flaire avec méfiance, on dirait
qu'il le dédaigne, mais soudain il le récupère et l'avale
avec un bruit de dents superflu. Je suis toujours là, près
des rails. Je pose à nouveau ma main et le rail tremble,
d'abord une vibration légère, incertaine, puis de plus en
plus forte. Je ne me relève pas. Non. Je me demande
d'où arrive le train. Je suis au milieu d'un virage et la
portion de rails que je vois ne dépasse pas les deux
ou trois cents mètres. Maintenant j'entends le bruit. Il
y a un sifflement et, dans ce sifflement, le frottement
des roues, le grincement du métal. Je serre le rail plus
fort, le sifflement se répète, proche. Le vacarme enfle,
fonce, m'enveloppe : l'appel d'air, la loco, les wagons,
une traînée de couleurs. Le silence.

Je tombe à la renverse dans l'herbe sèche et souillée,

haletant. Le train est passé sur l'autre voie. Les vibrations se propagent le long de mon bras à tout mon corps.

J'ouvre la porte de la maison. Je pose les clés sur le chiffonnier et deux voix de femmes, odorantes de fleurs et de lumière, m'arrivent de la salle de séjour. Elena dit : Où étais-tu ? On croyait t'avoir perdu.

Ma mère se lève et me sert un jus de carotte : Nous avons écrit une liste de prénoms pendant que tu te promenais. Tu veux les entendre ?

– Bien sûr.

– Des prénoms de garçon et de fille. Par lesquels veux-tu commencer ?

– Par les prénoms de garçon, ce sera sûrement un garçon.

Je rejoins Elena, elle est assise près de la fenêtre, plongée dans une brume lumineuse que les rideaux vaporisent dans toute la pièce. Je l'entoure de mes bras par-derrière, pose mon visage contre ses cheveux. Je flaire l'odeur de sa peau.

Je dis : Mon enfant.

***

Je suis dans un des laboratoires de l'usine d'ampoules. L'homme aux tableaux est devenu un de mes principaux clients et grâce à lui les commandes ont afflué.

J'étudie un processus de coloration, dehors il pleut à verse : vent, éclairs et tonnerre secouent les vitres du hangar. Une des secrétaires entre en courant, agite la main vers moi, dit : Monsieur Coifmann, au téléphone. C'est votre femme.

Ce n'est pas ma femme, c'est mon beau-père ; mais

c'est au sujet d'Elena. Il dit : Le travail vient de commencer. Dépêche-toi de venir !

Mais je suis à quatre cents kilomètres. Et en train.

Alors dépêche-toi d'aller à la gare !

Comment va-t-elle ?

Bien.

Le bébé ?

Bien.

Une voiture me dépose à la gare. Le tableau indique que le premier train part dans une heure. Je tourne en rond dans la salle d'attente en comptant les carrelages par terre, déchiffre le règlement de la consigne, marche en long et en large sur le quai. Dans le wagon, je fais les cent pas dans le couloir central, me suspends au porte-bagage et me penche par la fenêtre pour mieux voir. Je m'élance à l'intérieur de l'hôpital et monte les escaliers quatre à quatre : hall, premier étage, deuxième étage, maternité.

Je demande : Où est-elle ?

Je m'entends appeler : Simone.

Je me retourne.

Elena est sur un brancard articulé, deux infirmières la poussent dans sa chambre. Elle tient dans ses bras un paquet enveloppé de linge blanc. Elle est à la fois éprouvée et euphorique, ses cheveux mouillés de sueur sont collés sur son front, elle dit : Puis-je faire les présentations ? Simone, voici Agata. Agata, voici ton papa.

Elle me tend le paquet.

Je la serre contre ma poitrine, je repousse la couverture pour voir son nez, ses yeux : Agata ?

Elena hoche la tête, me caresse la jambe : Notre merveille de petite fille.

CHAPITRE V

« Ils étaient venus nombreux. Parce que tout le monde dans la ville connaissait le Seigneur des Rebuts. Et le saluait : les propriétaires des villas sur la côte quand ils sortaient de chez eux au volant de leur voiture, les ouvriers de la centrale électrique qui faisaient les trois-huit et les vendeurs du centre commercial. Les enfants endormis et transis sur le chemin de l'école le matin disaient bonjour au Seigneur des Rebuts, les plus petits en frottant la main contre la vitre arrière de la voiture de leurs parents, les plus grands en criant salut avec un mouvement du menton, avant de recommencer à se bousculer contre portails et lampadaires. Personne ne refusait une chaise au Seigneur des Rebuts. Et une chaise était tout ce que demandait le Seigneur des Rebuts pour s'assoupir, de temps en temps, sur le trottoir. C'est pour cette raison qu'ils étaient venus nombreux cet après-midi de novembre, alors que les feuilles humides bouchaient les grilles d'égout et que le ciel s'ouvrait au vent. Tout le monde connaissait le Seigneur des Rebuts et jamais personne ne l'aurait laissé seul. On disait qu'il avait été un chimiste hors pair. On disait qu'il avait été facteur dans une autre ville.

Vendeur de fruits et légumes, poseur d'antennes, pirate. On disait qu'il avait fait de la prison, mais personne n'y croyait. Et même si c'était le cas, la vie l'avait racheté. Ce qui était certain, c'est que le Seigneur des Rebuts, il y a longtemps, avait fondé une coopérative qui recyclait les objets usagés : réveils, meubles, cahiers. Il venait les ramasser dans les cours où on les abandonnait. Il récupérait le matériel électronique, les ordinateurs, les imprimantes...

– Quand tu étais jeune, il y avait des ordinateurs et des imprimantes ?

– Zeno, qu'est-ce que j'ai dit ?

– Pardon. Continue.

– Quand c'était possible, il les réparait et les revendait aux gens qui ne pouvaient pas se permettre des produits de dernière génération. S'il n'y arrivait pas, il les démontait et triait les composants : fer, plastique, cartes à puce, cuivre. Il envoyait le tout au recyclage. Il récupérait les feuilles où les enfants et leurs nounous avaient dessiné au pastel des flamants roses et des baleines en couleur, les post-it des courses, les enveloppes qui avaient contenu des lettres d'amour et de licenciement et qui maintenant ne contenaient plus rien, les factures d'électricité et de gaz, les pages de magazine découpées pour prendre des photos de gratte-ciel. Il récupérait les bouteilles en verre à la fin des soirées. Les bocaux de lentilles en sauce, les pots de crème fraîche et les boîtes de cirage. Il mangeait les aliments que les supermarchés de la ville auraient jetés, qui étaient périmés selon la loi, mais pas selon l'estomac. Il circulait dans les rues de la ville sans soulever de poussière à bord d'un fourgon brinquebalant, qu'on lui avait cédé contre un grille-pain et un réveil qui imitait différents chants d'oiseau en fonction de l'heure :

à quinze heures la mésange, à dix-huit l'effraie, à vingt-et-une le pinson. Le nom de son entreprise s'étalait en bleu et argent sur son fourgon : Voyages dans le temps.
– Voyages dans le temps ?
– Voyages dans le temps, confirma grand-père en tirant sur sa pipe des bouffées goulues et espacées. Dans cette ville qui émergeait tous les matins comme si c'était le jour de sa fondation, dans cette ville qui vivait projetée dans le lendemain, coiffant ses longs cheveux à la lumière du soleil, dans cette ville qui déchirait des emballages et ouvrait des boîtes sans jamais s'arrêter, le Seigneur des Rebuts était le seul à s'occuper du passé récent. Insomniaque chronique, la nuit il errait dans les ruelles du port, arpentait les allées du parc ponctuées par des racines de châtaignier ou des grillages de terrain de jeux et, à la lumière des lampadaires, fouillait fébrilement dans les poubelles. S'il trouvait un plan de la ville abandonné par un touriste, il le ramassait et se lovait sur un banc en bois, parce que le Seigneur des Rebuts adorait les bancs, surtout ceux qui étaient en bois et à dossier courbe, et cherchait sur le plan les traces d'un passage, des rues entourées au stylo, les monuments mis en évidence par une flèche et, dessous, la cendre sans vie d'une journée désormais achevée, confiée à la seule mémoire des gadgets digitaux. Le Seigneur des Rebuts ranimait la braise sous cette cendre : le café noisette, "noisette avec du lait froid, s'il vous plaît", commandé dans ce bar du centre-ville, le souvenir magnétique acheté à l'étal devant la fontaine. Il avait fait beau, ils n'avaient pas eu envie de s'enfermer dans un musée, c'était une journée d'herbe et de nuages, de pédalos et de bord de mer. Ils étaient cinq, avec trois enfants, venus en train.

– Comment le savait-il ?

– C'était ce qu'ils jetaient qui le renseignait. Des années plus tôt, un matin, il avait trouvé un album photo parmi des pelures de banane et des coquilles d'œuf. En feuilletant les pages noires cartonnées, il avait reconnu une femme rousse qui vivait non loin de là. Il avait sonné à sa porte. "Tu as perdu ta mémoire", lui avait-il dit. "Quoi ?" avait-elle répondu. "Tu as perdu ta mémoire", avait-il répété en lui montrant l'album photo. La femme avait pris le volume renforcé à doublure verte, l'avait regardé comme on regarde un fakir avaler du verre pilé et l'avait ouvert avec une telle lenteur qu'on aurait pu croire que la Terre s'était immobilisée sur son axe. Même le chien s'était tu. Puis elle s'était assise sur la première marche de son perron et avait tourné les pages. Le soleil s'était couché, le Seigneur des Rebuts avait allumé l'éclairage extérieur de la maison et s'était assis à côté d'elle, mais une marche plus haut pour voir sur quelles photos elle s'attardait le plus : elle sur des rochers, un enfant entre les bras, une fête d'anniversaire devant un gâteau à la crème et au chocolat ou en compagnie d'un homme, sa tête sur son épaule à lui. Peu après minuit, le Seigneur des Rebuts avait fait mine de partir, mais la femme s'était levée d'un bond et avait dit : "Prends-le. – C'est ta mémoire, avait-il répondu, il t'appartient. – Ce n'est pas ma mémoire, c'est celle de mon ex-mari, prends-la. – Dis-moi où il habite, avait demandé le Seigneur des Rebuts en se chargeant du volume doublé en vert. – Je n'ai aucune idée de l'endroit où il se terre, et je ne veux pas le savoir. Si quelqu'un décide de perdre la mémoire, c'est son droit, tu ne crois pas ?" Une ambulance était passée en trombe dans l'avenue. Il avait attendu que la sirène soit absorbée par les immeubles, puis il avait répondu : "Non." »

Grand-père fit une pause et alla ouvrir la fenêtre pour laisser entrer la nuit.

« Ils étaient venus nombreux. Parce que tout le monde le connaissait. Ils lui avaient confié des lambeaux de leur existence pour qu'ils reprennent vie. Il avait arraché à la poussière et à l'oubli des pièces de rechange qui faisaient encore marcher leurs appareils électroménagers et leur équipement dans leurs maisons, leurs bureaux, leurs garages. En observant la ville à travers les prises de courant, les canalisations et les conduits d'aération, on se serait aperçu qu'elle était devenue une mémoire collective, un unique organisme homogénéisé par l'emploi d'objets que tout le monde avait tenus un jour entre les mains. Le clavier de l'ordinateur avec lequel le propriétaire du centre commercial avait rédigé son testament avait servi au fils du jardinier pour taper son mémoire de diplôme. Le fauteuil que la femme du maire utilisait pour lire était maintenant à la disposition des patients du dermatologue dans la salle d'attente. Dans le berceau du petit-fils du dermatologue dormait maintenant le fils de la fromagère, celle qui tenait le magasin devant l'église. Ils étaient des milliers au cimetière.

– La dame rousse aussi ?

– Je pense que oui, répondit grand-père. À sa demande, on le déposa directement en terre, sans cercueil.

– Pourquoi ?

– Pour ne pas gaspiller de bois. »

En buvant un granité en bouteille offert par Rosa, assis sur le muret de la cure, je racontai à Luna et Isaac ma semaine génoise : la chambre d'hôtes, la clinique, l'aquarium. Un bain familial dont je gardais comme séquelles un violent mal de tête. Je n'avais pas respecté les paliers de décompression : j'avais refait surface trop vite.

Le soir, je grimpais fébrilement au Monticello, attendant des nouvelles de la greffe. Quand j'en avais, elles ne me tranquillisaient pas. Tout va bien, écrivait maman, tout va bien. Mais je ne la croyais pas. Si tout était allé bien, j'aurais été avec eux. Si tout était allé vraiment bien, j'aurais joué au *burraco* avec papa sur son lit. À coup sûr, des dangers se cachaient dans ces paroles. Il fallait que je les déniche. Les bains dans le lac ne m'étaient d'aucun secours, ni les chamailleries avec Luna et Isaac. Les histoires de grand-père le soir me distrayaient, c'est vrai, mais elles pénétraient mes rêves et, le matin, je me réveillais plus fatigué que la veille au soir.

Un après-midi où je revenais du Monticello, peu avant le site d'escalade, alors que je jetais un coup d'œil distrait sur le lac, je l'aperçus entre les arbres et l'eau brumeuse : elle, l'esprit follet. Elle était assise sur la berge et jouait avec les galets. Je partis à fond de train dans la pente à travers les terrasses, qu'on appelle à Colle Ferro des « bandes », et, une minute après, je pénétrai en courant dans le rideau d'arbres. Le lac disparut à ma vue et j'étais sûr que lorsque je sortirais des chênes verts, elle ne serait plus là, comme les autres fois. Elle flairait l'air, elle avait un odorat d'animal. Et je n'avais pas le temps de la contourner sous le vent.

Je courus à perdre haleine, rasant les troncs et bondissant par-dessus les racines des châtaigniers. Un pic épeiche s'envola terrorisé. Je trébuchai et m'étalai par terre. Je me relevai tout de suite. En courant, j'évitai de penser à ce qui aurait dû m'effrayer. Ses traits par exemple. Quel visage avait un esprit follet ? Elle s'était noyée. Sa peau serait-elle putréfiée et ses orbites vides, dévorées par les poissons ? Petit, j'avais peur à la cave, à cause de son étrange odeur de végétal en décomposition ; je croyais que c'était l'odeur du monstre qui l'habitait.

Je débouchai sur la berge comme une furie, prêt à trouver les lieux déserts.

Mais non, elle était là.

La forêt m'avait expulsé avec la violence d'un pistolet à air comprimé. Je dus mouliner des bras pour m'arrêter sans perdre l'équilibre.

Elle était accroupie à cinq ou six mètres de moi, de dos. Sans se relever, elle tourna le cou. Je me préparai à voir ce que je n'aurais pas dû voir, je pensai au monstre de la cave, persuadé que mes plus sombres fantasmes allaient ce jour-là devenir réalité et que ma santé mentale allait s'effondrer d'un seul coup. L'esprit follet tourna la tête, l'inclina de côté et sourit. Elle dégageait une odeur de noisettes grillées et de sucre. Elle avait la peau claire, les joues rouges, des cheveux bruns retenus par un serre-tête.

« Salut », dit-elle.

Elle semblait absorbée. De loin je l'avais prise pour une petite fille parce qu'elle était de petite taille – plus petite que moi –, mais en la voyant de près, je pensai qu'elle devait avoir mon âge.

« Salut, répéta-t-elle, imaginant que je n'avais pas entendu.

– Alors tu existes. »

Elle se releva d'un mouvement gracieux. « Comment ça ? dit-elle sans cesser de sourire. Pourquoi je ne devrais pas exister ?

– Tu as disparu. Deux fois. » Je montrai le chiffre

sur mes doigts, pouce et index, pour marquer l'aspect concret de ces événements. Pas des paroles, des impressions ou des mirages : des faits. « Un jour au lac. Tu es entrée dans l'eau et tu as disparu.

– Pardon, je ne comprends pas. » Elle redressa la tête. Elle la tint droite un instant, puis l'inclina de l'autre côté. On aurait dit qu'elle cherchait le meilleur angle pour me cadrer.

« Je te dis que je t'ai vue. Il pleuvait et je t'ai vue entrer dans l'eau. J'étais là-haut, tu vois ? Sur le sentier. Mais quand je suis arrivé, tu n'étais plus là et ta ceinture blanche flottait sur l'eau. J'ai failli me noyer pour la récupérer. »

Son sourire s'élargit, ses yeux se vidèrent pour retrouver le souvenir de cette journée. « Bien sûr, dit-elle. Je me rhabillais après m'être baignée et le vent m'a arraché ma ceinture des mains. J'ai essayé de la récupérer avec un bâton, mais impossible. Quand il s'est mis à pleuvoir, j'ai pensé que ce n'était pas les ceintures qui me manquaient. Alors je suis partie. » Elle s'était rembrunie. Elle laissa tomber son regard sur mes genoux et cligna les paupières. Quand elle le releva et l'ancra au mien, j'en perçus la force et l'anxiété. « Tu as vraiment failli te noyer ? »

Je hochai la tête affirmativement. « Sans Isaac...

– Qui est Isaac ?

– Un ami.

– Je suis désolée.

– Il ne faut pas, dis-je. Il est moins bête qu'il n'en a l'air. »

Un sourire fendit ses joues qui s'enflammèrent. Ses yeux étaient deux fentes. « Ce n'est pas ce que je voulais dire. » Elle avait un merveilleux sourire. Je me détendis.

« Et puis un autre jour, tu me regardais, dis-je. Quand je suis arrivé à Colle Ferro. J'étais sur le balcon et toi en contrebas, sur le chemin de terre. J'en suis sûr : tu me regardais. Mais quand je t'ai dit bonjour, tu n'as pas bougé. » Je mimai sa position. « Immobile, continuai-je. Tu le sais pourtant ? Tu sais à quel point ça fait peur quelqu'un qui vous dévisage comme tu l'as fait ? Tu imagines un peu ?

– Ce n'est pas vrai. » Elle semblait vexée. « C'est la première fois que je te vois.

– Mais enfin, je t'ai fait signe. J'ai levé le bras.

– Et je t'ai répondu ?

– Non, justement.

– Si je ne t'ai pas répondu, c'est que je ne t'ai pas vu.

– Mais j'étais là, sur le balcon.

– Quel balcon ? »

Je tendis le bras en direction de chez grand-père.

Elle joignit les mains devant sa poitrine, excitée. « La maison du vieux Simone ?

– Tu connais mon grand-père ?

– Qui es-tu ?

– Comment le connais-tu ?

– Ma sœur m'a parlé de lui. Avant que je vienne ici, elle m'a demandé de lui transmettre un message : qu'elle a vu le film.

– Quel film ?

– Ben, voilà, dit-elle dépitée, j'ai oublié le titre. Maintenant ma sœur est en Afrique, je ne peux pas lui demander.

– Mon grand-père n'a même pas la télévision. Comment ils se connaissent ?

– On venait ici en été. On loge chez mes cousins à

Servo, le village là-bas. » Elle montra le côté gauche de la vallée.

Au bout du compte, la vie de mon grand-père était beaucoup plus peuplée que je le croyais. « Je suis Zeno, dis-je.

– Irene.

– Tu veux qu'on aille lui demander le titre du film ? Il s'en souvient peut-être.

– Maintenant il faut que je parte. Mes parents sont sûrement déjà à l'embranchement.

– Quel embranchement ?

– Devant la grotte. Mes parents aiment marcher. Quand ils sortent se balader, je viens au lac, moi je déteste les excursions. Mais ils ne partent jamais long-temps. La prochaine fois, je te fais signe, d'accord ? On se renseignera pour le film. Toute seule, j'oserai pas. »

Je hochai la tête. Elle me dit au revoir et s'en alla. L'idée me traversa que j'aurais voulu lui demander pour-quoi elle portait toujours cette robe impossible, mais elle était déjà loin.

C'était décidé, il fallait que je visite les grottes. L'his-toire d'Anselmo sur la Fontaine de Vie était sûrement un bobard, de même qu'Irene n'était pas l'esprit fol-let. Mais allez savoir. De toute façon, je n'avais rien de mieux à faire.

Isaac se laissa convaincre tout de suite. On alla ensemble chez Luna. Son père jouait aux échecs contre lui-même, assis à table, ses lunettes dans la poche de sa chemise : quand c'était à l'autre de jouer, il tournait l'échiquier. Sa mère lisait un magazine, assise sur le divan jambes repliées (la même position que Luna quand elle se détend après dîner en lisant *Nouvelles technologies*

303

pour faciliter l'examen des macules ou *Perspectives en choriorétinopathie séreuse centrale*).

Allant droit au but, je proposai de dérober chez eux l'équipement de spéléo de son oncle Alessandro : casques, cordes, torches. Luna refusa catégoriquement.

« Vous avez entendu mon père : c'est dangereux. Et puis, vous voulez qu'ils me tuent ? Vous imaginez la scène s'il découvre que j'ai piqué ce matos ?

– Si les grottes étaient dangereuses, on les aurait fermées, tu ne crois pas ? dit Isaac.

– C'est justement ce que mon oncle et son association essaient d'obtenir.

– Mais eux, ce sont des spéléologues de la ville.

– Que voudrais-tu insinuer ?

– C'est bon, ne monte pas sur tes grands chevaux.

– Arrêtez vous deux, dis-je. Luna, nous ne prendrons aucun risque, ça va ? J'ai juste besoin de me livrer à une petite reconnaissance. Besoin, tu me comprends ? S'il te plaît. »

Luna prit un air sérieux et ne répondit pas. Un oiseau avait dû se poser sur un arbre de la cour et maintenant il chantait à gorge déployée.

« Demain matin, dit-elle, mes parents vont visiter une église. On se retrouve à dix heures précises aux grottes. Nous aurons deux heures. Pas plus. »

J'aurais voulu lui sauter au cou, l'embrasser, mais je me retins. Je la remerciai et sortis avant qu'elle ne change d'idée. Le lendemain, à dix heures moins le quart, j'ouvris la porte et tombai nez à nez avec Irene.

« Salut. Tu allais sortir ?

– Non. Pourquoi ?

– Tu as quoi dans ton sac à dos ? »

J'opérai une torsion du cou pour vérifier mon épaule

droite comme si je n'étais pas conscient de ce que j'em-
portais avec moi. « Rien de spécial, répondis-je.

– Ton grand-père est là ?

– Non.

– C'est vrai ?

– Non. »

Irene sourit. « Pardon ?

– Je veux dire : il est à la maison, mais il est occupé.
Et quand il travaille, il vaut mieux ne pas le déranger.

– Tu veux bien l'appeler ? Je crois que nous partons
la semaine prochaine et je ne sais pas si je pourrai revenir. »

À cet instant, mon grand-père apparut derrière moi.
« Bonjour, dit-il.

– Le vieux Simone ? Pardon… Monsieur Coifmann ?

– Oui.

– Monsieur Coifmann, ma sœur vous donne le bonjour. Elle m'avait demandé de vous dire qu'elle avait
finalement vu ce film, celui dont vous lui aviez parlé,
et qu'elle vous remerciait. Mais je ne me souviens plus
du titre, je suis désolée. »

Je crus qu'à ce stade, elle allait le gratifier d'une révérence.

« Qui est ta sœur ? »

Irene se frappa le front de la paume. « Quelle idiote !
Elle s'appelle Elena. »

La barbe de grand-père dessina un sourire oblique.
« Alors tu dois être Irene. »

Sur ses joues se leva une aurore boréale.

« Elena n'est pas là ?

– Non. Elle est en Afrique.

– Qu'y fait-elle ?

– Son copain est bénévole dans une mission, elle l'a

rejoint. C'est pour cette raison qu'elle m'a demandé de vous remercier. Pour un film qui lui a fait comprendre quelque chose. Une histoire de bague, je crois. »

Grand-père s'assit sur le banc et croisa les jambes. « *Diamants sur canapé.* »

Irene bondit. « Oui, oui. C'est ça.

– Je lui ai conseillé de le voir pour changer d'avis sur une bague de fiançailles qu'un garçon lui avait offerte. Elle avait découvert qu'il l'avait récupérée dans un sachet de chips. Il fallait voir, elle était vexée comme un pou. »

Voilà. Je n'aurais jamais imaginé que grand-père puisse prodiguer des conseils sentimentaux à une jeune fille, cela dépassait les hypothèses les plus abracadabrantes. À partir de là, tout devenait possible : qu'il soit un espion russe, qu'il vienne de l'Empire Klingon, qu'il appartienne à la Ligue de la Justice.

« Bon, dis-je, il faudrait que j'y aille.

– Où vas-tu ? » demanda grand-père. C'était la première fois qu'il me posait cette question.

« Je dois retrouver Luna et Isaac. Chez Luna.

– Iole vient déjeuner. Tu restes, Irene ?

– Volontiers. Je le dirai à mes parents quand ils passeront me chercher.

– Bon, dit grand-père en se levant pour rentrer. En attendant, amusez-vous bien. »

Irene me serra dans ses bras, rayonnante. « Je suis si contente de l'avoir rencontré. Qu'est-ce qu'on fait maintenant ? »

« Et elle, qui c'est ? »

Isaac était assis par terre, les jambes croisées. Il bombardait de cailloux une cannette vide posée sur une souche.

« Tu es en retard, observa Luna.

– Dix minutes, répondis-je. Elle, c'est Irene. Irene : Isaac et Luna.

– Elle vient avec nous ? demanda Luna. Je n'ai que trois frontales.

– Stop, inutile de vous prendre le chou, dit Irene. Je n'entre pas. Ce doit être plein de chauves-souris. Je déteste les chauves-souris. »

Isaac lança un caillou et toucha la cannette, qui roula au loin dans un bruit métallique. « Les chauves-souris, c'est inoffensif, affirma-t-il. Bon, on y va ? J'ai sept bouteilles en plastique vides à remplir à la source. À votre avis, ça soigne l'acné aussi ? »

Luna sortit les casques d'un sac à dos en P.V.C., un sac immense où Irene serait rentrée sans peine. « J'ai aussi trois cordes, des mousquetons, les piles de rechange et deux lampes à dynamo en cas d'urgence. Et j'ai pris ça à ma mère, nous avons presque la même pointure. » Elle montra ses chaussures de marche en daim. Des chaussettes en laine rouge roulées avec soin lui montaient à mi-mollet.

« Moi, j'en ai pas trouvé, dit Isaac. J'ai cherché partout. » Il regarda les lacets effrangés et crasseux de ses baskets.

« Moi non plus. J'ai essayé celles de mon grand-père, mais je nage dedans.

– Voilà, dit Isaac en coiffant un casque. Les chauves-souris s'y briseront les griffes.

– Mais il ne servira à rien contre les araignées », décréta Irene.

Isaac pâlit. « Les araignées ?

– De petites formes de vie velues et multipattes.

– Ne me dis pas que tu as peur des araignées, m'étonnai-je.

– Les araignées me terrorisent.

– Il nous reste à peine une heure, dit Luna en allumant sa frontale. On y va ? »

On sortit une corde. Elle était beaucoup plus longue que celle que j'avais utilisée la fois précédente. On l'attacha à un arbre et on demanda à Irene, puisqu'elle ne venait pas avec nous, de surveiller qu'une secousse imprévue ne la défasse pas.

« On pourrait la nouer à sa cheville », proposa Isaac.

On entra, moi en tête, Isaac en deuxième, Luna fermant la marche. Les arêtes, les fentes et les goulets de la montagne se révélèrent de façon approximative. Les frontales répandaient dans l'humidité de la grotte une lumière sale, et il fallait changer souvent la direction du regard pour se construire une image mentale complète de ce qui nous entourait. On emprunta le premier boyau. Luna, en queue, déroulait la corde. L'antre était plus étroit que dans mon souvenir et d'une opacité visqueuse. Mais je retrouvais le courant d'air froid qui aspirait vers l'intérieur et les bestioles qui s'effaçaient sur notre passage, se réfugiant dans les fentes des rochers. On marcha en silence une dizaine de minutes, troublés, et regardant où l'on posait le pied. Puis Luna annonça : « On est au bout de la corde.

– Déjà ?

– Elles mesurent soixante-dix mètres.

– Faisons un nœud avec l'autre.

– Un nœud de pêcheur, alors.

– Mais c'est que nous avons une exploratrice avec nous, commenta Isaac.

– Tu es sûre que ça tient ? demandai-je.

– Sûre et certaine. »
Soixante-dix mètres plus loin on avait fini la deuxième corde aussi.
Luna fouilla dans le sac à dos. « Il n'en reste qu'une.
– On verra bien, dis-je. Attache-la. »
On reprit notre descente. Aucun de nous n'avait pensé à la température. L'humidité nous transperçait les os. Marcher nous mettait en sueur, mais à l'arrêt, la chaleur du corps retombait rapidement et le froid nous envahissait. Nos haleines saturaient l'air de buée. Encore soixante-dix mètres et on arriva au bout du troisième raccord.
« Et maintenant ? demanda Isaac.
– Maintenant, on pose la corde par terre. Comme ça, dit Luna, placide, en la laissant tomber sur le sol mouillé. Et quand on fera demi-tour, on la reprendra ici.
– Et si on se perd ?
– On ira tout droit, répondis-je. Sans faire de virage. Et on reviendra par le même chemin, sans bifurquer.
– C'est quoi ce truc ? » La voix d'Isaac était réduite à un grincement. « Quelque chose a bougé là derrière.
– En route, s'impatienta Luna, je passe devant. »
Isaac nous raconta qu'il avait toujours eu peur des araignées, depuis qu'il était petit, et que les cauchemars qui agitaient ses nuits et le faisaient courir dans le lit de ses parents étaient peuplés de ces petites masses velues et putrides. Qu'il détestait chez les araignées le fait qu'on n'était jamais sûr de leur forme et de leurs limites. Il dit : « Un couguar, c'est dangereux, mais tu sais où commencent ses pattes et où elles finissent, que là c'est sa gueule et qu'il faut te protéger de ses griffes et de ses dents. Pas les araignées. C'est une boule qui trottine, tout est minuscule chez l'araignée et méconnaissable : où sont

les yeux, où sont les griffes... Elles en ont, des griffes ?
Et puis, où elle est ? Mon Dieu, elle a disparu ! Elle a
dû me monter dessus ! »

Tandis qu'Isaac parlait, je pensais au vilain crapaud,
au côté insaisissable de la maladie. Voilà à quoi je pensais
– ou essayais de ne pas penser – quand le tunnel s'arrêta,
s'ouvrant sur une salle imposante, contenant une mare
d'eau alimentée par le ploc ploc monodique des gouttes
que distillaient les formations calcaires tourmentées du
plafond. La lueur envahissante de nos lampes se reflétait
partout.

« C'est là ? » demanda Isaac.

Luna chercha d'autres boyaux dans les parois de la
salle.

« Rien à faire, dis-je. On ne peut pas continuer par
ici. » Je tournai sur moi-même en suivant le faisceau
lumineux qui partait de mon front. « Je ne comprends
pas. Ce fameux mystère autour des grottes, tous ces
secrets et ces légendes se résument à quelques centaines
de mètres de boyau et une pissotière ?

– On s'est foutu de nous, affirma Isaac.

– On s'est foutu de nous tout seuls, Isaac, dit Luna.
Mais j'aurais aimé continuer. Je m'amusais bien. »

Elle se retourna. Sa lumière me remplit les yeux d'une
blancheur laiteuse. Je baissai le visage en me protégeant
de mes mains.

« Pardon, dit-elle en remontant sa frontale. On fait
demi-tour ?

– Oui.

– On ne remplit pas nos bouteilles ? » Isaac goûtait
l'eau dans ses mains. « Et si c'était la source ?

– Sers-toi, Isaac. Elle t'appartient. Mais si tu passes

les huit prochains jours avec la chiasse du siècle qui te dégouline entre les cuisses, ne viens pas te plaindre.
– Luna, t'es franchement dégueulasse. »
Pendant qu'ils se chamaillaient, je pensais que j'avais toujours su que c'était une blague. Alors pourquoi étais-je si triste ? Je m'engageai dans la galerie par laquelle nous étions arrivés. Luna me suivit. Isaac nous emboîta le pas à contrecœur.
L'inattendu, c'est par définition ce qu'on n'attend pas. Ses synonymes sont : imprévu, inopiné, inconcevable. La stupeur provoque un état de trouble et de confusion qui laisse interdit : c'est l'ébahissement. Eh bien, quand après dix minutes de marche nous n'avions toujours pas retrouvé la corde laissée par terre, ce mélange poisseux de sensations se mit à sourdre de la pierre et à perler sur mon front en même temps que les résidus calcaires. Pendant une rando à pied organisée par le patronage, le père Luciano m'avait dit qu'une personne marchant à vitesse moyenne, d'un pas tranquille, parcourt environ un kilomètre en un quart d'heure. À l'allure laborieuse à laquelle nous contraignaient l'obscurité et la roche glissante, nous avions employé ce temps-là à l'aller pour couvrir environ deux cents mètres et atteindre la caverne et sa mare souterraine. Maintenant nous marchions depuis au moins dix minutes et aucune trace de la corde.
« On aurait déjà dû la trouver, non ?
– Bizarre, dit Luna. Nous sommes pourtant venus par là.
– On n'aurait pas pris un autre boyau par hasard ? » demanda Isaac.
Les pas entraînèrent d'autres pas. Les rochers autour de nous se ressemblaient tous. La hantise de nous être perdus était une plante grimpante qui poussait à toute

311

allure. Les racines fibreuses de la peur s'insinuèrent dans nos yeux, nos oreilles, nos narines, envahirent notre paroi nasale, s'introduisirent dans notre bouche, s'entortillant à notre langue et à nos cordes vocales, descendirent par notre œsophage jusqu'à notre estomac. Soudain, il y eut une bifurcation.

« N'importe quoi ! explosa Isaac. On n'a jamais eu de bifurcation à l'aller. » Il nous chercha en évitant la lumière des frontales. Il voulait capter nos yeux, nos visages. « C'est vrai ou pas qu'il n'y avait pas de bifurcation ?

– Non, il n'y en avait pas, répondis-je.

– Zeno. » Luna s'approcha de moi. D'un geste léger que je n'oublierai jamais, elle me prit la main en imbriquant ses doigts dans les miens. « Je commence à m'inquiéter.

– Je crois qu'il vaut mieux revenir sur nos pas. »

Peu après – ou longtemps, je l'ignore, le temps avait pris des directions inconnues – on se retrouva dans la caverne de la mare. Ne sachant quoi faire. Une lassitude profonde imprégnait nos muscles et nos os, et on avait l'impression d'avoir perdu non seulement le chemin du retour, mais nous-mêmes, comme si nos facultés de discernement s'étaient dissipées avec l'énergie de cette marche trompeuse. Ma seule certitude était que je ne lâcherais pas la main de Luna : ce contact créait une bulle de possibilité et de paix à laquelle je ne voulais pas renoncer.

« On s'assied et on attend. »

Isaac se planta devant moi.

« Nous asseoir ?

– Qu'est-ce qu'on peut faire d'autre ?

– Qu'est-ce qu'on peut faire d'autre ?

– Pourquoi tu répètes mes questions ?
– Pourquoi... »

On s'assit sur la pierre humide. La frontale de Luna faiblit et finit par s'éteindre. On changea la pile. Isaac revenait régulièrement à la charge, disant que c'était une aberration de rester là, qu'il fallait chercher la sortie, que personne ne viendrait nous sauver. Je répondis que dehors il y avait Irene.

« Elle a déjà dû appeler quelqu'un, rassure-toi. »

Je voulais être sauvé, je voulais avoir la confirmation que le monde des adultes existait et qu'on pouvait compter sur lui. On parla de mille choses. Une observation banale amenait des anecdotes sur l'école primaire ou des vacances. On était en train de se raconter le toboggan aquatique le plus fantastique de notre vie, quand on entendit des voix se superposer aux nôtres : la montagne nous appelait. Elles prirent de plus en plus de consistance, elles prononçaient nos noms. Puis deux lumières semblables aux nôtres surgirent du boyau.

« Les voilà.
– Papa. » Luna dégagea ses doigts des miens pour s'élancer à la rencontre de son père et ce geste me fit mal pour de nombreuses raisons. « Papa, je suis désolée. » Ils se serrèrent dans les bras l'un de l'autre et Luna n'attendit pas la fin de leur étreinte pour se lancer dans des explications circonstanciées, en mesure d'expliquer autant que possible notre mésaventure idiote.

« Zeno. »

Je fouillai l'obscurité en direction de la voix. « Grand-père », dis-je. Pendant une seconde, je fus si étonné de le voir là – il était venu me chercher – que je n'éprouvai pas de culpabilité pour la frayeur que je lui avais très probablement occasionnée.

Il dirigea la torche vers le rocher pour qu'il reflète la lumière. « Ça va ?

– Oui.

– Qu'est-ce qui t'est passé par la tête ? »

En effet, qu'est-ce qui m'était passé par la tête ? Que pouvais-je répondre ? Pour être sincère, rien. Je n'avais pas de réponse. Rien de sensé à formuler. On sortit en file indienne. À mi-chemin, on retrouva par terre la corde que le père de Luna enroula. J'expliquai que l'idée était venue de moi et je me chargeai de toute la responsabilité, surtout en face du père de Luna, furieux non seulement parce que nous n'avions pas écouté ses avertissements, mais aussi parce que nous avions emprunté le matériel de l'oncle Alessandro. Dehors, à la lumière du soleil, on retrouva Irene qui nous attendait. C'est elle qui, ne nous voyant pas revenir, avait alerté grand-père. Lequel était allé chercher le père de Luna, qui rentrait à l'instant avec sa femme de leur visite à la chapelle Santa Margherita. Tous deux nous abreuvèrent de reproches : nous avions fait preuve de légèreté et d'inconscience, négligé quantité de risques, et j'en passe.

Le père de Luna salua grand-père en lui serrant la main. Isaac attendit avec nous à l'embranchement l'arrivée des parents d'Irene. Il n'était plus à l'ordre du jour qu'elle déjeune avec nous.

On rentra en silence. Il n'y avait rien à ajouter, en effet. Je me souviens que je gardai une main dans ma poche et l'autre, celle que Luna avait serrée, à quelques centimètres de mon corps, exposée à l'air, comme pour apaiser une brûlure.

Après l'épisode de la grotte, août s'écoula sans hâte en une succession de journées identiques. Je grimpais

au Monticello échanger des messages avec papa – après sa sortie de la chambre stérile – et maman. La tonalité était toujours la même :
Elle synthétique et monotone :

Amélioration. Il ne reste plus qu'à attendre. Je t'aime.

Lui ironique et pétillant :

Clinique Marescotti. Dernière frontière. En direct du voyage de l'Astronef Montelusa pendant sa mission quinquennale d'exploration de nouveaux mondes, à la recherche d'autres formes de vie et de civilisation par-delà les limites qu'aucun homme n'a encore franchies.

Je voudrais être près de toi, papa.

Alors, qu'est-ce que tu attends ?

Emmenez-moi, monsieur Scott ?

Irene vint nous voir une dernière fois avant de partir. Elle portait un pantalon rouge, un tee-shirt blanc et un collier en plastique de marguerites en couleurs : pas de robe bleue à large ceinture blanche.
« Je peux te poser une question ?
– Bien sûr.
– Pourquoi tu étais habillée de cette façon ?
– C'étaient des robes de ma grand-mère, je les ai trouvées dans une malle, chez mes cousins. J'en ai deux. Pareilles. Je ne les mets qu'ici. Je ne sais même pas pourquoi. » Elle fit une pirouette. « Je l'aimais beaucoup, mais j'ai passé peu de temps avec elle. Je me sens plus près d'elle quand je les porte.

– Tu as l'impression de la porter, elle. »

Un de ces larges sourires qui éclataient sans préavis sur son visage l'obligea à se couvrir les yeux des mains, comme pour se protéger des éclats de soleil qu'elle produisait elle-même. « Oui, tu as raison », dit-elle.

Je pensais que, mince alors, c'était un sacré personnage et qu'il fallait que je me souvienne de la dessiner.

« Maintenant, je laisse ma grand-mère ici, ajouta-t-elle. Je la retrouverai quand je reviendrai. » Et elle partit.

Je me remis à dessiner : il n'y avait pas grand-chose d'autre à faire. Pour débarrasser mon regard de la sensation d'inaction, de stérilité que me donnait mon séjour à Colle Ferro, j'avais besoin de pureté et d'infini. Du coup, je me lançai dans un Silver Surfer survolant des amas de vieux satellites abandonnés et autres déchets cosmiques. Ce que j'ai toujours aimé, chez Silver Surfer, c'est que si les autres super-héros le sont de naissance ou le deviennent à la suite d'un accident – exposition à la radioactivité, morsure d'araignée, inhalation de substances toxiques – ou grâce aux super-technologies auxquelles ont accès des rejetons de milliardaire prématurément orphelins, lui l'est par choix : Norrin Radd s'est sacrifié pour sauver sa planète, Zenn-La, de Galactus, en acceptant de devenir son chevalier. Sacrifice et libre arbitre : faire ce qu'on décide de faire parce que c'est juste, en payant de sa vie s'il le faut.

J'aurais voulu la même toile de fond pour Shukran, mais comme l'a répété Roberto pendant nos séances de travail dans la salle du restaurant *La Maggiore* – nappes à carreaux rouge et blanc et la meilleure bière artisanale de la région servie par une fille avec une pêche d'enfer –, un excès de références messianiques aurait déséquilibré notre personnage.

« Je le veux laïque, disait-il. Les droits de l'homme sont universels et laïques. D'accord les religions les ont cultivés et j'en suis ravi, j'applaudis à deux mains, mais elles n'en détiennent pas le copyright. »

Un jour, après un dîner à base d'omelette aux asperges et de fromage de chèvre au miel et pignons, après avoir débarrassé la table des restes de ce pain noir que Iole nous apportait tous les jours, je m'installais pour colorer une antenne parabolique écrabouillée dans la main de Hulk, quand grand-père me sortit tout à trac que lui aussi enfant aimait dessiner.

« C'est vrai ?

– Je peignais. Je préparais ma peinture à l'huile.

– Tu faisais tes couleurs ?

– Pourquoi ça t'étonne ?

– Tu saurais encore faire ?

– Je crois que oui. Je me souviens qu'il fallait de l'huile de lin brute. De l'oxyde de zinc pour le blanc, du sulfure de cadmium pour le jaune et de la laque de garance pour le rouge. Je pourrais essayer.

– Sur quoi peignais-tu ?

– Sur une toile, évidemment. Je les préparais moi-même. J'achetais le chanvre, le coton et le bois pour le support. C'était une bonne façon de passer le temps.

– On essaie ?

– Quoi ?

– De préparer de la peinture à l'huile.

– Mais… je n'ai pas ce qu'il faut. Je ne saurais pas où…

– Demain matin, dis-je. Demain matin, on pourrait aller en acheter. Il doit bien y avoir un magasin de peinture dans le coin. À moins que tu veuilles creuser dans une mine pour trouver du zinc et couper du lin pour en presser les graines. »

Grand-père ferma les yeux et pointa le doigt sur moi. Il ne dit rien. Le lendemain, on descendit dans la vallée, jusqu'à un village un peu avant la bretelle de raccordement de l'autoroute, où l'on trouva un gros fournisseur d'articles de beaux-arts : huile et pinceaux, pigments et tubes vides pour stocker les couleurs. On prit les toiles déjà montées : quatre petites carrées, trente sur trente, et une grande rectangulaire, cinquante sur cent.

On décida de peindre séparément les petites (deux chacun) et de travailler ensemble sur la grande.

On consacra le premier après-midi aux couleurs. On sortit le nécessaire dans la cour. C'était une journée si belle qu'on aurait embrassé les troncs des arbres. Le ciel était ferrocyanure de fer, les prés oxyde de chrome et des fleurs dont j'ignore le nom brillaient comme des bougies allumées. On posa sur deux tréteaux la planche que grand-père gardait à la cave, celle où la nuit il s'escrimait à sa tâche de forgeron. On faisait de petits monticules avec le pigment en poudre. Au milieu, on creusait un trou pour y verser l'huile de lin – « Juste un petit peu, il en faut moins qu'on croit » –, avec la brosse, on faisait tomber la poudre des bords vers le centre du trou pour recouvrir l'huile, en veillant à ce qu'elle ne s'échappe pas sur les côtés, puis on mélangeait en remuant jusqu'au moment où la couleur atteignait la bonne consistance. On pouvait utiliser la préparation tout de suite ou la stocker dans les tubes. C'est à cette occasion que je découvris que les tubes se remplissent par le fond et pas par le bouchon.

On décida de la façon d'employer les deux premières

toiles. Les miennes auraient pour sujet Silver Surfer qui, avec son côté métallique et sinueux, était assurément le plus facile à peindre de tous les super-héros, car les autres sont harnachés de costumes compliqués, avec moult franges et fioritures. Les toiles de grand-père représenteraient l'une la retenue d'eau et le barrage et l'autre un gros rocher couronné d'un châtaignier séculaire. Le matin, on se mettait à peindre au réveil. *Kind of blue* : le vinyle laissait sourdre la trompette de Miles Davis. Iole arrivait vers onze heures.

Le dix août, on avait fêté l'anniversaire d'Isaac. Je n'ai jamais réussi à savoir avec précision combien de grands-pères, cousins ou autres parents s'occupaient de lui, mais c'était assurément une ligue familiale aussi anarchique qu'émouvante. À cette occasion, ils avaient organisé un banquet de grillades dans la cour – poissons, viande, légumes – et offert à Isaac une télévision avec magnétoscope incorporé ainsi qu'une collection de films des années quatre-vingt et quatre-vingt-dix, qui allait de *Les Goonies* à *Edward aux mains d'argent* en passant par *L'Arme fatale* et *Seven*. Ainsi, en dépit de la chaleur qui invitait encore au lac, nos après-midi à présent se partageaient entre l'appel du soleil, de l'eau et des insectes d'une part et, d'autre part, les chuchotis enjôleurs de la pénombre où, allongés sur le parquet du salon d'Isaac, nous recevions des mains de sa tante des verres de citronnade glacée et des tartines de pain grillé au mascarpone et cacao. Mais le matin était consacré à la peinture. Grand-père était meilleur que moi avec un pinceau : il passait sur la toile comme le mistral. Je m'asseyais souvent derrière lui et je l'observais.

Dix jours plus tard, ses toiles étaient achevées. J'en

étais encore à essayer de rendre les reflets de la lune sur cet épiderme argenté qui permet à Silver Surfer de traverser sur sa planche les espaces sidéraux et la réverbération cosmique du métal fondu effleuré par un météorite, quand grand-père avait déjà reproduit les feuilles et la pluie de graines blanches s'envolant des aigrettes de pissenlit, le lac et le cirque des montagnes, la rugosité du monolithe et la densité charnelle du châtaignier. Tout était synthèse. Et la synthèse rendait plus compréhensible le monde reproduit. Il m'arrive de penser qu'il ne serait pas désagréable de vivre dans un dessin. J'aimerais en particulier vivre dans un long métrage d'Hayao Miyazaki. Dans ses dessins, tout est limpide, accessible : les gestes des personnages, les contours des objets, la douleur elle-même. La lumière est parfaite : un matin de grand vent, la rutilance d'une voiture rouge sur le bord de mer, la chaleur bénéfique des amas de bougies fondues sur les tables d'une vieille auberge.

Il restait à décider de l'emploi de la toile commune.

« C'est toi le dessinateur, dit grand-père.

– Et toi le peintre.

– Alors tu dessines et je colore.

– J'aime comme tu as rendu le barrage et le lac. Et les arbres derrière.

– Et moi j'aime assez ton machin en métal. L'huile lui rend justice.

– Je pourrais le faire atterrir sur le lac.

– Il pourrait glisser à un mètre de l'eau, mais assez vite pour soulever des vagues.

– Un sillage de gouttes et d'éclaboussures.

– Ajoute une auberge, près des arbres. Tu veux bien ?

– Mais oui.

– Appelle-la *Auberge des deux noms**.

– D'accord. Mais je ne sais pas comment ça s'écrit.
– Je vais te l'écrire, dit-il. Donne-moi une feuille. »

Plusieurs jours après, alors qu'un nuage cachait le soleil et que l'ombre tombait comme entre des nefs de cathédrales, maman arrêta la voiture sous le gros rocher. Ai-je déjà donné la marque de notre voiture ? Une Fiat Marea verte. Papa l'avait achetée pour son coffre spacieux, qui lui était bien utile quand il allait au marché charger des caisses de carottes, de poivrons et d'oignons de Tropea. Je venais de rentrer, les chaussures boueuses, et je les tapais contre le mur. Je ne l'attendais pas. Ses derniers messages, vagues, récitaient le mantra de l'attente et de la patience. Quand je la vis tirer le frein à main, descendre de voiture avec deux sacs de courses qui avaient fait le voyage sur le siège du passager, mes pensées perdirent en lucidité et définition. J'essayai de lire les nouvelles dans ses gestes. Quelles vérités contenaient-ils ? N'y avait-il pas quelque chose de heurté et de craintif dans l'effort de ses mains serrant les poignées des sacs, quelque chose d'inique et de malhonnête dans la façon dont la semelle de ses nu-pieds foulait l'herbe, quelque chose de rompu et de corrompu dans ses yeux ? Quelle version des faits allait-elle me servir ?
« Bonjour », dit-elle.
J'allai à sa rencontre et l'embrassai sur les joues. Je lui pris les sacs des mains.
« Bonjour. Je ne t'attendais pas.
– Ah bon, s'étonna-t-elle. Ça fait dix jours qu'on ne s'est pas vus.
– Grand-père est allé livrer du fromage à Cesco. Il revient tout de suite.
– Il a déjà préparé le dîner ?

– Je ne sais pas.

– Aide-moi, dit-elle. On va lui faire une surprise. »

Je l'arrêtai en lui posant la main sur le bras. « Et papa ?

– Je t'en parlerai après. Pour le moment, occupons-nous du repas. J'ai une faim de loup. »

On dressa le couvert en parlant de Capo Galilea, du départ de mes grands-parents, d'une effraction qui avait eu lieu au restaurant pendant leur absence – on ne leur avait volé que des bricoles, la machine à couper le jambon et le chauffe-plat : on se demande bien qui peut pénétrer dans un restaurant pour subtiliser un coupe-jambon et un chauffe-plat – mais chaque assiette, chaque verre, chaque morceau de fougasse que nous posions sur la nappe était imprégné de mes questions. Je pensai que les nouvelles devaient être bonnes. Ce sont les bonnes nouvelles que l'on donne en dernier. Celles qu'on fête éventuellement en ouvrant une bouteille.

Grand-père arriva à son tour. La friture de poisson que maman avait achetée en route, les rouleaux d'espadon aux pignons et courgettes ainsi que les brochettes réchauffaient au four. Je mis un disque.

Iole nous rejoignit après le dîner avec une tarte aux pommes et de la crème fraîche.

« Qu'est-ce que c'est ? demanda-t-elle en entrant.

– En effet, dit maman, qu'est-ce que c'est ? »

Toutes les deux regardaient le tableau posé par terre contre le mur, sur du journal. Iole s'approcha, le prit et l'apporta à la lumière pour l'examiner.

« C'est beau, dit-elle. Qui l'a peint ? Qui est la créature au milieu ? »

Maman me prit de vitesse. « Erreur fatale, Iole. Quand il s'agit de bandes dessinées, ne te risque jamais à demander des explications à Zeno. Tu t'exposes à nourrir des idées de meurtre.

– Pourquoi ? C'est un personnage de bandes dessinées ?

– Silver Surfer, répondis-je. Et je m'en tiendrai là. »

Pour être plus précis : Silver Surfer survolant à fleur d'eau la splendeur magmatique du lac. Silver Surfer vainqueur d'une bataille contre Méphisto pour délivrer Shalla-Bal, sa bien-aimée, impératrice de Zenn-La. Silver Surfer qui, de retour sur Terre, fait un crochet par la vallée de Colle Ferro pour se reposer avant de rejoindre les Quatre Fantastiques. Parce que quelque chose de prodigieux est enfoui au fond de la retenue d'eau. On l'aperçoit en transparence, là où la vitesse chirurgicale de Silver Surfer déchire la surface de l'eau, révélant sa profondeur. Ou peut-être la cicatrise-t-elle. Voici revenir l'éternel dilemme sur la présence des super-héros dans nos existences : nous attaquent-ils ou nous défendent-ils ? Silver Surfer lacère-t-il ou recoud-il le reflet d'une auberge, l'*Auberge des deux noms*, à la surface du lac ?

Grand-père, tout fier de notre collaboration et de ses résultats, demanda à Iole de lui passer le tableau. Il décrocha du mur un calendrier perpétuel et une reproduction du *Déjeuner sur l'herbe* pour l'accrocher à leur place.

Il recula de trois pas.

« Alors, vous y voyez quoi ? »

Résumé de ma vie pour autant qu'il est donné
de se souvenir, reconstituer ou imaginer.
À la lumière de la mémoire.
1966-1999

C'est dimanche soir, nous sommes tous les trois à la cuisine. Elena allaite Agata. En l'allaitant, elle lui chante une chanson pour enfants. J'essaie de me concentrer sur le rapport que je dois présenter le lendemain au conseil d'administration d'une grosse usine textile. Je suis nerveux, parce que je serai seul. Il n'y aura personne à qui déléguer l'exposé. Je suis tendu, alors que j'y suis déjà passé des dizaines de fois. Je lis et, au fil de ma lecture, les mots fondent comme du beurre, leur signification s'évanouit. Je n'arrive pas à en retenir un seul.

Elena dit : Tu veux bien tenir Agata, s'il te plaît ?

Elle enlève la petite du sein, me la tend, je la prends, elle rajuste son soutien-gorge et sa combinaison. Elle demande : Qu'en dirais-tu si je prenais un bain ? J'en ai très envie. Dix minutes.

Elle accompagne ses paroles d'une mine de chien battu. J'adore la mine de chien battu d'Elena.

Je dis : Bien sûr.

Elle sourit : Je t'aime, tu sais.

Elena entre dans la salle de bains, ferme la porte. Je continue à tourner les pages de mon rapport. Il contient des mots comme : dirigeance, innovation, développement, réseaux, flux, plateformes intégrées, analyse, réputation, objectifs. C'est moi qui ai utilisé ces termes. Quand je les couchais sur le papier, ils étaient clairs, évidents. Maintenant, je ne les comprends plus. Ils sont vides de sens. Je les répète à voix basse comme une litanie de concepts inertes, à mémoriser tels quels, sans m'interroger sur leur pertinence, sans me poser de question. Mais ils s'évanouissent dès qu'ils quittent ma langue. Je serre Agata dans mes bras. J'ai l'impression qu'elle m'échappe. Plus je répète ces mots, plus je m'aperçois qu'elle glisse hors de mon étreinte. L'eau coule dans la salle de bains. Elena chante. J'enlace ma fille de mes deux bras, mais elle m'échappe toujours. Mes mains n'ont pas de prise.

Je crie : Elena.

Pas de réponse.

Je crie de nouveau : Elena.

Elle demande : Qu'est-ce qui se passe ?

Elle est immergée dans la baignoire, on le comprend à la vapeur dans sa voix. Le robinet ouvert maintient la température constante.

Je voudrais crier : Au secours, Agata m'échappe.

Mais je dis : Non rien, excuse-moi.

Mais ce n'est pas le cas. Je deviens une coquille, me fais tanière, bol, pour accueillir le corps de ma fille. Je la retiens avec mes cuisses, me penche de ma chaise, tombe par terre, amortis le choc avec les fesses et les hanches. Je heurte du coude le coin du landau. Une douleur atroce irradie dans tout mon bras et m'aveugle. Agata perçoit la contraction de mes muscles et se met à pleurer. Je dis : Non, non, il ne s'est rien passé. Je vais bien.

Je la berce avec mon ventre et mes jambes.

La porte de la salle de bains s'ouvre. Elena sort en

peignoir en se frictionnant les cheveux avec une serviette. Elle arrête de chanter, nous regarde. Elle dit :
Vous faites quoi par terre ?

Je dis : Rien, on joue.

Les bras inertes, abandonnés le long du corps, je
regarde ma fille, je lui souris. Je dis : N'est-ce pas, Agata ?

***

Un cadre du groupe Ferroni, la principale société de
consultants italienne, me demande un rendez-vous. Je le
rencontre chez Cucchi, à Milan. Je suis nerveux, parce
que j'ignore ce qu'il veut. Il n'a pas voulu le préciser.
Nous prenons place à une table. Nous commandons
deux cafés.

Il dit : Nous avons besoin de quelqu'un comme vous,
Coifmann.

Pourquoi, qui suis-je ?

Un spécialiste en analyse économique, organisation de
l'entreprise et contrôle de gestion. Voilà ce que vous
êtes. Vous n'ignorez pas que nous sommes leaders en
Italie. Mais nous sommes tous ingénieurs. Nos connaissances en économie sont pitoyables.

Il rit et son café gicle sur sa cravate. Il appelle d'un
geste la serveuse derrière le comptoir : Mademoiselle.

Elle lui apporte un spray. Il en pulvérise un jet sur
la tache.

Je pense à ce que dirait Elena. Je demande : Quelle
rétribution me proposez-vous ?

Il égrène des chiffres qui, sur l'année, n'équivalent pas
à ce que je gagne tout seul. Je dis : Pourquoi devrais-je
entrer chez vous ?

Parce que nous sommes un groupe. Un groupe est un

excellent parachute. Vous voyez ce que je veux dire ? Et puis, ne vous faites pas de bile. Je vous promets que d'ici deux ans vous gagnerez comme avant et d'ici quatre, le double. Amenez-nous vos clients. Et nous vous assurerons de nouvelles commandes auprès des nôtres. Tout le monde y trouvera son compte. Avez-vous des enfants ?

Une fille.

Faites-le pour elle.

Il faudra que je me transfère à Milan. Je la verrai très peu. Si je pense à elle, je dois refuser.

Vous avez raison.

Puis il ajoute : Mais quand, vous rentrerez à la fin de la semaine avec le compte en banque qu'on imagine, mon vieux, vous pourrez la traiter comme une princesse. Et votre femme comme une reine. Qu'en dites-vous ?

Je vais réfléchir. Je vous appelle demain.

Ce soir-là à table, j'en parle avec Elena. Je dis : On me donne ma chance.

Quelle chance ?

Le groupe Ferroni, la principale société de consultants italienne. Ils me veulent.

Elena arrête de couper la viande, elle dit : Simone, c'est magnifique.

Mais je dois aller à Milan.

C'est-à-dire ?

Du lundi au vendredi. Ou alors, on déménage.

Je ne veux pas quitter Turin maintenant que j'ai mes premiers patients.

La première année, je gagnerai peut-être moins que ce que je gagnais tout seul. Mais il y a la force du groupe.

À savoir ?

Le groupe est une protection.

Je ne comprends pas. Tu as parlé de chance et maintenant tu dis que tu devras vivre loin de nous cinq jours par semaine et que nos revenus diminueront la première année.

Mais il y a le groupe.

Je ne comprends pas.

Agata a grandi, elle va à l'école maternelle. Elle poursuit dans tout l'appartement le chat que les voisins nous ont demandé de garder pendant leur voyage. Il s'appelle Cendre, à cause de sa couleur. Je lui verse du lait dans sa soucoupe. Elena débarrasse la table. Pendant qu'elle fait la vaisselle, je m'approche et lui caresse le dos.

Je me déshabille et me glisse sous les couvertures. Elena couche Agata. Le chat saute sur le lit et me lèche les oreilles. Elena nous rejoint, elle se blottit contre moi, m'enlace de son bras. Elle dit : J'ai confiance en toi. Fais ce que tu crois bon.

Avant de sombrer dans le sommeil, je pense à ce que ferait mon père.

Je récite : *Chema Israel Adonaï Elohénou Adonaï E'had.*

***

Nous participons à la réunion mensuelle du Club Alpin Italien. Les responsables présentent l'excursion du prochain week-end. On parle des difficultés de l'itinéraire, de la chaleur de ces derniers jours, de la neige qui fond. La personne qui intervient a une voix triste et ennuyeuse. Je me penche vers Elena. Je lui murmure à l'oreille : Je n'ai pas envie de faire cette sortie. Si nous allions à Gênes voir ma mère, qu'en dis-tu ?

Elena acquiesce, se penche elle aussi : J'espérais que tu me le proposerais.

Nous étouffons un rire. Nous serrons la main des amis à côté de nous qui essaient de nous retenir. Nous sortons courbés, sur la pointe des pieds pour ne pas déranger. Nous passons récupérer Agata chez les parents d'Elena. Elle dort en serrant contre elle Teo, le pantin que je lui ai offert au retour de mon voyage en Pologne. Je la prends dans mes bras, enveloppée dans sa couverture.

À Gênes, après déjeuner, nous emmenons Agata voir les bateaux et les mouettes. Ma mère marche à mon bras. À chacune de mes visites, elle est un peu plus fragile, mais aussi plus présente et consciente. Elle dit : La vieillesse facilite la concentration. On est moins distrait, plus présent à soi-même. On a moins d'excuses. J'aime vieillir. Certains soirs où je n'arrive pas à dormir, je vais et viens dans la maison, j'écoute l'écho de vos voix, je pose l'oreille contre les murs et j'entends les paroles et la vie qu'ils ont absorbées pendant toutes ces années : Gabriele qui révise ses cours, ton père au retour de ses voyages qui décrit une ville, une chambre d'hôtel ou un restaurant, toi qui lis Hemingway. Tu te souviens que tu lisais toujours Hemingway ? Comment s'appelait cette nouvelle que tu aimais tant ? Es-tu retourné à Ivrée ? Et tes amis ?

Je n'y suis pas allé depuis longtemps. Je ne sais pas bien entretenir les relations. Et toi, tu es retournée à Colle Ferro ?

Elle s'arrête. Elle dit : Pourquoi tu me parles de Colle Ferro ?

Je hausse les épaules. Je dis : Comme ça. Je viens d'y penser.

Je ne saurais même pas y aller.

Agata crie : Les mouettes.

Ma mère sort de sa poche le sac de miettes, lui en

remplit la main. La petite les lance entre mer et sable. Les oiseaux s'approchent. Agata fait de grands gestes et rit de tout son corps.

Elena revient avec deux petits pots de glace. Nous nous asseyons pour les manger sur un banc devant un ponton. Pour mieux les savourer, nous fermons les yeux. Mais quand on ferme les yeux, tout l'espace disponible dans la tête est envahi par le ressac. Et par le vent.

Lundi matin, je me lève tôt pour aller à Milan. Je suis en retard. Je n'achète pas le journal. Quand j'arrive au siège du groupe Ferroni où j'ai mon bureau, la secrétaire me dit d'appeler tout de suite ma femme chez nous. Je perçois dans sa voix un tremblement inhabituel. Mon cœur bat plus fort, je le sens à mes muscles, aux veines de mon cou. J'appelle.

Je dis : Elena ?

Elle éclate en sanglots.

Je dis : Elena, qu'y a-t-il ? Qu'est-ce qui s'est passé ?

Ils sont tous morts.

Qui ?

Piero, Luigi, Enrica. Tous. Hier. Pendant l'excursion.

Je descends acheter le journal. La nouvelle fait la une. Le groupe du Club Alpin avec lequel nous aurions dû sortir a été emporté par une avalanche. Ils remontaient à ski le versant sud d'une montagne dans le Val d'Aoste, à la frontière. Ils voulaient descendre de l'autre côté, en France, et revenir à leurs voitures en autocar. Dans une interview, l'oncle de Luigi raconte : Nous étions déjà sur la crête. J'ai entendu une sorte d'explosion, de coup de fusil. Je me suis retourné : j'ai vu la neige les emporter, on aurait dit un fleuve en crue.

Sur dix personnes, cinq sont mortes. Le journaliste dit que les corps de Piero et Luigi sont encore ensevelis sous la neige. Je m'assieds dans un bar, commande un café, relis l'article jusqu'à l'user. Chaque fois, je suis stupéfait de ne pas y trouver mon nom.

***

Je sors du travail tard. J'arpente les rues en quête d'un endroit ouvert. Je n'ai rien à manger chez moi et de toute façon je n'aurais pas envie de cuisiner. J'entre dans un restaurant enfumé, signalé par une vieille lanterne aux verres jaunes. À l'intérieur, je cherche des yeux une table libre. Elles sont toutes occupées, certaines par une seule personne. Je n'aime pas partager ma table avec des inconnus, mais je n'ai pas le choix. J'observe les clients, et parmi eux, il me semble en reconnaître un. Je m'approche.

Je dis : Joël.

Il lève un regard las, me reconnaît, s'éclaire : Simone.

Il se lève et nous nous embrassons.

Je peux m'asseoir avec toi ? Je voulais manger un morceau, je sors du bureau.

Mais bien sûr. Comment vas-tu ?

Depuis combien de temps on ne s'est pas vus, Joël ? Attends, je t'avais appelé à la naissance d'Agata, exact ?

Oui. Et je t'avais promis de passer à Turin en l'honneur du bébé. Mais je ne suis jamais venu, pardon.

Que fais-tu à Milan ?

Joël baisse les yeux, prend un reste de pain de son dîner, dit : Je vis. Du moins j'essaie. Il tend la main à travers la table et serre la mienne comme toujours. C'est une main adulte, rêche et sèche. J'appelle le serveur qui m'énumère ce qui reste en cuisine. Je commande des raviolis sauce bolognaise et un verre de vin. Je dis : Non, pas de dessert. Pouvez-vous m'apporter du pain ?

Joël lâche ma main pour permettre au serveur de dresser mon couvert et à moi de croquer dans un gressin. Il dit que son père lui a trouvé une place dans un laboratoire de recherche. Mais il n'aime pas son travail, ça ne l'intéresse pas.

J'ai d'autres choses à quoi penser.

Lesquelles ?

Il sourit et répond : Lui, par exemple.

Il désigne de la main un homme qui vient d'entrer. Il porte un chapeau assez tapageur, une veste grise, une écharpe jaune. Il nous rejoint et s'assied. Joël fait les présentations. L'homme est un peu plus âgé que nous, avec une barbe poivre et sel et un pince-nez. Joël commande un amer pour lui. Puis il dit : Depuis un mois, Mario et moi vivons ensemble.

Il soupire : Il faut que j'arrive à le dire à mes parents. Quand ce sera fait, je pourrais tout aussi bien me reconvertir comme poissonnier, ça m'est complètement égal.

Le serveur pose l'assiette de raviolis devant moi et le digestif devant Mario. Ce qui me permet de me concentrer sur la nourriture, d'occuper mes yeux, mes mains et mes pensées quelques minutes. Je trouve la force de demander : Où habitez-vous ?

Mario répond : Près de la gare. Tu fais quoi comme travail ?

Consultant. Contrôle de gestion. Réorganisation des entreprises. Et toi ?

Ça.

Il désigne son verre.

Les amers ?

J'en produis, j'en importe, j'en vends. Amers aux

herbes, au myrte, au vin. J'ai hérité de l'entreprise de mon grand-père et, voici cinq ans, j'ai ouvert deux bars à vin, l'un à Milan et l'autre à Rome.

J'ignore comment ce souvenir me revient et pourquoi je le raconte, mais je dis : Tu savais, Mario, que Joël avait une passion pour les colles quand il était ado ?

Joël se redresse : Comment fais-tu pour te le rappeler ?

Comment pourrais-je l'oublier ?

Mario dit : Une passion pour les colles ?

Quelqu'un m'avait offert un coffret, un truc genre le Petit Chimiste. Et je m'amusais à inventer des colles. J'en avais pour tous les usages.

Je sauce mon assiette avec un morceau de croûte dont j'ai enlevé la mie : Je confirme.

Mario observe : Tu ne m'en avais jamais parlé.

Peut-être parce qu'il faut les vieux amis pour remuer les souvenirs.

Je paie pour eux et pour moi. Nous prenons congé. Promettons de nous revoir.

***

Quand je suis à Turin la semaine, pour le travail ou en congé, j'aime aller chercher Agata à l'école. Nous y allons ensemble, Elena et moi, et nous occupons le premier rang au portail, devant tous les autres parents. Dès que la cloche sonne, les enfants se précipitent dehors et cherchent leur père ou leur mère dans la foule. Agata s'avance parmi ses camarades et la marée de cartables, elle nous voit. Son visage s'éclaire de joie. Elle se jette sur nous, essaie de nous serrer dans ses bras tous les deux à la fois.

Un jour d'automne, Elena n'est pas très bien, je vais chercher la petite tout seul. Pressé au milieu des autres parents, j'attends l'ouverture du portail. La cloche sonne. Les enfants surgissent, se bousculent. Voici Agata. Je lui fais un signe de la main. En se mordant la lèvre comme elle fait toujours, elle se hisse sur la pointe des pieds. Je lève le bras le plus haut que je peux, je m'avance pour me montrer. Elle ne me voit pas. J'appelle : Agata.

Elle ne m'entend pas. Je distingue dans la pénombre, parmi les visages des autres enfants, son regard qui erre toujours, alors que je continue à gesticuler et que je suis au premier rang devant tout le monde. Je me fraie un passage au milieu des enfants qui me croisent en courant et m'avance jusqu'au pied du perron.

Je dis : Agata, je suis ici.

C'est la maîtresse, une grande femme sévère qui m'aperçoit. Elle touche la tête de ma fille et me montre du doigt. Je suis à quelques mètres d'elle. Elle semble toujours ne pas me voir, puis, soudain elle me sourit et s'approche.

Elle dit : Tu étais où ?

Devant toi, Agata. Ici. Mais où regardais-tu ? Je me suis presque démis l'épaule à force d'agiter le bras. Tout va bien ?

Pourquoi maman n'est pas là ?

Elle était fatiguée. Une petite grippe peut-être.

J'ai trois opérations à faire.

Trois opérations ?

Trois opérations.

Alors il faut s'y mettre tout de suite. Que veux-tu pour goûter ?

Elle réfléchit et dit : Un petit pain brioché.

Va pour le petit pain brioché. Je connais une boulangerie derrière les halles, qui fait les meilleurs pains briochés du monde.

Elena reste alitée un certain temps, on ne trouve pas de quoi elle souffre. Je vais de plus en plus souvent chercher Agata à l'école, mais chaque fois, j'ai du mal à me faire repérer. J'ai l'impression que son regard me traverse. Si Elena est en forme, elle m'accompagne et alors Agata nous trouve immédiatement, se jette à notre cou et rit, puis elle abandonne son cartable sur le trottoir pour courir derrière un camarade. Le soir, je lui raconte une histoire : *Le Seigneur des Rebuts*. Le lendemain matin, je lui demande si elle a aimé.

Elle dit : Je ne m'en souviens pas.

Le soir, je la lui raconte à nouveau, comme si c'était la première fois. Toute la pièce s'imprègne de cette histoire, mais il en reste à peine un écho chez Agata.

Nous prenons l'habitude d'acheter des petits pains briochés à la boulangerie. J'invente un signal qu'elle peut reconnaître. Deux sifflements courts et faibles, puis un long fort et un long faible. Nous nous entraînons à la maison. Elle ferme les yeux, je me cache et quand j'ai disparu, je siffle. Elle me cherche, me trouve, nous nous roulons par terre. Si Elena est là, ça marche. Si Elena n'est pas là, Agata n'entend pas le sifflement. Je demande à la maîtresse si elle peut tendre l'oreille.

Je dis : Je ne siffle peut-être pas assez fort. À la maison, c'est silencieux. Devant l'école, il y a les cris, les jeux, la circulation.

La maîtresse répond : Parce qu'à votre avis, c'est envisageable ? Imaginez si tout le monde m'en demandait autant. Vous les parents, vous avez parfois de ces prétentions !

***

Pendant vingt ans, je travaille pour le groupe Ferroni : ils sont moi et je suis eux. En vingt ans, je réorganise plus de deux cents entreprises. Je me présente, ma serviette sous le bras, observe, analyse, réorganise, repars. J'imprègne de mes idées les lieux que j'investis, j'assimile la tradition industrielle des hommes qui m'ont précédé, puis je la modifie génétiquement. J'arpente les couloirs, je parle aux employés. J'apprends les étapes du tannage du cuir, de la distribution et de la conservation des fromages frais, le processus de tri des déchets. Mais quand j'ai fini, je disparais. Je gagne bien ma vie. Très bien même. J'achète deux appartements : un au bord de la mer pour faire plaisir à Agata et un à la montagne pour Elena et moi. J'investis une partie de mon argent et joue en bourse. Les gains génèrent de nouveaux gains.

Ma mère décède. Nous l'enterrons entre mon père et Gabriele. Oncle Marcello est deux tombes plus loin.

Je ne vends pas l'appartement de Gênes et ne le loue pas non plus. J'y vais de temps en temps, tout seul. Je pose l'oreille contre les murs, je m'assieds par terre et lance la balle de cuir de Gabriele contre le mur d'en face : rebond, rattrapage, tir. Je me promène dans les vieilles ruelles. J'atterris toujours près de la voie ferrée. J'enjambe le muret de briques et de fer destiné à empêcher l'accès aux rails. Je m'assieds et attends le passage des trains. Je touche les rails pour deviner dans combien de secondes la locomotive passera. À travers les vitres, tels des fantômes flous, j'entraperçois des yeux, des livres, des vestes. Je parle avec les gens de moi et de la guerre, surtout avec des personnes qui ne me connaissent pas. Quand elles découvrent que je suis juif, elles me demandent si j'ai connu la déportation, si mes parents sont morts en camp. Je réponds que non. On me regarde comme si je n'avais plus rien à ajouter. Je cherche Colle Ferro sur une carte. Je n'y suis jamais retourné, pas délibérément, mais parce que je n'y ai plus pensé. Si l'idée m'effleurait, il suffisait que je secoue la tête pour qu'elle parte en fumée. Parfois je m'absente. Je sais qu'il y a un monde entier autour de moi : fourmis, fraises, balançoires à pousser. Mais je m'absente et je ne le vois pas, ne l'entends pas, ne le perçois pas. Mon père est mort quand tout était fait : il nous avait sauvés, le reste n'était qu'une blessure gangrenée. Gabriele est parti quand tout allait commencer : son diplôme en poche et devant lui un avenir si radieux qu'il en était aveuglant. Trop de lumière, peut-être. Voilà, trop de lumière.

À Milan, le soir, je ne fréquente que Mario et Joël. Nous sortons dîner, nos conversations sont futiles, des ragots, des indiscrétions. En hiver, s'il fait très froid, je porte un chapeau que m'a offert Mario, une casquette en laine irlandaise. Il prend ma taille un soir pendant que nous attendons nos cafés et l'amer.

Il dit : Tu as une petite tête.

Puis il me touche les cheveux : Tu as de beaux cheveux.

Ce sont les cheveux de mon père. La tête aussi.

Pas Agata. Elle a la tête d'Elena. Agata grandit, devient une jeune fille, puis une femme. Elle amène ses copains chez nous. Elle me demande de l'aider dans ses études, mais je me laisse distraire pendant qu'elle bûche. Quand je suis avec elle, je pense au rapport que je dois présenter en conseil d'administration ou à mes investissements en bourse. Quand je présente mes rapports en conseil d'administration ou que je médite sur l'évolution de la bourse, je pense à l'exposé d'Agata sur la Renaissance, à la lithographie de Maurits Cornelis Escher qu'elle doit copier au crayon et qui s'intitule *La Maison aux escaliers*. Je veux l'aider. Je lui ai dit que je dessinais bien. Mais à l'instant où je pose la mine sur la feuille blanche, je pénètre par enchantement dans cette maison et me perds sur ses marches.

Elle me retire la feuille des mains.

Je dis : Excuse-moi.

Mais elle a déjà claqué la porte. Elle revient peu après, et dit : Pourquoi tu n'es jamais là où tu devrais être ? Tu répètes tout le temps que tu fais ton devoir et blablabla, mais c'est faux, je te parle et tu ne m'écoutes pas, je te demande de m'aider et tu fuis. Tu fuis comme un tuyau percé, ton attention fuit et tu ne t'en rends pas compte, ou peut-être que si, c'est peut-être ta vie qui fuit et tu ne fais rien pour l'arrêter, pour boucher le trou, heureusement qu'il y a maman, elle au moins, elle existe ; elle n'est pas comme toi.

Je dis : Je sais.

***

En été, Elena accepte de renoncer à dix jours de montagne. Je lui ai demandé de m'accompagner dans deux voyages que je repousse depuis trop longtemps. L'un consiste à chercher *L'Auberge des deux noms*. L'autre est pour Colle Ferro, chez Iole et Maria.

Nous partons en voiture. Nous faisons halte une nuit en Camargue dans une chambre d'hôtes. Nous arrivons à Blanquefort le lendemain, le soleil se couche et des vols d'oiseaux tournoient en frôlant le beffroi de l'hôtel de ville.

Quarante ans ont passé. La bourgade ne ressemble en rien aux images éparses qui vacillent dans ma mémoire. Nous laissons la voiture dans un parking souterrain. Un jeune homme bardé d'écouteurs de walkman nous tend un reçu, en nous conseillant de bien le garder, car il faudra le présenter en sortant. Il nous prévient : Si vous le perdez, vous devrez payer la journée complète.

Au bout d'une avenue très fréquentée, derrière une enseigne de cinéma, je vois la gare. C'est la gare d'où est parti le train qui nous a ramenés à Gênes. Je me souviens des voix italiennes, des sièges et des vitres. Nous entrons. Seule la façade est restée la même. Pour le reste, lumière, verre et sièges perforés en plastique jaune. Nous cherchons *L'Auberge des deux noms*, mais il n'y a pas d'*Auberge des deux noms*. Nous demandons à l'office du tourisme.

On nous répond : Elle ne figure pas sur la liste. Nous ignorons si elle a jamais existé.

Elle existait. J'y ai habité.

La jeune fille derrière le comptoir porte un badge *Je parle anglais, italien, espagnol... et français, bien sûr*. Elle répond en italien : Si vous le dites. Elle a peut-être été démolie.

Le vin non plus n'existe plus. Nous visitons cinq caves, personne ne le connaît. Je voudrais retrouver la maison où nous avons vécu après la pension de Mme Fleur. Je ne sais pas comment m'y prendre. Nous errons en voiture dans la campagne alentour, je regarde à la ronde en cherchant une trace, un carrefour, quelque chose qui déclenche mes souvenirs. En vain.

Après dîner, nous appelons Agata d'une cabine. Elle

est au bord de la mer avec des copains. Dont un garçon qu'elle vient de rencontrer, un Sicilien. Elena est convaincue qu'ils sortent ensemble. Elle dit : Ça se voit.

Je demande : À quoi ?

Elle hausse les épaules. Elle dit : Ça se voit.

Si c'est vrai, j'aimerais qu'elle nous le dise.

Elle saura trouver le bon moment.

Nous rentrons en Italie. Nous nous arrêtons à Gênes. Le lendemain matin, nous montons à Colle Ferro. La place de l'église n'a pas changé. Comme si c'était hier. Le bureau de poste est neuf, la route goudronnée, façades et portails sont repeints d'autres couleurs, mais les maisons sont les mêmes.

Au cimetière, je montre à Elena l'endroit où est enterrée ma grand-mère.

La porte de l'épicerie est doublée d'un rideau à clochettes qui tinte quand nous entrons. L'épicière est occupée à trancher du jambon. Elle nous adresse un large sourire. Elle dit : Bonjour.

Je dis : Nous voudrions un renseignement, si c'est possible.

Chez moi, tout est possible.

J'explique qui je suis. Je parle de la guerre et de la maison près des chênes verts, de Iole et de Maria.

Elle dit : Iole est toujours là.

Elena se serre contre mon épaule.

Je dis : Au hameau ?

L'épicière rit : Le hameau n'existe plus. Vous ne savez pas ? Ils l'ont évacué pour faire le lac.

Quel lac ?

Le barrage. De toute façon, à cette heure-ci, vous trouverez Iole au marché. Montez la rue, puis prenez à droite. Le village n'est pas grand, vous ne risquez pas de vous perdre.

Non, je ne risque pas de me perdre.

Devant un terrain de foot dont les cages s'écaillent, en face de la vallée, une dizaine d'étals se tiennent compagnie : confitures, tissus, fromages, détergents. Iole étend du miel sur une biscotte, la tend à un enfant qui la remercie et part en courant. Je la reconnais tout de suite. Je m'approche, un pas, puis un autre. Elle lève les yeux et m'aperçoit, elle remarque que je l'observe. D'abord elle me sourit comme à un client. Puis son sourire se métamorphose. C'est un lent changement de teinte, une éclosion de printemps quand la neige fond. Notre embrassade est une plongée dans le temps. Elena nous regarde, à l'ombre d'un pin, très émue.

*****

Iole nous emmène voir le lac. Nous grimpons un escalier étroit et humide qui mène au passage piétonnier sur la digue. Nous nous penchons. L'eau lèche la forêt comme si la montagne en dévalant sa pente avait découvert le lac au dernier moment et n'avait pas eu le temps de s'arrêter. Certains arbres plongent dans l'eau leurs racines et une partie de leur tronc. L'herbe de la prairie disparaît dans l'eau, sans s'étioler en terre ou en sable.

Iole dit : Il a été construit entre 1957 et 1962. Ces travaux ont fait vivre le village pendant cinq ans. Peut-être plus. Mais le lac a tué le hameau. On nous a accordé un dédommagement et un logement au village. Nous avons vendu nos bêtes.

Je dis : Je ne reconnais pas l'endroit. Où étaient les maisons ?

Iole montre l'eau du doigt, là où la montagne présente un pli. Elle dit : Tu continues un peu, tu descends dans l'eau et tu les trouveras, grises comme les noyés. Je les ai vues affleurer il y a quelques années quand ils ont partiellement vidé le lac pour je ne sais quelle raison. J'étais tellement impressionnée que j'ai dû me sauver. C'est comme lorsqu'on exhume un cadavre.

Elle nous garde à dîner, nous bavardons, regardons des photos. Elle nous parle de Maria partie vivre à Rome avec son mari, professeur de lycée. Elle aussi était mariée, mais ça n'a pas tenu, elle dit : On était trop différents. C'était un mariage de raison. Un jour, il a trouvé un travail loin et je lui ai conseillé de le prendre. Au début, il a écrit, puis plus rien n'est arrivé. Je ne sais même pas s'il est encore en vie. On n'a pas eu d'enfants. En revanche, je me suis mise à produire du miel. J'ai douze ruches dans la montagne.

Je lui parle de mon père, de Gabriele. Elle se couvre les yeux et une grosse larme solitaire coule sur sa joue, jusqu'à son cou. Elena la met au courant pour Agata. Nous avons même une photo à lui montrer, dans mon portefeuille.

Iole dit : C'est le portrait de ta femme.

Je dis : Tant mieux.

Nous rions, et de rire ainsi à Colle Ferro, je me sens bien comme si j'étais rentré chez moi après des années d'errance. Il y a bien une pension au village, mais Iole ne veut rien entendre et nous héberge chez elle. Les draps sentent le vieux, le lit est plein de bosses, mais je dors d'un sommeil que j'avais oublié. Le matin, le miel sur le pain tout chaud et une promenade au bord du lac nous ouvrent l'appétit et nous restons déjeuner. Nous nous attardons encore une journée, et le lendemain nous devons nous forcer pour partir. Agata va rentrer de ses vacances à la mer.

Nous embrassons Iole sur le pas de sa porte. Elle dit : On ne devait pas se marier nous deux ?

Je ris : Va savoir !

Et je regarde Elena, qui fait semblant d'être vexée, puis qui à son tour serre Iole dans ses bras, comme si elle la connaissait depuis toujours. Elena est faite ainsi : il lui suffit de deux ou trois jours pour admettre quelqu'un dans sa vie.

Agata est ravie de son séjour, elle nous parle sans cesse des journées qu'elle a passées à la mer, avec ce prénom, Vittorio, qui brille au milieu des autres. Elena constate : Je te l'avais dit.

Dit quoi ?

Tu as vu ses yeux ?

Oui.

Alors ?

Alors quoi ?

Elle est amoureuse, oui ou non ?

***

Ça arrive un jour comme tant d'autres. Deux ans après notre été entre Blanquefort et Colle Ferro. Nous sommes retournés plusieurs fois chez Iole, au moins quatre. Une année, à Noël, Agata est venue aussi, à contrecœur, mais si Elena n'avait pas trouvé les mots, je n'aurais jamais réussi à l'emmener, à lui montrer l'endroit où j'ai passé mon enfance quand je ne pouvais pas être moi, quand Coifmann était Carati. Agata et moi parlons de moins en moins. J'ignore pourquoi. Je me revois toujours à la sortie de son école, agitant le bras et sautant sans qu'elle me voie. Elle dit : Tu portes en toi quelque chose de sombre. Moi, je veux la lumière.

Elle a peut-être raison.

Mais le jour où Elena meurt n'est pas sombre. C'est un jour comme tant d'autres, nous sommes à la montagne, elle et moi, le soleil surgit des cimes. Je suis à la cuisine, je presse un citron. Elena est sortie acheter des croissants et du pain frais. Je la vois remonter le sentier. Le bois et les rideaux de la fenêtre de la cuisine encadrent l'échine minérale des Alpes, une forêt de sapins, une partie des toits du village, la courbe du sentier qui mène à notre pré et le pré avec deux chaises longues installées face au couchant. Je presse mon citron, lève les yeux et vois Elena s'engager dans l'allée. Je me penche pour jeter la peau dans la poubelle, je relève les yeux et je la vois agenouillée, son sac béant à côté d'elle, croissants et pain dans l'herbe.

Une main s'enracine dans la terre. L'autre est serrée sur son cœur.

D'abord vient le froid. Il se répand dans mes os, mes muscles. Il me glace le sang. Mes veines le communiquent à ma peau. Puis c'est la frénésie. Le téléphone, la voix hachée dans le combiné, le sentiment aigu d'impuissance. L'ambulance qui roule à toute allure. Les informations guettées sur les visages des médecins et des infirmiers, la salle d'attente, le dossier à remplir. À la fin, c'est comme après une course en descente. La main d'un inconnu sur votre épaule. Un verre de thé chaud. Et ce vide indéchiffrable. Soudain. Que rien ne peut combler. Appeler Agata, la vieille maman d'Elena, un ami de toujours, un collègue pour qu'il informe ceux qui la connaissaient.

***

Pourquoi la vie s'effondre-t-elle à côté de moi ?
Pas sur moi.
À côté de moi.

***

Il faut que je retourne au bureau. Je suis en congé sans solde depuis plus de cinq mois. Agata s'est installée chez Vittorio. Elle dit : Ça me noue l'estomac rien que de franchir la porte. Et pourquoi es-tu toujours sur le balcon ?
C'est vrai. Je passe beaucoup de temps sur le balcon. J'aime ce balcon. J'aime les toits de la ville, les cheminées, les antennes. Les fils d'araignée des câbles. Les oiseaux qui m'observent pendant que j'étudie leurs trajectoires. Entre les immeubles, on aperçoit les montagnes. Je passe des heures à les regarder. Parfois, avec le bon éclairage, elles se reflètent dans les fenêtres d'une banque. Agata dit : Qu'est-ce que tu trouves là-haut ? Maman est morte en montagne, je ne veux plus jamais y aller, je ne veux même plus la voir. Je veux habiter au bord de la mer.
Elle ajoute : Vittorio et moi pensons nous installer ensemble. Son père a un restaurant en Sicile, avec les meilleures spécialités de poissons de la région. On projette de reprendre son affaire tous les deux, car il commence à être fatigué. Qu'en dis-tu ?
Parfois j'ai l'impression de traverser la dalle du balcon, jusqu'au troisième étage où une plante grimpante qui envahit tout prend son élan entre les losanges d'un treillis. En tombant, je ne lorgne jamais par les fenêtres

345

des autres appartements. Ce n'est pas correct. Mais si l'occupant est sur son balcon en train de travailler, alors je n'y peux rien.

Agata dit : Tu m'as entendue ?

J'émerge de ma torpeur : Comment ?

Agata me considère avec mépris. J'ignore pourquoi. Elle dit : C'est incroyable.

Elle secoue la tête et rentre dans l'appartement.

Deux mois plus tard, Vittorio et elle partent pour la Sicile. Ils ont une fourgonnette qu'ils bourrent au-delà du raisonnable, des livres et des tee-shirts dans les moindres recoins, des oreillers et des couvertures pour protéger les bouteilles et une petite télévision. Avant de disparaître vers l'autoroute, ils s'arrêtent me dire au revoir. Je descends en pantoufles. Sur le trottoir, je serre la main de Vittorio. Il sourit aimablement. Il a un air bohême de gentil garçon visionnaire. Je pense qu'il peut faire un bon cuisinier. J'ignore pourquoi, mais j'ai cette idée. Agata s'approche de moi en regardant à droite et à gauche, comme si elle n'arrivait pas à trouver mon visage. Puis, à un pas de moi, ses yeux entreprennent leur escalade. Le cou, le menton, les joues. Elle dit : Tu devrais te raser.

Je dis : Tu m'appelleras ?

Et toi, tu m'appelleras ?

Je réponds : Je ne sais pas.

Je ne sais pas non plus.

Au fond, nous nous ressemblons.

Agata fait le geste de remettre en place une boucle d'oreilles, mais elle n'en porte pas, elle n'en a jamais voulu. Elle dit : Non. Je ne crois pas.

Nous gardons le silence quelques instants, aucun des deux ne sait quoi ajouter. C'est Vittorio qui nous tire d'embarras, il ferme la portière et dit : Je suis désolé de vous bousculer, mais il faudrait qu'on parte. On risque de tomber dans les embouteillages.

Agata acquiesce, tourne les talons et se dirige vers lui. Je me rends compte qu'à cet instant j'ignore quand je la reverrai et si je la reverrai. Pas à cause de l'impossibilité matérielle de nous rencontrer, mais à cause de la signification profonde que chacun de nous donnerait à son envie de voir l'autre. Un bref instant, j'ai la tentation de courir derrière elle, de l'attraper par les épaules, de l'obliger à se retourner, de l'étreindre jusqu'à sentir ses os. Au moment où la résistance prend le dessus, c'est elle qui se retourne et revient sur ses pas. La rue est boueuse, Agata force sur ses jambes. Elle prend ma tête entre ses mains, m'embrasse sur le front, se penche à mon oreille.

Elle dit : Au fait, j'attends un enfant.

***

Je démissionne. L'indemnité que m'accorde le groupe Ferroni est très forte et, en comptant le revenu de mes économies, mes quatre appartements, celui de ma mère et les trois autres en ville, à la mer et à la montagne, plus la retraite qui me sera versée tôt ou tard, j'ai indubitablement plus d'argent qu'il ne m'en faut pour vivre le temps qu'il me reste. Je vends l'appartement de Turin. Je loue les deux autres. Pas celui de Gênes, que je laisse libre. Je le mets au nom d'Agata. J'y habite un certain temps. Dans l'intervalle, avec l'aide de Iole, je trouve une ferme à la lisière de Colle Ferro. Elle est entourée par la forêt, un torrent, un énorme rocher échoué là Dieu sait quand et deux sentiers peu fréquentés qui se séparent à la hauteur du rocher, hésitant entre les alpages et les cimes des Apennins. Du balcon au premier étage, on voit l'endroit où l'eau a englouti mon passé.

Je passe deux ans à rénover la maison et à marcher. Je recherche le bosquet des jambes mortes et finis par le repérer, du moins je crois. Je recherche l'endroit exact où le soldat allemand a cédé devant l'offre des cigarettes et poussé mon père dans les buissons de ronces couverts de neige, et le trouve derrière le cabanon à outils d'un pavillon. Je récupère le pas que j'avais quand j'étais jeune, à l'époque du Club Alpin Italien. Je prends possession des sentiers et des chemins, j'en explore toutes les variantes. Deux fois par semaine, Iole et moi déjeunons ensemble : tantôt c'est moi qui descends, tantôt c'est elle qui monte. À Noël, je revois Maria, venue de Rome avec son mari passer les fêtes à Colle Ferro.

Je dors beaucoup. Le matin quand je me réveille, je descends petit déjeuner avec des tartines de miel ou un morceau de fromage. Puis je sors, m'assieds sur le banc que j'ai fabriqué et calé contre le mur de la maison, ferme les yeux et me rendors. Ce sont les oiseaux qui me réveillent. S'il fait beau, je vais dans la forêt jusqu'à la clairière des jambes mortes. Je sors un plaid et m'allonge pour regarder le ciel au-dessus des frondaisons des arbres. Les nuages prennent des profils et des significations. On me livre mon lait, tout frais. Par précaution, je le fais bouillir. Pendant que la casserole chauffe sur le feu, j'observe le bouillonnement, la formation de la peau.

Un matin, je suis là, le soleil sur le visage, quand j'entends des pas. J'ouvre les yeux. C'est une fillette.

Elle dit : Bonjour.

Je me protège du soleil avec la main. Je dis : Qui es-tu ?

Je m'appelle Elena. Avez-vous vu une petite fille par hasard ?
Je ne réponds pas.
Elle a neuf ans. C'est ma sœur, elle s'appelle Irene.
J'ai un petit-fils qui a neuf ans.
Ils sont peut-être ensemble.
Je ne pense pas.
La fillette regarde autour d'elle. Je passe à l'ombre pour mieux la voir. Elle dit : Comment s'appelle votre petit-fils ?
Zeno.
Drôle de prénom. Je ne connais personne qui s'appelle Zeno. Pourquoi on l'a appelé comme ça ?
Je ne sais pas.
Pourquoi vous ne le savez pas ?
Parce que je n'ai jamais pu le demander.
Pourquoi vous n'avez jamais pu le demander ?
Je ne réponds pas.
Si vous voyez ma sœur, pourrez-vous lui dire que je la cherche, s'il vous plaît ? Elle est grande comme ça et porte des vêtements démodés, une vieille robe qui appartenait à notre grand-mère.
Je lui dirai si je la vois.
Ce soir-là, je n'arrive pas à m'endormir, je me retourne dans mon lit, descends boire un verre d'eau, me sers un demi-doigt de liqueur à la sauge. Devant le poêle, je feuillette les lettres d'Agata : neuf en neuf ans. Je lui en ai écrit autant. Je conserve le brouillon de chacune d'elles, comme pour tout. Je cherche le bon angle pour regarder les photos de Zeno à la lueur de la lune. J'en possède neuf, une par lettre.
Dans la cave de Iole, j'ai trouvé un vieux tourne-

disque et des vinyles de jazz et de musique classique. Je mets John Coltrane.

Je prends une feuille et un stylo, je choisis mes mots avec soin.

Chère Agata, je voudrais savoir pourquoi vous avez appelé votre fils Zeno. Une fillette gracieuse qui s'appelle Elena me l'a demandé aujourd'hui. J'aimerais pouvoir lui répondre la prochaine fois que je la verrai.

J'écris six feuillets serrés, je relis une fois, deux fois, recopie au propre. Quand je la glisse dans l'enveloppe, c'est presque l'aube. Je retourne me coucher sans éteindre le tourne-disques. Les jours suivants, Elena revient me voir.

***

Il y a beaucoup de façons de s'ôter la vie, mais la plupart du temps, elles impliquent qu'au bout du compte un parent ou un ami récupère votre corps par terre ou le dépende de sa corde. Il y a l'odeur du gaz, le problème de l'enterrement. Ça ne me convient pas. Je ne veux charger personne de ces corvées, ce n'est pas correct. Je décide que ma tombe sera le lac. J'achète deux chaînes métalliques aux anneaux larges et épais. Le moment venu, je me procurerai deux poids que j'accrocherai au bout. J'irai en bateau jusqu'au-dessus de la maison qui m'a abrité avec ma famille quand j'étais enfant et je me laisserai tomber. Là, je serai en sécurité pour toujours. Personne n'aura à s'occuper de rien.

Je ne suis pas pressé. Sur les chaînes, je grave lentement *Chema Israel Adonaï Elohénou Adonaï E'had*. C'est sans valeur religieuse, je le fais pour mon père. C'est lui qui a ouvert la porte, entraîné mon frère. Maintenant c'est mon tour. Mais je m'accorde de tout préparer calmement.

Elena revient l'année suivante, et celle d'après encore. Je la vois grandir. Elle me voit graver la prière sur la chaîne.

Un jour elle dit : Tu fais quoi ?

Rien.

C'est une façon fatigante de ne rien faire.

Dans un rien, les enfants trouvent tout et, dans tout, les hommes ne trouvent rien.

Je me retourne, lui lance un clin d'œil : Leopardi, *Mémoires de ma vie*.

Toi, tu es quoi ?

Dans ce cas ? Un enfant, je dirais.

Et je ris. Je ris rarement. Ça arrive souvent quand elle est là. Je rentre dans la maison, prends du lait, des framboises, des sablés. Nous goûtons ensemble sur l'herbe, assis sur le pré devant chez moi. Elle est plus élancée. Elle porte une seule boucle d'oreille, en bois. Qui est gravée aussi, mais pas d'une prière.

Elle dit : Ce sont des motifs tribaux.

De quelle tribu ?

Comment veux-tu que je le sache ?

Elle me parle du collège, de ce qui l'a poussée à choisir escrime quand toutes ses copines sont inscrites au volley, d'un garçon qui lui plaît et qui lui a offert une bague, dont elle a découvert qu'elle sortait d'un paquet de chips. Alors elle s'est vexée et ne lui a plus adressé la parole. Mais oui, il lui plaît encore, et beaucoup.

Je dis : Tu as vu *Diamants sur canapé* ?

C'est quoi ?

Un vieux film. On y voit un couple d'amoureux qui choisit de faire graver une phrase romantique par le bijoutier le plus cher de New York sur une bague trouvée dans un sachet de chips. C'est un film pour toi.

Pendant quelques instants, elle ne bouge pas, puis elle s'illumine et vient me prendre dans ses bras. Elle reste ainsi, serrée contre moi, et je sens tout le poids de son corps, l'odeur de ses cheveux, la chaleur de ses joues. Le reflet de la vie et des désirs. Elle dit : J'ai une dette envers toi, tu sais. Une dette pour toujours.

Nous nous disons au revoir, je débarrasse la cour, rentre dans la maison. Pendant que je prépare le dîner, je suis perturbé, je tremble d'une légère fièvre. Sur la pile de vinyles, je prends une compilation de Gershwin. Je la mets sur le plateau. Je soulève le bras et pose la tête sur la première plage. Je monte le volume et ouvre grand les fenêtres. J'ajoute les oignons dans le ragoût, je laisse la musique se répandre dans la forêt.

***

Ma première intention était de graver un mot par chaînon, sur six chaînons consécutifs. Puis je me suis aperçu qu'il y avait douze anneaux. J'ai décidé de graver la prière deux fois sur chaque chaîne. Dans un magasin de sport d'une bourgade de la vallée, j'achète deux haltères munies de six disques de deux kilos. J'achète deux cadenas dans une quincaillerie. De retour, je m'aperçois que la barre de l'haltère n'entre pas dans les chaînons. À l'épicerie, chez Rosa, je trouve deux gros mousquetons. Je les achète. Ils font l'affaire.

Iole vient encore déjeuner chez moi le mercredi et moi chez elle le vendredi. Un jour de printemps, nous avons fini de manger et sommes attablés devant nos cafés. En silence. Nous n'avons plus besoin de nous parler, Iole et moi. Nous pouvons déjeuner ensemble et nous tenir compagnie des heures sans échanger un mot. Ce jour-là, elle annonce soudain : Je déménage à Rome.

Tu n'aimes plus le village ?

Si. Quel rapport ? Bien sûr que je l'aime. Je suis née ici. Et j'y ai vécu toute ma vie. Comment pourrais-je ne pas l'aimer ? Mais j'y pense depuis longtemps. Je vieillis et ma sœur a un appartement immense. Nous nous tiendrons compagnie. Et nous gardons la maison d'ici.

Tu déménages quand ?

Dans une semaine. Mon beau-frère vient me chercher avec son fourgon et on emportera déjà un certain nombre de choses.

Tu aurais pu me le dire avant.

Et ça t'aurait avancé à quoi, gros malin ? Mais j'ai bien l'intention d'être de retour fin juillet, l'ancien. Ne t'inquiète pas. Il est hors de question que je passe l'été en ville. J'arriverai avec du ravitaillement, comme d'habitude. Il ne sera pas dit que je te laisse dépérir.

Parfait.

Et je lui souris. Mais je pense qu'en août, moi, je ne serai plus là.

CHAPITRE VI

Je pourrais dire, je voudrais dire que lorsque j'ai quitté Colle Ferro, on sentait déjà dans l'air la viscosité de l'automne et que l'été était déjà fini, mais ce n'est pas vrai. Le soleil brillait, les abeilles diligentes s'attardaient sur les fleurs et les écorces pour approvisionner la ruche en propolis, pollen et nectar, et un grand nombre mouraient d'épuisement pendant leur tournée. La terre irriguée par les pluies de juillet réclamait à nouveau de l'eau, dans cette alternance de trop et de pas assez qui enserre la vie entre satiété et insatisfaction. L'été à Colle Ferro et dans toute la vallée touchait à l'apogée de sa splendeur et de sa douleur quand, avec l'aide de grand-père, maman et moi on chargea la voiture pour partir.

Papa pouvait rentrer à la maison. Sa réaction à la greffe était excellente. Certes, nous allions devoir vivre pendant des années avec la peur de la récidive avant de considérer que nous avions gagné la guerre, mais notre impression, partagée par les médecins, était que nous avions remporté la première bataille. Et triomphalement en plus. Aujourd'hui encore, il se soumet à des analyses de sang régulières et peu après son retour à Capo Galilea, il fallut lui faire des phlébotomies – des saignées – pour réduire l'excès de fer dans le sang, conséquence des transfusions. Cela excepté, notre vie ne mit pas longtemps à redevenir ce qu'elle était.

La semaine qui précéda notre départ, sur l'aire de jeux – cabane, toboggan, bac à sable –, tandis qu'Isaac me montrait des exercices de musculation pour biceps et pectoraux qu'il avait trouvés dans une revue, je remarquai deux hommes qui tournaient en rond dans le village comme s'ils s'étaient perdus. L'un d'eux portait un chapeau blanc. Quand il nous aperçut, il tira son compagnon par la veste et, dans un mouvement chorégraphique, tous deux levèrent le bras pour attirer notre attention.

J'échangeai un regard interrogateur avec Isaac. Il continua ses flexions tandis que j'allai à leur rencontre.

« L'un de vous est-il le petit-fils de Simone Coifmann ?

– C'est moi. Pourquoi ?

– C'est la dame de l'épicerie qui nous a envoyés ici. Pourrais-tu nous accompagner chez ton grand-père ? » L'homme sans chapeau – il avait une veste claire et les yeux las – essuya la sueur sur son front avec un mouchoir. « J'ai été son témoin de mariage, tu sais. Nous avons appris par hasard qu'il habite ici. Nous sommes de passage pour le travail. C'est notre fournisseur de fromage qui nous a informés.

– Cesco ?

– C'est ça. Tu nous accompagnes ? Nous n'avons pas beaucoup de temps. »

Je criai à Isaac que j'allais revenir. Il répondit qu'il était fatigué, qu'il rentrait prendre une douche et que je n'aurais qu'à le rejoindre chez lui pour regarder *Le*

Silence des agneaux. « Je l'ai acheté hier chez le marchand de journaux. »

On monta à pied. L'homme au chapeau blanc portait aussi un curieux pince-nez, il parlait beaucoup et indiquait tantôt un sommet, tantôt le barrage qu'on devinait à travers les feuillages des chênes verts. Il évitait une touffe de bruyère sans cesser d'avancer, s'en laissait griffer les paumes pour retenir l'essence, puis flairait sa main pour humer l'odeur. Grand-père étendait une lessive dans la cour. Il nous vit arriver, laissa tomber les pinces à linge dans la panière et, les bras ballants, attendit qu'on le rejoigne. À la ride entre ses yeux, à son regard concentré, je compris qu'il n'était pas certain de reconnaître les gens que j'escortais, mais il était ébranlé, c'était visible. Nous n'étions plus qu'à quelques mètres désormais, quand la révélation éclata en lui avec le bruit sourd d'une détonation : ce visage, ce chapeau, ces mains.

« Simone, dit l'homme en veste claire. Combien de temps a passé ?

– Je ne saurais pas dire, répondit grand-père. C'était quand la dernière fois ?

– Ça doit faire vingt ans, s'immisça l'homme au chapeau blanc. Et très probablement dans un restaurant milanais. Ou je me trompe ?

– Tu te souviens de Mario ?

– Tu te souviens de Mario ? Non mais écoute-le. J'ai donc si mal vieilli ?

– Mais non, tu es dans une forme éblouissante.

– Mario, dit grand-père en lui serrant la main. C'est un plaisir de te revoir. Et si je peux me permettre...

– Je t'en prie...

– C'est un plaisir de vous voir encore ensemble. Mais venez, entrez. Un café ? »

Bon, c'est vrai qu'Isaac m'attendait allongé sur le parquet avec une carafe de citronnade sibérienne, trois boîtes de cacahuètes et les stores baissés juste ce qu'il faut, en compagnie d'Hannibal Lecter, mais je flairais l'imminence de révélations et récits (involontaires) sur la vie de grand-père et rien ne m'aurait délogé de mon observatoire. Peut-être Luna venant m'appeler, mais Luna était je ne sais où avec ses parents, en train d'acheter ses fournitures pour la rentrée. En août, vous vous rendez compte.

« Elena ? » demanda Joël en ôtant de la chaise un tas de torchons pour pouvoir s'asseoir. Mario resta debout, son chapeau sur la tête, près de la fenêtre.

Grand-père prépara la cafetière, puis s'assit à son tour. « Elena n'est plus. »

Joël porta ses deux mains devant la bouche. « Pourquoi tu ne me l'as pas dit ?

– Te le dire ? » Grand-père éluda en toussant. « Je dois encore me le dire à moi-même.

– Je suis sans voix…

– Bon signe. Parlez-moi de vous. Comment êtes-vous arrivés ici ?

– Cesco », dis-je. Entre-temps, pour m'occuper les mains et justifier ma présence, je préparais le sandwich le plus audacieux de l'histoire récente de la gastronomie : mayonnaise tartinée sur du pain de mie de façon à en boucher tous les trous, œuf dur froid soigneusement émietté (surtout le jaune), olives coupées en tout petits morceaux (ce n'était pas ma faute s'il n'y avait plus de pâté) et j'avais la ferme intention de faire revenir du lard.

« Il est dix heures du matin, observa grand-père. Tu n'exagères pas un peu ?

– J'ai faim.

– Comment êtes-vous en rapport avec Cesco ? »

Mario tendit sa tasse à grand-père. « Mes bars à vin, tu te souviens ? Pour les dégustations. Et je le commercialise même, son fromage. J'ai des clients à Milan qui se pâment rien qu'à son odeur. Son odeur, que dis-je ? À son nom, ils s'évanouissent. Ça fait déjà plusieurs années. Mais on n'avait jamais évoqué la personne qui conservait ses fromages ni à quel endroit. Tu te rends compte ? Pas une seule fois. Jusqu'à aujourd'hui. On l'a rencontré à Crescella pour parler d'un nouveau fromage de brebis aux herbes et soudain, bing, ton nom est sorti. De but en blanc.

– Je l'ai fait répéter trois fois, dit Joël. Va savoir ce qu'il a pensé. Puis on a repris la voiture et on est monté te chercher. On n'a que dix minutes, vraiment. Il faut qu'on soit à Gênes pour déjeuner, on attend du vin de Patagonie et Mario doit signer je ne sais quoi.

– J'ai été content de vous revoir. Vous habitez où ?

– À Parme. Mais on fait la navette entre Rome et Milan. Maintenant qu'on sait où te trouver, on ne te lâchera pas.

– Tant que je serai là, dit grand-père.

– Tu comptes déménager ?

– Non, je disais ça comme ça. »

Un quart d'heure plus tard, mon sandwich emballé dans du papier, je descendis avec eux jusque sur la place.

« Tu as vraiment été son témoin de mariage ? demandai-je à Joël avant de le quitter.

– C'était il y a une éternité. » Il me décoiffa en

souriant. « Et il se passait tellement de choses à cette époque-là que je ne m'en souviens même pas.
– Revenez, dis-je.
– Tu seras là ?
– Non. C'est pour cette raison que vous devez revenir. Il sera de nouveau tout seul. »

Je n'ai jamais été doué pour les adieux. J'ai tendance à m'attarder sur le seuil, à traînasser par crainte de ne pas avoir tout dit, à répéter l'adieu, puis à me repasser la scène, mes gestes, mes paroles et à rougir de honte d'avoir cédé à mes émotions. Je préfère l'arrachement aux séparations en douceur, la fuite nocturne, une lettre qu'on glisse sous la porte, la poignée de main virile et efficace qui signifie mais oui, on ne va pas en faire tout un plat, d'ailleurs on finira bien par se revoir, nom de nom, pour regretter mon choix tout de suite après, sûr d'avoir semblé impoli. Je n'ai jamais été doué pour les adieux, pas même à douze ans, pas même avec les enfants de mon âge. Pour cette raison, tout en sachant que je partirais à la fin de la semaine – maman viendrait me chercher vendredi – je n'avais rien dit à personne. Et par personne, j'entends Luna et Isaac.
Un soir, le bruit courut – le conducteur d'un fourgon chargé de feux d'artifice l'avait dit au pompiste, qui l'avait dit à sa femme, laquelle, en venant récupérer sa commande de *trofie* chez Mme Rosa, en avait parlé à des clients, alors qu'Isaac de l'autre côté du rideau à clochettes se coupait une portion de fougasse pour la fourrer de fromage frais – le bruit courut donc qu'il y aurait une fête dans une vallée voisine et que le feu d'artifice se verrait de loin. Son coût avait même suscité un début de polémique.

« On le voit peut-être du Monticello, dis-je, quand Isaac nous rejoignit, Luna et moi, sur le barrage, en mâchant sa fougasse.

– Nous pourrions préparer des sandwiches à manger là-haut, dit Luna.

– Un pique-nique nocturne.

– Je ne sais pas si mes parents me donneront la permission.

– Demande-leur, dis-je.

– Je m'occupe du ravitaillement », dit Isaac la bouche pleine

Luna leva les yeux au ciel.

À la fin, on arracha tous les trois l'accord parental, en arguant de la fin de la belle saison, du temps qui avait été mauvais en juillet et ne tarderait pas à se gâter de nouveau, de la nécessité de nous ressourcer avant le début de l'année scolaire – « Il faut faire le plein de moments qu'on ne vivra plus pendant le reste de l'année, jusqu'à l'été prochain. Je n'ai pas raison ? C'est une question de carburant. » On se retrouva donc tous les trois devant chez grand-père : lampes de poche, couvertures et gourdes de thé à la pêche. En une demi-heure, on était sur le Monticello. C'était la première fois que je montais là-haut avec eux. J'avais emporté mon téléphone portable, mais ne l'allumai pas. On s'allongea sur le dos, mains sous la nuque, ouverts à la ronde des constellations. On parla peu. Une harmonie nous avait pénétrés qui ne réclamait pas de bruits pour couvrir un silence embarrassant, parce que le silence n'était pas embarrassant. Il était composé du tissu de rumeurs légères qui nous entourait – bruissements végétaux, chants d'oiseaux, tassement de la montagne – et de la chaleur de nos corps.

« On est vraiment bien, c'est clair », dit Isaac.

Personne ne lui répondit. On laissa ses paroles planer au-dessus de nous, jusqu'au moment où elles s'épuisèrent d'elles-mêmes et retombèrent sur nous. Sans préavis, la première fusée illumina la vallée de violet, puis de jaune et de vert. Assis en tailleur sur nos couvertures, nous regardions les poussières éblouissantes dessiner des trajectoires dans le ciel, exploser en feuillages d'arbres qui se désintégraient aussitôt, s'éparpillant en confettis de matière solide en combustion, hérauts de l'automne. Il y avait de la lumière, des explosions, de la fumée. Je pensai à Iole et à grand-père, aux avions et aux bandes argentées – de quels avions pouvait-il s'agir : des B-52, les *big ugly fat fellows*? et moi, aurais-je fait à Luna la promesse de l'épouser? – et j'aurais voulu (mais ça, je le pense aujourd'hui) être plus conscient en cet instant que cet été-là avait fécondé ma vie, et qu'il se passerait beaucoup de choses à partir de là. J'aurais voulu le savoir pour le savourer et m'en émerveiller. Mais ça ne marche pas comme ça. L'existence ne dispose ni de sous-titres ni de *prequel* : elle n'est qu'une série de clichés flous.

Le crépitement des derniers feux d'artifice se dissipa au bout d'une vingtaine de minutes. Nous nous sommes attardés encore, savourant la nuit autour de nous, cette indépendance et même si le moment aurait été idéal, je ne trouvai pas le courage de lui dire au revoir.

Je le fis le dernier matin.

« Tu pars ? » Isaac avait des yeux qui rappelaient les cercles dans l'eau. « Et tu dis ça comme ça ? »

Boudeuse, Luna était assise sur le muret de l'église. De là, on apercevait le vieux cimetière où – grand-père m'avait montré l'endroit un jour – était enterrée mon arrière-grand-mère.

« Tu aurais quand même pu nous le dire avant. On aurait marqué le coup... »

Je mentis : « Je le savais pas. Ma mère a envoyé un message aujourd'hui.

– Elle vient quand ?

– Pour déjeuner. Nous partirons dans l'après-midi pour rouler de nuit. Il y a moins de circulation.

– Mais tu reviendras ? demanda Isaac.

– Peut-être l'été prochain. Pourquoi pas ? » Promettre de se revoir est un de mes analgésiques préférés pendant les cérémonies d'adieux, même quand les probabilités sont très minces. Mais dans ce cas, j'y croyais peut-être. « Luna, tu seras là ?

– Je ne crois pas.

– Les enfants... » C'était un des papis du banc. « L'un de vous irait-il me chercher mes gressins chez Rosa ? Il peut garder la monnaie. »

Luna et moi en étions encore à analyser la phrase qu'Isaac avait déjà bondi.

« J'en profite pour vous dire au revoir. Je pars aujourd'hui.

– Pour où ?

– Je retourne chez moi.

– C'est la rentrée ?

– Pas vraiment. Encore deux semaines.

– Tu as entendu ? dit le papi au chapeau d'Anselmo à son compère qui attendait ses gressins en lançant de temps en temps des regards anxieux en direction du magasin de Rosa. L'été est fini.

– Pourquoi il met si longtemps ? demanda le papi au journal, en parlant d'Isaac.

– Tu as entendu ?

– Oui, oui, j'ai entendu. Le jour de la rentrée, je ne voulais pas y aller. Mes frères aînés m'avaient raconté que le maître donnait des coups de baguette épouvantables. Voilà ce dont je me souviens.

– Quel rapport ?

– Quoi ?

– Quel rapport, les coups de baguette ? Je t'ai dit que l'été est fini.

– Il finit chaque année. Ça t'étonne ? » Puis, s'adressant à moi : « Pourquoi ton copain ne revient pas ? »

Je haussai les épaules. « Écoutez. Avant de vous dire au revoir, je peux vous demander quelque chose ? »

Ils me dévisagèrent tous les deux.

« Comment vous appelez-vous ? »

Le papi au chapeau ôta son chapeau, le serra contre sa poitrine et se leva non sans mal. Il me tendit la main. « Rodolfo.

– Ce fut un plaisir, Rodolfo. À bientôt.

– Le voici », dit le papi au journal. Isaac revenait, chargé du sachet marron d'où les gressins à l'huile faits par Rosa dépassaient comme du petit bois pour le feu.

« Je garde la monnaie, alors ? dit-il en tendant le sachet.

– Tu crois que je me moque du monde ? » répondit le papi au journal.

Rodolfo était encore debout. « Il s'appelle Nico, dit-il en l'indiquant du pouce.

– Nicola ? demandai-je.

– Non, répondit-il. Nico tout court.

– Nicodemo, me murmura Rodolfo à l'oreille. Mais il n'a jamais aimé son prénom. »

J'étais avec eux quand je vis surgir notre voiture. J'agitai la main, maman se gara près de nous.

« Disons-nous au revoir ici », proposai-je à Isaac et Luna.

Il buvait un jus de fruit chapardé à l'épicerie. « Travaille ton basket. L'été prochain, je veux un adversaire à ma hauteur.

– Promis. »

Luna, qui portait des phrases écrites sur les joues et le front, ne dit rien. Elle me prit dans ses bras comme le cercle enserre le tonneau, m'emprisonnant de façon à ce que je ne puisse pas répliquer. Puis elle courut vers ma mère qui, assise sur le capot, avait allumé une cigarette. Elle lui dit quelque chose et se pencha à travers la vitre pour attraper un stylo et un papier dans la boîte à gants. Elle s'appuya sur la voiture et écrivit. De retour, elle nous tendit à Isaac et moi un billet avec son adresse.

Isaac le déchiffra sans comprendre. « Pourquoi à moi aussi ?

– Je vous précède », dit-il. Il tourna les talons et partit en courant.

Au déjeuner, Iole était là, elle avait préparé des plats que vous, pauvres humains, ne pouvez même pas imaginer. Grand-père avait rassemblé mes affaires : mes chaussures dans un sac en toile, mes albums à dessin empilés en ordre sur le canapé et, derrière, notre tableau.

« Non, dis-je. Garde Silver Surfer.

– Prends-le. Ici, va savoir ce qui lui arrivera.

– Qu'est-ce qu'il pourrait lui arriver ?

– Euh… une infiltration dans la salle de bains ou… un éboulement. Un nouvel éboulement.

– J'espère que tu ne vas pas le garder à la cave. »

J'enlevai *Le déjeuner sur l'herbe* que grand-père avait remis à sa place et accrochai notre œuvre. Le jour qui entrait par la fenêtre, une lumière à la douceur bienvenue tombant d'un large front nuageux, rendait justice à la consistance et au fini de la toile. Le contraste entre cette image et le reste de la maison – meubles, murs, tissus – l'apparentait au monolithe d'Arthur C. Clarke, devant lequel les hominidés se réveillent dotés d'une nouvelle conscience d'eux-mêmes.

Nous nous sommes quittés comme nous nous étions rencontrés : sans parler. Une poignée de mains trop adulte et trop froide. J'ignore ce que maman lui dit, quel fut son au revoir, s'il y en eut un. Je la retrouvai dans la voiture à côté de moi, tandis qu'en bas le lac scintillait paresseusement contre le barrage, et quand je me retournai, juste avant le virage, grand-père et Iole étaient encore là, se détachant sur la maison et le paysage, telles des empreintes dans l'argile, comme cela arrive quand on appartient aux lieux qu'on habite.

Quand on rentre après une longue absence, généralement plusieurs mois, on perçoit en des lieux intimes de sa ville des modifications dues avant tout au regard de l'observateur et très peu à des transformations réelles. Les rues conduisent toujours au rond-point, à la mairie, à la pharmacie, au marchand de volailles, au tabac, à la plage. Tout au plus, il arrive parfois que le sens de la circulation ait été modifié. Même chose à la maison : les haies de petit houx qui frangent la cour, l'arrosage électrique des fleurs, les rideaux, le canapé, la télévision, les photos aux murs, le bureau, les stylos dans le pot de cacao (sur le bureau), tout est comme on l'avait laissé. Le chien du voisin chasse les corbeaux avec le même aboiement agaçant et les lézards grimpent sur l'appui de fenêtre, entre les pots, comme ils l'ont toujours fait. Pourtant rien n'est plus comme avant.

Les objets, les meubles, l'asphalte des rues n'entrent plus en résonance à notre passage sur les mêmes fréquences qu'autrefois. Une peau morte que nous n'avions pas repérée recouvrait tout et s'est exfoliée en notre absence : un *scrub* de la perception.

Je me surpris à mesurer dans la glace avec mes nouveaux yeux les changements de mon corps – étais-je donc plus grand ? plus sûr de moi ? – et j'aurais voulu les vérifier sur mes vieux copains, en observer les effets, mais Salvo et Michele n'étaient pas là, mobilisés par le Capo Galilea Football Club pour une semaine d'entraînement avant le championnat. J'aurais dû en être aussi – j'avais trouvé l'invitation dans le courrier en souffrance, mais c'était trop tard désormais. Le restaurant tournait à plein. Mes parents furent repris par le rythme quotidien : courses, mise en place, cuisine. Papa allait bien. Du moins il semblait. Il avait repris des couleurs, il ne se plaignait pas d'une lassitude inhabituelle – à part la fatigue normale due au travail – et il acheta même des chaussures de sport pour aller courir le matin.

Un dimanche après-midi, alors qu'il était allongé sur le canapé pour lire (il n'avait jamais été un grand lecteur, mais ses mois d'hospitalisation avaient laissé cette trace que maman estimait miraculeuse), je lui dis que j'allais aux buttes à vélo. Il posa son livre ouvert sur sa cuisse, prit son verre de jus de myrtille par terre, but et posa sur moi un regard long et profond : une sonde.

« J'ai fait quelque chose ?

– Non. C'est moi qui dois faire quelque chose. Je dois m'excuser. Auprès de toi.

– Pourquoi ? Tu n'as rien fait.

– Ce n'est pas toi qui as lancé la pierre contre la fenêtre de la sacristie. Tu n'as pas fait ça. Tu n'aurais jamais fait ça. J'aurais dû le savoir. »

Dans mon estomac, une bulle éclata, libérant de l'air qui, en me chatouillant les os, remonta jusqu'à mes épaules et dénoua les muscles de mon dos.

« Ce matin, j'ai rencontré le père Luciano qui, soit dit en passant, te demande d'aller le voir, j'ignore pourquoi, bref, je l'ai rencontré et on a bavardé. Il allait me quitter, quand son visage s'est éclairé, tu sais comment il fait, non ? On dirait qu'un phare s'allume dans ses yeux. Donc il s'illumine et me dit de te transmettre toutes ses excuses, parce qu'en août – il ne m'a pas donné plus d'explications – l'employé de Celima, celui qui a accusé Michele, Salvo et la *troisième* personne... » Le regard de papa glissa sur moi. « ... donc le garçon boucher est venu le voir et a reconnu qu'il avait tout inventé.

– Quel salaud !

– Zeno !

– Pardon.

– C'est lui qui a lancé le caillou. Et il vous a accusés, enfin Michele et Salvo, pour se venger d'une remarque méchante. Il paraît qu'ils se moquent de lui à cause de ses yeux.

– Tout le monde se moque de lui.

– Toi aussi ?

– Euh, oui, c'est arrivé. »

Papa baissa la voix. « Crois-tu que ce soit une faute de mal voir ? N'est-ce pas plutôt une bonne raison pour l'aider ?

– Si.

– Si quoi ?

– J'ai mal agi.
– Et moi aussi. Donc je te demande pardon. Et j'attends que tu fasses de même avec lui.
– Je dois aller demander pardon au garçon boucher ?
– Ça te pose un problème ?
– C'est que...
– Tu allais sortir à vélo. Celima est ouvert. Si tu y passes, tu le trouveras.
– Maintenant ?
– Pourquoi pas ?
– Mais...
– Zeno.
– Mais enfin, lui aussi... Il a ...
– Il a menti et il devra se justifier auprès de Michele et Salvo, s'il en trouve le courage. Mais eux aussi devraient lui présenter des excuses. Comme tu le feras toi cet après-midi. »

Je soupirai, cherchant refuge dans les minuscules confettis réfléchissants qui constellaient les rideaux des fenêtres.

« On est d'accord ? »

Je filai chez Celima à vélo et présentai mes excuses à l'employé. Puisque j'étais lancé, je passai chez le père Luciano, que je n'avais pas revu depuis mon retour à Capo Galilea. Il m'accorda une seconde absolution pour ne pas avoir perpétré le délit et promit de nous donner à tous les trois une petite rétribution pour notre travail à la cure en juin.

« Une peine injustifiée doit recevoir son dédommagement », dit-il.

Je ne pouvais qu'être d'accord.

Il me sollicita aussi pour la procession de la Santa Rosalia le 4 septembre, qui est la date de sa mort et n'a rien à voir avec sa fête palermitaine du 14 juillet, à laquelle j'avais assisté petit avec grand-père Melo. À Palerme, le cortège va du Palazzo dei Normanni jusqu'à la mer, selon un itinéraire symbolique qui commence par la mort (causée par la peste) pour arriver à la vie. Chez nous à Capo Galilea, pas de transport triomphal de la statue de la sainte traînée par des bœufs. Pas de chars allégoriques. Pas de feux d'artifice. Seulement une chaîne qui part de l'église pour aller au port, à la mairie, à l'édicule de la sainte sous la glycine de la Porta Sant'Agata, et ne me demandez pas pourquoi elle s'appelle Sant'Agata et pas Santa Rosalia, parce que je l'ignore. « J'ai besoin d'un jeune comme toi pour porter la bannière. Tu serais d'accord ? »

À contrecœur – rien n'est plus ennuyeux que les litanies de la procession – j'affichai un sourire poli et acceptai.

Deux jours avant la rentrée, papa et moi on se concocta une sortie de pêche. On se leva en silence avant l'aube. Arénicoles, cannes, épuisette. K-way. C'était une joie paisible. On ne prononça pas un mot tant que la barque ne fut pas à l'eau, puis, tandis qu'il ramait en douceur à la proue, plongeant les rames sans éclabous-sures dans ce style élégant qui un jour serait le mien, à un moment, en silence, des yeux et du menton, il me fit signe de regarder derrière moi : Capo Galilea était une faille dans la montagne et les lampadaires des rues, les torches d'un chemin de croix.

Papa arrêta la barque à trois cents mètres de la côte, dans une crique, au même endroit que l'autre fois. Il n'y avait pas de vent. Pas de sirocco ni de vent de nord-est. Tout était immobile. Je m'agenouillai au fond de la barque pour préparer ma ligne. Il était debout et regardait la mer, comme s'il la recevait en transfusion. Je choisis une arénicole bien grasse dans la boîte. Il fallut plusieurs lancers avant la première prise, mais c'était un bar respectable qui, à la croûte au sel entre les mains expertes de grand-mère, donnerait toute satisfaction. Papa dialoguait avec l'eau comme toujours, par contacts rapides. Soudain le fil le tira vers le bas, au point qu'il dut prendre appui sur ses pieds. Encore une forte secousse. Je le rejoignis pour l'aider. On s'arcbouta ensemble, tout à l'effort et l'excitation. De quoi pouvait-il bien s'agir ?

« Prends l'épuisette. »

J'obéis et à cet instant, d'un coup sec, papa tira le poisson hors de l'eau et je le récupérai. C'était un sargue de plus de trois kilos, un sargue énorme vu la taille habituelle de ces poissons, mais rien en comparaison de ce que j'avais imaginé. On avait eu l'impression de lutter contre une baleine.

« C'est un sargue culturiste, dis-je.

– Ou c'est moi qui suis faible. »

Je le regardai. « Alors je te bats peut-être.

– À quoi ?

– Au bras de fer. Je gagnerais peut-être pour la première fois.

– N'y compte pas.

– On parie ?

– Chiche. Là. tout de suite. » Il se pencha et posa le coude sur le banc.

L'automne arriva, même s'il est difficile de parler d'automne en Sicile, ainsi que la rentrée et avec elle ce sentiment de ne pas être à la hauteur que suscitaient les exigences de mes professeurs et qui m'enveloppait comme une couverture piquante. Je supportais les devoirs à la maison les cours particuliers uniquement parce qu'ils me permettaient de préserver la paix familiale. Mon objectif était d'assurer la moyenne dans toutes les matières, ce qui libérait du temps pour la rêverie. Je tolérais les matinées interminables coincé sur une chaise parce qu'à la récréation je pouvais descendre dans la cour – un grand pré accueillant entretenu par Antonio Rovigni, boucher à la retraite et jardinier bénévole, que nous dévastions trois fois par jour dans nos courses échevelées et retrouvions toujours impeccable le lendemain – où je verrais aller et venir Marilena, la fille du collège qui me rappelait le plus Luna, dont l'adresse resterait punaisée sur le liège au-dessus de mon bureau pendant presque cinq ans, jaunissant, se tachant, sans que je trouve jamais le courage de lui écrire. Et moi, je ne lui avais pas donné mon adresse. Un jour, de retour d'un voyage scolaire à Madrid, en seconde, je ne la retrouvai pas là où elle avait toujours été, entre une carte postale de Dylan Dog signée d'un autographe de Corrado Roi et un dessin lunaire de Moebius. Maman dit qu'elle n'était pas au courant. Mme Eliana, qui depuis quelques années aidait au ménage, n'en savait pas davantage. Mon père, n'en parlons pas. Je pensai que c'étaient peut-être les lézards qui par temps froid entraient par la fenêtre. Je leur demandai à eux aussi – après des années de cohabitation nous avions désormais des rapports cordiaux – mais ils ne vendirent pas la mèche.

Je retournai quatre fois à Colle Ferro chez mon grand-père. Pas l'été suivant. Maman et papa ayant décidé qu'on ferait un voyage tous les trois, on s'envola pour l'Espagne et, à bord d'une voiture de location, un monospace je me souviens, on sillonna le pays, visitant Grenade et l'Alhambra, Cordoba et la Mezquita – j'y pénétrai armé d'une sanguine et d'un bloc à dessin, les yeux remplis des planches d'Hugo Pratt – et remontant jusqu'à Bilbao et Saint Jacques de Compostelle. Ni l'été suivant, qui fut celui de mon séjour en Angleterre, à Brighton, dans une famille pour améliorer mon anglais hésitant et où je nourris pour une camarade portugaise un amour gravitationnel, raison pour laquelle, l'année suivante, je convainquis mes parents de partir en vacances au Portugal. À notre retour de Lisbonne où nous étions allés, je ne me souviens plus pourquoi, en voiture – un voyage insensé –, nous décidâmes de passer par Colle Ferro.

Grand-père et moi nous étions téléphoné il me semble une dizaine de fois, en général pour nos anniversaires : le sien, le dix-sept novembre, le mien le premier mars, et pour Noël. Pour le joindre, j'appelais l'épicerie de Rosa, qui était dans l'annuaire. Elle l'envoyait chercher, je raccrochais et, vingt minutes plus tard, le temps d'un aller-retour entre le magasin et la maison de grand-père, je composais le numéro à nouveau. Parfois, je tombais sur Isaac et nous échangions quelques phrases rapides – Isaac n'était pas à son aise au téléphone et, pour être franc, moi guère plus que lui : comment communiquer sans les expressions du visage, sans les mains ? – donnant à l'autre les dernières nouvelles, en général les plus savoureuses. Puis il allait prévenir grand-père.

En septembre 1999, Isaac s'était inscrit à une formation technique d'installateur que, pour faire plaisir à sa famille, il avait menée tant bien que mal jusqu'à son terme. Au fil des années, sa vraie passion était devenue le karaté. Il fréquentait une salle et quand il eut obtenu je ne sais quelle ceinture ou catégorie, il avait commencé à donner des cours aux enfants. Sauf qu'un beau jour, les parents – c'est sa tante qui me l'a raconté, à ma dernière visite – avaient débarqué avec une lettre où ils demandaient (ordonnaient) aux responsables de la salle d'engager un autre enseignant. Apparemment, Isaac était irréprochable au plan strictement technique, mais lorsqu'il s'agissait d'injecter dans les cours la dose prévue de bons sentiments et de non-violence en préconisant l'utilisation de la force uniquement pour se défendre et la maîtrise de soi, eh bien, disons qu'il n'était pas très convaincant. Deux fois sur trois un des gamins rentrait chez lui content, oui, euphorique, certes, mais avec un œil au beurre noir ou le dos couvert de bleus à cause des coups reçus (et donnés). Sans compter que deux bagarres dans la cour de l'école publique Don Milani Cortazola devaient être attribuées – selon les mêmes parents – aux enseignements du jeune professeur. On l'avait donc mis à la porte. Mais il ne s'était pas formalisé. Il était allé trouver le diacre et l'avait convaincu de lui permettre d'utiliser la salle paroissiale de Colle Ferro trois fois par semaine pour un cours de débutants ouvert à tous, sans limite d'âge. En riant de bon cœur, Rosa me confia que, parmi ses élèves, six sur huit avaient dépassé les soixante ans et que c'était très drôle de le voir travailler avec les personnes âgées – « D'ailleurs il se débrouille comme un chef ! » – et que le syndicat d'initiative avait l'intention d'accorder des crédits pour des cours semblables ailleurs dans la vallée et de les lui confier.

Pour en revenir à grand-père, je vous laisse imaginer nos conversations téléphoniques : des toiles d'araignée de silence qui auraient capturé tous les moustiques de

Camargue. Mais dans ce réseau de sous-entendus et omissions, j'avais appris à reconnaître le scintillement de la vérité, et lui aussi. Je parlais à cœur ouvert, comme agenouillé dans un confessionnal, et, quand j'avais fini, je laissais ma voix courir jusqu'à lui suivant la trajectoire mystérieuse des télécommunications. Je l'imaginais classant les informations et les reconstituant de quelque manière, réfléchissant à ce qu'il pouvait dire, éventuellement quelque chose de nouveau, sans rien trouver. Je l'imaginais se nourrissant de mon existence. Je l'imaginais me disant au revoir quand il savait pertinemment que nous ne nous reparlerions pas avant six ou huit mois.

Après, j'allais courir sur la plage. À perdre haleine.

En tout, nous nous sommes revus quatre fois. La première, comme je l'ai dit, à notre retour du Portugal. Trois années avaient passé depuis l'hospitalisation de papa et mon été à Colle Ferro. Nous trouvâmes grand-père chez lui. Il organisait avec Cesco l'affinage de longue durée (plus de deux ans) d'un fromage de chèvre particulier qu'il fallait envelopper dans des feuilles de tabac et de châtaignier. Il se mit à la fenêtre en entendant le moteur. Il serra la main de papa qu'il n'avait pas revu depuis ce fameux jour à Turin en bas de chez lui, en posa une sur mon épaule en inclinant le regard comme pour me mesurer, plongea les yeux dans ceux de maman, échangeant un bonjour assaisonné de tout ce qu'ils trimbalaient dans leur besace : reproches, souvenirs, pardons.

Maman et grand-père avaient continué à ne pas se parler ou se parler très peu, pour les mêmes non-raisons que Iole avait évoquées le soir où j'étais allé faire le pain chez elle. L'habitude de l'absence réciproque s'était sédi-

mentée autour de leur langue, de leurs cordes vocales, de leurs pensées, et aucun des deux ne savait comment gratter cette couche pour l'enlever. Nous sommes entrés prendre un thé. Dans un coin, je remarquai un tas de toiles posées contre le mur, cachées par le canapé.
« Et ça ?
– J'ai continué à peindre. L'envie m'en est restée après celui-là. » Et il montra le tableau de Silver Surfer sur le lac, accroché à la place du *Déjeuner sur l'herbe*. « Je donne aussi des cours à la fille de la buraliste. »
Il s'agissait de paysages : maisons, rochers, vignes. Pas un seul être humain.

« Simone », dit papa en dégustant un morceau de fromage de chèvre accompagné du pain noir de Iole qui, à ce qu'il semblait, était au village. « Ce fromage est divin. Tu crois qu'on pourrait en faire venir à Capo Galilea ? »
Grand-père acquiesça. « J'en parlerai à Cesco.
– Extra, déclara papa. Agata, tu l'as goûté ? »
Maman s'activait à ranger, enlever la poussière des livres pour se fatiguer. « Si on reste dîner, je le goûterai en fin de repas.
– On reste ? demandai-je.
– Vous me feriez plaisir, répondit grand-père. Vous pouvez dormir ici si vous voulez. Il y a un lit à l'étage et le canapé est convertible. »
Papa leva le fromage comme pour porter un toast. « Mais demain matin, on partira tôt. Je ne voudrais pas circuler sur le périphérique de Rome à l'heure du déjeuner. »
Le lendemain, grand-père se leva exprès pour nous préparer le café et le lait. L'aube qui l'enveloppait, quand nous avons pris le virage et que je le perdis de vue, était un rire d'enfant.

Trois années passèrent avant que nous puissions nous revoir. Pendant que ma vie prenait la forme changeante d'une boule de papier journal froissé à laquelle on met le feu (et je l'habitais avec la même intensité brûlante), celle de grand-père s'en remettait au Dieu des petites choses. Je le retrouvai sur le seuil de sa maison comme je l'avais laissé au lever du soleil la fois précédente. Plus rien ne changeait autour de lui, chaque objet était une respiration retenue : les tableaux qu'il continuait à peindre et entasser derrière le canapé, sans les accrocher ; la routine de la surveillance des fromages pour Cesco ; les promenades parmi les chênes verts, jusqu'aux rives du lac ; la halte devant l'eau qui avait englouti sa maison et celle de Iole, où il voyait inlassablement se refléter la frondaison d'un grand arbre enraciné sur la rive opposée. Je passai une semaine chez lui en rentrant du Chianti, après le séjour improvisé avec Luna, et j'allai le voir deux autres fois pendant mes études aux Beaux-Arts à Milan. Je débarquais sans devoir donner d'explications. S'il cuisinait, il ajoutait de la viande dans le ragoût ou recoupait des pommes de terre pour la salade. Nous reprenions notre conversation là où nous l'avions laissée la fois précédente.

Comme l'avait si bien dit Rosa au moment de la mort d'Anselmo, je n'ai pas su reconnaître la dernière fois. Comment imaginer qu'on ne verra plus la personne qui, en ce moment, devant vous, ouvre la bouche pour avaler son morceau de rôti, sourit dans sa barbe à une boutade ou s'assombrit à une pensée qui vous échappe, mais que vous voyez passer en transparence derrière ses pupilles ?

Je lui dis au revoir comme toujours.

Trois mois plus tard, tard dans l'après-midi, je reçus l'appel de Iole. Elle dit que grand-père était mort. C'est elle qui l'avait trouvé, assis sur son banc, la tête contre le chambranle de la porte, sa pipe par terre, entre ses pieds. « Il s'est éteint », dit-elle. Elle employa ce terme : éteint. C'est ainsi que depuis je pense à sa mort. Surtout maintenant que j'ai lu son cahier.

Après ses obsèques, après la crémation – Iole déclara qu'il aurait voulu être incinéré et comme aucun de nous n'y était opposé (au contraire) nous avons accepté sa proposition –, maman et papa restèrent une nuit. Mais pas chez lui. Dans un hôtel neuf, style chambres d'hôtes, d'où l'on voyait la place du village. Le lendemain de bon matin, après le petit déjeuner, ils repartirent.

J'étais en train de préparer mon dernier examen et je décidai de passer là une dizaine de jours. Je repris possession de la chambre, de ma chambre. Je fis un stock de conserves chez Rosa – vous vous souvenez que je n'ai pas hérité de la passion culinaire de mon père – et Iole s'employa à ne pas me laisser dépérir. Je bûchais toute la journée. Le soir, je téléphonais à Luna, puisque désormais le portable passe. Quand j'éprouvais le besoin d'accorder un répit à mon cerveau, j'errais dans la maison, laissant les souvenirs de grand-père affleurer dans les odeurs de tissu et la mémoire tactile des objets. J'allais d'une pièce à l'autre, rangeant et triant ce qui méritait d'être gardé. Je mis de côté notre tableau (évidemment), qui depuis m'accueille tous les jours quand j'entre dans mon bureau, accroché au-dessus de la petite table que j'utilise pour vider le contenu de mes poches. Je mis de côté les nouvelles d'Hemingway, que j'avais lues de mon propre chef en Angleterre, longtemps après la tentative de grand-père de me communiquer son enthousiasme pour *Un endroit propre et bien éclairé*. Je mis de côté des bols énormes en poterie, où j'avais pris mon petit déjeuner pendant ce dernier été du siècle. Il y avait encore des fromages à la cave, mais Cesco allait rapidement les déménager ailleurs : il n'était pas rassuré à l'idée de les laisser sans surveillance.

Un soir après dîner – le tourne-disque passait une compilation de blues célèbres : Robert Johnson, Bo Diddley, Howlin' Wolf –, je trouvai en ouvrant un tiroir dans sa chambre un cahier tout simple à grands carreaux d'école primaire, avec une couverture à motif floral. Je le feuilletai debout à la lumière ténue de l'abat-jour. L'écriture de grand-père était tarabiscotée, irrégulière. Quand je compris de quoi il s'agissait, je descendis et continuai à lire jusqu'au moment où – c'était presque le matin –, ma lecture finie, je le refermai.

Je m'assoupis, le cahier entre les bras. Iole me réveilla vers midi avec des lasagnes. Je les dévorai comme si je n'avais pas mangé depuis des mois.

Je cherchai les chaînes. Mais n'en trouvai pas trace. J'emportai le cahier pour le saisir à l'ordinateur. J'entrai les mots, les lettres, touche après touche, et les laissai imprégner l'image de grand-père qui s'était lithographiée en moi – moi le papier, lui la pierre – mais sans la défaire : ils l'amplifièrent, lui apportèrent de la complexité, l'entourèrent de respect.

Entre les pages du cahier, je trouvai aussi un commentaire griffonné à la hâte, sur un papier d'emballage.

Sur la route, une voiture verte me dépasse. Je me pousse pour la laisser passer et ne pas respirer sa poussière. Peu de voitures empruntent cette route. À part moi, personne n'habite sur ce flanc de montagne, il n'y a que deux ou trois fermes en ruine, de la forêt et des pâturages. En sortant du virage, je vois la voiture arrê-

tée devant la maison. Une femme frappe à la porte et s'éloigne, scrute les fenêtres et la galerie. Un petit garçon est assis sur le banc, un sac près de lui. Il regarde le lac, la vallée. Et soudain me regarde.

Mes parents ont décidé de ne pas vendre la maison de Colle Ferro. J'y retourne de temps en temps lire et dessiner, seul ou avec Luna. En fin d'après-midi, je m'assieds sur le banc et je le vois, mon grand-père, occupé à étendre maillots de corps et pantalons, à mélanger ses pigments, à ramoner le fourneau de sa pipe avec son cure-pipe. Puis il abandonne ce qu'il était en train de faire comme s'il avait entendu une voix et il marche jusqu'au virage, là où le pré amorce sa pente. Il se retourne, me lance un regard, fait quelques pas de plus dans la descente : il n'a jamais été là.

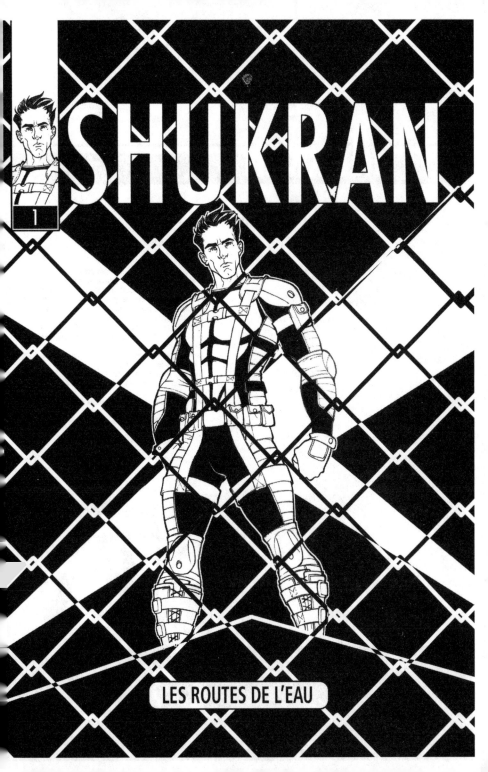

SHUKRAN

LES ROUTES DE L'EAU

SCÉNARIO
Roberto Crocci

DESSIN
Zeno Montelusa

2050

L'augmentation de la population et le changement climatique poussent des millions de personnes à tenter de pénétrer dans l'Union européenne. L'Agence pour la gestion des frontières extérieures a pour mission de leur en interdire l'accès.
Les Centres d'identification et d'expulsion peuvent contenir des dizaines de milliers d'émigrants.
Personne ne sait avec exactitude ce qui se passe à l'intérieur de ces forteresses.
Ni les journalistes, ni les militants des associations humanitaires n'y ont accès.

Mais quelqu'un a réussi à forcer l'entrée...

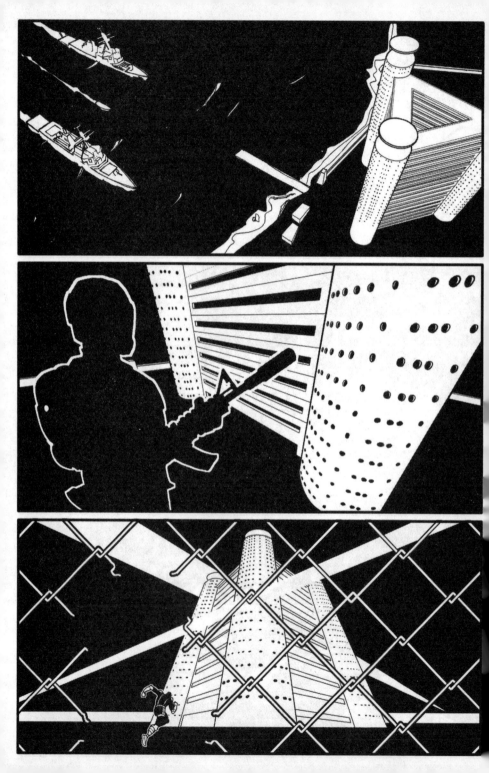

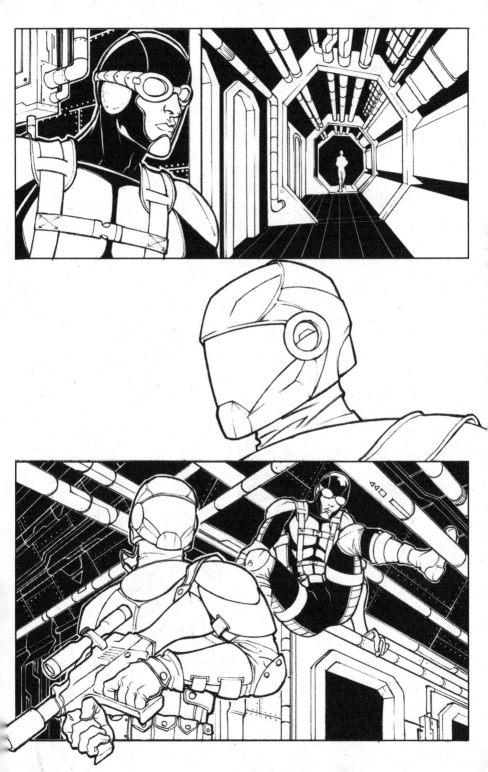

... À SUIVRE

REMERCIEMENTS

Les livres appartiennent avant tout à ceux qui les lisent. Donc merci à vous, lecteurs, d'avoir habité ces pages.

Merci à Andrea Riccadonna qui a prêté crayon et encre à Zeno. À Erika Armano et Flavio Bechis qui sont vraiment allés chez Antonio Marras. À Antonella Di Fazio et Daniele Beccati pour l'excursion dans la Val Cichero. À Lucio Olivetti pour ses informations de première main. À Davide Longo pour les derniers mots du livre. À Stefano Tettamanti, qui est exactement l'agent que je voudrais avoir (et que j'ai par bonheur). À Francesco Colombo, qui est exactement l'éditeur que je voudrais avoir (et que j'ai par bonheur).

Merci à chacune des personnes qui mettent leurs qualités professionnelles au service des éditions Dalai.

Ce roman n'existerait pas si je n'avais rencontré un jour Franco Debenedetti Teglio : plusieurs épisodes de l'enfance et de la jeunesse de Simone Coifmann appartiennent à sa vie.

Vu ce qu'il pense et dit, je suis presque certain que Zeno a lu entre autres *Il fumetto supereroico* [*Les B.D. de super-héros*] de Marco Arnaudo (éd. Tunué), tandis que Simone Coifmann aurait aimé le *Dictionnaire des lieux imaginaires* d'Alberto Manguel et Gianni Guadalupi (éd. Actes Sud) et aurait peut-être arrêté de lire Hemingway.

Merci à Adriano Olivetti pour avoir été ce qu'il a été.

Merci à tous les artistes qui nourrissent mon imaginaire et à tous les travailleurs de la culture. Continuez à traquer l'inquiétude et l'espoir. Nous en avons besoin.

Le Flambeau dans l'oreille, histoire d'une vie, 1921-1931
traduit de l'allemand par Michel-François Démet
Jeux de regard, histoire d'une vie, 1931-1937
traduit de l'allemand par Walter Weideli

VEZA ET ELIAS CANETTI
Lettres à Georges
traduit de l'allemand par Claire de Oliveira

ELIAS CANETTI ET MARIE-LOUISE MOTESIZKI
Amants sans adresse, correspondance 1942-1992
traduit de l'allemand par Nicole Taubes

GIUSEPPE CULICCHIA
Le Pays des merveilles
traduit de l'italien par Vincent Raynaud

DANIEL DEFOE
Robinson Crusoé
traduit de l'anglais par Françoise du Sorbier

JOHN VON DÜFFEL
De l'eau
Les Houwelandt
traduits de l'allemand par Nicole Casanova

TOM FRANKLIN
Braconniers
La Culasse de l'enfer
traduits de l'anglais (États-Unis) par François Lasquin et Lise Dufaux
Smonk
traduit de l'anglais (États-Unis) par Michel Lederer

HEIKE GEISSLER
Rosa
traduit de l'allemand par Nicole Taubes

JOÃO GUIMARÃES ROSA
Diadorim
traduit du portugais (Brésil) par Maryvonne Lapouge-Pettorelli
Sagarana
Mon oncle le jaguar
traduits du portugais (Brésil) par Jacques Thiériot

PEDRO JUAN GUTIÉRREZ
Trilogie sale de La Havane
Animal tropical
Le Roi de la Havane
Le Nid du serpent
traduits de l'espagnol (Cuba) par Bernard Cohen

VANGHÉLIS HADZIY ANNIDIS
Le Miel des anges
traduit du grec par Michel Volkovitch

GEORG HERMANN
Henriette Jacoby
traduit de l'allemand par Serge Niémetz

JUDITH HERMANN
Maison d'été, plus tard
Rien que des fantômes
Alice
traduits de l'allemand par Dominique Autrand

ALAN HOLLINGHURST
L'Enfant de l'étranger
traduit de l'anglais (Royaume-Uni) par Bernard Turle

MOSES ISEGAWA
Chroniques abyssiniennes
La Fosse aux serpents
traduits du néerlandais par Anita Contas

ROBIN JENKINS
La Colère et la Grâce
traduit de l'anglais par Françoise du Sorbier

EDWARD P. JONES
Le Monde connu
Perdus dans la ville
traduits de l'anglais (États-Unis) par Nadine Gassie

YASUNARI KAWABATA
Récits de la paume de la main
traduit du japonais par Anne Bayard-Sakai et Cécile Sakai
La Beauté, tôt vouée à se défaire
traduit du japonais par Liana Rossi

Les Pissenlits
traduit du japonais par Hélène Morita

YASUNARI KAWABATA ET YUKIO MISHIMA
Correspondance
traduit du japonais par Dominique Palmé

GYULA KRÚDY
L'Affaire Eszter Solymosi
traduit du hongrois par Catherine Fay

OTTO DOV KULKA
Paysages de la métropole de la mort
traduit de l'anglais par Pierre-Emmanuel Dauzat

MICHAEL KUMPFMÜLLER
La Splendeur de la vie
traduit de l'allemand par Bernard Kreiss

NAM LE
Le Bateau
traduit de l'anglais (Australie) par France Camus-Pichon

DORIS LESSING
Le Carnet d'or
Les Enfants de la violence
traduits de l'anglais par Marianne Véron
Journal d'une voisine
traduit de l'anglais par Marianne Fabre
Si vieillesse pouvait
traduit de l'anglais par Natalie Zimmermann

PRIMO LEVI
Le Système périodique
traduit de l'italien par André Maugé

EDOUARD LIMONOV
Autoportrait d'un bandit dans son adolescence
traduit du russe par Maya Minoustchine
Journal d'un raté
traduit du russe par Antoine Pingaud
Le Petit Salaud
traduit du russe par Catherine Prokhorov

DAVID MALOUF
Harland et son domaine
traduit de l'anglais (Australie) par Antoinette Roubichou-Stretz
Ce vaste monde, prix Femina étranger 1991
L'Étoffe des rêves
traduits de l'anglais (Australie) par Robert Pépin
Chaque geste que tu fais
traduit de l'anglais (Australie) par Nadine Gassie
Une rançon
traduit de l'anglais (Australie) par Nadine Gassie

THOMAS MANN
Les Confessions du chevalier d'industrie Felix Krull
Dr Faustus
traduits de l'allemand par Louise Servicen

SÁNDOR MÁRAI
Les Braises
traduit du hongrois par Marcelle et Georges Régnier
L'Héritage d'Esther
Divorce à Buda
Un chien de caractère
Mémoires de Hongrie
Métamorphose d'un mariage
Le Miracle de San Gennaro
traduits du hongrois par Georges Kassai et Zéno Bianu
Libération
Le Premier Amour
L'Étrangère
La Sœur
Les Étrangers
Les Mouettes
traduits du hongrois par Catherine Fay

VALERIE MARTIN
Maîtresse
Indésirable
Période bleue
traduits de l'anglais (États-Unis) par Françoise du Sorbier

JOHN MCGAHERN
Les Créatures de la terre et autres nouvelles
Pour qu'ils soient face au soleil levant
traduits de l'anglais (Irlande) par Françoise Cartano
Mémoire
traduit de l'anglais (Irlande) par Marie-Lise Marlière

ADRIENNE MILLER
Fergus
traduit de l'anglais (États-Unis) par Marie-Lise Marlière et Guillaume
Marlière

STEVEN MILLHAUSER
La Vie trop brève d'Edwin Mulhouse, écrivain américain, 1943-1954,
racontée par Jeffrey Cartwright, prix Médicis étranger 1975,
prix Halpérine-Kaminsky 1976
traduit de l'anglais (États-Unis) par Didier Coste
Martin Dressler, le roman d'un rêveur américain, prix Pulitzer 1997
Nuit enchantée
traduits de l'anglais (États-Unis) par Françoise Cartano
Le Roi dans l'arbre
Le Lanceur de couteaux
traduits de l'anglais (États-Unis) par Marc Chénetier

ROHINTON MISTRY
Une simple affaire de famille
L'Équilibre du monde
traduits de l'anglais (Canada) par Françoise Adelstain

STUART NADLER
Le Livre de la vie
traduit de l'anglais (États-Unis) par Bernard Cohen

KALANIT OCHAYON
De la place pour un seul amour
traduit de l'hébreu par Catherine Werchowski

CHRISTOPH RANSMAYR
La Montagne volante
Le Syndrome de Kitahara
traduits de l'allemand par Bernard Kreiss

NICK TOSCHES
La Main de Dante
Le Roi des Juifs
traduits de l'anglais (États-Unis) par François Lasquin

DUBRAVKA UGRESIC
Le Ministère de la douleur
traduit du serbo-croate par Janine Matillon

ERICO VERISSIMO
Le Temps et le Vent
Le Portrait de Rodrigo Cambará
traduits du portugais (Brésil) par André Rougon

CHRIS WOMERSLEY
Les Affligés
traduit de l'anglais (Australie) par Valéry Malfoy

Composition Nord Compo
Impression Normandie roto s.a.s. en janvier 2014
Éditions Albin Michel
22, rue Huyghens, 75014 Paris
www.albin-michel.fr
ISBN : 978-2-226-25440-5
ISSN : 0755-1762
N° d'édition : 20178/01 – N° d'impression : 1400024
Dépôt légal : février 2014
Imprimé en France